8-

21

9/34,-

Claude Simon · Die Straße in Flandern

CLAUDE SIMON

Die Straße in Flandern

ROMAN

Aus dem Französischen von Elmar Tophoven

PIPER
MÜNCHEN ZÜRICH

Die Originalausgabe erschien 1960 unter dem Titel
»La Route des Flandres« bei Les Editions de Minuit, Paris.

ISBN 3-492-01492-5
3. Auflage, 13.–18. Tausend 1985

Gesetzt aus der Trump-Antiqua
Druck und Bindung: Kösel, Kempten
Printed in Germany

Ich glaubte leben zu lernen,
ich lernte sterben.

LEONARDO DA VINCI

Er hielt einen Brief in der Hand, er blickte auf schaute mich an dann wieder den Brief dann wieder mich, hinter ihm konnte ich fuchsrote mahagonibraune falbe Flecken hin- und herziehen sehen: Pferde die zur Tränke geführt wurden, der Schlamm war so tief daß man bis an die Knöchel einsank doch ich erinnere mich daß es in der Nacht plötzlich gefroren hatte und Wack kam mit dem Kaffee ins Zimmer und sagte Die Hunde haben den Schlamm gefressen, ich hatte diese Redensart noch nie gehört, ich glaubte die Hunde zu sehen, höllische mythische Kreaturen ihre rotumrandeten Mäuler ihre kalten weißen den schwarzen Schlamm in der Finsternis der Nacht zerkauenden Wolfszähne, vielleicht eine Erinnerung, alles verschlingende klare Bahn schaffende Hunde: nun war der Schlamm grau und wir verrenkten uns beim Laufen die Füße, wie immer zu spät zum Morgenappell, verstauchten uns beinahe die Knöchel in den tiefen von Hufen hinterlassenen steinhart gewordenen Spuren, und nach einer Weile sagte er Ihre Mutter hat mir geschrieben. Sie hatte es also gegen meinen Willen doch getan, ich fühlte daß ich errötete, er hielt inne um eine Art Lächeln zu versuchen was ihm aber wahrscheinlich unmöglich war, nicht etwa liebenswürdig zu sein (was er gewiß sein wollte) sondern den Abstand zu überbrükken: es zog nur seinen kleinen borstigen graubraunen Schnurrbart etwas auseinander, er hatte die lohfarbene Gesichtshaut von Leuten die immer an frischer Luft sind, eine matte Haut, etwas Arabisches, sicherlich ein Rest von jemandem den Karl

Martell zu töten vergessen hatte, so daß er vielleicht behauptete nicht nur von Seiner Kusine der Heiligen Jungfrau abzustammen wie seine Landbarone von Nachbarn am Tarn sondern obendrein wahrscheinlich noch von Mohammed, er sagte Ich glaube daß wir irgendwie Vettern sind, aber für ihn mußte dieses auf mich angewandte Wort wohl eher soviel wie Fliege Insekt Mücke bedeuten, und wieder fühlte ich daß ich vor Wut errötete wie kurz zuvor als ich den Brief in seinen Händen erblickt und das Papier erkannt hatte. Ich antwortete nicht, er sah wahrscheinlich daß ich erbost war, ich schaute nicht ihn an sondern den Brief, ich hätte ihm den Brief wegnehmen und ihn zerreißen mögen, er bewegte ein wenig die Hand die den entfalteten Bogen hielt, die Ecken flatterten wie Flügel in der kalten Luft, seine schwarzen Augen blickten weder feindselig noch geringschätzig, ja sogar herzlich aber dennoch Abstand wahrend: vielleicht war er nur genauso gereizt wie ich, wobei er mir meine Gereiztheit hoch anrechnete während wir die kleine zivile Zeremonie dort im gefrorenen Schlamm stehend fortsetzten, und wir beide den Gebräuchen und Schicklichkeiten dieses Zugeständnis mit Rücksicht auf eine Frau machten die zu meinem Unglück meine Mutter war, und am Ende begriff er es wahrscheinlich denn sein kleiner Schnurrbart bewegte sich von neuem während er sagte Nehmen Sie es ihr nicht übel Es ist ganz natürlich daß eine Mutter Es war richtig von ihr Was mich angeht so freue ich mich sehr wenn Sie mich je brauchen sollten Gelegenheit zu haben Ihnen, und ich Vielen Dank Herr Rittmeister, und er Sollten Sie Schwierigkeiten haben zögern Sie dann nicht zu mir zu kommen, und ich Jawohl Herr Rittmeister, er bewegte noch einmal den Brief, es mußte so früh am Morgen etwa sieben oder zehn Grad unter Null sein aber er schien nichts davon zu merken. Nachdem die Pferde getrunken hatten trabten sie wieder zurück, paarweise, wobei die Männer zwischen ihnen liefen sie verfluchten und sich übermütig immer wieder an die Trensen hängten, man konnte das Geräusch der Hufe auf dem gefrorenen Schlamm hören, während er wiederholte Sollten Sie Schwierigkeiten haben werde ich Ihnen gerne, dann den Brief zusammenfaltete ihn in seine Tasche steckte mir noch einmal eine Art Grimasse zeigte die in seiner Vorstellung wohl wieder ein Lächeln sein sollte jedoch lediglich abermals den graubraunen Schnurrbart seitlich verzog wonach er kehrtmachte. In der Folgezeit begnügte ich mich damit noch weniger zu tun als ich schon tat, ich hatte das Problem in höchstem Maße vereinfacht, indem ich die beiden Steigbügelriemen beim Absitzen loshakte den Kehlriemen sobald ich seinen Kopf ein oder zweimal vom Wasser fortgezerrt hatte losschnallte und dann mit einem Griff das ganze Zaumzeug abstreifte, alles in die Tränke tauchte während das Pferd sich satt soff, und danach kehrte es ganz allein zurück in den Stall, während ich neben ihm ging um es jederzeit beim Ohr packen zu können, wonach ich nur noch mit einem Lappen über die Stahlteile zu reiben brauchte und von Zeit zu Zeit ein wenig mit Schmirgelpapier nachhelfen mußte wenn sie wirklich zu rostig waren, aber das änderte sowieso nicht viel weil mein Ruf in diesem Punkte seit langem feststand und man es aufgegeben hatte mich zu schikanieren und ich vermute sogar daß es ihm persönlich völlig schnuppe war und daß die Vortäuschung mich nicht zu sehen wenn er prüfend die Front abschritt eine meiner Mutter geltende Höflichkeitsbezeigung war die ihn nicht zuviel Mühe kostete, es sei denn daß das Wienern auch für ihn zu jenen überflüssigen unersetzlichen Dingen, zu jenen von altersher sozusagen in Saumur-Lake konservierten und später verstärkten Reflexen und Traditionen gehörte, obgleich aus Erzählungen hervorging daß sie (das heißt die Frau das heißt das Kind das er geheiratet hatte oder besser das ihn geheiratet hatte) es sich zur Aufgabe gemacht hatte ihn in nur vier Jahren Ehe ob es ihm gefiel oder nicht eine gewisse Anzahl dieser traditionellen Traditionen vergessen oder jedenfalls zum alten Eisen werfen zu lassen, aber selbst wenn man annimmt daß er auf einige von ihnen verzichtet hätte (und vielleicht weniger aus Liebe als aus Zwang oder wenn man will aus zwingender Liebe oder wenn man will von der Liebe gezwungen) so gibt es doch Dinge die der größte Verzicht die tiefste Unterwerfung einen nicht vergessen lassen selbst wenn man es wollte und das sind im allgemeinen die absurdesten die unsinnigsten die sich weder begründen noch kontrollieren lassen, wie zum Beispiel sein Reflex den Säbel zu ziehen als jene Feuergarbe ihm von hinter der Hecke ins Gesicht spritzte: einen Augenblick habe ich ihn so mit erhobenem Arm jene zwecklose lächerliche Waffe schwingen sehen in der ererbten Geste einer Reiterstatue, einer Haltung die ihm wahrscheinlich Generationen von Haudegen überliefert hatten, eine dunkle Silhouette im Gegenlicht das ihm jede Farbe nahm als ob sein Pferd und er aus einem Guß wären und aus ein und demselben Material, einem grauen Metall, wobei sich die Sonne blitzend an der blanken Klinge spiegelte, dann stürzte das Ganze – Mann Pferd und Säbel – als eine einzige Masse zur Seite wie die Bleifigur eines Reiters zu Roß die von den Hufen her zu schmelzen begonnen hätte, anfangs langsam dann immer schneller auf die Flanke gesunken wäre, und verschwand mit noch immer gezücktem Säbel hinter dem Wrack jenes ausgebrannten Lastwagens der dort zusammengesackt war, unanständig wie ein Tier wie eine trächtige ihren Bauch über den Boden schleppende Hündin, mit geplatzten langsam schwelenden Reifen die den üblen Kautschukgestank verbreiteten den Übelkeit erregenden Kriegsgestank der in dem herrlichen Frühlingsnachmittag hing, schwebend oder besser stagnierend klebrig und durchsichtig man hätte fast gesagt sichtbar wie fauliges Gewässer in dem die Häuser aus roten Backsteinen die Obstgärten und Hecken badeten: einen Augenblick der blendende Widerschein der Sonne, aufgefangen oder vielmehr verdichtet, als hätte er für den Bruchteil einer Sekunde alles Licht und allen Glanz auf sich gezogen, auf den jungfräulichen Stahl ... Doch, Jungfrau war sie schon lange nicht mehr, aber ich nehme an daß es das gar nicht war was er von ihr verlangte erhoffte an dem Tage als er beschlossen hatte sie zu heiraten, da er wahrscheinlich damals schon genau wußte was ihn erwartete, da er im voraus diese Passion wenn man so sagen darf hingenommen auf sich genommen hatte da er sie im voraus durchlitten hatte, mit dem Unterschied daß ihr Ort ihr Zentrum ihr Altar nicht ein kahler Hügel war, sondern jene sanfte weiche schwindelerregende buschige verborgene Höhle des Fleisches ... Tjaa: gekreuzigt, in den letzten Zügen auf dem Altar dem Mund dem Schlupfwinkel des ... Denn schließlich war ja damals auch eine Hure dabeigewesen, als ob die Huren bei solchen Dingen unerläßlich wären, heulende sich die Arme verrenkende Weiber und reuige Huren, vorausgesetzt daß er je von ihr verlangt hatte etwas zu bereuen oder wenigstens erwartet erhofft hatte daß sie es täte daß sie etwas anderes würde als das was sie zu sein berüchtigt war und also von dieser Heirat etwas anderes erwartet hatte als das was sich folgerichtig daraus ergeben sollte, da er vielleicht sogar die letzte Konsequenz oder richtiger Schlußfolgerung vorausgesehen oder zumindest ins Auge gefaßt hatte, diesen Selbstmord den er im Kriege auf eine so elegante Weise verüben konnte das heißt nicht in einer aufsehenerregenden melodramatischen schmutzigen Art wie die Dienstmädchen die sich vor die Untergrundbahn stürzen oder die Bankiers die ihren ganzen Schreibtisch besudeln sondern als Unfall getarnt wenn man den Soldatentod überhaupt als einen Unfall ansehen kann, indem er gewissermaßen diskret und bequem von der sich bietenden Gelegenheit Gebrauch machte um dem ein Ende zu machen was nie hätte beginnen dürfen vier Jahre zuvor...

Ich hatte es begriffen, ich hatte begriffen daß er seit einer Weile nichts anderes suchte erhoffte als abgeknallt zu werden und nicht erst als ich sah wie er da aufrecht auf seinem angehaltenen Pferd saß ohne jede Deckung mitten auf der Straße ohne sich überhaupt die Mühe zu machen oder so zu tun als machte er sich die Mühe es bis unter einen Apfelbaum zu treiben, dieser dämliche kleine Leutnant der sich für verpflichtet hielt das Gleiche zu tun, da er sich wahrscheinlich einbildete dies sei besonders schick das Nec plus ultra der Eleganz und Schicklichkeit für einen Kavallerieoffizier ohne dabei die geringste Ahnung von den wahren Gründen zu haben die den anderen zu seinem Verhalten veranlaßten nämlich daß es sich hier weder um Ehre noch um Mut und noch weniger um Eleganz handelte sondern um eine rein persönliche Angelegenheit und zwar nicht zwischen ihm und ihr sondern zwischen ihm und ihm. Ich hätte es ihm sagen können, Iglésia hätte es ihm noch besser sagen können als ich. Aber wozu? Ich nehme an daß er fest davon überzeugt war etwas höchst Sensationelles zu vollbringen und warum hätten wir ihn auch eines Besseren belehren sollen da er auf diese Weise wenigstens zufrieden ja sogar selig starb, da er neben einem und wie ein de Reixach starb, es war also besser daß er es glaubte es war also besser daß er dumm blieb daß er sich nicht fragte was sich hinter diesem kaum etwas überdrüssigen etwas ungeduldigen abwartenden Gesicht verbarg das uns oder besser der Felddienstordnung und den für den Fall eines Tieffliegerangriffs mit Maschinengewehrbeschuß vorgeschriebenen Verhaltensweisen das Zugeständnis machte zu warten bis die Flugzeuge sich entfernt hätten und wir aus den Gräben hervorkämen, wobei er sich ein wenig im Sattel herumdrehte etwas ungeduldig aber beherrscht und uns sein stets undurchdringliches ausdrucksloses Gesicht zeigte nur darauf wartend daß wir wieder im Sattel säßen während sie, nun nur noch Punkte überm Horizont, verschwanden, dann sobald wir aufgesessen waren wieder losritt, wobei er sein Pferd mit einem unmerklichen Druck der Beine antrieb, so daß es schien als ob es sich von selbst in Bewegung setzte und natürlich immer im Schritt ohne Überstürzung und doch weder träge noch lässig: einfach im Schritt. Ich nehme an daß er für kein Geld der Welt in den Trab verfallen wäre, daß er seinem Pferde nicht die Sporen gegeben hätte, ja keiner Kanonenkugel ausgewichen wäre das kann man hier mit Recht sagen es gibt solche treffenden Redensarten: im Schritt also, das mußte auch zu dem gehören was er vier Jahre früher begonnen und beschlossen hatte und beendete oder vielmehr zu beenden trachtete indem er ruhig und gelassen (nicht anders als Iglésia behauptet hatte nämlich daß er stets so getan habe als merke er nichts und nie die geringste Regung weder Eifersucht noch Wut habe durchblicken lassen) auf dieser Straße voranritt die eine Art Mördergrube war, das heißt nicht der Krieg sondern Mord, ein Ort wo man ermordet wurde ohne auch nur uff sagen zu können, wo die Kerle ruhig wie beim Scheibenschießen hinter einer Hecke oder einem Busch lagen und sich alle Zeit ließen einen genau aufs Korn zu nehmen, eine richtige Mausefalle im Grunde und eine Weile habe ich mich gefragt ob er sich nicht wünschte daß auch Iglésia ins Gras bisse, ob er bei seinem eigenen Ende nicht lange gehegte Rachegefühle kühlte, aber nach reiflicher Überlegung glaube ich es nicht ich meine daß ihm in jenem Augenblick alles gleichgültig geworden war wenn er überhaupt je

Iglésia etwas übelgenommen hatte da er ihn ja schließlich in seinem Dienst behalten hatte und da er sich jetzt ebensoviel oder besser ebensowenig um ihn wie um mich oder um den dämlichen Leutnant kümmerte, da er sich wahrscheinlich an keinerlei Pflicht mehr gebunden fühlte nicht im Hinblick auf uns persönlich sondern auf seine Rolle seine Funktion als Offizier, da er womöglich dachte daß alles was er auf diesem Gebiet in dem Stadium das wir erreicht hatten tun oder nicht tun konnte keinerlei Bedeutung mehr hatte: erlöst sozusagen befreit von seinen militärischen Pflichten seit dem Moment entbunden da die Stärke seiner Schwadron auf uns Vier reduziert worden war (wobei seine Schwadron sogar beinahe alles war was am Ende vom ganzen Regiment übriggeblieben war zusammen mit vielleicht einigen anderen abgeworfenen hier und da in der Natur versprengten Reitern) was ihn nicht hinderte sich stets gerade und steif im Sattel zu halten so gerade und so steif als ob er bei der Parade des vierzehnten Juli mitritte und nicht mitten im Rückzug oder vielmehr Zusammenbruch oder vielmehr Untergang wäre mitten in diesem allgemeinen Zerfall als ob nicht eine Armee sondern die ganze Welt und zwar nicht nur in ihrer körperlichen Realität sondern auch in der Vorstellung die der Geist sich von ihr machen kann (aber vielleicht war es auch der Mangel an Schlaf, die Tatsache daß wir seit zehn Tagen praktisch nicht geschlafen hatten, es sei denn zu Pferde) im Begriff wäre zu zerbrechen zu zerbröckeln sich in nichts aufzulösen, und zwei- oder dreimal schrie ihm jemand zu nicht weiterzureiten (ich weiß nicht wie viele es und wer sie waren: ich nehme an, Verwundete, oder in Häusern oder im Straßengraben Versteckte, oder vielleicht jene Zivilisten die unbegreiflicherweise nicht davon abließen herumzuirren wobei sie geplatzte Koffer mitschleppten oder Kinderwagen vor sich herschoben die mit allem möglichen Gepäck beladen waren (und nicht nur mit Gepäck: mit irgendwelchem Zeug, womöglich unnützem: wahrscheinlich nur um nicht mit leeren Händen herumzuirren, um das Gefühl die Illusion zu haben irgend etwas mitzunehmen, etwas zu besitzen vorausgesetzt daß damit – mit dem aufgeschlitzten Kopfkissen, mit dem Schirm oder der Farbfotografie der Großeltern – die ungereimte Vorstellung eines Wertes, eines Schatzes verbunden war) als ob es nur darauf ankäme weiterzugehen, in der einen oder anderen Richtung: aber ich sah sie eigentlich nicht, alles was ich sehen konnte, was ich zu erkennen vermochte, als eine Art Zielpunkt, als Anhaltspunkt, war der knochige magere steife sehr gerade Rücken über dem Sattel und der Waffenrock aus Serge die an den symmetrischen Vorsprüngen der Schulterblätter ein wenig glänzte, und ich hatte schon seit langem aufgehört mich für das zu interessieren – interessieren zu können – was am Straßenrand geschehen mochte); also Stimmen, unwirkliche wimmernde die irgend etwas riefen (Achtung, Vorsicht) und die durch das blendende opake Licht jenes Frühlingstages zu mir drangen (als wäre das Licht selber schmutzig, als enthielte die unsichtbare Luft, wie eine schwebende trübe Suhle, diese Art staubige stinkende Schlacke des Krieges), und er (jedesmal konnte ich seinen Kopf sich bewegen und unterm Helm ein wenig vom Profil seines Gesichts erscheinen sehen, den scharfen harten Umriß der Stirn, der Braue, und darunter die Kerbe der Augenhöhle dann die geschlossene kalte unveränderliche Linie, die ganz gerade vom Vorsprung des Backenknochens zum Kinn hinabführte) der sie anschaute, wobei sein ausdrucksloses alles andere als neugieriges Auge eine Weile (aber offensichtlich ohne zu sehen) auf dem ruhte (oder vielleicht nicht einmal auf ihm: nur auf der Stelle dem Punkt von woher die Stimme kam) der ihm etwas zugerufen hatte, und nicht einmal vorwurfsvoll streng oder empört, geschweige denn stirnrunzelnd: nur dieses Fehlen jeglichen Ausdrucks, jeglichen Interesses – höchstens vielleicht ein Staunen: etwas bestürzt, ungeduldig, als ob ihn jemand in einem Salon plötzlich angesprochen hätte ohne ihm vorgestellt worden zu sein oder mitten in einem Satz durch eine jener unpassenden Bemerkungen unterbrochen hätte (wie zum Beispiel den Hinweis auf seine Zigarrenasche die herunterzufallen droht oder auf seinen Kaffee der kalt wird) und wobei er, seinen guten Willen seine Geduld seine Wohlerzogenheit beweisend, sich vielleicht bemüht zu versuchen die Gründe oder den Sinn der Bemerkung zu begreifen oder ob diese in irgendeiner Weise mit dem was er gerade erzählte in Zusammenhang zu bringen sei und dann aufgab es zu begreifen und sich sein Teil dachte ohne auch nur die Achseln zu zucken wobei er sich wahrscheinlich sagte daß es unvermeidlich sei immer wieder und überall unter allen Umständen – bei Abendgesellschaften oder im Krieg – stumpfsinnigen ungezogenen Leuten zu begegnen, und nachdem er das gesagt hatte – das heißt nachdem er es sich wieder ins Gedächtnis gerufen hatte – den Störenfried vergaß, ihn auswischte und aufhörte ihn zu sehen noch bevor er die Augen abgewandt hatte, und dann wirklich aufhörte auf die Stelle zu schauen wo nichts war, den Kopf wieder aufrichtete und mit dem kleinen Leutnant seine friedliche Unterhaltung fortsetzte eines jener Gespräche wie sie zwei Reiter zu Roß (in der Manege oder auf der Reitbahn) führen können und bei dem wahrscheinlich von Pferden, Kriegsschulkameraden, Jagd und Rennen die Rede war. Und ich glaubte dabei zu sein, es zu sehen: grüne Schatten und Frauen in Kleidern aus buntbedruckten Stoffen, stehend oder in zierlichen eisernen Gartensesseln sitzend, und Männer in hellen Reithosen und Stiefeln mit ihnen im Gespräch, leicht zu ihnen gebeugt, wobei sie ihre rohrene Reitpeitsche immer wieder an die Stiefel klatschen lassen, die

Satteldecken der Pferde die Kleider der Frauen und das fahlrote Leder der Stiefel die helle Flecken (mahagonibraune, malvenfarbene, rosa, gelbe) auf dem dichten Grün des Laubs bilden, und die Frauen von jener besonderen Art zu der die Töchter von Obersten oder Vätern mit einem von vor dem Namen nicht etwa nur gehören sondern die sie unter Ausschluß aller anderen bilden: etwas fade, etwas unbedeutende fragile Personen, die lange (selbst als Ehefrauen, sogar nach dem zweiten oder dritten Kind) noch das Aussehen junger Mädchen bewahren, mit ihren langen dünnen bloßen Armen, ihren kurzen weißen Handschuhen und Pensionatskleidern (bis sie plötzlich – zwischen dreißig und vierzig – zu Mannweibern werden, ja zu menschlichen Pferden (nicht zu Stuten: zu Pferden) die wie Männer rauchen und über Jagden und Reitturniere reden), und das leise Summen von Stimmen das unter dem schweren Kastanienlaub schwebt, Stimmen (von Frauen oder Männern) die wohlanständig, gleichmütig und völlig gleichgültig bleiben konnten während sie ganz derbe Ausdrücke gebrauchten und sogar Stallburschenspäße zum Besten gaben, Deckakte diskutierten (tierische und menschliche), und von Geld oder Kommunionfeiern mit der gleichen leichtfertigen liebenswürdigen weltmännischen Ungezwungenheit sprachen, die Stimmen also, die sich mit dem unablässigen wirren Getrappel der Stiefel und Pfennigabsätze auf dem Kies vermischten und in der Luft stagnierten, der schillernde ungreifbare puderige goldene Staub der mit dem Duft von Blumen Pferdemist und Parfums im friedlichen grünen Nachmittag hing, und er . . .

»Tjaa! . . .« sagte Blum (nun lagen wir im Dunkeln das heißt wir lagen über- und untereinander so zusammengepfercht daß wir weder einen Arm noch ein Bein bewegen konnten ohne anzustoßen oder besser ohne vorher einen anderen Arm oder ein anderes Bein um Erlaubnis zu bitten, erstickend, schweißtriefend während unsere Lungen nach Luft lechzten wie Fische auf dem Trockenen nach Wasser japsen, der Waggon hatte wieder einmal in der Nacht haltgemacht man hörte nur das Geräusch der atmenden Lungen die sich verzweifelt mit dem feuchten Mief füllten mit den stinkenden Ausdünstungen eines Knäuels von Körpern als ob wir mehr tot als Tote wären, da wir uns unserer Lage bewußt zu werden vermochten als ob die Dunkelheit die Finsternis ... Und ich konnte sie fühlen sie spüren wie sie langsam übereinander krabbelten und krochen wie Würmer im stickigen Gestank von Speichel und Schweiß, während ich mich zu erinnern versuchte wie lange wir schon in diesem Zug waren einen Tag und eine Nacht oder eine Nacht einen Tag und eine Nacht aber es war sinnlos die Zeit existiert nicht Wie spät ist es sagte ich ist es dir möglich mal auf die Uhr zu, Herrje nochmal sagte er Kann es dir nicht scheißegal sein wann es hell wird Liegt dir etwas daran unsere dreckigen feigen Fressen von Besiegten zu sehen Liegt dir etwas daran meine dreckige Judenfresse zu sehen, Oh sagte ich schon gut schon gut schon gut), Blum sagte wieder: »Tjaa. Und dann hat er aus nächster Nähe die Maschinenpistolensalve einkassiert. Vielleicht wäre es intelligenter gewesen wenn er

– Nein: hör mal ... Intelligenter! Als ob die Intellig ... Hör mal: er hat uns doch mal ein Glas spendiert. Das heißt, ich glaube, es ging dabei eigentlich nicht um uns sondern um die Pferde. Er hat sicher gedacht daß sie durstig wären und bei der gleichen Gelegenheit hat er dann ...« Und Blum: »Ein Glas spendiert?« und ich: »Ja. Es war ... Hör mal: man hätte meinen können wie eins von den Plakaten mit denen eine englische Brauerei Reklame macht, weißt du? Der Hof eines alten Wirtshauses mit Mauern aus roten Backsteinen und hellen Fugen, und Fenstern mit kleinen Scheiben und weiß gestrichenen Rahmen, und die Kellnerin mit der Kupferkanne in der

Hand und der Reitknecht in Gamaschen aus gelbem Leder mit den gelockerten Schnallenzungen der die Pferde tränkt während die Gruppe von Reitern in der klassischen Pose dasteht: mit hohlem Kreuz, eines der gestiefelten Beine ein wenig vor dem anderen, ein angewinkelter Arm auf der Hüfte mit der Reitpeitsche in der Faust während der andere Arm mit einem Schoppen goldenen Biers zu einem Fenster im ersten Stock hinaufprostet wo man verschwommen hinter dem Vorhang ein Gesicht erblickt das aus einem Pastellbild zu stammen scheint ... Ja: mit dem Unterschied daß von alledem nichts zu sehen war außer den Backsteinmauern, aber schmutzigen, und der Hof glich eher dem Platz hinter einer Klitsche: der Hinterhof einer Kneipe, einer Schankwirtschaft mit Stapeln leerer Limonadenkästen und herumirrenden Hühnern und Wäsche die an einer Leine trocknete, und statt der weißen Zierschürze trug die Frau einen jener Kittel aus geblümtem Stoff wie man sie auf den Märkten unter freiem Himmel verkauft und daß sie nackte Beine hatte und einfache Pantoffeln trug und daß es sie offenbar gar nicht wunderte was sie und wir dort gerade taten, als ob es ganz normal wäre daß wir in aller Ruhe, stehend und in voller Ausrüstung, unsere Pulle Bier leerten, er und der Leutnant etwas abseits wie es sich gehörte (und ich weiß nicht einmal ob er getrunken hat, ich glaube nicht, ich kann mir nicht vorstellen daß er eine Pulle Bier an die Gurgel setzte) und wir in der einen Hand unsere Flasche und in der anderen die Zügel der Pferde die an der Tränke soffen, und das neben der Straße an deren Rand ungefähr alle zehn Meter eine Leiche lag (ein Mann oder eine Frau oder ein Kind), oder ein Lastwagen, oder ein ausgebranntes Auto, und als er bezahlte – denn er hat bezahlt – konnte ich seine Hand ruhig in seine Tasche gleiten sehen, unter den weichen grau-grünen Stoff der eleganten Hose, die beiden Höcker die der gekrümmte

Zeige- und Mittelfinger bildeten als er nach seinem Portemonnaie griff, es herauszog und die Münzen ebenso gelassen in die Hand der Frau zählte als bezahlte er eine Orangeade oder eines jener exquisiten Getränke an der Bar eines Wiegeplatzes in Deauville oder Vichy ...« Und wieder war mir als sähe ich es: wie sich die Jockeis von dem unnachahmlichen, beinahe schwarzen Grün der üppigen Kastanienbäume abhoben und beim Geklingel der Glocke zum Startplatz ritten, wie Affen hoch oben auf den grazilen eleganten Tieren hockend, wie ihre bunten Jockeijacken unter den Sonnensprenkeln aufeinander folgten, etwa so: Gelbe Jacke, blaue Rückenstreifen und blaue Kappe – der schwarz-grüne Hintergrund der Kastanienbäume – Schwarze Jacke, blaues Andreaskreuz und weiße Kappe – die schwarz-grüne Wand der Kastanienbäume – Blau-rosa gewürfelte Jacke, blaue Kappe – die schwarz-grüne Wand der Kastanienbäume – Kirschrot und blau gestreifte Jacke, himmelblaue Kappe – die schwarz-grüne Wand der Kastanienbäume – Gelbe Jacke, gelb-rot geringelte Ärmel, rote Kappe – die schwarz-grüne Wand der Kastanienbäume – Rote Jacke, graue Nahtstreifen, rote Kappe – die schwarz-grüne Wand der Kastanienbäume – Hellblaue Jacke, schwarze Ärmel, rote Armbinde und rote Kappe – die schwarz-grüne Wand der Kastanienbäume – Granatrote Jacke, granatrote Kappe – die schwarz-grüne Wand der Kastanienbäume – Violette Jacke, kirschrotes Lothringerkreuz, violette Kappe – die schwarz-grüne Wand der Kastanienbäume – Rote Jacke mit blauen Tupfen, rote Ärmel und rote Kappe – die schwarz-grüne Wand der Kastanienbäume – Himmelblau geringelte kastanienbraune Jacke, schwarze Kappe ... die glänzenden vorbeigleitenden Jockeijacken, die dunkelgrüne Laubwand, die glänzenden Jockeijacken, die tanzenden Sonnensprenkel, die Pferde mit den tanzenden Namen – Carpasta, Milady, Zeida, Naharo, Romance, Primarosa, Riskoli, Carpaccio, Wild-Risk, Samarkand, Chichibu – die Stutenfüllen die ihre feinen Hufe nacheinander aufsetzten und wieder abhoben als ob sie sich verbrannten, wie sie tanzten, tänzelnd über dem Boden zu schweben schienen, ohne die Bahn zu berühren, die Glocke, die klingende Bronze, die unablässig klingelte, während die schillernden Jockeijacken nacheinander still in den eleganten Nachmittag glitten, und Iglésia vorbeiritt ohne sie anzusehen mit jener rosa Jacke auf dem Rücken die einen Schweif vom Duft ihrer Haut zu hinterlassen schien, als hätte sie eines ihrer seidenen Dessous genommen und es ihm übergeworfen, noch warm, noch durchdrungen vom Duft ihres Leibes, und darüber sein gelbes trauriges Raubvogelprofil, und seine kurzen gekrümmten Beine, die angezogenen Knie, auf dem Goldfuchs kauernd, einer Stute mit majestätischem üppigem Gang, mit üppigen Hanken (bis auf jene üppige Ungelenkheit des Hintergestells der nicht für den Schritt sondern für den Galopp gemachten Glieder, da die langen Hinterhachsen sich nacheinander mit einer ungelenken Vornehmheit, einer hochmütigen Ungeschicklichkeit bewegten, wobei der lange schwankende Schwanz den Glanz der Sonne auffing), und die letzten Jockeijacken nun von hinten (eine dunkelblaue mit einem roten Andreaskreuz, eine kastanienbraune mit blauen Tupfen), die hinter den Waagen verschwanden, das Gebäude mit dem Strohdach und dem imitierten normannischen Fachwerk, und sie (sie, die ihren Kopf ebenfalls nicht herumdrehte und keine Miene machte ihn zu sehen) in einem der zierlichen eisernen Sessel sitzend, unter schattigem Laub, vielleicht mit einem jener gelben oder rosaroten Zettel in der Hand auf denen die letzten Quoten verzeichnet sind (ihn jedoch nicht mehr betrachtend) zerstreut mit jemandem sprechend (oder ihm zerstreut zuhörend, oder nicht zuhörend) mit einem jener pensionierten Obersten oder Majore die man nur noch an solchen Orten trifft, in gestreiften Hosen, mit grauen Melonen auf den Köpfen (Gestalten die wahrscheinlich während der übrigen Woche fix und fertig angezogen irgendwo abgestellt verweilen und nur am Sonntag, schnell geschniegelt und gebügelt, wieder hervorgeholt und gleichzeitig mit den Blumenkörben auf den Balkonen und Treppen der Tribünen aufgestellt und anschließend sofort wieder weggeräumt werden), und Corinne die sich am Ende lässig erhob und sich ohne Eile – in ihrem um die Beine schwingenden hauchdünnen flatternden unanständigen roten Kleid – zu den Tribünen begab...

Aber da waren keine Tribünen, da war kein elegantes Publikum das uns zuschaute: ich konnte ihre dunklen Silhouetten immer vor uns sehen (donquichoteske vom stechenden, die Konturen anfressenden Licht abgezehrte Formen), unauslöschlich in der gleißenden Sonne, ihre schwarzen Schatten die bald als getreue Doppelgänger neben ihnen über die Straße glitten, die bald verkürzt, zusammengeschrumpft oder besser zusammengeschoben wie unförmige Zwerge, bald wie verzerrte langgestreckte stelzende Wesen aussahen, die in einem verkleinerten Maßstab symmetrisch die Bewegungen ihrer senkrechten Doppelgänger wiederholten mit denen sie durch unsichtbare Bande vereint zu sein schienen: vier Punkte – die vier Hufe – die abwechselnd auseinanderstrebten und wieder zusammentrafen (genauso wie bei einem Wassertropfen der von einem Dach fällt oder besser der sich spaltet, da ein Teil von ihm am Rand der Dachrinne haften bleibt (ein Phänomen das in folgende Phasen zerfällt: der Tropfen zieht sich durch sein eigenes Gewicht in die Länge, nimmt die Form einer Birne an, deren Hals sich so verjüngt daß der untere dickere Teil sich absondert und fällt, während der obere Teil wieder hinaufzuschnellen, sich zusammenzuziehen scheint, als würde er sofort nach der Trennung hinaufgesogen, der dann sofort durch einen neuen Zufluß wieder anschwillt, so daß es einen Augenblick später aussieht, als sei es der gleiche Tropfen der da hängt, wieder schwillt, immer an der gleichen Stelle, und dies endlos, wie eine Glaskugel die am Ende eines Gummibands auf und ab schwingt), und ebenso trennen sich der Pferdefuß und sein Schatten und verschmelzen wieder, immer wieder zusammengeführt, wobei der Schatten sich wie der Arm eines Polypen in sich selbst zusammenzieht indes der Huf sich hebt und der Fuß einen natürlichen Bogen beschreibt, während unter und kurz hinter ihm der schwarze verdichtete Fleck nur wenig zurückweicht und sich dann sofort wieder an den Huf heftet – und wegen der schrägen Sonnenbestrahlung steigert sich die Geschwindigkeit mit der der Schatten wiederkehrt um sozusagen sein Ziel zu erreichen, derart daß er nach anfänglichem Schleichen schließlich wie ein Pfeil an den Berührungspunkt schnellt und die Verbindung herstellt) wie durch ein osmotisches Phänomen, die doppelte mit vier multiplizierte Bewegung, die vier mit vier Schatten zusammenstoßenden Hufe die sich bei einer Art beständigem Hin und Her, einer Art monotonem Stampfen trennten und wieder trafen, während unter ihnen staubige Straßenränder dahinzogen, Pflaster oder Gras, wie ein Tintenklecks mit vielen Ausläufern die sich spreizten und wieder kreuzten und spurlos über die Trümmer, die Toten und den vom Krieg hinterlassenen mit Dreck und Wracks bedeckten Streifen hinwegglitten, und da irgendwo muß ich es zum erstenmal gesehen haben, ein wenig vor oder hinter der Stelle wo wir angehalten hatten um zu trinken, indem ich es durch diese Art Halbschlaf, diese Art kastanienbraunen Schlamm in dem ich sozusagen steckte entdeckte und anstarrte, vielleicht nur weil wir einen Bogen machen mußten um es zu umreiten, so daß ich es eher erriet als sah: nämlich (wie alles was am Rand der Straße herumlag: die

Lastwagen, die Autos, die Koffer, die Kadaver) etwas Ungewöhnliches, Unwirkliches, Zwittriges insofern als das was ein Pferd gewesen war (das heißt das was man als ein gewesenes Pferd kannte, erkennen, identifizieren konnte) nun nur noch ein unförmiger zu drei Vierteln mit Schlamm bedeckter Haufen von Gliedern, Hufen, Leder und verklebtem Fell war – wobei Georges sich fragte ohne es sich eigentlich zu fragen, da er es nur mit einer Art friedlichen oder vielmehr abgestumpften Verwunderung feststellte, einer Verwunderung die verbraucht ja beinahe ganz dahingeschwunden war während der zehn Tage an denen er allmählich aufgehört hatte sich zu wundern und ein für allemal die Absicht aufgegeben hatte für das was man sieht und was einem geschieht einen Grund oder eine logische Erklärung zu suchen: der sich also nicht fragte wieso, sondern nur feststellte daß obgleich es seit langem nicht geregnet hatte – seines Wissens wenigstens nicht – das Pferd oder vielmehr das was ein Pferd gewesen war beinahe ganz – als ob man es in eine Schale Milchkaffee getaucht und wieder herausgezogen hätte – mit einem flüssigen graugelben Schlamm überzogen und anscheinend schon zur Hälfte von der Erde aufgesogen worden war, als hätte diese schon heimlich begonnen wieder von dem Besitz zu ergreifen was aus ihr hervorgegangen war und nur mit ihrer Erlaubnis und durch ihre Vermittlung (nämlich durch das Heu und den Hafer mit dem das Pferd sich ernährt hatte) gelebt hatte und dazu bestimmt war wieder zu ihr zurückzukehren, sich wieder in ihr aufzulösen, die es also (wie gewisse Reptilien die ihre Opfer mit Speichel oder Magenschleim bestreichen bevor sie sie verzehren) mit jenem flüssigen von ihr abgesonderten Schlamm bedeckte umhüllte, dem Schlamm der schon eine Art Siegel zu sein schien, eine Kennmarke die die Zugehörigkeit bescheinigte, bevor sie es allmählich und endgültig in ihrem Schoß aufnahm wobei sie wahrscheinlich so etwas wie ein saugendes Geräusch machte: und doch (obgleich es schon immer dagewesen zu sein schien, wie eine jener wieder ins Steinreich zurückgekehrten Tier- oder Pflanzenfossilien, mit seinen beiden in der fötalen knienden oder betenden Haltung der Gottesanbeterinnen oder Fangschrecken zurückgeknickten Vorderbeinen, seinem steifen Hals, seinem zurückgeworfenen starren Kopf, dessen aufgesperrte Kiefer den violetten Flecken des Gaumens erkennen ließen) war es noch nicht lange her daß es getötet worden war – vielleicht erst beim letzten Fliegerbeschuß? – denn das Blut war noch frisch: ein breiter hellroter klümperiger Fleck, der wie eine Glasur glänzte und sich auf der oder besser über die Kruste aus Schlamm und verklebtem Haar hinaus erstreckte als wäre er nicht einem Tier, einem ganz einfach abgeschlachteten Tier, sondern (so wie in den Legenden Wasser und Wein aus dem mit einem Stab berührten Fels oder Berg hervorsprudeln) einer unsühnbaren ruchlosen von den Menschen in die Flanke der lehmigen Erde geschlagenen Wunde entquollen; Georges betrachtete es während er sein Pferd automatisch einen weiten Halbkreis beschreiben ließ um es zu umreiten (wobei sein Pferd brav gehorchte ohne einen Sprung zur Seite zu machen noch seine Schritte zu beschleunigen oder seinen Reiter zu nötigen es an die Kandare zu nehmen um es zu bändigen, während Georges an die Angst, an die Art mysteriöser Panik dachte die die Pferde befiel wenn sie beim Ausritt zum Geländedienst gelegentlich am Ende des Truppenübungsplatzes an der Mauer der Abdeckerei vorbeikamen, das Gewieher dann, das Geklirr der Kinnketten, das Geschimpfe der an die Zügel geklammerten Männer, und Georges sagte sich: »Damals war es nur der Gestank. Aber nun läßt sie sogar der Anblick einer ihrer toten Artgenossen kalt, und sie würden wahrscheinlich darüber hinwegstampfen, nur um drei Schritte weniger machen zu müssen«, und er sagte sich auch: »Übrigens würde auch ich...« Er sah es langsam unter sich kreisen, so als läge es auf einer Drehplatte (zuerst, im Vordergrund, den zurückgeworfenen Kopf, der seine untere starre Seite zeigte, den steifen Hals, dann die sich unmerklich dazwischenschiebenden eingeknickten Beine, die den Kopf verdeckten, dann die Flanke, nun im Vordergrund, die Wunde, dann die ausgestreckten Hinterbeine, aneinandergepreßt als ob man sie gefesselt hätte, dann den wiederauftauchenden Kopf, dort drüben, von hinten gesehen, wobei sich die Konturen fortwährend verwandelten, das heißt diese Art von gleichzeitigem Vergehen und Entstehen der Linien und Volumina (wobei Vorsprünge allmählich verfielen während andere Rundungen sich hervorzuheben schienen, sich deutlich abzeichneten, dann verfielen und ihrerseits verschwanden) je nachdem wie sich der Blickpunkt verschob, während sich gleichzeitig ringsherum die Art Konstellation – von der er zunächst nur verschwommene Flecken sah – zu bewegen schien, die aus allerlei Dingen bestand (deren Abstände voneinander sich ebenfalls je nach dem Blickpunkt verringerten oder vergrößerten) aus unordentlich um das Pferd herumliegendem Zeug (wahrscheinlich die Ladung der Karre die es gezogen hatte doch man sah keine Karre: vielleicht hatten die Leute sich selber davorgespannt und waren so weitergezogen?) wobei Georges sich fragte wie der Krieg (er sah dabei den aufgeschlitzten Koffer, dem wie Kaldaunen Stoffeingeweide entquollen) diese unwahrscheinliche Menge Wäsche verstreuen konnte, meistens schwarze oder weiße Stücke (aber da war auch eins in verblaßtem Rosa, das auf die Hagedornhecke geschleudert oder an ihr festgehakt war, als hätte man es dort zum Trocknen aufgehängt), als ob das was die Leute als Kostbarstes schätzten Lumpen, Fetzen, Laken wären, die zerrissen, zusammengeknautscht, umhergestreut oder wie Binden, wie Lappen ausgebreitet die grüne Erdoberfläche bedeckten...

Dann hörte er auf sich etwas zu fragen, was es auch immer sein mochte, und er hörte gleichzeitig auf zu sehen obwohl er sich bemühte die Augen offen zu halten und so gerade wie möglich im Sattel zu sitzen während die Art dunkler Schlamm in dem er sich zu bewegen glaubte sich noch mehr verdichtete, und es wurde ganz finster um ihn herum, und alles was er nun wahrnahm war das Geräusch, das monotone mannigfaltige Hämmern der Hufe auf der Straße das widerhallte, sich vervielfältigte (Hunderte, Tausende von Hufen nun) so daß es (wie das Prasseln des Regens) sich selbst übertäubte, sich selbst vertilgte und durch seine Dauer, seine Gleichmäßigkeit, eine Art Stille zweiten Grades erzeugte, etwas Majestätisches, Monumentales: das Fortschreiten der Zeit, nämlich unsichtbar unkörperlich ohne Anfang ohne Ende ohne Anhaltspunkt, und in dessen Schoß er das Gefühl hatte, eiskalt, erstarrt auf seinem im Finstern ebenfalls unsichtbaren Pferd zu sitzen, inmitten der unsichtbaren schlanken Silhouetten gespenstischer Reiter die horizontal dahinglitten, schwankten oder vielmehr beim Trott der Pferde leicht schlotterten, so daß die Schwadron, ja das ganze Regiment zu reiten schien ohne vom Fleck zu kommen, wie Statisten auf der Bühne, deren Beine auf der Stelle das Schreiten mimen während hinter ihnen eine bebende Leinwand abrollt auf die man Häuser Bäume Wolken gemalt hat, mit dem Unterschied daß der Hintergrund hier nur Nacht, nur Finsternis war, und plötzlich fiel Regen, ein ebenfalls monotoner, endloser, finsterer Regen, der nicht herabrauschte sondern wie die Nacht Männer und Pferde miteinander verschmolz und sein unmerkliches Rieseln dem fürchterlichen anhaltenden gefährlichen Lärm hinzufügte beimischte den Tausende von Pferden bei ihrem

Marsch über die Straßen machten und das dem Knabbern von Tausenden die Welt zernagenden Insekten glich (haben übrigens die Pferde, die Kriegspferde von früher, die antiken Schlachtrosse aus unvordenklichen Zeiten die im nächtlichen Regen die Straßen entlangzogen und ihre schweren mit Platten gepanzerten Köpfe hin- und herwiegten nicht etwas von der Steifheit der Schalentiere dieses halb lächerliche halb furchterregende Aussehen von Heuschrecken mit ihren steifen Beinen ihren vorspringenden Knochen ihren geringelten Flanken die das Bild eines Wappentiers heraufbeschwören das nicht aus Fleisch und Muskeln besteht sondern vielmehr – da Tier und Panzerung ein Ganzes bilden – einem jener alten aus verrostetem Blech und scheppernden Ersatzteilen mit Draht zusammengeflickten Klapperkästen gleicht, die jeden Moment auseinanderzufallen drohen?), ein Lärm, der in Georges Kopf allmählich eins mit dem Begriff Krieg geworden war, das monotone Trappeln das die Nacht erfüllte wie ein Klappern von Knochen; und auf den Gesichtern die schwarze metallharte Luft, so daß er (in Gedanken an die Berichte der Polarexpeditionen in denen es heißt daß die Haut am durchfrorenen Eisen haften bleibt) zu fühlen glaubte wie die kalte Finsternis fest an seinem Fleisch klebte, als ob die Luft, ja selbst die Zeit eine einzige stählerne Masse wäre (wie die abgestorbenen seit Jahrmilliarden erloschenen und mit Eis bedeckten Welten) in deren Dichte sie gefangen, für immer immobilisiert wären, sie, ihre alten makabren Mähren, ihre Sporen, ihre Säbel, ihre stählernen Waffen: alle aufrecht und unversehrt, so daß der Tag wenn er anbräche sie durch die transparente meergrüne Masse wie eine auf dem Marsch von einer Sintflut überraschte Armee vorfände die der träge sich unmerklich voranschiebende Gletscher wieder hergeben, hundert- oder zweihunderttausend Jahre später als ein buntes

Durcheinander zusammen mit allen alten Landsknechten, Reitern und Kürassieren von einst erbrechen würde, und sie hinunterpurzelnd leise klirrend zersplittern würden...

»Es sei denn, alles begönne sofort zu faulen und zu stinken, dachte er. Wie jene Mammuts...« Dann war er plötzlich wieder hellwach (wahrscheinlich wegen der veränderten Gangart des Pferdes, dessen Hüften ihm, obgleich es noch stets im Schritt ritt, härtere Stöße versetzten, so daß er an den Sattelknopf rutschte, was bedeutete daß die Straße sich nun zu neigen begonnen hatte): aber es war immer noch die gleiche Finsternis, selbst wenn er die Augen so weit er nur konnte aufriß gelang es ihm nicht etwas zu erkennen, und er dachte sich (bei dem nun anderen hohler klingenden Geräusch der Hufe und dem vorübergehenden Eindruck einer sogar anderen Stille, einer anderen Dunkelheit, die nicht etwa feuchter oder frischer war – denn der gleiche Regen fiel nach wie vor – sondern sozusagen flüssig und treibend, unter ihnen) daß sie über eine Brücke zögen; dann war es wieder ein voller Klang der unter den Hufen vom Boden widerhallte und die Straße begann wieder zu steigen.

Da wo die Reithose sich zwischen Knie und Futtertasche am Sattel rieb hatte ein unablässig hinabsickerndes feines Rinnsal das Tuch völlig durchnäßt und er konnte an seiner Haut die Kühle des feuchten Stoffs fühlen, und die Straße führte wahrscheinlich in Windungen bergan denn jetzt kam das monotone Geklapper von allen Seiten: nicht nur von vorne und von hinten sondern auch von rechts oben, links unten, und, in die Finsternis starrend, nun beinahe fühllos (da er die Steigbügel abgestreift, sich über den Sattelknopf gebeugt, beide Beine zur Entspannung der Kniegelenke auf die Futtertaschen gelegt hatte und sich wie ein Ballen hin- und herwerfen ließ) glaubte er alle Pferde, Männer, Wagen blindlings in die gleiche Nacht stampfen oder rollen zu hören, in die gleiche pechschwarze Nacht, ohne daß sie wußten wohin und wozu, während die alte unverwüstliche Welt durch und durch erzitterte, voller Gewimmel war und in der Finsternis wie eine bronzene Hohlkugel von dem katastrophalen Lärm aneinanderprallenden Metalls widerhallte, und er dachte an seinen Vater wie er in dem bunt verglasten Pavillon am Ende der Eichenallee saß wo er seine Nachmittage arbeitend verbrachte indem er Papierbögen mit seiner feinen Schrift bedeckte Wörter ausradierte oder überschrieb jene ewigen Papierbögen die er in einer alten Mappe mit gebogenen Ecken hin- und hertrug, wie eine Art unzertrennliche Ergänzung seiner selbst, ein zusätzliches Organ wahrscheinlich eigens dazu erfunden dem Unvermögen anderer Körperteile abzuhelfen (der Muskeln, der Knochen unter der ungeheuren Last von Fett, von schlaffem Fleisch, von einer Substanz die untauglich geworden war aus sich heraus ihren eigenen Bedürfnissen zu genügen so daß sie eine Art Ersatzstoff, einen künstlichen sechsten Sinn, eine allmächtige mittels Tinte und Papiermasse funktionierende Prothese erfunden zu haben schien); aber an jenem Abend, die Morgenzeitungen lagen noch übereinander auf dem Korbtisch ausgebreitet, über den kostbaren wie jeden Tag mitgebrachten Papieren die sich jedoch noch an derselben Stelle befanden wo er sie hingelegt hatte als er am frühen Nachmittag angekommen war, die unordentlich herumliegenden und vom Wiederlesen zerknitterten Zeitungen die im Halbdunkel des Pavillons noch das Licht jener sommerlichen Dämmerung festhielten durch die das friedliche Keuchen des Traktors hereindrang, da der Pächter noch nicht ganz mit dem Mähen der großen Wiese fertig war, der Lärm des aufheulenden Motors, der lauter und lauter jaulte wenn er den Hang des Hügels wütend wieder erklomm und ihre Stimmen übertönte und dann, oben angekommen, plötzlich abklang, beim Drehen hinter dem Bambusbusch sogar beinahe verstummte, den Hang wieder hinunterrollte, wieder drehte, am Fuß des Hügels entlangfuhr, dann von neuem losstürzte, – stürmte, so daß der Motor sich am steigenden Hang aufzubäumen schien, und Georges wußte dann daß er allmählich in seinem Blickfeld erscheinen würde, wie er emporklimmen, sich mit jener unaufhaltsamen Langsamkeit hinaufstemmen würde, die allen eigen ist welcher Art sie auch sein mögen – Menschen Tieren oder Maschinen –, die mehr oder weniger mit dem Landbau zu tun haben, wie der stämmige von den Erschütterungen unmerklich geschüttelte Rumpf des Pächters allmählich in der Dämmerung vor dem hügeligen Hintergrund auftauchen, die Hügel überragen und sich schließlich dunkel von dem blassen Himmel abheben würde, und sein Vater in dem bei jeder Bewegung unter seinem Gewicht ächzenden Korbsessel, mit im Leeren verlorenem Blick hinter der zwecklosen Brille auf der Georges die doppelte Spiegelung der winzigen sich vom Sonnenuntergang abhebenden Silhouette sehen konnte die die gewölbte Oberfläche der Brillengläser überquerte (oder vielmehr langsam darüber glitt) und dabei die aufeinander folgenden Phasen der durch die Linsenwölbung verursachten Verunstaltungen durchmachte – eine zuerst langgestreckte hohe Silhouette, die dann breiter wurde und sich schließlich wieder strichförmig streckte, während sie sich langsam drehte und verschwand –, so daß er beim Hören der müden Greisenstimme die durch das Halbdunkel zu ihm drang glaubte das unauslöschliche Bild des Bauern nicht nur jeden der beiden Himmelsmonde von einem Rand zum anderen überqueren sondern (wie auf dem Karussell sitzende Leute) auftauchen, dicker werden, sich nähern und wieder abnehmen zu sehen als zöge es ewig, zitterig und unbeirrt über die runde blendende Oberfläche der Welt . . .

Und sein Vater der immerzu sprach, wie vor sich hin, der von dem wie heißt er noch Philosophen sprach der gesagt hat der Mensch kenne nur zwei Mittel sich das was anderen gehört anzueignen, den Krieg und den Handel, und daß er im allgemeinen zuerst das erste wähle weil es ihm als das leichteste und schnellste erscheine und dann, aber erst nach der Entdeckung der Nachteile und Gefahren des ersten, das zweite nämlich den Handel der ein nicht weniger unredliches und brutales aber bequemeres Mittel sei, und daß übrigens alle Völker zwangsläufig diese beiden Phasen durchgemacht und alle schon einmal Europa mit Feuer und Schwert verwüstet hätten bevor sie zu Aktiengesellschaften von Handlungsreisenden geworden seien wie die Engländer aber daß sowohl der Krieg als auch der Handel gar nichts anderes als der Ausdruck ihrer Habgier seien und daß diese Habgier selbst die Folge der uralten Furcht vor Hunger und Tod sei, woraus sich ergebe, daß töten stehlen plündern und verkaufen in Wirklichkeit nur ein und dasselbe sei das bloße Bedürfnis sich zu beruhigen, wie junge Burschen die pfeifen oder laut singen um sich Mut zu machen wenn sie nachts durch einen Wald gehen, was erkläre warum der Chorgesang ebensogut auf dem Ausbildungsprogramm der Truppen stehe wie die Handhabung von Waffen oder Schießübungen weil nichts schlimmer sei als die Stille wenn, und Georges der dann wütend sagte: »Ja gewiß!«, und sein Vater der immerzu den leise in der Dämmerung zitternden Espenbusch betrachtete ohne ihn zu sehen, die Nebelschicht die sich langsam im Talgrund verdichtete, die Pappeln überschwemmte und die dunkelnden Hügel, sein Vater sagte: »Was hast du?« und er: »Nichts ich habe nichts Ich habe vor allem keine Lust noch mehr Wörter und Wörter und wieder Wörter aneinanderzureihen Hast du nicht endlich auch genug davon?« und sein Vater: »Wovon?« und er: »Von dem Gerede

Vom Aneinanderreihen von ...«, dann schwieg er, da ihm einfiel, daß er am folgenden Morgen abreiste, und nahm sich zusammen, sein Vater betrachtete ihn nun schweigend und hörte dann auf ihn zu betrachten (der Traktor war jetzt mit der Arbeit fertig, fuhr mit viel Krach hinter dem Pavillon herum, mit dem Pächter hoch oben auf seinem Sitz, und im dichten Schatten unter den Bäumen sah man nur den weißen Fleck seines Hemdes freischwebend, gespenstisch einhergleiten, sich entfernen und an der Scheunenecke verschwinden, worauf ein wenig später der Lärm des Motors verstummte und wieder Stille eintrat); er konnte das Gesicht des alten Mannes nicht mehr erkennen, sondern nur noch eine schlaffe Maske die über der riesigen wirren im Sessel zusammengesackten Masse hing, und er dachte: »Er grämt sich und versucht es zu verbergen sich selbst auch Mut zu machen Darum spricht er soviel Weil er nichts anderes aufzubieten hat als diese schwerfällige hartnäckige abergläubische Zuversicht oder vielmehr diesen Glauben an den absoluten Vorrang des per Prokura erworbenen Wissens, des Geschriebenen, jener Worte, die sein eigener Vater der nur ein Bauer gewesen war nie hatte entziffern können, so daß er ihnen eine Art geheimnisvolle magische Macht verlieh aufbürdete ...«; die Stimme seines Vaters war erfüllt von dieser Traurigkeit, dieser verbohrten wankelmütigen Verbissenheit sich selbst wenn nicht von dem Nutzen oder der Wahrhaftigkeit dessen was sie sagte zu überzeugen, so wenigstens von dem Nutzen daran zu glauben daß es nütze es zu sagen, indem sie nicht müde wurde es für ihn allein zu tun – wie ein Kind auf dem Weg durch einen finsteren Wald pfeift hatte er gesagt –, und die nun wieder zu ihm drang, nicht mehr durch das Halbdunkel des Pavillons in der stagnierenden Hitze des August, des verkommenden Sommers wo etwas endgültig faul wurde, schon stank, sich aufblähte wie ein Kadaver voller

Würmer und schließlich platzte und nicht mehr als einen unbedeutenden Rückstand übrigließ, den Haufen zerknitterter Zeitungsblätter auf denen man schon seit langem nichts mehr unterscheiden konnte (nicht einmal Buchstaben, erkennbare Zeichen, nicht einmal mehr die sensationellen Schlagzeilen: kaum einen Flecken, einen etwas dunkleren grauen Schatten auf dem Grauingrau des Papiers), sondern die (die Stimme die Worte) nun in der kalten Finsternis ertönten wo sich unsichtbar die endlos lange Schlange von Pferden hinzog die seit jeher unterwegs zu sein schienen: als ob sein Vater nie zu reden aufgehört hätte und Georges eines der vorbeiziehenden Pferde gepackt und sich daraufgeschwungen hätte, als ob er nur von seinem Sitz aufgestanden wäre und rittlings eines dieser seit der Nacht der Zeiten einherwandelnden Schatten bestiegen hätte und der alte Mann weiter zu einem leeren Sessel spräche während er sich entfernte, verschwand und die einsame Stimme sich darauf versteifte, unnütze leere Worte hervorzubringen, und Schritt um Schritt gegen das Gewimmel ankämpfte das die Herbstnacht erfüllte sie erstickte sie schließlich unter ihrem majestätischen gleichgültigen Stampfen erdrückte.

Oder er hatte vielleicht nur die Augen geschlossen und sie sofort wieder geöffnet, da sein Pferd beinahe auf das vorhergehende geprallt wäre und er dabei wieder hellwach geworden war und gemerkt hatte daß das Geräusch der Hufe nun verstummt war und daß die ganze Kolonne haltgemacht hatte so daß man nun nur noch das Rauschen des Regens ringsherum hörte, die immer noch gleich finstere, öde Nacht, dann und wann ein witterndes, schnaubendes Pferd, dann wieder das alles übertönende Geräusch des Regens und nach einer Weile hörte man das Schreien von Befehlen an der Spitze der Schwadron und der Zug setzte sich wieder in Bewegung um nach wenigen Metern abermals haltzumachen, während einer an der Kolonne entlang auf einem Pferd zurücktrabte dessen aneinanderschlagende Hufeisen bei jedem Ausschreiten ein helles metallisches Klicken erklingen ließen, und schwarz auf schwarz tauchte eine Gestalt aus dem Nichts auf, ritt mit den knirschenden Muskeln eines trabenden Tiers, mit quietschendem Lederzeug und sich scheuernden und aneinanderstoßenden Geschirrteilen und Beschlägen vorbei, den dunklen Oberkörper vornüber auf den Pferdehals geneigt, ohne Gesicht, behelmt, apokalyptisch, als sei es das Kriegsgespenst selbst das von Waffen starrend aus der Finsternis aufgetaucht wäre und wieder darin untertauchte, wonach noch viel Zeit verging bis schließlich der Befehl kam weiterzureiten und beinahe gleichzeitig gewahrten sie die ersten Häuser, die noch etwas finsterer waren als der Himmel.

Dann waren sie in der Scheune gewesen, mit dem Mädchen das an ihrem ausgestreckt erhobenen Arm eine Lampe in der Hand hielt und einer Erscheinung glich: etwa wie eines jener alten pfeifensaftfarbenen Bilder: braun (oder vielmehr teerig) und warm, und sozusagen nicht so sehr das Innere eines Gebäudes als anscheinend so etwas wie ein organischer, viszeraler Raum, in den sie eingedrungen waren (wobei sie gleichzeitig in den herben Geruch der Tiere und des Heus vorgedrungen waren) so daß Georges sich, etwas betäubt, etwas bestürzt, blinzelnd die brennenden Augenlider hielt, stumpfsinnig, steif in seinen vom Regen strotzenden schweren Kleidern, seinen steifen Stiefeln, seiner Müdigkeit und jenem dünnen Film aus Schmutz und Schlaflosigkeit der sich wie eine unfühlbare rissige eisige Schicht zwischen Gesicht und umgebender Luft befand, so daß er glaubte gleichzeitig die Kälte der Nacht fühlen zu können – oder vielmehr jetzt der Morgendämmerung – die er mitgebracht, die mit ihm dort hereingekommen war und ihn noch immer umschloß (und, so dachte er, ihm wahrscheinlich wie ein Korsett half, sich aufrecht zu halten, wobei er auch dunkel ahnte daß er sich beeilen müsse abzusatteln und sich hinzulegen bevor die Schicht zu schmelzen, sich aufzulösen begönne) und, andererseits, diese Art laue um nicht zu sagen ventrale Wärme in deren Mitte sie stand; unwirklich und halbnackt, kaum oder nur schlecht erwacht, mit Augen, Lippen und einer Haut, die von der sanften Schwüle des Schlafs aufgedunsen waren, kaum bekleidet, mit bloßen Beinen, trotz der Kälte barfüßig in den klobigen nicht zugeschnürten Männerschuhen, mit einer Art violettem Strickschal den sie über ihre milchige Haut zog, um den milchigen reinen Hals der aus dem groben Nachthemd hervorkam, in dieser Lache gelben Lampenlichts das von ihrem erhobenen Arm wie eine phosphoreszierende Farbschicht auf sie zu fließen schien, bis es Wack gelungen war die Laterne anzuzünden, da blies sie die Lampe aus wandte sich ab und ging hinaus in den frühen bläulichen Tag der einem Fleck auf einem blinden Auge glich, wobei sich ihre Silhouette einen Moment, solange sie im Halbschatten der Scheune stand, dunkel abhob und sich dann, sobald sie die Schwelle überschritten hatte, zu verflüchtigen schien, obgleich sie ihr weiter nachschauten, ihr die sich nicht entfernte sondern sich auflöste, wie man hätte sagen mögen, die mit dem verschmolz, was eigentlich eher gräulich als bläulich und zweifellos der Tag war, denn er mußte ja schließlich mal kommen, aber offenbar ohne die geringste Macht, ohne die geringste dem Tageslicht innewohnende Kraft, wenngleich man mit Mühe ein Mäuerchen an der anderen Seite des Wegs erkannte, den Stamm eines dicken Nußbaums und, dahinter, den Obstgarten aber alles grau in grau, ohne Farbnuancen, als ob Mäuerchen, Nußbaum und Apfelbäume (die junge Frau war nun verschwunden) sozusagen fossil geworden wären und dort nur ihren Abdruck in der unbeständigen, schwammigen und gleichmäßig grauen Masse hinterlassen hätten die nun allmählich in die Scheune eindrang, Blums Gesicht war wie eine graue Maske als Georges sich umdrehte, wie ein Stück abgerissenes Papier mit zwei Löchern als Augen, auch der Mund war grau, während Georges den Satz fortsetzte den er begonnen hatte oder vielmehr hörte wie seine Stimme ihn fortsetzte (wahrscheinlich etwas wie: Sag' mal hast du das Mädchen gesehen, es . . .), und die Stimme dann verstummte, während die Lippen sich vielleicht noch weiter in der Stille bewegten und dann ebenfalls innehielten indes er das Papiergesicht betrachtete, und Blum (er hatte seinen Helm abgenommen und sein schmales Mädchengesicht wirkte nun noch schmaler zwischen den abstehenden Ohren, nicht viel dicker als eine Faust, über dem Mädchenhals der aus dem steifen feuchten Mantelkragen wie aus einem Harnisch kränklich, traurig, weibisch, verdrießlich hervorragte) sagte: »Welches Mädchen?« und Georges: »Welches . . . Was hast du?« Blums Pferd war noch gesattelt, nicht einmal angebunden, und er selbst lehnte nur an der Wand als hätte er befürchtet umzufallen, immer noch mit umgehängtem Karabiner, ohne überhaupt den Mut zu haben abzuschnallen, und Georges sagte zum zweitenmal: »Was hast du? Bist du krank?« und Blum zuckte die Schultern, löste sich von der Wand und begann, den Sattelgurt loszuschnallen, und Georges: »Herrje, laß doch das Pferd. Hau dich hin. Wenn ich dir einen Stoß gäbe, würdest du umfallen . . .« er selbst schlief beinahe im Stehen, aber Blum widersetzte sich nicht als er ihn beiseite schob: auf den kupferroten Kruppen der Pferde waren die Haare vom Regen verklebt und dunkel, sie waren auch unter der Satteldecke verklebt und feucht, ein herber, säuerlicher Geruch ging davon aus, und während er ihre beiden Bepackungen an der Wand absetzte schien es ihm als sähe er sie immer noch, da wo sie einen Moment vorher gestanden hatte, oder besser als spürte er sie, als nähme er sie als eine Art dauerhaften unwirklichen Abdruck wahr, den sie weniger auf der Netzhaut hinterlassen hatte (er hatte sie nur so kurz, so schlecht gesehen) als sozusagen in ihm selbst: etwas Lauwarmes, weiß wie die Milch die sie kurz vor ihrem Eintreffen gemolken hatte, eine Art Erscheinung die nicht von der Lampe beleuchtet wurde sondern selbst leuchtete, als ob ihre Haut selber die Lichtquelle wäre, als ob der ganze nicht enden wollende nächtliche Ritt keinen anderen Grund, kein anderes Ziel als schließlich die Entdeckung dieses durchscheinenden aus der Dichte der Nacht modellierten Leibes gehabt hätte: nicht eine Frau sondern die Idee, das Symbol aller Frauen, und zwar ... (war er denn noch auf und dabei Riemen und Schnallen mit automatischen Bewegungen zu lösen, oder lag er schon, schlummernd, ausgestreckt im betäubenden Heu, wo schwerer Schlaf ihn umgab, ihn umhüllte) ... aus weichem Ton grob geformt: zwei Schenkel ein Bauch zwei Brüste die runde Halssäule und in der Tiefe der Falten und in der Mitte dieser primitiven präzisen Statuen der überwucherte Mund das Ding mit dem animalischen Namen, mit der naturkundlichen Bezeichnung – Muschel Pulpe Vulva – die einen an jene fleischfressenden blinden aber mit Lippen, mit Wimpern versehenen Meeresorganismen erinnern: die Mündung dieser Gebärmutter der Ursprungsherd den er in den Eingeweiden der Welt zu sehen glaubte, ähnlich jenen Muscheln und Formen mit denen er als Kind gelernt hatte Soldaten und Reiter zu backen, nur ein wenig mit dem Daumen festgedrückter Brei, die unzählbare der Legende entsprechend schwer bewaffnete und behelmte Brut die daraus hervorgegangen war und sich wimmelnd vermehrte und sich auf der Erdoberfläche verbreitete, die von unzählbarem Getöse erdröhnte, vom Gestampfe marschierender Armeen, deren unzählbare schwarze trostlose Pferde traurig die Köpfe schüttelten sie hin- und herschwenkten während sie hintereinander endlos im monotonen Geklapper der Hufe vorbeimarschierten (er schlief nicht, er verharrte regungslos, und es war jetzt keine Scheune, nicht der schwere staubige Wohlgeruch des gedörrten Heus, des verjährten Sommers, sondern die ungreifbare, schwermütig stimmende penetrante Ausdünstung der Zeit selbst, der toten Jahre, und er schwebte in der Finsternis, lauschte der Stille, der Nacht, dem Frieden, dem unmerklichen Atmen einer Frau an seiner Seite, und nach einer Weile erkannte er das zweite Rechteck das sich auf dem Schrankspiegel abzeichnete der das dunkle Licht des Fensters reflektierte – den ewig leeren Hotelzimmerschrank, in dem zwei oder drei nackte Kleiderbügel hängen, den Schrank selbst (mit seinem dreieckigen von zwei Tannenzapfen flankierten Giebel) aus jenem schmutzig gelben rötlich geäderten Holz das man anscheinend nur für diese Art Möbel verwendet die nie etwas aufbewahren sollen es sei denn ihre staubige Leere, staubiger Sarg der widergespiegelten Phantome von Tausenden von Liebenden, von Tausenden von nackten, unbändigen und schlaffen Leibern, von Tausenden von aufgespeicherten, in den trübgrauen Tiefen des unveränderlichen jungfräulichen kalten Spiegels eingeschmolzenen Umarmungen –, und er erinnerte sich:)« ... Bis mir klar wurde daß es keine Pferde waren sondern der Regen auf dem Scheunendach, da ich in dem Moment die Augen öffnete und das Licht entdeckte das in dünnen Scheiben durch die Fugen zwischen den Planken der Wand drang: es mußte spät sein und doch war es noch das gleiche schmutzig-weißliche Licht in dem sie verschwunden war, das sie in sich aufgenommen und sozusagen in die mit Wasser benetzte vielmehr die von Wasser durchtränkte wie ein Stoff wie unsere Kleider durchnäßte Morgenfrühe aufgesogen hatte, und es roch nach dem feuchten filzigen Tuch in dem wir geschlafen hatten und nun schlecht erwacht stumpfsinnig herumstanden und dabei in einer Spiegelscherbe die über einem Segeltucheimer voll eiskalten Wassers hing unsere grauen schmutzigen Gesichter betrachteten die auch aus Mangel an Schlaf abgespannt fahl aussahen mit ihren schlecht rasierten Wangen unseren strohverfilzten Haarschöpfen unseren zu rosa umrandeten Augen und dieser Art Erstaunen Mißbehagen Widerwillen (wie jener den man beim Anblick einer Leiche empfindet als ob die Aufgedunsenheit als Begleiterscheinung der Verwesung schon im voraus eingetreten wäre als ob die Aufblähung schon an dem Tage begonnen hätte an dem wir unsere anonymen Soldatenuniformen angezogen hatten und dabei gleichzeitig, wie eine Art Makel, die gleichförmige Maske der Müdigkeit des Ekels des Drecks aufgesetzt hätten) und ich entfernte den Spiegel, wobei mein Gesicht oder vielmehr das Medusengesicht umkippte wie vom schattig kastanienbraunen Scheunenboden angesogen davonflog, mit jener blitzartigen Schnelligkeit verschwand die den gespiegelten Bildern die geringste Drehung der Spiegelebene verleiht und an seiner Stelle sah ich am anderen Ende des Stalls, klönend oder vielmehr schweigend das heißt Schweigen wechselnd wie andere Worte wechseln das heißt eine gewisse Art Schweigen das sie allein verstehen konnten und das für sie wahrscheinlich viel bedeutsamer als alles Reden war, um das auf der Flanke liegende Pferd herumstehend: drei mit Bauernschädeln, drei von jenen wortkargen mißtrauischen verschlossenen Kerlen die das Gros der Mannschaften des Regiments bildeten mit einem Anflug von Schmerz in ihren vorzeitig runzlig gewordenen Gesichtern denen das Heimweh nach ihren Feldern ihrer Einsamkeit ihren Tieren nach der schwarzen geizigen Erde anhaftete, und ich sagte Was gibt's Was ist passiert? aber sie antworteten mir nicht einmal, weil sie wohl dachten es sei zwecklos oder weil wir vielleicht nicht die gleiche Sprache sprachen und ich trat näher heran und betrachtete meinerseits ein Weilchen das mühsam atmende Pferd, Iglésia stand auch da aber er hatte mich anscheinend ebensowenig gehört wie die anderen obgleich ich glaubte hoffte daß es zwischen ihm und mir wenigstens eine Möglichkeit des Kontakts geben könnte, aber wahrscheinlich ist man als Jockei beinahe so etwas wie ein Bauer allem Anschein zum Trotz der glauben machen könnte daß er, das heißt daß es da er in den Städten oder jedenfalls in Berührung mit Städten gelebt hatte erlaubt sei ihn sich immerhin etwas anders als wie einen Bauern vorzustellen, und zwar wettend, spielend und sogar eher aufgeschlossen wie Jockeis es oft sind, und wie jemanden der seine Kindheit nicht damit verbracht hat Gänse zu hüten oder Kühe an die Tränke zu führen sondern der sich wahrscheinlich in einer Gosse oder auf dem Pflaster der Städte herumgetrieben hat, aber es ist anzunehmen daß es weniger das Land ist als die Gesellschaft der Tiere der Umgang mit Tieren, denn er war beinahe genauso verschlossen genau so verschwiegen genauso wenig mitteilsam wie jeder andere von ihnen und genauso wie sie immer beschäftigt vertieft (als ob er nicht untätig sein könnte) in eine jener sorgsamen langsamen Arbeiten auf die nur sie verfallen können: von da wo ich war (ein wenig hinter ihm der auf einer alten Schubkarre saß mir drei Viertel seines Rückens zukehrte, seine Schultern leicht bewegte, wahrscheinlich schon dabei sein Geschirr zu putzen oder das von de Reixach, indem er die Kupferschnallen mit Kaol einrieb und auf die Zügel jenes gelbe Wachs auftrug von dem er einen großen Vorrat mit sich zu führen schien) konnte ich seine lange Nase sehen, seinen vornübergeneigten Kopf als würde er durch das Gewicht dieser Art Schnabel nach unten gezogen, dieser Art aufgeklebten karnevalistischen Halbmaske die wie die

Schneide eines Messers aus dem Gesicht hervorstach, eine Maske wie man sie wahrscheinlich seit der italienischen Renaissance nicht mehr fabriziert als die in ihre Umhänge gehüllten Meuchelmörder nur ihre vorspringende Adlernase hervorlugen ließen, die ihm das furchterregende und zugleich unglückliche Aussehen eines Vogels gab der ... Wo hatte ich diese Geschichte gelesen bei Kipling glaube ich diese Erzählung wo denn sonst, über das Tier das unter einem zu großen Schnabel einem riesigen Zinken litt, »Laß dir deinen Sack ziselieren« sagte er, oder »Du hast Nudeln am Hintern« ein Jockeiausdruck für »Glück haben« aber es war nichts Vulgäres in seiner Stimme, eher eine Art Arglosigkeit, Naivität, Staunen und auch ärgerliche Mißbilligung wie in dem Moment als er sah wie Blum das Pferd gesattelt hatte und daß es trotzdem nach einem so langen Marsch keine Blasen hatte, in seiner gebrochenen heiseren farblosen im Gegensatz zu dem was man erwarten konnte sonderbar weichen und sogar demütigen Stimme mit etwas Kindlichem darin das ein paradoxes Dementi dieser knochigen faltigen Karnevalsmaske zu sein schien ganz abgesehen von der Tatsache daß er mindestens fünfzehn Jahre älter als der Durchschnitt von uns war, daß er hier wie von kleinen Jungen umgeben war nur weil de Reixach es so eingerichtet hatte, weil er wahrscheinlich seine Beziehungen ausgenützt hatte um ihn unserem Regiment zuteilen zu lassen damit er ihn als Burschen bei sich behalten konnte, und es hatte in der Tat den Anschein als könnten sie einander nicht entbehren, sowohl er de Reixach nicht als dieser ihn nicht, diese herablassende Liebe des Herrn zu seinem Hund und von unten nach oben des Hundes zu seinem Herrn ohne sich dabei die Frage zu stellen ob der Herr sie verdient oder nicht: sie ohne weiteres annehmend, sie anerkennend ohne die Sachlage auch nur eine Sekunde zur Diskussion zu stellen ihm ehrerbietig ergeben wie alles zeigte so zum Beispiel seine Manier oder eher Manie geduldig beharrlich getreulich wie ein Domestike jene zurechtzuweisen die seinen Namen verschandelten indem sie ihn aussprachen wie es geschrieben wurde: de Reixach, und er: »Reschack Herrgottsakra hast du es noch immer nicht kapiert: schack das x wie sch und das ch am Ende wie ck Menschenskind ich sage dir der da ist vielleicht eine Flasche Ich hab' es ihm mindestens schon zehnmal erklärt Bist du denn nie beim Rennen gewesen du Knallkopp es ist immerhin ein sehr bekannter Name ...« Stolz auf den Namen, die Farben, die Jockeijacke aus glänzender Seide die er trug, rosa, schwarze Schulterstreifen schwarze Kappe auf dem Billardgrün der Rennbahnen, wie eine Livree, und doch als der andere die Maschinengewehrsalve aus nächster Nähe einkassiert hatte und ich einen Augenblick später vorschlug kehrtzumachen um zu sehen ob er tot sei oder nicht, blickte er mich prüfend an (so wie kurz zuvor als de Reixach den versprengten Soldaten aufgefordert hatte vom Handpferd abzusitzen das besteigen zu dürfen dieser flehentlich von uns erbeten hatte, und er mir dann sagte: Das war ein Spion, und ich: wer?, und er, die Schultern zuckend: Dieser Kerl, und ich: Ein... Woran hast du denn das gesehen? und er der mich daraufhin mit denselben kugeligen Augen musterte, mit dem gleichen bestürzten Blick der zugleich sanft mißbilligend etwas verärgert und erstaunt war so als bemühte er sich mich zu begreifen, als täte ihm meine Dummheit leid, augenscheinlich ebenso verblüfft und entrüstet wie wenn er jemanden die Offiziere verfluchen hörte oder wenn man seinen de Reixach verwünschte zum Teufel schickte wo er jetzt wahrscheinlich war – beim Teufel – für immer), wobei er wahrscheinlich versuchte jene Schicht jene Kruste zu durchdringen die ich auf meinem Gesicht fühlen konnte, wie einen Paraffin-Film, der an den Runzeln rissig war, und undurchsichtig, mich isolierte, der aus Müdigkeit Schlaf Schweiß und Staub bestand, während sein Gesicht stets von dem gleichen ungläubigen mißbilligenden und sanften Ausdruck erfüllt war und er sagte: »Was sehen?«, und ich: »Ob er tot ist. Immerhin kann der Kerl ihn auch aus der geringen Entfernung verfehlt haben, oder er hat ihn vielleicht nur verwundet oder nur sein Pferd getroffen da das Pferd stürzte während wir ihn seinen Säbel zücken sahen und ...«, dann schwieg ich da mir klar wurde daß ich meine Zeit verlor, daß das Problem kehrtzumachen um nachzusehen sich für ihn gar nicht stellte, nicht weil er feige war sondern weil er sich wahrscheinlich ganz einfach fragte warum in wessen Namen (den er wirklich nicht fand) er seine Haut hätte riskieren sollen um etwas zu tun für das man ihn nicht bezahlt hatte und das man ihm nicht ausdrücklich befohlen hatte, ein Problem dem er wahrscheinlich nicht gewachsen war: de Reixachs Stiefel putzen sein Reitgeschirr wienern seine Pferde pflegen und gewinnen lassen das war seine Arbeit und er verrichtete sie mit jenem gewissenhaften Fleiß den er in all den fünf Jahren bewiesen hatte die er für ihn ritt man erzählte er habe nicht nur seine Pferde bestiegen, sondern auch seine, aber was erzählt man sich nicht alles über ihn, über sie ...«

Und er (Georges) versuchte es sich vorzustellen: Szenen, flüchtige Frühlings- oder Sommerbilder, wie Schnappschüsse, immer von weitem, durch das Loch einer Hecke oder zwischen zwei Sträuchern hindurch: etwas mit Rasenflächen in ewig glänzendem Grün mit weißen Hindernissen; und Corinne und er einander gegenüber, er kleiner als sie, fest auf seinen kurzen krummen Hachsen stehend, mit seinen weichen Stulpenstiefeln, seiner weißen Reithose und der schillernden Jockeijacke aus Seide deren Farben sie selbst ausgesucht hatte und die (aus dem gleichen glänzenden glatten Seidenzeug aus dem man die Dessous – Büstenhalter Slips und die schwarzen Hüfthalter – der Frauen macht) wie eine burleske, herausfordernde, wollüstige Verkleidung aussah: wie die unförmigen Zwerge die man ehemals in den Farben der Königinnen und Prinzessinnen kleidete, in kostbaren zarten Farbtönungen, er mit seiner italienischen Karnevalsmaske, seiner gelben Haut, seinem knochigen, asketischen Gesicht, seiner Windbrecher-Nase, seinen dicken kugeligen Augen, seinem passiven (nachdenklichen), bedächtigen, kränklichen Aussehen (ein Eindruck der vielleicht durch die besondere Kopfhaltung der Jockeis erweckt wird, da der Kragenbund der Jockeijacke unter dem ein Taschentuch geknüpft ist das wie ein Verband aussieht ihre Hälse kürzer erscheinen läßt, so daß er mit seinem vorgestreckten Kopf ganz steif wirkte, wie jemand der unter einem Abszess im Nacken oder einer Furunkulose leidet), und sie ihm gegenüber stehend (ihm der augenscheinlich nichts anderes als ein ehrerbietiger Jockei ist der auf die Befehle seiner Besitzerin hört, geduldig, und dabei unwillkürlich den Griff der Reitpeitsche in seinen Händen dreht und wieder umklammert) in einem jener Kleider aus buntem Voile die durchscheinend sind in dem Gegenlicht das die Schatten auf dem Rasen langzieht oder aber in einem roten das auf die Farbe ihres Haares abgestimmt zu sein schien, ein fast durchsichtiges Kleid in dem ihr Köiper (die Gabelung ihrer Beine) von den ihn streifenden Sonnenstrahlen gezeichnet wurde und sich deutlich abhob, als ob sie nackt wäre, in dunkelrot in der duftigen Voilewolke so daß sie einen an etwas denken ließ (nein nicht denken ließ, ebensowenig wie der Hund denkt wenn er die verheißungsvolle Klingel hört die seine Reflexe auslöst: also nicht denken sondern vielmehr so etwas wie einem das Wasser im Munde zusammenlaufen ließ) an etwas wie ein Malzbonbon (und Sirup, und Mandelmilch, auch Worte für sie, für dies), an eine jener Zuckerkugeln die in sauerfarbenes Zellophan gehüllt sind (Papierchen deren kristallinisches Knistern, deren bloße Farbe ja Substanz mit ihren Knickstellen wo das Paraffin als ein feines Netz grauer einander durchkreuzender Linien erscheint, schon die physiologischen Reflexe hervorruft), wobei Georges sehen konnte wie sich ihre Lippen bewegten, ohne jedoch etwas zu hören (zu weit weg, versteckt hinter seiner Hecke), hinter der Zeit, während er zuhörte (später, als es Blum und ihm gelungen war, ihn ein wenig geselliger zu machen) wie Iglésia ihnen eine seiner zahllosen Pferdegeschichten erzählte, zum Beispiel die von dem Dreijährigen, das an einer Lymphangitis litt und mit dem er nichtsdestoweniger gewonnen hatte, sogar mehrere ... Und Georges sagte: »Hat sie denn ...« und Iglésia: »Sie kam um zu überwachen wie ich ihm das stark wirkende Mittel einflößte. Es war ein Rezept das mein erster Chef mir gegeben hatte, man mußte jedoch darauf achten daß ...«, und Georges: »Und wenn sie kam, hast du dann ... ich meine: habt ihr dann ...«, und Iglésia antwortete wieder an der Frage vorbei; das war übrigens nicht wichtig: er brauchte weder zu wissen was der Mund die geschminkten sich langsam bewegenden Lippen sagten, noch das was die dicken, rissigen, harten Lippen der Karnevalsmaske antworteten, und zwar ganz einfach deshalb nicht weil es nichts anderes war, nichts anderes sein konnte als jeder Bedeutung bare Worte, banale Worte (da sie und er wahrscheinlich über das schmerzlindernde Mittel oder die zuschanden gerittene Sehne sprachen, so wie er es erzählte, mit dieser Art unschuldigen Einfalt); womöglich war es genau das: nämlich nicht ein Idyll, eine Liebschaft, die entbrannte, mit vielen Worten, in beiderseitigem Einverständnis, in einer gewissen Ordnung, die sich anbahnte, festigte und entwickelte, im Rhythmus eines harmonischen und vernünftigen Crescendo das von unausbleiblichen Pausen und Scheingefechten unterbrochen wurde, mit einem Kulminationspunkt, und danach vielleicht einer anhaltenden Hochstimmung, und danach wieder dem unumgänglichen Descrescendo: nein, nichts Organisiertes, nichts Zusammenhängendes, keine Worte, keine vorbereitenden Bemerkungen, keine Erklärungen oder Kommentare, nur das: diese wenigen stummen, kaum belebten, von weitem gesehenen Bilder: sie, wie sie ihm auf dem Wiegeplatz Befehle gibt, oder aber er, bespritzt und verdreckt, mit Spuren von Erde oder zerstampftem Gras, grün-gelb, auf seiner Reithose, und womöglich leicht hinkend, mit seinem winzigen Puppensattel im Arm von dem die Steigbügel herunterhängen und silbrig klingend aneinanderstoßen, neben ihr auf die Waagen zugehend hinter dem schweißtriefenden dampfenden Pferd das von einem jener Stallburschen mit schmutzigen und zu langen Haaren, in abgetragenen Kleidern und mit blassen Gassenjungengesichtern am Zaumzeug geführt wird; oder aber ein sonniger Morgen, vor den Ställen, und er mit seiner geflickten Alltagsreithose und seinen rissigen alten Stiefeln, in Hemdsärmeln, hockend, damit beschäftigt die Knie eines Pferdes einzuseifen und zu massieren, und plötzlich, auf den nassen Pflastersteinen nahebei der Schatten von ihr, sie in einem jener hellen einfachen Morgenkleider, oder aber vielleicht im Reitdress, ebenfalls gestiefelt, mit der Reitpeitsche eines ihrer Beine klopfend, und er in der Hocke verharrend, ohne sich umzudrehen, weiter die kranke Sehne massierend bis sie ihn anspricht, und sich dann erhebend, wieder vor ihr stehend, mit leicht nach vorn gebeugtem Oberkörper und bis zu den Ellbogen seifigen Armen, und an den Bewegungen ihrer beiden Köpfe, an der Geste die er auf einmal mit einem seiner Arme macht, erkennt man daß sie über das Pferd sprechen, über den Verband, und nichts mehr (es sei denn vielleicht ein zweideutiges Zwinkern zwischen den beiden Stalljungen, dieser abgefeimte Blick den eines dieser schwächlichen verwahrlosten liederlichen Bürschchen auf sie wirft, dieser Bürschchen, die man, an der Trense glänzender Tiere hängend, mit ihren kleinen unterernährten Ohrfeigengesichtern, ihren lumpigen erbärmlichen Mienen im glitzernden Glanz von Mähnen Muskeln und in allen Farben schillernden Kleidern vorbeiziehen sieht), und also kaum die Rede von Liebe, es sei denn, daß gerade die Liebe – oder besser die Leidenschaft – eben dies ist: dieses Stummsein, diese plötzliche Begeisterung, dieser Widerwille, dieser Haß, alles unformuliert – und sogar ungeformt –, und also diese bloße Folge von Gesten, Worten, belanglosen Szenen, und, mitten darin, ohne Umschweife, der dringende, hastige Ansturm, das unbändige Leib an Leib, ganz gleich wo, vielleicht sogar im Stall, auf einem Strohballen, sie mit hochgerafften Röcken, ihren Strümpfen, ihren Strumpfhaltern, das kurze Blitzen der blendend weißen Haut der Schenkel, beide keuchend, außer sich, wahrscheinlich voller Angst überrascht zu werden, wobei sie ihren Hals verdreht und mit wildem Blick über seine Schulter hinweg die Stalltür beobachtet, und um sie herum der ammoniaksaure Geruch der Streu, und die Geräusche der Tiere in ihren Boxen, und er sofort danach wieder mit der unveränderten undurchdringlichen Maske aus Leder und Knochen, traurig, schweigsam, passiv, trübsinnig und untertänig ...

Dies. Und darüber, sozusagen als Filigran, das fade lästige Geschwätz das, für Georges, schließlich nicht etwa zu etwas geworden war das unzertrennlich zu seiner Mutter gehörte wenngleich immerhin verschieden von ihr war (wie eine ihr entspringende Flut, eine Substanz die sie abgesondert hätte), sondern sozusagen seine Mutter selbst, als ob die Elemente aus denen sie sich zusammensetzte (das flammende orangerote Haar, die diamantenschweren Finger, die viel zu hellen Kleider an denen sie festhielt nicht trotz ihres Alters, sondern, wie es schien, wegen ihres Alters, in einem direkten Verhältnis zu ihm, da die Zahl der Kleider und der Glanz ihrer grellen Farben mit der Zahl der Jahre zunahmen) nur die ins Auge springende auffällige Stütze dieses zungenfertigen enzyklopädischen Geschwätzes bildeten durch das hindurch ihm, inmitten der Geschichten von Dienstboten, Schneiderinnen, Friseusen und zahllosen entfernten und nahen Bekannten die de Reixachs – das heißt: nicht nur Corinne und ihr Mann, sondern das Geschlecht, der Stamm, die Kaste, die Dynastie der de Reixachs – erschienen waren, noch bevor er sich je einem von ihnen genähert hatte, die mit dem Nimbus einer Art übernatürlichen Prestiges umgeben waren, einer Art Unnahbarkeit die umso weniger antastbar war als sie nicht nur mit dem Besitz von irgend etwas zusammenhing (wie das bloße Reichsein) das man erwerben könnte und das, infolgedessen, durch die Hoffnung oder Möglichkeit (auch theoretische) selbst eines Tages zu besitzen eines großen Teils seines Prestiges beraubt wird, sondern vielmehr (das heißt überdies, oder vielmehr vor dem Vermögen, dem es auf eine unnachahmliche Weise besonderen Glanz verleiht) mit jenem Adelsprädikat, jenem Titel, jenem Blut, die augenscheinlich für Sabine (Georges' Mutter) einen umso fabelhafteren Wert darstellten als sie nicht nur nicht erworben werden konnten (da sie aus etwas bestehen das keine Macht geben oder ersetzen kann: das Alter, die Zeit) sondern ihr auch das quälende, unerträgliche Gefühl einer persönlichen Schmälerung gaben weil sie selber (aber leider durch ihre Mutter) eine de Reixach war: daher wahrscheinlich der Eigensinn, die verbitterte klägliche Beharrlichkeit die sie an den Tag legte um unablässig an das gleiche zu erinnern (was – mit ihrer angeborenen Eifersucht, ihrer Angst zu altern und den Küchen- oder Personalproblemen – zu den drei oder vier Themen gehörte um die herum ihre Gedanken zu kreisen schienen, mit der monotonen, verbissenen, grimmigen Unentwegtheit jener in der Dämmerung schwebenden Insekten, die unaufhörlich um ein unsichtbares – und, außer für sie selbst, nicht existierendes – Epizentrum herumschwärmen und schwirren), um unablässig an die unbestreitbaren verwandtschaftlichen Bande zu erinnern die sie mit ihnen vereinten, übrigens anerkannte Bande, wie ihre Hochzeitsphotographie bewies auf der ein de Reixach in Dragoneroffiziersuniform von vor Vierzehn zu sehen war und was außerdem durch den Besitz des Stammhauses bestätigt wurde das sie anstatt des Namens und Titels geerbt hatte, im Anschluß an eine Reihe von Teilungen und Vermächtnissen in deren Einzelheiten sie sich wahrscheinlich allein zurechtfand, so wie sie wahrscheinlich auch die einzige war die die endlose Litanei der standesgemäßen Ehen und Mesalliancen der Vergangenheit auswendig kannte, da sie in aller Ausführlichkeit erzählte wie jenem fernen Vorfahren der de Reixachs die Adelsrechte entzogen worden waren weil er gegen die Gesetze der Kaste verstoßen hatte indem er sich dem Handel widmete, und wie jener andere dessen Porträt sie zeigte ... (denn sie hatte auch die Porträts – jedenfalls mehrere – einer reichhaltigen Galerie oder vielmehr Kollektion von Vorfahren, oder vielmehr von Erzeugern geerbt, »Oder vielmehr von Hengsten, sagte Blum, weil ich vermute daß man sie in einer solchen Familie so nennen muß, nicht? Hat die Armee dort unten nicht eine bekannte Zuchtanstalt, ein Gestüt? Handelt es sich nicht um das, was man die ›Tarbais‹ nennt, mit den verschiedenen Abarten ... Gut, gut, sagte Georges, wenn du willst Hengste, er ... – ... Vollblutpferde, Halbblutpferde, Unverschnittene, Wallache ... – Gut, sagte Georges, aber er ist ein Vollblüter, er ...«, und Blum: »Das sieht man. Du brauchtest es mir nicht zu sagen. Tarbo-arabische Kreuzung wahrscheinlich. Oder tarno-arabische. Ich möchte ihn nur einmal ohne seine Stiefel sehen«, und Georges: »Warum?«, und Blum: »Nur um zu sehen, ob er nicht an Stelle der Füße Hufe hat, nur um zu wissen, welchem Stutenstamm seine Großmutter angehörte ...«, und Georges: »Gut, es langt, du hast gewonnen ...«). Und ihm war als sähe er die vergilbten Blätter und Zettel die Sabine ihm eines Tages gezeigt hatte, die ehrfürchtig in einem jener mit Fell bespannten Koffer wie man sie noch auf Dachböden findet aufbewahrt wurden, Papiere die er eine ganze Nacht lang durchgesehen hatte, nicht ohne sich alle fünf Minuten wegen des Staubs der seine Nase austrocknete schneuzen zu müssen (notariell beglaubigte Dokumente in verblaßter Schrift, Eheverträge, Zessionsurkunden, Grundstückskaufakte, Testamente, königliche Konzessionen, Missionsdirektiven, Erlasse der Convention, Briefe mit ihren zerbrochenen Wachssiegeln, Packen von Assignaten, Rechnungen von Juwelieren, Listen von Lehnszinsen, militärische Berichte, Instruktionen, Taufbescheinigungen, Totenscheine, Verzeichnisse von Gräbern: Kielwasser, auf dem Überbleibsel treiben, Schriftstücke, Pergamentbögen die Hautfetzen gleichen so daß ihm bei ihrer Berührung war als berührte er im selben Moment – etwas verhärtet, etwas vertrocknet wie die gefleckten Greisenhände, leicht, fragil und unkörperlich, als drohten sie zu zerbrechen, zu zerfallen, zu Asche zu werden wenn man sie anfaßte, aber nichtsdestoweniger lebendig – über die Jahre, die ausgelöschte Zeit hinweg so etwas wie die Epidermis der Ambitionen, der Träume, der Eitelkeiten, der flüchtigen und unvergänglichen Leidenschaften) und unter denen sich ein dickes Heft mit blauen, abgegriffenen, von olivgrünen Bändern zusammengehaltenen Umschlagdeckeln befand, auf dessen Seiten einer der fernen Vorfahren (oder Erzeuger, oder Hengste wie Blum zu sagen liebte) ein bestürzendes Durcheinander von Gedichten, philosophischen Ergüssen, Tragödienentwürfen und Reiseberichten zusammengeschrieben hatte, von denen er einige Titel wortwörtlich zu nennen wußte (»Bukett für eine alte Dame die ohne hübsch gewesen zu sein in ihrer Jugend Leidenschaften erregt hatte«), oder gewisse Seiten, wie die folgende, die anscheinend, nach der Übersetzung der am Rand stehenden Wörter zu urteilen, aus dem Italienischen übertragen worden war:

	Die achtundzwanzigste Gravüre sowie die drei
	anderen ähnlichen sind allesamt eine wie die
morbidezza	andere gleich schön und gleich vortrefflich und
Weichheit	sie scheinen von ein und derselben Hand ge-
Biegsamkeit	macht worden zu sein alles an der Kentauren-
Delikatesse	frau ist graziös ist delikat und alles verdient
	mit besonderer Aufmerksamkeit betrachtet zu
Candido	werden der Übergang vom menschlichen Teil
weiß	zu dem des Pferdes ist wirklich bewunderns-
	wert das Auge unterscheidet die Delikatesse
blendend weiß	der weißen Hautfarbe bei der Frau von der
	Reinheit des glänzenden hellrotbraunen Fells
	beim Tier aber es konfundiert wenn man die
attegiamento	Grenzen bestimmen will die Attitüde der lin-
Geste	ken Hand mit der sie die Saiten der Leier be-
Attitüde	rührt ist lieblich das Gleiche gilt für jene wo
	sie mit einer Zimbel die sie in der rechten
carnagione	Hand hält schlagen zu wollen scheint und die
Hautfarbe	andere Zimbel die der Maler dank einer wahr-
	haft noblen und pittoresken Idee von der *(diese*
ottimo	*beiden Worte gestrichen)* Malerei in die rechte
vortrefflich	Hand des jungen Mannes gelegt hat der sie
	fest umarmt indem er unter den rechten Arm
	der Frau seine linke Hand steckt die unter ihrer

otremodo überaus controversia Streit

Schulter hervorkommt das Gewand des jungen Mannes ist violett und das Kleid das über dem Arm der Kentauren-Frau hängt ist gelb: es ist gut noch die Coiffüre, die Brasselette und das Kollier zu beachten nottapoi l'attenenza che hanno i centauri con Bacco equilimente, et con Venere . . .

wobei Georges dachte: »Ja, das kann nur ein Pferd geschrieben haben«, und wiederholte: »Gut. Sehr gut. Hengste«, und an all die rätselhaften, stocksteifen, feierlichen Toten dachte, die aus ihren Goldrahmen ihre Nachkommen mit einem nachdenklichen, reservierten Blick anstarrten, und unter denen gut sichtbar das Porträt hing das er während seiner ganzen Kindheit mit einer Art Unbehagen, Angst betrachtet hatte, weil er (der ferne Erzeuger) auf der Stirn ein rotes Loch hatte, aus dem das Blut in einem langen von der Schläfe sich schlängelnden Rinnsal, der Rundung der Wange folgend, hinabfloß und auf den Revers des königsblauen Jagdanzugs tropfte als ob man ihn – zur Illustration, zur Verewigung der verworrenen Legende von der dieser Mann umgeben war – befleckt mit dem Blute der Schußwunde die seinen Tagen ein Ende bereitet hatte porträtiert hätte, ihn, der regungslos dort verharrte, ruhig wie ein Pferd und manierlich inmitten einer permanenten Aura des Geheimnisses und gewaltsamen Todes (wie andere – die gepuderten Marquis, die Empire-Generäle mit roten Gesichtern und vielen Orden und ihre mit Moiré-Bändern geschmückten Gattinnen – in einer Aura der Albernheit, der Ambition, der Eitelkeit oder Belanglosigkeit) der Georges gewissermaßen gewarnt hatte lange bevor er von Sabine (die dazu wahrscheinlich von dem gleichen verdächtigen Impuls getrieben worden war der sie auch die Degeneration des Kaufmanns hervorheben ließ, das heißt durch einander widersprechende Gefühle dazu angeregt worden war, da sie wahrscheinlich selber nicht genau wußte, ob sie beim Weitererzählen dieser skandalösen, oder lächerlichen, oder verunglimpfenden, oder tragischen Geschichten wünschte diesen Adel, diesen Titel, den sie nicht geerbt hatte, herabzuwürdigen, oder im Gegenteil ihm noch mehr Glanz zu verleihen, um noch stolzer auf die Verwandtschaft und das sich daraus ergebende Prestige sein zu können) hatte erzählen hören, wie dieser de Reixach von sich aus während der berühmten Nacht des vierten August seinen Adel desavouiert hatte, wie er später seinen Sitz in der Convention gehabt und für den Tod des Königs gestimmt hatte, dann, wahrscheinlich auf Grund seiner militärischen Kenntnisse der Armee zugeteilt worden war um schließlich von den Spaniern besiegt zu werden, und der sich dann, sich ein zweites Mal desavouierend, mit der Pistole eine Kugel ins Hirn gejagt hatte (nicht etwa mit einem Gewehr, wie der Jagdanzug in dem er sich hatte malen lassen, wie die Waffe die er lässig im Knick seines Arms hielt das Kind hatten glauben lassen, ebensowenig wie die Blutspur die auf dem Porträt von seiner Stirn hinabführte in Wirklichkeit nur die braun-rote Präparierung der durch einen langen Riß entblößten Leinwand war), am Kamin des Zimmers stehend das nun Sabines Schlafzimmer geworden war und wo Georges lange Zeit nicht umhin konnte instinktiv an der Wand oder an der Decke die Spur der dicken Bleikugel zu suchen die eine Hälfte des Kopfes mit sich gerissen hatte.

So erschienen sie also in dem nicht anzuhörenden Geschwätz einer Frau, und ohne daß Georges es nötig gehabt hätte sie zu treffen, die de Reixachs, die Familie de Reixach, dann de Reixach selbst, ganz allein, und hinter ihm die drängende Schar von Vorfahren, von Gespenstern, umgeben von Legenden, von Alkovenklatsch, von Pistolenschüssen, notariellen Urkunden und Säbelgerassel, die (die Gespenster) ineinander verschwammen, einander in der harzigen schattigen Tiefe alter rissiger Gemälde überlagerten, dann das Paar, de Reixach und seine Frau, das zwanzig Jahre jüngere Mädchen das er vor vier Jahren geheiratet hatte, in einem entrüsteten Geraune und Geflüster rund um Teetassen, jenen Ausbruch der Wut, der mütterlichen Empörung, der Eifersucht und Geilheit heraufbeschwörend der die unvermeidbare Begleiterscheinung derartiger Ereignisse ist: mit einem Nimbus Umgebene also (der reife Mann, hager, aufrecht – ja sogar steif –, undurchschaubar, und die junge, achtzehnjährige Frau, die man in ihren hellen, unzüchtigen Kleidern sehen konnte, mit dem Haar, dem Körper, der Haut die aus den gleichen kostbaren beinahe unwirklichen und beinahe ebenso unberührbaren Substanzen gemacht zu sein schienen wie jene – Seidenstoffe, Parfüms – mit denen sie bedeckt war, er in seinem roten Reiterrock (sie hatte seinen Austritt aus der Armee durchgesetzt), beim jährlich stattfindenden Reitturnier, oder unnahbar in jenem großen schwarzen Automobil vorbeifahrend das fast ebenso groß und ebenso imponierend wie ein Leichenwagen aussah (das Auto das sie ihn, mit dem gleichen Erfolg mit dem sie seinen Austritt aus der Armee erzwungen hatte, an Stelle des bis dahin von ihm gefahrenen anonymen Serienwagens zu kaufen gezwungen hatte), oder aber sie ganz allein am Steuer des Rennwagens den er ihr geschenkt hatte (aber das dauerte nicht lange, langweilte sie wahrscheinlich bald), und wahrhaftig beide ebenso unzugänglich, so unwirklich als gehörten sie schon zu ihren Kollektionen (wenigstens seiner Kollektion) legendärer, für alle Ewigkeit in glanzlos gewordenen Goldrahmen immobilisierter Erzeuger), mit einem Nimbus Umgebene also...

»Aber du kennst sie ja gar nicht! sagte Blum. Du hast mir

gesagt sie seien nie dagewesen, immer in Paris, oder in Deauville, oder in Cannes, du habest sie nur ein einziges Mal gesehen, und zwar nur flüchtig, zwischen einer Pferdekruppe und einer jener Gestalten die wie Statisten einer Wiener Operette gekleidet sind, mit einem Jackett, einem grauen Hut und einem vor dem Auge eingeklemmten Monokel und dem Schnurrbart eines alten Generals... Und das ist alles was du davon gesehen hast, du...« Auch Blum hatte das Gesicht eines kaum wiederbelebten beinahe Ertrunkenen: er schwieg und zuckte die Schultern. Es hatte wieder angefangen zu regnen, oder besser das Land, der Weg, der Obstgarten, alles hatte wieder zu schmelzen begonnen, leise und langsam, sich zersetzend, sich zu einem feinen Wasserstaub auflösend der lautlos hinabglitt und dabei die Bäume, die Häuser wie auf einer Glasscheibe verflüssigte, und Georges und Blum standen nun auf der Schwelle der Scheune, im Schutze des Mauereinsprungs, de Reixach beobachtend der sich mit einer Gruppe gestikulierender, aufgeregter, einander beschimpfender Männer herumschlug, wobei die Stimmen sich zu einer Art unzusammenhängendem, wirrem Chor vermischten, zu einer babylonischen Schreierei, wie unter der Last eines Fluchs, zu einer Parodie der Sprache die sich mit der unerbittlichen Hinterlist vom Menschen geschaffener oder unterjochter Dinge gegen ihn wenden und sich umso tückischer und wirksamer rächen als sie offenbar willig ihre Aufgabe zu erfüllen scheinen: als ein Haupthindernis bei jeder Mitteilung, jeder Verständigung, erhoben sich also die Stimmen, als ob sie nachdem sich die Ohnmacht der bloßen Modulierung der Töne erwiesen hatte nur noch ihrer Lautstärke vertrauten, sie steigerten sich bis zum Schrei und jede bemühte sich, die anderen zu übertreffen, zu übertönen... Dann verstummten sie plötzlich, alle zusammen, so daß nur noch eine von ihnen, eine ungestüme, hochtrabende Stimme zu hören war, dann schwieg auch sie und man konnte die von de Reixach hören, allein, beinahe ein Gemurmel, langsam sprechend, ruhig, sein blasses Gesicht (der Zorn, oder vielmehr die Gereiztheit, oder ganz einfach der Überdruß äußerte sich nämlich – ebenso wie in seiner neutralen, matten, zu tiefen Stimme – durch eine Senkung des Tons sozusagen, eine gewissermaßen negative Veränderung, wobei seine matte Haut noch blasser wurde – wenn nicht auch die Blässe, die kaum hörbare Stimme nur Müdigkeit waren, obgleich er nach wie vor stramm und aufrecht in seinen schon glänzenden Stiefeln dastand die Iglésia jedoch heute morgen noch nicht hatte wichsen können, die er also selber hatte wichsen müssen, peinlich genau, stur, mit der gleichen Sorgfalt die er aufgewandt hatte um sich scharf zu rasieren, sich abzubürsten und seine Krawatte zu binden, als ob er nicht in einem einsamen Dorf der Ardennen wäre, als ob es nicht Krieg wäre, als ob er nicht auch die ganze Nacht auf seinem Pferd und im Regen verbracht hätte), sein blasses Gesicht also, das nicht einmal durch die Erregung oder die Kälte ein wenig rosig gefärbt war, und das mit dem sehr roten, beinahe violetten Kopf des schwarzhaarigen kleinen Mannes kontrastierte der vor ihm auf der Schwelle des Hauses stand, mit einer ledernen Schirmmütze auf, in mit Patentflicken reparierten Gummistiefeln, gefährlich mit einem Jagdgewehr fuchtelnd, und als er einen Schritt aus der Tür herausging konnten Georges und Blum sehen daß er hinkte, und Georges sagte: »Ich hab' sie lange genug gesehen um zu wissen daß sie wie Milch ist. Die Lampe genügte, Herrje: es sah genauso aus wie Milch, wie vergossene Sahne...«, und Blum: »Was?«, und Georges: »So kaputt bist du doch wohl nicht gewesen daß du es nicht gemerkt hast, wie? Selbst ein Toter... Man hatte nur noch Lust hinzukriechen und zu lecken, man...« und in dem Moment schrie der kleine Schwarzhaarige: »Komm keinen Schritt näher oder ich leg' dich um!« und de Reixach: »Na, na, was soll das«, und der Mann: »Herr Rittmeister: wenn er näher kommt, leg' ich ihn um«, und de Reixach noch einmal: »Was soll das?« Er trat einen Schritt zur Seite und befand sich wieder zwischen den beiden Männern, dem mit dem Gewehr und dem anderen der nun mit den beiden Unteroffizieren hinter seinem Rücken stand, und der beinahe bis ins Kleinste das Spiegelbild des Bauern zu sein schien, da er ebenfalls mit Patentflikken beklebte schwarze Gummistiefel anhatte, allerdings kein blaues Arbeitszeug sondern einen aus der Form geratenen grauen Anzug trug mit etwas das einer Krawatte ähnelte und seinen Hemdkragen schloß, und mit einem Schlapphut statt einer Mütze auf dem Kopf, wie ein Städter, und mit einem Regenschirm in der Hand: auch ein Bauer, an dem jedoch irgend etwas anders war, und auf einmal hob er den Blick, sehr schnell, und Georges sah sich ebenfalls an was der andere über den Kopf des Rittmeisters hinweg betrachtet hatte, aber wahrscheinlich nicht schnell genug denn an einem der Fenster der ersten Etage des Hauses konnte er nur noch sehen wie der Vorhang fiel, einer jener billigen Netzgardinen wie man sie auf den Märkten verkauft und deren Muster einen Pfau mit langem fallendem Schwanz umrahmt von einem Rhombus zeigte dessen schräge Seiten den Netzmaschen entsprechende Stufen erkennen ließen, und der Pfauenschwanz schwankte noch ein oder zweimal und rührte sich dann nicht mehr, während sich darunter (aber Georges schaute nicht mehr dahin, sondern spähte nur noch gierig nach dem weiß-gräulichen Netz das sich nun nicht mehr bewegte und auf dem der dekorative anmaßende Vogel sich hinter dem unspürbaren nach wie vor leise, beharrlich und unaufhörlich fallenden Sprühregen ruhig verhielt) das Gezeter, die Kakophonie, das Stimmengewirr von neuem erhob, ungestüm, zusammenhanglos und leidenschaftlich: »... so wahr ich hier stehe leg ich ihn um Kommen Sie herein wenn Sie wollen Herr Rittmeister aber dieser Mann wird keinen Fuß über diese Schwelle setzen oder ich lege ihn um – Hören Sie mal mein Freund der Herr Beigeordnete will sich nur vergewissern daß das Schlafzimmer – Übrigens warum bringt er sie nicht bei sich unter Er hat ein großes Haus voller leerer Zimmer Er soll – Hören Sie ich kann mich nicht auf solche Erörterungen einlassen Wir – Ich kann Ihre Unteroffiziere selbst in das Schlafzimmer führen Ich weigere mich nicht sie zu beherbergen Es gibt jedoch Leute im Dorf die drei oder vier Zimmer ohne jemanden darin haben Ich möchte also wissen warum er Hör auf zu grinsen du oder ich leg' dich um verstehst du Ich schieß dich übern Haufen verstehst du Herrgottsak...«, und er legte an, zielte, während der andere sich schnell hinter die beiden Unteroffiziere stellte, aber selbst in dem Moment bewegte sich weder der Pfau noch irgend etwas anderes, die Fassade des Hauses war wie tot, das ganze Haus war wie tot, bis auf eine Art Seufzen das rhythmisch, monoton und traurig im Innern ertönte, und es kam sicherlich aus der Kehle einer Frau aber nicht von Ihr: von einer Alten, und obgleich sie sie nicht gesehen hatten konnten sie sich vorstellen wie sie blind, schwarz und steif in einem Sessel saß, seufzte und ihren Oberkörper vor- und zurückbewegte. Er schlug wild um sich aber es gelang ihnen ihn zu bändigen. »Was soll das?« sagte de Reixach. Er gab sich die größte Mühe nicht die Stimme zu erheben. Oder vielleicht brauchte er sich gar nicht zu bemühen, hielt er sich nur aus der Sache heraus, wahrte immer den gleichen Abstand (nicht von oben nach unten: er hatte nichts Hochmütiges, nichts Verächtliches an sich: er war nur distanziert, oder vielmehr abwesend), als er sagte: »Lassen Sie doch diese Waffe aus dem Spiel, damit macht man nur Dummheiten«, und der Mann: »Dummheiten? Nennen Sie das Dummheiten? Ein Lump der davon profitiert daß ihr Mann nicht da ist der nun am hellichten Tag ein Haus betreten will das er... Hau ab! brüllte er, Scher dich weg!« und der andere: »Herr Rittmeister! Sie sind Zeuge daß er...« – »Was soll das? sagte de Reixach. Kommen Sie.« – »Sie sind alle Zeugen daß er...« – »Kommen Sie, sagte de Reixach. Er hat ja gerade gesagt daß er die Soldaten gerne beherbergen will.«

Aber wenn auch Georges noch eine ganze Weile wartete, sie erschien nicht wieder am Fenster, da war nur der weiß-gräuliche, regungslose Pfau, und aus dem Innern drang immer noch, obgleich die Tür nun geschlossen war, die Stimme der alten Frau die nach wie vor ihr rhythmisches, monotones Wehgeschrei von sich gab, wie eine emphatische, endlose Deklamation, wie die Klageweiber aus alten Zeiten, als ob das alles (das Geschrei, das Ungestüm, der unbegreifliche und unbeeinflußbare Ausbruch von Wut, von Leidenschaft) sich nicht im Zeitalter der Gewehre, der Gummistiefel, der Patentflicken und Konfektionsanzüge abspielte sondern sehr weit zurück in der Zeit, oder fern von allen Zeiten, oder außerhalb der Zeit, wo es immerzu und vielleicht seit jeher regnete, wo die Nußbäume, die Bäume des Obstgartens unablässig tropften: um den Regen zu sehen mußte man ihn vor einem dunklen Gegenstand betrachten, oder vor einem Schatten, dem Rand eines Daches, die schnellen Tropfen schraffierten den dunklen Hintergrund mit beinahe unsichtbaren Streifen wie mit Bindestrichen die sich grau kreuzten manchmal bog ein dickerer Tropfen einen Grashalm der sich sofort mit einem kurzen Ruck wieder aufrichtete die regungslose Wiese zitterte kaum merkbar hier und da; die Häuser und Scheunen bildeten sozusagen die drei Seiten eines unregelmäßigen Rechtecks rund um eine Tränke und eine Art Steintrog wo Georges in eiskaltem Wasser ein wenig

Wäsche zu waschen versuchte indem seine eiskalten steifen Hände die Seife über den rauhen Trogrand rieben an dem ebenso grau wie der Himmel der nasse Stoff klebte unter dem Luftblasen gefangen waren die Beulen Streifen und Reliefs in etwas hellerem Grau bildeten, mit der Seife darüberstreichend zerquetschte er sie und sie sammelten sich als parallele sich schlängelnde Falten am Rande an, eine bläuliche Wolke breitete sich im Wasser aus wenn er sie spülte, bläuliche Blasen drängten einander gingen ineinander über und trieben langsam sich windungsreiche Wege bahnend ab, glitten durch den schwarzen von den Tieren weich gestampften Matsch wo das Wasser aus einer Hufspur in die andere floß aber am Ende war die Wäsche fast noch genauso grau wie vorher, und Blum sagte: »Warum hast du sie nicht gebeten sie dir zu waschen? Fürchtest du daß ihr Mann dir eine Kugel ins Kreuz jagt?« – »Er ist gar nicht ihr Mann«, sagte Wack, dann schwieg er als bedauerte er etwas gesagt zu haben, senkte wieder sein wortkarges, feindseliges, elsässisches Bauerngesicht zu dem Eimer über dem er seine Kandare und die Steigbügel mit feuchtem Sand schmirgelte, und Georges: »Woher weißt du das?«, und da Wack ohne zu antworten weiter an seinen Stahlteilen herumputzte, wiederholte Georges: »Woher weißt du das? Was weißt du davon?«, und Wack der immer noch nicht den Kopf erhob sagte schließlich mit über den Eimer gebeugtem – verborgenem Gesicht in mürrischem, wütendem Ton: »Ich weiß es!«, und Martin sagte scherzend: »Er hat ihnen soeben geholfen ihre Kartoffeln hereinzutragen. Der Knecht hat es ihm gesagt: er ist nur der Bruder«, und Blum: »Und wo ist der Mann? Auf einem Spaziergang in der Stadt?«, und Wack, der sich ruckartig umdrehte, sagte: »Auf einem Spaziergang wie du, du Arschloch, mit einem Helm auf dem Kopf!«, und Blum: »Du hast vergessen mich Dreckjud zu nennen. Ich bin kein

Arschloch: ich bin ein Jud. Daran müßtest du dich doch erinnern«, und Georges: »Was soll das?«, und Blum: »Laß nur. Wenn du wüßtest wie scheißegal es mir...«, und Georges: »Also, du hast ihnen geholfen ihre Kartoffeln hereinzutragen und der Knecht hat dir die Geschichte erzählt?«, ihre Stimmen hoben sich von dem Regen ab, oder besser sie drangen durch den grauen, ununterbrochenen, beharrlich fallenden Regen (wie das vielfältige, verborgene Knabbern unsichtbarer unmerklich die Häuser, die Bäume und die ganze Erde verzehrender Insekten) die Steigbügel und Kandaren schlugen manchmal hell klingend aneinander: einfach Soldaten ihre müden ebenfalls monotonen Stimmen erhoben sich eine nach der anderen überlagerten sich gerieten aneinander aber wie die Soldaten nun einmal sprechen, nämlich so wie sie schlafen oder essen mit einer Art Geduld Passivität Überdruß als ob sie gezwungen wären künstliche Motive für ihre Wortwechsel oder einfach Anlässe zum Reden zu erfinden, die Scheune roch noch immer nach feuchtem Tuch nach Heu, jedesmal wenn sie den Mund öffneten schoß ein schwarzer Hauch grauen Brodems daraus hervor der sich sogleich wieder verflüchtigte.

warum wollte er nur mit aller Gewalt schießen

vielleicht weil Krieg ist alle Leute

was du nicht sagst alle Leute

aber er hinkt man hat ihn nicht haben wollen

ein Mordsschwein ich weiß nicht was ich geben würde um auch zu hinken und nicht

wahrscheinlich denkt er anders darüber er scheint Gewehre zu lieben und gerne damit umzugehen vielleicht würde er wer weiß was geben um

und der andere

welcher andere

der Kerl mit dem Regenschirm

du meinst den Beigeordneten des Bürgermeisters

erzähl mir bloß nicht daß es in einem Kaff von vier Häusern wie diesem einen Bürgermeister und einen Beigeordneten gibt warum nicht auch einen Bischof

ich hab' keine Kirche gesehen

wenn es so ist kann sie nicht zur Beichte gehen

mag sein daß

weder Pfarrer noch Apotheker noch fließendes Wasser Das macht die Dinge verdammt eindeutig Das ist wahrscheinlich der Grund dafür daß er sie mit einem Gewehr überwacht

was erzählt ihr da für saudummes Zeug

nanu sieh da Wack wird wach Ich glaubte du seist taub Ich glaubte du wolltest nicht mit einem Dreckjud wie mir sprechen

was soll das

es ist mir völlig schnuppe was du sagst ja es ist mir völlig schnuppe Er kann mich nennen wie er

herrje hör auf Also was hat sie denn nur die alte Mähre

Sie betrachteten das Pferd das immer noch auf der Flanke hinten im Stall lag: man hatte eine Decke darüber geworfen und nur seine steifen Glieder ragten hervor, und sein schrecklich langer Hals an dessen Ende der Kopf hing den es nicht einmal mehr zu heben vermochte, der knochige, zu dicke Kopf mit seinen geschwollenen Backen, seinem nassen Fell seinen langen gelben von den aufgeworfenen Lippen entblößten Zähnen. Nur das Auge schien noch zu leben, riesig, traurig, und darin, auf der glänzenden gewölbten Oberfläche, konnten sie sich sehen, ihre verzerrten Silhouetten wie Klammern die sich von dem hellen Hintergrund der Tür wie eine Art bläulicher Nebel abhoben, wie ein Schleier, ein Fleck der sich schon zu bilden und den sanften, anklagenden, feuchten Zyklopenblick zu trüben schien.

der Veterinär ist dagewesen Er hat sie zur Ader gelassen

ich weiß genau was sie hat ich

Wack weiß immer alles er

oh hör auf

es ist Martin er haut immer mit seinem Helm auf ihren Schädel so lange wir unterwegs sind Er hat die ganze Nacht auf sie eingeschlagen Ich habe gesehen wie er es tat Ich wette daß er ihr etwas gebrochen hat

es gibt kein anderes Mittel um ihr das Trippeln auszutreiben

wenn er ein paarmal feste am Zügel risse würde sie

wenn du nur am Zügel reißt wirst du einem Pferd nicht das Trippeln austreiben das macht es nur noch verrückter

jedenfalls ist es nicht erlaubt ein Tier so zu behandeln

es ist auch nicht erlaubt einen Menschen so zu behandeln Sechzig Kilometer lang ohne Pause wie ein Ball auf dem Sattel herumhopsen das genügt um völlig durchzudrehen

man kann immerhin etwas anderes tun als es mit dem Helm halbtotschlagen Iglésia hat gesagt

ich bin kein Jockei Ich bin Monteur

wenn du so gescheit bist und die Zossen so gern hast warum tauschst du dann nicht mit ihm Du brauchst sie nur zu reiten Ihm kann es nur recht sein sie dir anzudrehen Weißt du er

was kann denn das arme Tier dafür daß es trippelt

nichts aber Martin auch nicht und es ist kein Vergnügen für ihn Du brauchst ihm also nur einen Tausch vorzuschlagen

ich habe kein Pferd zu tauschen Ich reite das Pferd das man mir gegeben hat Das andere ist seines

also halt die Fresse

oh hör mal

ich rate dir die Fresse zu halten

ich bin kein Radfahrer

umso besser für dich

du bildest dir doch wohl nicht ein daß du mich bange machst Ich bin vielleicht nicht so gebildet wie du aber du machst mich nicht bange weißt du ich brauch' dich nur anzutippen und du fällst um

versuch's nur mal

oh je oh je du kannst dich nicht mal auf den Beinen halten du bist halb kaputt du würdest nicht nur

Sie stritten sich weiter, ihre Stimmen waren nicht einmal verbittert, eher ein wenig kläglich, erfüllt von einer Art Apathie die Bauern und Soldaten eigen ist, sie waren sozusagen unpersönlich wie ihre steifen Uniformen, die noch ziemlich neu waren (der Herbst hatte kaum begonnen, der Herbst der auf den letzten Friedenssommer gefolgt war, auf den blendenden, verdorbenen Sommer den sie nun, schon in weiter Ferne, wie eine jener alten schlecht kopierten überbelichteten Wochenschauen zu sehen glaubten, wo in einem beißenden Licht gestiefelte Gespenster mit Koppel und Schulterriemen mit ruckartigen Bewegungen gestikulierten als wären sie nicht von ihren Hirnen brutaler oder blöder Kommisköppe bewegt worden sondern von irgendeinem unerbittlichen Mechanismus der sie zwang sich hin und herzubewegen, zu reden, zu drohen und zu paradieren, wütend mitgerissen von einem verwirrenden Wirbel von Standarten und Gesichtern der sie zu erzeugen und auch herumzutreiben schien, als ob die Massen eine Art Begabung, einen unfehlbaren Instinkt hätten, der sie befähigte in ihrer Mitte den ewigen Schwachsinnigen zu erkennen und ihn durch eine Art Selbstauslese – oder Ausscheidung oder besser Entleerung – voranzustoßen, den Dummen der das Plakat tragen wird und dem sie in einer Art Ekstase und Faszination folgen werden in die sie, wie Kinder, beim Anblick ihrer Exkremente geraten), ihre Uniformen also, die noch die Appretur neuer Kleidung hatten und in die man sie sozusagen hineingesteckt hatte: nicht die alten schon getragenen beim Exerzieren von Generationen von Rekruten verschlissenen Klamotten, die jedes Jahr desinfiziert wurden und wahrscheinlich gerade gut genug fürs Griffekloppen waren, und die den schäbigen, geliehenen oder auf Kredit bei einem Trödler gekauften Verkleidungen gleichen die man bei den Proben zusammen mit Blechsäbeln und Schreckschußpistolen an die Statisten verteilt, sondern (die Feldblusen, die Ausrüstung, die sie jetzt auf dem Rücken trugen) funkelnagelneu, unberührt: alles (Stoff, Leder, Stahl) beste Qualität, wie die unbefleckten Laken die man in den Familien pietätvoll als Leichentücher für die Toten aufbewahrt, als ob die Gesellschaft (oder die Lage der Dinge, oder das Schicksal, oder die wirtschaftliche Konjunktur – da solche Situationen anscheinend nur die Folge wirtschaftlicher Gesetze sind) die ihren Tod vorbereitete sie (ebenso wie die jungen Leute die von primitiven Völkerstämmen den Göttern geopfert wurden) mit dem Besten von allem was sie an Stoffen und Waffen besaß überhäuft hätte, an nichts sparend, in barbarischer Verschwendungs- und Prunksucht Geld für Dinge ausgebend die eines Tages nichts anderes mehr als verbogene und verrostete Schrottstücke und ein paar zu große um Skelette (tote oder lebendige) schlotternde Lumpen sein würden, und Georges, nun ausgestreckt in dem dichten, dunklen Mief des Viehwaggons, dachte: »Wie ist das noch? Eine Geschichte gezählter, abgezählter Knochen...«, und er dachte: »Tjaa. Ich hab's: sie haben meine Glieder numeriert... Jedenfalls irgend etwas in dieser Art.«

Er versuchte sein Bein unter dem darauf lastenden Körper hervorzuzerren. Er fühlte es nur noch als etwas Lebloses, das ihm nicht mehr ganz gehörte, und das sich dennoch im Innern seiner Hüfte schmerzhaft anklammerte wie ein Schnabel, ein Knochenschnabel. Eine Reihe von Knochen die bizarr ineinandergefügt miteinander verklammert waren, eine Reihe von alten knirschenden, knackenden Utensilien, eben das war ein Skelett, dachte er, nun hellwach (wahrscheinlich weil der Zug haltgemacht hatte – aber vor wie langer Zeit?), wobei er hörte wie sie sich schubsten und stritten in der Ecke an der Luke, dem schmalen waagerechten Rechteck von dem ihre Schädel sich als Schattenrisse abhoben: bewegliche fließende Tintenflecke die verschmolzen und sich spalteten, und hinter denen er Fragmente des nächtlichen unveränderlichen Maihimmels sehen konnte, die still, unbeweglich, unberührt daran stehenden fernen, unveränderlichen Sterne, die in den Ausschnitten die sich zwischen den Köpfen öffneten und wieder schlossen erschienen und verschwanden, wie auf einer glasierten, kristallinen, unverletzlichen Oberfläche auf der diese schwärzliche, klebrige, krakeelende, feuchte Substanz ohne Spuren oder Schmutz zu hinterlassen hin- und hergleiten konnte, die Substanz von der jetzt klagende und wirklich wütende Stimmen erschallten, da sie sich nun um reale, wichtige Dinge stritten, wie zum Beispiel um ein wenig Luft (jene, die drinnen waren, und die, deren Köpfe die Luke verstopften, beschimpften) oder um Wasser (jene, die an der Luke standen und versuchten, von der Wache draußen zu erreichen, daß sie ihre Feldflaschen füllte), und schließlich verzichtete Georges darauf das von dem er wußte daß es sein Bein war aus dem unentwirrbaren Durcheinander darauf lastender Glieder herauszureißen, zu befreien, und er blieb da im Dunkeln liegen und bemühte sich in seine Lungen die Luft eindringen zu lassen die so dicht und schlecht war daß sie nicht nur den Geruch, den stickigen muffigen Mief der Leiber mit sich zu tragen, sondern selber zu schwitzen und zu stinken schien, und nicht mehr durchsichtig, unfühlbar war, wie Luft es gewöhnlich ist, sondern undurchsichtig, ebenfalls schwarz, so daß ihm war als versuchte er so etwas wie Tinte einzuatmen das nichts anderes war als die gleiche Substanz aus der auch die sich bewegenden Flecke bestanden die sich im Lukenrahmen drängten und mit denen (Köpfe und winzige Eckchen Himmel) er sich so gut es ging zu füllen bemühen mußte in der Hoffnung gleichzeitig von einem der dünnen metallischen Strahlen zu profitieren die wie blitzende, heilbringende, kurze den Sternen entsprungene Degenstiche mit eindrangen, und das Ganze wieder von vorne.

So daß er nichts anderes tun konnte als sich mit dieser Funktion eines – sagen wir – Filters abzufinden, und er dachte: »Schließlich habe ich doch irgendwo gelesen daß Gefangene ihren eigenen Urin getrunken haben...«, und er blieb regungslos in der Dunkelheit liegen und fühlte den schwarzen Schweiß in seine Lungen dringen und dann, im gleichen Moment, über ihn rinnen, wobei ihm war als sähe er immer noch den marionettenhaften, unempfindlichen, steifen, knochigen Rücken der, sich unmerklich wiegend, voranrückte (das heißt: die Hüften schwankten mit den Bewegungen des Pferdes, während der Oberkörper – Schultern und Kopf – sich so gerade, so straff hielt als glitte er an einem waagerechten Draht dahin) vor dem leuchtenden Hintergrund des Krieges, der strahlenden Sonne, die die Glasscherben glänzen ließ, die Tausende dreieckiger blendender Splitter die wie ein Teppich die endlose verlassene Straße bedeckten die sich langsam zwischen den Backsteinfassaden mit den zerbrochenen leeren Fenstern dahinwand in der schwindelerregenden Stille die majestätisch von dem langsamen Duell zweier einsamer abwechselnd feuernder Kanonen unterbrochen wurde, wobei die Geräusche des Abschusses (irgendwo zur Linken, in den Obstgärten) und des Aufpralls (das Geschoß landete ziellos irgendwo in der aufgegebenen toten Stadt wo es ein Mauerstück in einer schmutzigen sich langsam wieder legenden Staubwolke zusammenstürzen ließ) aufeinander folgten, mit einer Art brutaler, sinnloser, alberner Pünktlichkeit, während die vier Reiter immer weiter ritten (oder besser sich nicht zu rühren schienen, wie in den Trickfilmen wo man nur die Oberkörper der Darsteller sieht, in Wirklichkeit immer im gleichen Abstand von der Kamera, während sich vor ihnen die lange sich windende Straße – eine Seite in der Sonne, die andere im Schatten – auf sie zukommend zu erweitern scheint wie eine jener Bühnendekorationen die man unendlich lange vorbeiziehen lassen kann, dasselbe Mauerstück das scheinbar mehrmals zusammenstürzt, die durch die Explosion aufgewirbelte Wolke die sich heranwälzt, anschwillt, größer wird, die Höhe des stehengebliebenen Mauerstücks erreicht, sie übersteigt, so daß die Sonne ihren Gipfel bescheint und der schwarz-grauen Masse eine gelbe Haube aufsetzt, die sich aufbläht, immer höher steigt, bis die ganze Wolke links vom letzten Reiter verschwindet und eine andere Fassade im selben Moment umkippt, drüben, an jenem Teil der Straße, der gerade, da die Fassaden zur Rechten sich um sich selbst drehten, sichtbar wurde, die neue wirbelnde Säule aus Staub und Schutt (die sich aufzublähen, etwa wie ein Schneeball dicker zu werden scheint aber im Gegensatz zu ihm ihre Substanz durch eine langsame Bewegung sich ausbreitender, sich bedrängender, sich überlagernder Spiralen aus ihrem eigenen Innern bezieht) die in dem Maße wie sie sich nähert – oder wie die vier Reiter sich ihr nähern – größer wird und so weiter), und er dachte: »Aber selbst wenn dreimal so viele Granaten eingeschlagen wären hätte er immer noch nicht geruht sein Pferd traben zu lassen. Weil sich das wahrscheinlich nicht schickt. Oder weil er vielleicht schon eine bessere Lösung entdeckt, das Problem endgültig gelöst und einen Beschluß gefaßt hatte. Wie der andere Pferdemensch, der andere hochmütige Dummkopf schon hundertfünfzig Jahre vor ihm, der sich allerdings seiner eigenen Pistole bediente, um... Es ist eben nur Hochmut. Nichts anderes.« Und mit schwacher keuchender Stimme fuhr er in der Finsternis fort die beiden leise zu beschimpfen: den tauben, blinden, steifen Rücken der immerzu inmitten rauchender Ruinen des Krieges vor ihm herritt, und den anderen, von vorne, genauso regungslos, feierlich und steif in seinem glanzlosen Rahmen, wie er ihn während seiner ganzen Kindheit hatte sehen können, mit dem Unterschied daß der gezackte Flecken der sich von der Schläfe aus senkrecht nach unten erstreckte, über den feinen, beinahe weiblichen Hals in den Ausschnitt des Hemdes führte und den Jagdrock besudelte, nun nicht mehr die rötliche Präparierung der durch die abgeschuppte Farbe entblößten Leinwand war, sondern etwas Dunkles Klümperiges langsam Hinabsickerndes, als ob man durch ein in das Gemälde gebohrtes Loch von hinten eine Art dickflüssiger dunkler Konfitüre gepreßt hätte die nach und nach auf die glatte Oberfläche der Malerei glitte und tröffe, auf die rosigen Wangen, den Spitzenkragen, den Samt, während das regungslose Gesicht mit jener paradoxen Kaltblütigkeit die man bei Märtyrern auf alten Gemälden sieht weiter gerade vor sich hin schaute, mit jener etwas blöden, verblüfften, ungläubigen und sanftmütigen Miene die den eines gewaltsamen Todes Gestorbenen eigen ist, als sei ihnen im letzten Moment etwas offenbart worden an das zu denken ihnen während ihres ganzen Lebens nie in den Sinn gekommen war, das heißt wahrscheinlich etwas ganz anderes als das was das Denken vermitteln kann, etwas so Erstaunliches, etwas so ...

Aber er hatte weder die Absicht zu philosophieren noch sich

bei dem Versuch abzumühen an das zu denken was das Denken nicht zu erreichen oder zu vermitteln vermochte, denn das Problem bestand ganz einfach darin zu versuchen sein Bein zu befreien. Dann, noch bevor Blum ihn gefragt hatte sagte er sich Wie spät mag es wohl sein, und noch bevor er begonnen hatte ihm zu antworten Was macht das schon, hatte er es sich schon selbst geantwortet, indem er dachte daß sie mit der Zeit nun sowieso nichts mehr anfangen könnten, da sie aus diesem Waggon nicht rauskommen würden bevor er nicht eine gewisse Strecke zurückgelegt hätte, was für jene die seine Fahrt regelten keine Frage der Zeit, sondern ein Problem eisenbahntechnischer Organisation war nicht mehr und nicht weniger als wenn er eine Ladung leerer Kisten oder beschädigten Materials zurücktransportierte, Dinge die in Kriegszeiten erst dann befördert werden wenn nichts mehr da ist was mit Vorrang abzufertigen ist: er versuchte also Blum zu erklären daß die Uhrzeit keinen anderen Wert mehr habe als einem zu gestatten sich je nach der Richtung des Schattens zu orientieren, und daß sie nicht mehr dazu diene festzustellen ob der Moment gekommen sei (in dem es sich nach allgemeiner Übereinkunft geziemt) zu essen oder zu schlafen, denn, was das Schlafen anging, so konnten sie es, sie hatten sogar nichts anderes zu tun, jedenfalls wenn nicht gerade mehrere fremde verschränkte und übereinanderliegende Glieder ein eigenes Glied einquetschten, oder wenigstens etwas von dem man wußte daß es eines der Glieder war die einem gehörten wenn es auch beinahe unempfindlich geworden und sozusagen von einem getrennt war, und was die Essenszeit betraf so konnte sie leicht bestimmt werden – oder vielmehr festgesetzt werden – nicht auf Grund des Hungergefühls wie es gewöhnlich gegen Mittag oder sieben Uhr abends geschieht, sondern wenn der kritische Punkt erreicht war da der Geist (nicht der Körper, der viel mehr aushalten kann) keine Minute länger den Gedanken – die Folter – etwas Eßbares zu besitzen ertragen kann: er tastete also gemächlich im Dunkeln herum bis es ihm gelungen war von unter seinem Kopf wo er ihn vorsichtshalber aufbewahrte (so daß das Bewußtsein der Existenz des Stückes Brot gewissermaßen dauernd seinem Geist eingeprägt blieb) den flachen Brotbeutel hervorzuzerren aus dem er, ungefähr so als handelte es sich um eine Sprengladung, herausholte was seine Finger (an einer gewissen bröckelnden Rauheit und einer annähernd ovalen flachen allzu flachen Form) als das erkannt hatten was sie suchten und dessen Form und Ausmaße er sich vornahm so genau wie möglich (immer fühlend) abzuschätzen bis er glaubte eine genügende Kenntnis davon zu haben um damit beginnen zu können es in zwei gleiche Teile zu brechen wobei er Vorsorge traf (stets als ob es sich um so etwas wie Dynamit handelte) jeweils die unwägbaren Krümel sammeln zu können deren Fall in seine Handfläche er an einem leichten, beinahe unmerklichen Kitzeln spürte und die er am Ende zu gleichen Mengen in seine beiden Hände verteilte, unfähig daraufhin, sobald das getan war, noch weiter zu gehen, das heißt noch genügend Mut, Entsagungskraft oder Seelengröße aufzubringen um Blum das Stück zu geben das er für das größere hielt, da er es vorzog ihm im Dunkeln beide Hände hinzustrecken nach denen der andere suchend eine eigene ausstreckte, und danach versuchte schnellstens zu vergessen (das heißt seinen Magen vergessen zu lassen in dem sich, im gleichen Moment da Blum gewählt hatte, etwas verdreht, aufgebäumt hatte das nun wie mit wilder weinerlicher Wut darin rumorte) daß er wußte daß Blum die größere Portion erwischt hatte (das heißt jene die etwa fünf oder sechs Gramm mehr wiegen mußte als die andere), sich also zwang zunächst nur an die Krümel zu denken die er nun aus seiner hohlen Hand in seinen Mund rutschen ließ, dann an den klebrigen Brei den er so langsam wie möglich kaute wobei er sich noch vorzustellen versuchte sein Mund und sein Magen seien der Mund und Magen von Blum dem er nun unbedingt begreiflich machen wollte es sei die Schuld der Sonne gewesen die sich ausgerechnet in dem Moment versteckt habe, obgleich, so dachte er, er nie wirklich gehofft hatte daß sie es selbst bei Sonnenschein schaffen würden: »Weil ich genau wußte daß es unmöglich war daß es keinen anderen Ausweg gab und daß wir am Ende geschnappt würden: das alles führte zu nichts aber wir haben den Versuch gemacht ich habe den Versuch gemacht weitergemacht bis ans Ende wobei ich so tat als glaubte ich daß es gelingen könnte und mich nicht verzweifelt sondern sozusagen heuchlerisch darauf versteifte mich selber beschwindelte als hoffte ich mich mit Erfolg glauben zu machen daß ich glaubte daß es möglich wäre wo ich doch das Gegenteil wußte, da ich im Kreis herum über die Wege zwischen den Hecken herumirrte die alle genau jener Hecke glichen hinter der sein Tod sich auf die Lauer gelegt hatte, wo ich einen Moment den schwarzen Glanz einer Waffe hatte aufblitzen sehen bevor er fiel stürzte wie ein losgeschraubtes Standbild nach rechts kippte, und dann machten wir kehrt galoppierten davon flach über den Pferdehals gebeugt um weniger Zielfläche zu bieten während er nun auf uns schoß, wobei sich die knickerigen tödlichen lächerlichen Schüsse in der weiten sonnigen Landschaft wie Knallfrösche anhörten, wie ein Kindergewehr, und Iglésia sagte Er hat mich getroffen, aber wir galoppierten weiter ich sagte Bist du sicher wo, und er Am Arsch der Schweinehund, ich sagte Kannst du noch weiterreiten, und das unbedeutende Spucken wurde nun schwächer und hörte dann ganz auf: ohne den Galopp zu unterbrechen und an seiner Seite das Handpferd das er nicht losgelassen hatte strich er mit seinen Fingern hinten über seinen

Oberschenkel und betrachtete sie dann auch ich schaute sie mir an es war ein wenig Blut daran ich sagte Tut es weh, doch er antwortete nicht sondern strich weiter mit seinen Fingern über seinen Schenkel den ich nicht sehen konnte und betrachtete wieder die Finger, die Pferde haben wahrscheinlich einen besonderen Sinn da ich mich nicht erinnere diesen Weg gesehen zu haben es sei denn daß er es war, jedenfalls bogen sie, immer weiter galoppierend, alle drei gleichzeitig nach rechts und Iglésia machte Oh Oooooooh ... oooh laaa ... und sie fielen in den Schritt, man hörte wieder nichts anderes als die Vögelchen, die Pferde schnauften laut und schnaubten alle drei ich sagte Na und? Er betrachtete wieder seine Hand drehte sich dann im Sattel herum aber ich konnte nichts sehen weil er rechts getroffen worden war, als ich ihn wieder im Profil sah wirkte er nur besorgt und schläfrig vielmehr abgestumpft und vor allem verärgert er kramte in seiner Tasche herum um ein schmutziges Schnupftuch daraus hervorzuziehen es war Blut an dem Schnupftuch als er es immer noch mit der gleichen abgestumpften Miene und schlechten Laune wieder der Tasche näherte ich sagte Hast du viel abgekriegt? aber er antwortete nicht zuckte nur die Achseln und steckte das Taschentuch wieder ein er wirkte enttäuscht als wäre er wütend darüber daß er nicht ernstlich verwundet war daß die Kugel ihn nur gestreift hatte, unsere Reiterschatten marschierten nun zu unserer Linken und schmiegten sich der winkelrecht gestutzten Hecke an: da es Frühling war waren sie noch nicht viel gewachsen und das Land sah wie ein gut von Unkraut befreiter Garten aus, was sind es für Sträucher Buchsbäume oder eher Nadelhölzer ich glaube Taxus den man geometrisch stutzt französische Gärten die kunstvoll ineinander übergehende Bögen bilden Lustwäldchen und Liebeswiesen für als Schäfer und Schäferinnen verkleidete Marquis und Marquisen die einander blindlings suchen die suchen und finden die Liebe und den Tod der auch als Schäfer verkleidet ist im Irrgarten der Alleen und da hätten wir ihm begegnen können er hätte dort an der Biegung des Weges stehen können, an einer Hecke lehnend sanftmütig friedlich tot stocksteif in seinem Jagdanzug aus blauem Samt mit seinem gepuderten Haar seinem Gewehr seinem Loch mitten in der Stirn und seiner Schläfe von der nun unablässig wie von den Bildern oder Statuen Heiliger deren Augen oder Narben ein oder zweimal in jedem Jahrhundert anläßlich großer Katastrophen Erdbeben oder Feuerregen wieder zu weinen oder zu bluten beginnen, diese Art dunkelroter Konfitüre hinabfloß, als ob Krieg, Gewalttätigkeit und Mord ihn gewissermaßen wieder erweckt hätten um ihn ein zweites Mal zu töten als ob die anderthalb Jahrhundert früher abgeschossene Pistolenkugel all diese Jahre gebraucht hätte um ihr zweites Ziel zu erreichen um einen Schlußpunkt hinter ein neues Desaster zu setzen . . .«

Dann (immer noch halb erstickt im dunklen Mief liegend) glaubte er ihn wirklich zu sehen, ebenso fehl am Platze, ebenso ungewöhnlich auf der grünenden Flur wie die Leichenzüge denen man dort manchmal begegnet, sie sich inmitten der Felder wie Maskenzüge voranbewegen wie frevlerische, schwelgerische und – wie alle Maskeraden – mehr oder weniger päderastische Prozessionen, wahrscheinlich weil man (ebenso wie die alleinstehende alte Dame bei der Entdeckung der unterm Rock hervorlugenden ausgetretenen Latschen und der Borsten mit denen die Wangen nun bedeckt sind plötzlich in dem Moment da man ihr die Suppe bringt voller Entsetzen begreift daß das am Morgen eingestellte alte Dienstmädchen mit dem etwas rauhen Gesicht in Wirklichkeit ein Mann ist, und sich dann unausweichlich darüber klar wird, daß sie in der Nacht ermordet wird), unter den makellosen Chorhemden die dicken Schuhe des Priesters und die schmutzigen Beine des Ministranten erblickt der an der Spitze geht ohne sich umzudrehen die Antwortgesänge leiernd und nach den Brombeersträuchern schielend, während der Schaft des hohen Kupferkreuzes vor seinem Unterleib im Lederbecher des Gehänges steckt (so als hielte er mit einer kindlichen anstößigen gemeinen Geste in beiden Händen irgendein riesiges zwischen seinen Schenkeln entsprungenes schwarzes mit einem Kreuz gekröntes priapeisches Symbol) und das Kupferkruzifix über dem Getreide wie der Mast eines den Wellen preisgegebenen Schiffs schwankt, und die schweren Silberstickereien des Meßgewandes metallische, harte Blitze in die duftige Luft senden in der lange nachher noch als unheimliche Spur ein makabrer Geruch von Grüften und Gewölben hängt: der Tod also, der in schwerem mit Spitzen besetztem Prunkgewand und mit Mörderlatschen an den Füßen quer durch die Felder zieht, und er (der andere Reixach, der Ahn) der dort steht, wie eine jener Erscheinungen auf dem Theater, eine jener kraft eines Zauberstabs aus einer Versenkung aufgetauchten Personen, hinter dem Schleier eines rauchentwickelnden Knallkörpers, als ob die Explosion einer Bombe eines Blindgängers ihn ausgegraben, aus der geheimnisvollen Vergangenheit exhumiert hätte in einer tödlichen stinkenden Wolke nicht aus Pulver sondern aus Weihrauch der, sich verflüchtigend, ihn nach und nach enthüllt hätte anachronistisch bekleidet (statt mit dem überall vorherrschenden erdfarbenen Mantel getöteter Soldaten) mit jenem aristokratischen und gewollt nachlässig wirkenden Wachteljägeranzug in dem er für dieses Porträt posiert hatte an dem die Zeit – die Verwitterung – anschließend (wie ein witziger oder vielmehr gewissenhafter Korrektor) der Vergeßlichkeit – oder vielmehr dem Mangel an Voraussicht – des Malers abgeholfen hatte indem sie (und zwar in der gleichen Weise wie es die Kugel gemacht hatte, das heißt indem sie ein Stück der Stirn abspringen ließ, so daß es nicht eine Berichtigung durch eine Hinzufügung war, wie ein zweiter später mit der Korrektur beauftragter Maler es gemacht hätte, sondern indem auch sie ein Loch in das Gesicht riß – oder in die das Gesicht darstellende Farbschicht – so daß das zum Vorschein kam was sich darunter befand), indem sie dort den roten blutigen Fleck hinsetzte wie eine Beschmutzung die ein tragisches Dementi alles anderen zu sein schien: dieser Sanftmut – und sogar Sehnsucht –, dieser Rehaugen, dieser bukolischen vertraulichen nachlässigen Kleidung, und dieses Gewehrs, das auch wie ein Scherzartikel eines Maskenballs aussah.

Denn vielleicht war diese virile Jagdausrüstung – die Flinte, der breite rote Lederriemen einer Jagdtasche die auf totes Wild schließen ließ, auf irgendein Sammelsurium von Fellen und gefleckten Federn wie auf den Stilleben wo Hasen, Rebhühner und Fasanen aufgehäuft sind – nur dazu da ihm eine Pose zu gestatten, eine Haltung zu verleihen so wie die Leute sich heutzutage auf den Jahrmärkten fotografieren lassen nachdem sie den Kopf durch eines jener ovalen Löcher gesteckt haben die in der mit Figuren (phantastischen Fliegern, Clowns, Tänzerinnen) bemalten bloßen Leinwand an Stelle der Gesichter ausgeschnitten sind, und Georges betrachtete wie fasziniert die etwas fette, feminine, gepflegte Hand deren Zeigefinger in der Verwirrung einer fernen Nacht auf den Abzugshebel der gegen ihn selbst gerichteten Waffe gedrückt hatte (die er ebenfalls gesehen, berührt hatte: eine der beiden langen Pistolen mit den guillochierten sechseckigen Läufen die Griff bei Mündung und Mündung bei Griff nebeneinander inmitten des komplizierten Zubehörs, der Ladestöcke, Kugelformen, Pulverhörner und anderer Geräte lagen die jedes für sich in passend ausgehöhlten mit von Motten angefressenem billardgrünem Tuch ausgeschlagenen Vertiefungen im Inneren des Mahagonischreins ruhten der immer gut sichtbar auf der Kommode des Salons stand, und der an Empfangstagen weit geöffnet und während der übrigen Zeit aus Angst vor Staub geschlossen war, und dies: seine eigene Hand die diese für einen Kinderarm zu schwere Waffe hielt, den Hahn hochklappte (aber dazu bedurfte es beider Hände, der krumme Kolben war dann zwischen seine Knie geklemmt, während beide Daumen mit vereinter Kraft den gemeinsamen Widerstand des Rosts und der Feder zu überwinden versuchten), den Lauf an seine Schläfe legte und mit seinem krampfhaft gekrümmten von der Anstrengung weiß werdenden Finger zog bis das klappende, harmlose (da man den Feuerstein durch einen mit Filz umgebenen Holzkeil ersetzt hatte) tödliche Geräusch des einschnappenden Hahns in der Stille des Zimmers ertönte, desselben – das nun das Elternschlafzimmer war –, und wo nichts verändert worden war abgesehen vielleicht von den Tapeten und drei oder vier von jenen Gegenständen – Vasen, Fotorahmen und elektrische Lampe – die dort hingestellt oder vielmehr hineingebracht worden waren und die nützlich und zu neu waren, wie zu laute, unerträgliche blitzblanke Hilfskellner die im Stellenvermittlungsbüro angeworben worden waren um in einer Gesellschaft von Gespenstern Dienst zu tun: dieselben lackierten Möbel, dieselben verschossenen gestreiften Vorhänge, dieselben galante oder ländliche Szenen darstellenden Gravüren, derselbe Kamin aus blaßgrau geädertem weißem Marmor an dem Reixach sich mit den Ellbogen aufgestützt hatte um sich eine Kugel durch den Kopf zu jagen (sagte man, das heißt sagte Sabine – oder vielleicht hatte sie es sich aus den Fingern gesogen, schmückte sie die Szene aus, um sie – jedesmal wenn sie die Geschichte erzählte – ergreifender zu machen) und neben dem Georges ihn sich oft vorgestellt hatte, dort sitzend, die Beine in verschlammten dampfenden Stiefeln zum Feuer hin gespreizt, einen seiner Hunde zu seinen Füßen, die aus der mit Spitzen besetzten Manschette eines jener bauschigen Hemden zum Vorschein kommende kleine fleischige gepflegte Hand die diesmal nicht eine Pistole hielt sondern etwas (für ihn der nicht gebildet war, den man nur die exklusive und harmlose Handhabung von Pferden und Waffen gelehrt hatte) ebenso Gefährliches, Explosives (das heißt etwas von dem der Pistolenschuß vielleicht nur das unvermeidliche Ergebnis war): ein Buch, vielleicht einen der dreiundzwanzig Bände, die das Gesamtwerk Rousseaus bildeten und auf deren Vorsatzblättern die gleiche Inschrift prangte, die karolingische, hoffärtige, besitzergreifende Schrift die mit dem Gänsekiel dessen Kritzeln er zu hören glaubte eine unveränderliche Formel auf das körnige vergilbte Papier kalligraphierte: *Hic liber* – das H übertrieben groß, hochtrabend, in Form von zwei sich die Rücken kehrenden und durch einen geschlängelten Strich miteinander verbundenen Klammern deren Enden sich spiralig aufrollten wie bei den Ornamenten von Rost zernagter Gitter die noch den Eintritt in von Brombeersträuchern überwucherte Parks verwehren –, dann darunter: *pertinetadme,* in einem Zuge, dann, in kleiner werdenden Buchstaben, der latinisierte Name ohne Majuskeln: *henricum,* dann das Datum, die Jahreszahl: 1783.

Er stellte ihn sich also vor, sah ihn aufmerksam nacheinander jeden der dreiundzwanzig Bände rührseliger, idyllischer, nebelhafter Prosa lesen, die weitschweifigen Genfer Lektionen über Harmonie, Gesang, Erziehung verschlingen, die voller Albernheiten, Ergüsse und Genie waren, dieses aufrührerische Geschwätz eines sich in alles einmischenden, musikalisch, exhibitionistisch und weinerlich veranlagten Vagabunden der ihn schließlich dazu bringen sollte an seine Schläfe die unheilvolle eiskalte Mündung dieser ... (und dann Blums Stimme: »Gut! Er fand also, oder vielmehr er fand einen Weg das zu finden was man einen ruhmreichen Tod nennt. Gemäß der Tradition seiner Familie, wie du sagst. Indem er wiederholte, nachmachte, was hundertfünfzig Jahre früher ein anderer de Reixach (der sich wenn ich richtig verstehe schlicht Reixach nannte weil er aus einem Übermaß an Noblesse Takt und Feingefühl das Adelsprädikat hatte fallen lassen das seine Nachkommen später wieder aufgriffen und wieder vor ihren Namen setzten nachdem ein Heer von Domestiken – oder Ordonnanzen – in Livree – oder Uniform – es wieder auf Hochglanz poliert hatte – Restauration), was ein anderer Reixach also schon getan hatte indem er sich willentlich eine Kugel in den Kopf schoß (wenn es ihm nicht dummerweise beim Pistolenputzen passiert ist, was häufig vorkommt, aber in dem Fall gäbe es keine Geschichte, jedenfalls keine so sensationelle Geschichte daß deine Mutter dir und ihren Gästen immer damit in den Ohren gelegen hätte, nehmen wir also an es sei wirklich so gewesen) weil er sich sozusagen selber Hörner aufgesetzt, das heißt betrogen hatte: er war also gehörnt worden, und zwar nicht durch ein treuloses Frauenzimmer wie sein ferner Vorfahre sondern sozusagen durch sein eigenes Hirn, seine Ideen – oder, da er keine eigenen hatte, die Ideen anderer –, die ihm diesen bösen Streich gespielt hatten als ob mangels einer Frau (aber hast du mir nicht auch erzählt daß er zu allem Überfluß eine hatte und daß auch sie ...), also besser: als ob er, weil es ihm nicht genügte, eine Frau ertragen zu müssen, sich noch mit Gedanken und Ideen belastet und vollgepropft hätte, was natürlich für einen kleinen Gutsbesitzer vom Tarn wie für jeden anderen Sterblichen ein viel größeres Risiko darstellt als die Ehe ...«, und Georges: »Gewiß. Gewiß. Aber wie soll man das wissen? ...)

Und er dachte im gleichen Moment an dieses Detail, diese sonderbare Sache die man sich in der Familie nur im Flüsterton erzählte (und Sabine sagte daß sie für ihre Person nicht daran glaube, daß es nicht wahr sei, daß ihre Großmutter ihr stets versichert habe es sei eine Fabel, eine von den Domestiken verbreitete üble Nachrede da das Gesinde im Solde politischer Feinde gestanden hätte – der Sansculotten, wie ihre Großmutter sagte, die dabei ganz vergaß daß er auf deren Seite gewesen war, was bedeutet daß wenn Verleumder über die Umstände seines Todes üble Nachreden verbreitet hatten, es sich dabei nur um Royalisten gehandelt haben konnte, was in einem gewissen Sinne, zum Teil wenigstens, ihre Behauptungen bestätigte: nämlich daß der Herd dieser Gerüchte wahrscheinlich bei den Domestiken zu suchen war, und zwar auf Grund des Gesetzes wonach die durch Dienstbarkeit mit anderen verbundenen Leute leidenschaftliche Anhänger einer streng hierarchisch gegliederten Gesellschaft sind – in der sie eine Art Rechtfertigung ihrer sozialen Stellung zu finden scheinen – so daß wenn die Schildhalter des Ancien Régime, was in der Tat nahe lag, Verbündete gegen Reixach gesucht haben sollten, sie die besten wahrscheinlich unten seinen eigenen Dienern gefunden hätten), an diesen Umstand der, ob er nun der Wahrheit entsprach oder nicht, der Geschichte irgend etwas Verdächtiges, Anstößiges anhaften ließ: etwas im Stil einer jener Gravüren mit dem Titel Der überraschte Liebhaber oder Das verführte Mädchen, die immer noch die Wände des Schlafzimmers schmückten: der beim Pistolenschuß aufgeschreckte Diener, der notdürftig bekleidet herbeistürzt und dessen weites Hemd noch halb aus der beim Sprung aus dem Bett übergestreiften Hose heraushängt, und vielleicht, hinter ihm, eine Magd mit einer Nachtmütze auf, beinahe nackt, eine Hand vorm Mund um einen Schrei zu unterdrücken während die andere unbeholfen das Kleidungsstück festhält das von ihrer Schulter rutschend eine Brust entblößt (und vielleicht hebt sie ihren Arm gar nicht um einen Schrei zu unterdrücken: sie hält vielmehr die wie Muschelschalen gekrümmten Finger vor die Flamme einer zweiten Kerze (was erklärt daß sie zu sehen ist obgleich sie sich im Hintergrund befindet, die Schwelle noch nicht überschritten hat, also noch im Dunkel des Korridors steht) um diese vor dem von der Türöffnung verursachten Luftzug zu schützen (wobei das Kerzenlicht zwischen ihren Fingern durchdringt, so daß es aussieht, als ließe es in jedem einzelnen Finger den weichen Schatten der von rosa leuchtendem Fleisch umhüllten Knochen erkennen): die also gleichzeitig mit einer Hand das Nachtkleid hält das ihre Brust nur schlecht verbirgt, und die Kerze die sie mit der anderen abschirmt, so daß ihr jugendliches, bestürztes Gesicht von unten beleuchtet wird, wie durch die Rampenlichter eines Theaters, wo die Schatten in die entgegengesetzte Richtung geworfen werden, das heißt sich nicht unter sondern über den Volumen befinden, so daß die im Schatten liegenden Teile also die Unterlippe, der Nasenrücken, die obere Hälfte der Wangen, das obere Augenlid und die Stirn über den Brauen sind), während der Kammerdiener sich von hinten zeigt, mit vorgesetztem, halb gebeugtem rechten Bein (was bedeutet daß sein ganzes Gewicht auf dem rechten Bein ruht: nicht eine Phase beim Gehen oder Laufen, sondern vielmehr die Position eines Tänzers, der nach einem Sprung wieder auf dem Boden landet, eine Haltung die deutlich ausdrückt was gerade geschehen ist: der Ansturm des Körpers, der mit vorgeschobener rechter Schulter gegen die Türfüllung prallte, bei gekrümmtem und ein wenig angezogenem rechten Bein, da die letzte Stoßkraft der letzte Schwung vom linken Bein ausgeht, dann – beim dritten oder vierten Versuch – das Nachgeben der Tür (oder vielmehr des Schlosses) beim Krachen des abbrechenden Schließblechs und des zersplitternden Holzes, und in dem Moment der aus dem Gleichgewicht geratene Körper des katapultierten Domestiken, der auf das gebeugte rechte Bein zurückfällt und sein linkes Bein hinter sich herzuziehen scheint, das ganz gestreckt ist und dessen Schenkel, Wade und Fuß (nackt da er – der Diener – sich nur die Zeit ließ in die Hose zu schlüpfen) den Boden nur mit den Zehenspitzen berührt, während der rechte Arm die Kerze hochhält die sich ungefähr in der Mitte der Raumtiefe des Bildes befindet, so daß der Diener im Gegenlicht steht, da der Teil seines Körpers den man sehen kann – das heißt sein Rücken – sich fast vollkommen im Schatten befindet der mit dem Stichel durch feine sich kreuzende mehr oder weniger dünne Schraffierungen dargestellt ist die sich fest an die Volumen schmiegen, so daß die Formen, von nahem gesehen, und besonders sein muskulöser Unterarm, von einer Art Netz umspannt zu sein scheinen dessen Maschen dort enger werden wo der Schatten am dichtesten ist), wobei alles Licht auf dem großen am Fuße des Kamins ausgestreckten einen weiten Kreisbogen bildenden blassen bloßen Körper konzentriert ist, von ihm absorbiert wird.

Denn das war es (die Legende, oder, um mit Sabine zu sprechen, die von seinen Feinden erfundene üble Nachrede): daß man ihn ganz entblößt gefunden habe, daß er sich zuerst seiner Kleider entledigt habe bevor er sich die Kugel durch den Kopf schoß neben dem Kamin an dessen Ecke Georges als Kind sogar später noch wer weiß wie viele Abende damit verbracht hatte unwillkürlich an der Wand oder Decke (obgleich er sehr wohl wußte daß das Zimmer seitdem mehrmals neu gestrichen und neu tapeziert worden war) die Spur der Kugel im Gips zu suchen, wobei er es sich vorstellte, es nacherlebte, es in dem wirren, wollüstigen, nächtlichen Durcheinander einer galanten Szene zu sehen glaubte: vielleicht einen umgeworfenen Sessel, einen umgeworfenen Tisch, und die Kleider, wie die eines ungeduldigen Liebhabers, hastig, in fieberhafter Eile vom Leibe gerissen und hier und dort hingeworfen, und diese Mannesleiche von zarter, fast femininer Konstitution, die ungeheuer und ungehörig dort ausgestreckt lag, die sich bewegenden Schatten des Kerzenlichts die auf der weißen durchscheinenden elfenbeinfarbenen oder eher bläulichen Haut spielten und in der Mitte das struppige Büschel, der dunkle, wirre, graubraune Fleck und das fragile Glied einer liegenden Statue, das dicht über dem Schenkel die Leiste verdeckte (der Körper hatte sich fallend ein wenig nach links gedreht), das ganze Bild war voll von etwas Undurchschaubarem, Unklarem, Verdächtigem, das feuchtwarm und eiskalt zugleich, faszinierend und abstoßend war . . .

»Und ich fragte mich ob er damals auch diese erstaunte ein wenig verärgerte Miene zeigte das blöde Gesicht Wacks als er von seinem Pferd gerissen tot dalag mit dem Kopf nach unten mich mit seinen weit aufgerissenen Augen anstarrend mit weit offenem Mund auf der schrägen Böschung, aber er hatte immer ein blödes Gesicht gehabt und der Tod hatte natürlich die Dinge in dieser Hinsicht nicht gerade verbessert, sondern im Gegenteil wahrscheinlich noch verschlimmert, da er das Gesicht jeder Beweglichkeit beraubt hatte, diesen verdutzten Gesichtsausdruck, bestürzt wie durch die brüske Offenbarung des Todes der nämlich endlich nicht mehr nur in der abstrakten Form jener Vorstellung bekannt war mit der zusammenzuleben uns zur Gewohnheit geworden ist sondern in seiner physischen Realität aufgetaucht war oder vielmehr zugeschlagen hatte, diese Gewalttat, dieser Angriff, ein Schlag von unerhörter ungeahnter maßloser ungerechter unverdienter Brutalität die stumpfsinnige verblüffende Wut der Dinge die keiner Gründe bedürfen um zuzuschlagen wie wenn man mit vorgestrecktem Kopf an einen Laternenpfahl prallt den man nicht gesehen hatte in Gedanken versunken wie man sagt und dabei Bekanntschaft mit der dummen empörenden grausamen Bosheit des Gußeisens macht, da das Blei die Hälfte seines Kopfes abgerissen hatte, mochte es sein daß sein Gesicht diese Art Überraschung Mißbilligung ausdrückte aber nur sein Gesicht weil ich annehme daß es was seinen Geist anbetraf schon lange her sein mußte daß er die Schwelle überschritten hatte hinter der ihn nach dem Verlust seiner letzten Illusionen im Rette-sich-wer-kann einer Katastrophe nichts mehr überraschen oder enttäuschen konnte, und er also schon in das Nichts gestürzt war in das ihm der Schuß nur seine leibliche Hülle nachgeschickt hatte: seit einer ganzen Weile sah ich nur noch seinen Rücken so daß ich nicht wissen konnte ob jede Fähigkeit zu staunen oder zu leiden und gar zu urteilen ihn nicht schon verlassen oder vielmehr befreit hatte so daß es vielleicht nur sein Körper und nicht sein Geist war der die sinnlose lächerliche Geste auslöste den Säbel blankzuziehen und zu schwingen denn wahrscheinlich war er in dem Moment schon längst tot wenn was anzunehmen ist der andere hinter seiner Hecke zuerst auf den Rangältesten gezielt hatte und es bedarf weniger Zeit einem zehn Maschinenpistolenkugeln einzuverleiben als die Serie von Bewegungen auszuführen die daraus besteht mit der rechten Hand den Säbelgriff vor dem linken Oberschenkel zu erfassen blankzuziehen und die Klinge zu erheben, aber man sagt die Kadaver brächten zuweilen noch Reflexe, Muskelkontraktionen zustande die stark genug und sogar genügend koordiniert seien, um noch Bewegungen zu ergeben wie die Enten deren Kopf man abhackt und die weiterlaufen ausreißen grotesk mehrere Meter davonwatscheln bevor sie endgültig zusammenbrechen: nichts anderes im Grunde als eine Geschichte abgehackter Hälse da der andere der Tradition der von der Familie überlieferten schmeichelhaften Version zufolge es nur um der Guillotine zu entkommen getan hatte es zu tun gezwungen gewesen war Also hätten sie eigentlich seit jenem Tag ihr Wappen wechseln die drei Tauben durch eine Ente ohne Kopf ersetzen müssen ich bilde mir ein daß es besser wäre ein besseres Symbol bedeutungsvoller jedenfalls weil man sagen kann daß sowohl weder der eine wie der andere den Kopf verloren hatte: eine simple kopflose Ente den Säbel schwingend ihn blinkend ins Licht erhebend bevor sie zur Seite stürzt, Pferd und Ente hinter dem ausgebrannten Lastwagen als ob man sie abgemäht hätte wie in den Farcen wo man plötzlich einen Teppich auf dem ein Komödiant steht wegzieht, die Hecken hier bestanden aus Hagedorn oder Hagebuche glaube ich geriefte oder gefältelte Blättchen wie man unter Büglerinnen sagt (oder vielleicht sonnenplissierte) wie eine Halskrause zu beiden Seiten des mittleren Nervs, unsere darübergleitenden sich stufenförmig rechtwinkelig knickenden Schatten, waagerechte, senkrechte, dann wieder waagerechte, mein auf dem flachen Streifen oben auf der Hecke vorangleitender Helm, die drei Pferde (nun etwas weniger schnaubend, die aufgeblähten Nüstern des von Iglésia gerittenen Pferdes sich öffnend und zusammenziehend wie Tüten noch bebend deren Inneres von roten geschwollenen blitzförmig verzweiften Äderchen durchzogen war) nebeneinander reitend beinahe die ganze Breite des Wegs einnehmend, ich beugte mich vor um seinen Hals zu streicheln aber da wo die Zügel rieben war es ganz naß und mit gräulichem Schweißschaum bedeckt und ich wischte meine Hand am Schenkel meiner Hose er zog die Nase auf und sagte Was für ein Schweinehund, und ich Tut es weh? aber er antwortete nicht sah immer noch mißmutig aus als wäre er böse auf mich und sagte schließlich Nein ich glaube es ist nichts, und er sagte Dieser Schweinehund hast du es gesehen, dann sah ich unsere Schatten vor uns Was für eine Schweinerei sagte er was sind denn das für welche? An der Kreuzung stehend sahen sie uns kommen ohne sich zu rühren sie sahen aus als gingen sie zur Messe oder als kämen sie daher im Sonntagsstaat wie für eine Zeremonie ein Fest, die Frauen in dunklen Kleidern und mit Hüten auf, einige von ihnen hielten einen schwarzen Regenschirm in der Hand oder aber ihre schwarze Handtasche und einige Männer Koffer oder jene rechteckigen Weidenkörbe mit einem Griff der oben auf dem Deckel durch einen in Schlaufen verschiebbaren Stab mit Vorhängeschloß befestigt ist, und als wir nahe bei ihnen waren sagte einer der Männer Macht daß ihr wegkommt, ihre Gesichter waren ausdruckslos, Haben Sie vielleicht Reiter vorbeiziehen sehen sagte ich, aber dieselbe Stimme wiederholte Los haut ab Macht daß ihr wegkommt, die drei Pferde waren stehengeblieben die Schatten der Helme reichten beinahe bis an ihre schwarzen Sonntagsschuhe ich sagte Wir sind versprengt wir sind heute morgen in einen Hinterhalt geraten der Rittmeister ist dabei gefallen wir suchen, dann begann eine der Frauen zu schreien dann schrien mehrere Stimmen auf einmal Sie sind überall haut ab wenn sie Euch mit uns zusammen sehen werden sie uns umbringen, Iglésia wiederholte noch einmal so etwas wie Schweinehund, aber ohne die Stimme zu erheben so daß ich mich fragte ob er sie meinte oder den Kerl der auf uns geschossen hatte aber ich hatte nicht mitgekriegt ob er es im Plural oder im Singular gesagt hatte und in dem Augenblick hörte ich wie mir wieder einfällt das Geräusch des Wasserfalls das sie im selben Moment machte da sie sich ein wenig bewegte um die Schenkel zu spreizen ich beugte mich vornüber um ihre Nieren zu entlasten und ich verharrte so flach nach vorn gestreckt und schaute auf die Erde, der gelbe Urin spritze in alle Richtungen und der nächststehende Mann sprang zurück wahrscheinlich um seine Festtagskleidung nicht beschmutzen zu lassen, der Urin schlängelte sich über den nur leicht beschotterten Weg wie ein mit Blasen bedeckter Drache mit zauderndem herumirrendem seinen Weg rechts und links suchendem Kopf während der Leib anschwoll aber die Erde sog ihn sehr schnell ein und es blieb nur ein dunkler feuchter vielarmiger Fleck auf dem winzige glänzende Pünktchen wie Nadelköpfe nacheinander erloschen, da richtete ich mich wieder auf und sagte Los wir werden hier nicht bleiben, ich trieb mein Pferd an und sie traten zur Seite um uns vorbeizulassen feierlich steif und feindselig in ihren Sonntagskleidern, Diese Saubauern sagte Ilgésia, dann hörten wir Schreie hinter uns und ich drehte mich um sie hatten sich nicht gerührt es war das Schreien einer Frau die anderen machten immer noch feindselige sauertöpfische Gesichter und schauten sie nun vorwurfsvoll an, Was sagt sie? fragte ich, Iglésia hatte sich auch umgedreht, wobei die Hand in der er die Zügel und das Zaumzeug des Handpferdes hielt auf seinem Oberschenkel lag, sie wiederholte mehrmals die gleiche Geste mit ihrem Arm Nach links sagte er sie sagt wir sollen nach links reiten da wir sonst mitten ins Schlamassel geraten, sie begannen alle gleichzeitig zu reden und zu gestikulieren ich hörte ihre wütenden einander widersprechenden Stimmen Also wohin? sagte ich dann fand ich was ich schon seit einer Weile suchte seitdem ich sie so ungewöhnlich und zeremoniell hatte dastehen sehen in ihrer nicht gerade Festtags- sondern Trauerkleidung dachte ich darum hatte ich wohl an die schwarzen würdigen Beerdigungszüge gedacht denen man auf grünen Landwegen begegnet (er fuchtelte weiter wütend mit seinem Regenschirm als wollte er uns verjagen als schrie er immer noch Los haut ab Macht daß ihr wegkommt Schert euch weg von hier!) Sie sagt wir sollen nach links reiten, sagte Iglésia, aber unsere Schatten eilten uns nun voraus ich konnte sie wie auf Stelzen vor uns herstaken sehen Aber sagte ich da drüben geht's doch wieder nach..., und Iglésia Sie hat doch gesagt daß wir auf dem anderen Weg mitten ins Schlamassel geraten sie weiß es wahrscheinlich besser als du oder etwa nicht, die Sonne verschwand die Schatten verschwanden ich schaute noch einmal zurück und sie waren verschwunden, von der Hecke verdeckt, ohne Sonne wirkte das Land noch ausgestorbener verlassener erschreckender durch seine friedliche vertraute Regungslosigkeit die den Tod verbarg der ebenso friedlich ebenso vertraut ebenso wenig sensationell war wie die Wälder die Bäume die blühenden Wiesen...«

Dann wurde ihm klar daß es nicht Blum war dem er dies alles erklärte (Blum der nun seit über drei Jahren tot war, das heißt von dem er wußte daß er tot war da alles was er gesehen hatte einfach dies war: dasselbe Gesicht wie an jenem regnerischen grauen Morgen in der Scheune, aber noch winziger, verhutzelter, erbärmlicher zwischen den riesigen abstehenden Ohren die in dem Maße wie das Gesicht kleiner wurde und zusammenschmolz gewachsen zu sein schienen, und derselbe fiebrige, stille, schimmernde Blick in dem sich das schwache gelbe Licht der Glühbirnen spiegelte die die Baracke beleuchteten, jedenfalls hinreichend beleuchteten für das was sie zu tun hatten: die Augen öffnen, sich auf ihre Pritsche setzen und so ungefähr eine Minute verharren, beinahe stumpfsinnig bis es ihnen, wie jeden Morgen, gelang sich an den Ort an dem sie sich befanden und an das was sie waren zu gewöhnen, und dann sich erheben, einfach aufstehen ohne etwas anderes getan zu haben als ihre Schuhe zu schnüren (denn nun wußten sie gar nicht mehr was Kleiderausziehen war, wozu sie nur sonntags kamen um Läuse zu knacken) und das staubige Stroh der Nacht abklopfen, ihre Mäntel anziehen um schließlich draußen im Dunkeln anzutreten auf die Dämmerung zu warten und darauf daß man sie zählte und genau numerierte wie eine Herde: also hinreichende Beleuchtung dafür und daß er das Taschentuch sehen konnte das Blum sich vor den Mund hielt, und daß das Taschentuch beinahe schwarz war, aber nicht vom Schmutz, denn wenn die Birnen stärker gewesen wären hätte er sehen können daß es rot war, aber im Halbdunkel war es einfach schwarz, und Blum schwieg noch immer und hatte in seinen allzu glänzenden Augen nur etwas Herzzerreißendes, Verzweifeltes, Resigniertes, und Georges: »Das ist doch nur ein bißchen B... Du hast aber Schwein! Du kannst von Glück reden: Krankenrevier, Laken, und sie werden dich nach Hause entlassen als nicht verwendungsf... Hast du ein Schwein!«, und Blum schaute ihn immer noch an ohne zu antworten, mit seinen im Halbdunkel brennenden, schwarzen, größer gewordenen Augen, die Kinderaugen glichen, und Georges sagte, wiederholte: »Hast du ein Schwein Was gäbe ich nicht darum auch ein bißchen rotzen zu können: nur einen kleinen Klecks kotzen können herrje wenn ich sowas nur schaffte aber mir glückt sowas nie...« und Blum schaute ihn immer noch an ohne zu antworten, und er hatte ihn nie mehr wiedergesehen), ihm wurde also klar daß es nicht Blum war dem er dies alles im Finstern flüsternd zu erklären versuchte, und auch nicht der Waggon mit der schmalen von schreiend sich drängenden Köpfen oder vielmehr Flecken verdeckten Luke, sondern ein einziger Kopf nun, den er einfach die Hand erhebend berühren könnte so wie ein Blinder etwas erkennt und nicht einmal die Hand zu nähern brauchte um es im Finstern zu fühlen, da die Luft selber Form annimmt, und er die Wärme, den Hauch spürte, den Atem einsog der aus der schemenhaften schwarzen Blume der Lippen kam, das ganze Gesicht wie irgendeine über sein Gesicht geneigte schwarze Blume als ob sie darin zu lesen, etwas zu erraten versuchte... Aber er ergriff ihr Handgelenk bevor sie ihn erreichte, schnappte im Flug die andere Hand, ihre Brüste rollten auf seine Brust: einen Augenblick rangen sie, wobei Georges ohne die geringste Lust zu lachen dachte Gewöhnlich sind es die Frauen die nicht wollen daß man Licht macht, aber die Nacht war noch zu hell sie legte sich auf die Seite ihr Kopf glitt vom Fenster gab die Sterne frei und er konnte spüren wie der kalte Schein auf ihn fiel sich wie Milch über sein Gesicht ergoß und er dachte Gut sehr gut sieh mal, wobei er ihr Gewicht fühlte das ganze Gewicht dieses Frauenleibs ihre Hüfte die auf seinem Bein lastete, die schimmernde in der Dunkelheit phosphoreszierende Hüfte er konnte sie auch im Spiegel schimmern sehen und die beiden Tannenzapfen beiderseits des Schrankgiebels und das war ungefähr alles und sie: Weiter erzähl ihm noch mehr, und er: Wem? und sie: Jedenfalls nicht mir, und er: Wem denn? und sie: Selbst wenn ich nur noch eine alte heruntergekommene Hure gewesen wäre hättest du, und er: Was sagst du da? und sie: Denn es handelte sich nicht um mich nicht wahr es war, und er: Herrje ich habe fünf Jahre lang nur von dir geträumt nur an dich gedacht, und sie: Nicht an mich, und er: Na sowas ich frage mich an wen denn sonst, und sie Nicht an wen, du solltest lieber sagen an was, mir scheint daß es leicht zu erraten ist mir scheint daß es nicht sehr schwer ist sich vorzustellen woran ein Haufen Männer ohne Frauen fünf Jahre lang denken kann, ungefähr an so etwas wie die Kritzeleien die man an den Wänden der Telefonkabinen oder Cafétoiletten sieht ich meine das ist normal ich meine daß es die natürlichste Sache von der Welt ist aber bei dieser Art Zeichnungen werden nie die Gesichter dargestellt es hört im allgemeinen am Hals auf wenn es überhaupt so weit geht wenn der Mann der den Bleistift oder Nagel benützte um etwas in den Gips zu ritzen sich überhaupt die Mühe gemacht hat etwas anderes zu zeichnen, höher zu gehen als, und er: Oh mein Gott dann hätte die erste beste es..., und sie: Aber dort hattest du mich zur Hand (und dabei ließ sie im Dunkeln so etwas wie ein Lachen erschallen, etwas das sie ein wenig schüttelte, das sie beide schüttelte, die beiden aneinandergepreßten Brüste, ihre weichen Brüste, so daß ihm war als hörte er es in seiner eigenen Brust widerhallen, daß er ebenfalls lachte, das heißt es war kein echtes Lachen, insofern als es nicht die geringste Freude ausdrückte: nur diese Art Krampf, hart, wie ein Husten, der gleichzeitig in ihren beiden Körpern widerhallte dann verklang als sie wieder sprach:) oder vielmehr ihr da ihr drei wart, Iglésia du und wie hieß er noch..., und Georges: Blum, und sie: ... dieser kleine Jude der bei euch war den du wiedergefunden hattest...

Dann hörte George nicht mehr zu, hörte sie nicht mehr, war von neuem eingesperrt in der erstickenden Finsternis mit diesem Etwas auf der Brust, dieser Last die kein warmer Frauenleib war sondern nur Luft als ob die Luft auch daläge leblos mit dem verzehnfachten, verhundertfachten Gewicht von Leichen, die lastende verweste Leiche der schwarzen Luft der Länge nach auf ihm ausgestreckt wobei ihr Mund an seinem klebte und er verzweifelt versuchte in seine Lungen den nach Tod, nach Verwesung riechenden Atem eindringen zu lassen, dann plötzlich gab es Luft: sie hatten wieder die Tür aufgeschoben, das Schallen von Stimmen, von Befehlen kam mit der Luft herein, der nun erwachte Georges dachte: »Das ist doch nicht möglich, das ist nicht möglich daß sie noch mehr hineinpferchen, wir...« dann etwas Heftiges, Zusammenstöße, ein Gedränge, Flüche im Dunkeln, dann rollte die Tür wieder zu, draußen wurde der eiserne Schloßhaken heruntergeklappt, und es war wieder die Finsternis voller Atemgeräusche, die gerade Zugestiegenen standen womöglich gedrängt an der Schiebetür und fragten sich wahrscheinlich wie lange man es hier drin aushalten könnte ohne das Bewußtsein zu verlieren oder vielmehr sie warteten nur (wahrscheinlich denkend: es kann nur wenige Minuten dauern, desto besser) auf den Moment in dem sie das Bewußtsein verlieren würden, ihr Atem machte in der Finsternis ein anhaltendes Geräusch wie Blasebälge dann (sicherlich müde noch länger darauf zu warten) sprach einer, sagte einer der gerade Zugestiegenen (aber ohne Wut nur mit einer Art Verdruß): »Ihr könntet uns vielleicht wenigstens soviel Platz machen daß wir uns setzen können, oder?«, und Georges: »Wer hat da gesprochen?«, und die Stimme: »Georges?«, und Georges: »Ja, hierher, hier... Mein Gott: sie haben also auch dich erwischt! Na sowas, du...«, und er sprach weiter während er versuchte auf allen Vieren zur Tür zu gelangen ungeachtet der Flüche, ja sogar ohne die Schläge zu spüren die sie ihm versetzten, dann umklammerte eine Hand seinen Knöchel und er fiel hin, bekam einen heftigen Fußtritt in die Seite des Gesichts, gerade in dem Moment da Blums Stimme nun aus geringerer Entfernung zu ihm drang: »Georges«, dann die Stimme des Marseillers: »Bleib wo du bist. Du kommst nicht durch!«, und Georges: »Was soll das? Er ist ein Kump...«, und der Marseiller: »Hau ab!«, und Georges der um sich schlug und versuchte aufzustehen, und dann als er sich halb erhoben hatte, so etwas wie eine Tonne Stahl an seinen Brustkasten prallen fühlte, kam blitzartig der Gedanke: »Mein Gott, das ist nicht möglich, sie haben auch Pferde dazugeladen, sie..., und dann hörte er die Eisentür an seinen Kopf knallen (oder seinen Kopf an die Eisentür knallen – es sei denn es gab gar keine Eisentür, so daß es nur in seinem Kopf hallte), und Blum nun dicht neben ihm ohne die

Stimme zu erheben: »Schweinebande«, Georges konnte hören wie Blum vor sich in die Finsternis, sozusagen seelenruhig wenn auch blitzschnell, soviel Fußtritte und Faustschläge wie möglich austeilte, während Georges ebenfalls versuchte draufzuschlagen aber weniger feste weil Arm oder Fuß sofort auf Widerstand stießen so daß die Stöße und Schläge nicht mit voller Kraft trafen, dann war da wahrscheinlich auch zu wenig Luft als daß man sich noch lange hätte schlagen können denn allmählich und wie auf Grund einer stillschweigenden Übereinkunft zwischen ihnen und ihren Gegnern (das heißt zwischen ihnen und der Finsternis in der sie versuchten Schläge auszuteilen und aus der sie Schläge bezogen) hörte es auf, die Stimme des Marseillers sagte daß sie sich wiedersähen, und Blum sagte: »Sehr richtig«, und der Marseiller: »Du bist fotografiert«, und Blum: »Sehr richtig, du hast mich fotografiert«, und der Marseiller: »Nimm dich nur nicht so wichtig, warte bis es Tag wird, warte bis wir hier 'rauskommen«, und Blum: »Sehr richtig: fotografiere nur«, und wahrscheinlich reichte die Luft nicht um sich noch länger beschimpfen zu können denn auch das hörte auf und Blum sagte: »Wie geht's?« und Georges im Brotbeutel herumtastend – das Stück Brot war noch da und die Flasche war nicht zerbrochen – sagte: »Es geht, ja« aber seine Lippe schien aus Holz zu sein und er fühlte daß etwas in seinen Mund floß, und er suchte mit tappenden Fingern seine Lippe tastete sie vorsichtig ab, und dachte: »Gut. Ich hätte mich schließlich fast gefragt ob ich wirklich im Krieg war. Aber es ist mir immerhin gelungen verwundet zu werden, immerhin auch ein paar Tropfen meines kostbaren Bluts zu vergießen so daß ich später wenigstens etwas zu erzählen habe und sagen kann daß alles Geld das sie ausgegeben haben um einen Soldaten aus mir zu machen nicht ganz verloren war, obgleich ich fürchte daß es nicht ganz vorschriftsmäßig war, das heißt daß es nicht in korrekter Weise geschehen ist, das heißt daß ich nicht von einem auf mich zielenden knienden feindlichen Schützen getroffen wurde, sondern nur von einem Nagelschuh, obschon das nicht einmal sicher ist, obschon ich nicht einmal sicher bin mich später einer so glorreichen Tatsache rühmen zu können wie von einem der Meinen verwundert worden zu sein da es eher so etwas wie ein Muli oder Pferd gewesen sein mußte das man wohl irrtümlich in diesen Waggon gepfercht hatte, es sei denn daß wir es waren die sich irrtümlich darin befanden weil seine eigentliche Bestimmung doch die Beförderung von Tieren war, es sei denn daß es gar kein Irrtum war und man ihn, dem Zweck für den er gebaut war entsprechend, mit Vieh beladen hatte, so daß wir ohne uns darüber klar zu werden zu so etwas wie Tieren geworden wären, mir scheint daß ich eine solche Geschichte irgendwo gelesen habe, von Leuten die durch einen Zauberstab in Schweine oder Bäume oder Steine verwandelt wurden, das Ganze kraft lateinischer Verse...« und er dachte außerdem »So daß er also nicht ganz unrecht hat. So daß die Worte eigentlich doch zu etwas dienen, daß er in seinem Pavillon sich wahrscheinlich einbilden kann daß man durch alle möglichen Zusammenstellungen von Worten doch manchmal mit ein wenig Glück dazu kommen kann das Richtige zu treffen. Ich muß es ihm sagen. Es wird ihm Spaß machen. Ich werde ihm sagen ich hätte schon auf Latein gelesen was mir geschehen sei, so daß ich nicht allzu überrascht und in einem gewissen Maße sogar beruhigt war zu wissen daß es schon geschrieben stand, so daß alles Geld das auch er ausgegeben hatte um es mich lernen zu lassen auch nicht ganz verloren gewesen sein wird. Das wird ihm wahrscheinlich Spaß machen, ja. Es wird für ihn sicher eine...« Dann hörte er auf. Nicht seinem Vater wollte er es erzählen. Nicht einmal der unsichtbar neben ihm liegenden Frau, vielleicht nicht einmal Blum erklärte er nun im Finstern flüsternd daß wenn die Sonne sich nicht verborgen hätte sie gewußt hätten auf welcher Seite ihre Schatten schritten: nun ritten sie nicht mehr durch die grüne Landschaft, oder vielmehr der grüne Landweg hatte plötzlich aufgehört und (Iglésia und er) blieben da, stumpfsinnig, oben auf ihren stocksteifen Pferden hockend mitten auf der Straße, während er mit einer Art Bestürzung, Verzweiflung, gelassenem Überdruß (wie der Zuchthäusler der den Strick losläßt der ihm ermöglichte die letzte Mauer zu überwinden, der Fuß faßt, sich aufrichtet, zum Sprung ansetzt und dann entdeckt daß er seinem Wächter der ihn erwartete in die Arme gefallen ist) dachte: »Aber das habe ich doch schon irgendwo gesehen. Das kenne ich. Aber wann? Und wo nur?...«

»Wer hätte Gott jemals diesen Rath gegeben, daß er ein Männlin und Fräulin zusammen füget? Da gibt er dem Mann ein Weib, die hat zwo Brüste und Wärzlin daran, sampt ihrem Geschäfte. Da ist ein einiges Tröpflin männlichs Samens ein Ursprung eines solchen großen menschlichen Leibes, aus welchem wird denn Fleisch, Blut, Beine, Adern, Haut ɔc. wie Hiob spricht Kap. 10 (V. 10): Hast Du, Gott, mich nicht wie Milch gemolken und wie Käse lassen gerinnen? Also machets Gott in allen seinen Werken sehr närrisch. Wenn ich ihm hätte sollen rathen, so hätte er die Schöpfung des Menschen bei dem Erdklos lassen bleiben und die Sonne wie eine Lampe mitten auf den Erdboden lassen setzen, daß immer wäre Tag gewesen.«

MARTIN LUTHER

Und nach einer Weile erkannte er es: das was kein klüftiger Haufen trockenen Schlamms war sondern (die knochigen aneinanderliegenden und wie zum Gebet eingeknickten Beine, der von seinem Lehmbett halb bedeckte, halb verschluckte Rumpf – als ob die Erde schon begonnen hätte ihn zu verdauen – der unter der harten, bröckeligen Kruste in seinem Aussehen an die Morphologie eines Insekts und eines Schaltiers zugleich erinnerte) ein Pferd, oder vielmehr das was ein Pferd gewesen war (wiehernd und schnaubend auf den grünen Weiden) und nun zurückkehrte, oder ohne daß es anscheinend das Zwischenstadium der Verwesung durchzumachen brauchte, schon zur Mutter Erde zurückgekehrt war, und zwar durch eine Art Transmutation oder beschleunigte Transsubstantiation, als ob der für den Übergang von einem Reich ins andere (vom Tierreich ins Steinreich) normalerweise nötige Zeitraum diesmal im Nu zurückgelegt worden wäre. »Aber«, so dachte er, »vielleicht ist es schon morgen, vielleicht sind wir sogar schon tagelang hier vorbeigeritten ohne daß ich es merkte. Und er noch weniger. Denn wie kann man sagen wie lange ein Mensch schon tot ist da für ihn Gestern Vorhin und Morgen endgültig aufgehört haben zu existieren das heißt ihn zu kümmern das heißt ihn zu plagen...« Dann sah er die Fliegen. Nicht mehr den breiten glänzenden Flecken klümprigen Bluts den er beim ersten Mal gesehen hatte, sondern eine Art finsteres Gewimmel, und er dachte: »Schon«, und dann: »Wo kommen sie nur alle her?« bis er merkte daß es gar nicht so viele waren (nicht genug um den ganzen Flecken zu bedecken) aber daß das Blut zu trocknen begonnen hatte, nun dunkel geworden und mehr braun als rot war (anscheinend war es die einzige Veränderung seit er es zum ersten Mal gesehen hatte, so daß, wie er dachte, seitdem womöglich nur wenige Stunden verflossen waren, oder vielleicht nur eine, oder vielleicht nicht einmal das, und in diesem Moment sah er daß der Schatten der die Straße säumenden Backsteinmauer die Hinterbeine des Pferdes, die im hellen Sonnenschein gewesen waren, nun bedeckte, da der von der parallel zur Straße verlaufenden Mauer geworfene Schattenstreifen immer breiter wurde, und er dachte: »Unsere Schatten waren vorhin doch zu unserer Rechten, die Sonne hat nun also die Achse der Straße passiert, demnach...«, dann gab er das Nachdenken auf, oder vielmehr den Versuch etwas auszurechnen, und er dachte nur noch: »Als ob es etwas ändern könnte! Als ob es ihm nun nicht einerlei wäre da wo es liegt...), die dicken schwarzblauen Fliegen drängten sich in seinem Umkreis, auf den Lippen von dem was eher einem Loch, einem Krater als einer Wunde glich, und wo das eigeschnittene Fell sich wie Pappe aufzuwerfen begann, an das amputierte oder geplatzte Kinderspielzeug erinnernd bei dem das klaffende, hohle Innere von etwas zu sehen ist das nur eine einfache, eine Leere umgebende Schale gewesen war, als ob die Fliegen und Würmer ihre Arbeit schon beendet hätten, das heißt alles Eßbare einschließlich Knochen und Fell aufgefressen hätten, es war nichts übriggeblieben (wie die Rückenschilde ihres Fleischs beraubter Tiere oder die von Termiten von innen ausgehöhlten Dinge) außer einer zerbrechlichen dünnen Hülle aus getrocknetem Schlamm, nicht dicker als eine Farbschicht, nicht mehr und nicht weniger leer, nicht mehr und nicht weniger unbeständig als die Blasen die oben an Sumpfflächen mit einem unanständigen Geräusch zerplatzen und wie aus unergründlichen viszeralen Tiefen aufsteigende schwache Ausdünstungen von Fäulnis entweichen lassen.

Dann sah er den Kerl. Und zwar, von oben auf seinem Pferd, den gestikulierenden aus einem Haus hervorbrechenden Schatten, der wie ein Krebs über die Straße auf sie zukam; Georges erinnerte sich daß der Schatten ihn zuerst beeindruckt hatte da er, wie er sagte, langgestreckt und flach war, während der Mann von oben gesehen Iglésia und ihm viel kleiner erschien, so daß Georges noch den Schatten betrachtete (der gleich einem Tintenklecks ohne Spuren zu hinterlassen schnell über die Straße geflossen war wie über ein Wachstuch oder über eine glasierte Fläche) der unbegreiflicherweise seine Greifer bewegte während die Stimme von anderswoher zu ihm drang, da die Bewegungen und die Stimme gewissermaßen getrennt, dissoziiert zu sein schienen, bis er den Kopf hob, das zu ihnen erhobene Gesicht bemerkte, das von einer Art Verwirrung, von einer wilden, flehenden Erregung zeugte, so daß es Georges erst in dem Moment gelang zu begreifen was die Stimme schrie (das heißt was sie geschrien hatte, denn sie schrie schon etwas anderes, so daß seine Antwort mit einer Art Verzögerung erfolgte, so als brauchte das was der andere schrie eine Weile um zu ihm zu gelangen, um die dichte Schicht der Müdigkeit zu durchdringen), und er hörte wie seine eigene Stimme ertönte (oder vielmehr mit Mühe aus ihm herausgepreßt wurde), heiser, rauh, dunkelbraun und ebenfalls schreiend, als ob sie alle brüllen müßten um einander verstehen zu können obgleich sie nur ein paar Meter (und in einem gewissen Moment sogar nicht einmal so weit) voneinander entfernt waren und gleichzeitig kein anderes Geräusch als das einer fernen Kanonade zu hören war (weil der Kerl wahrscheinlich zu schreien begonnen hatte sobald er sie erblickt hatte, und schrie während er die Stufen der Freitreppe des Hauses hinunterrannte und weiterschrie ohne zu merken daß es in dem Maße wie er sich ihnen näherte immer weniger nötig war, wobei seine Annahme schreien zu müssen sich wahrscheinlich auch durch die Tatsache erklären ließ daß er nicht aufhörte zu laufen, nicht einmal als er einen Moment regungslos unter Georges stand und ihm mit dem Finger die Stelle zeigte wo der Schütze sich verbarg, und dabei in Gedanken wahrscheinlich immer noch weiterlief, ohne überhaupt zu merken daß er stehengeblieben war, so daß es ihm vielleicht unmöglich war sich anders als schreiend auszudrücken so wie es ein Mann beim Laufen eben tut) und Georges brüllte dann auch: »Sanitäter? Nein. Warum Sanitäter? Sehen wir etwa so aus wie Sanitäter? Haben wir etwa Armbin...«, der wütende Dialog, der Wortwechsel der lauthals auf der Straße stattfand die in der Sonne lag und leer war (abgesehen von ihren beiden Seiten, diesem doppelten Schweif aus Schutt und Trümmern, als ob eine Überschwemmung, irgendeine entfesselte Sturzflut alles verwüstend, und sofort versiegend, sich darüber ergossen und an ihren Rändern die unterschiedslosen, schmutzigen, regungslosen Haufen – Dinge, Tiere, tote Leute – abgelagert, hinterlassen hätte, noch leise bebend in der heißen Luftschicht die zu ebener Erde in der Maisonne flimmerte), von oben nach unten und von unten nach oben zwischen dem Reiter auf seinem angehaltenen Pferd und dem rennenden Mann, der wieder schrie: »Verbandzeug... Sofort... Da sind zwei Burschen die man gerade abgeknallt hat. Habt ihr kein, seid ihr nicht...« und Georges: »Verbandzeug? Mein Gott Wo sollen wir...«, und der Kerl begann die Richtung seines Laufs zu ändern um wieder zum Haus zurückzurennen wobei er seine Schritte kaum verlangsamte und wieder wie von einer Art hoffnungslosen Wut gepackt brüllte: »Was sitzt ihr da wie Ölgötzen auf euren Gäulen Wißt ihr nicht daß sie auf alles knallen was vorbeikommt?«, und er fuchtelte wieder mit den Armen, drehte sich um ohne seinen Lauf zu unterbrechen, zeigte auf irgendeine Stelle und schrie: »Da hinten liegt einer versteckt, da hinter der Ecke des Schuppens!«, und Georges: »Wo?«, und der Kerl, nun am äußersten Ende des von seinem Lauf beschriebenen Bogens angelangt, blieb bevor er wieder zum Haus zurückrannte, dicht neben ihnen stehen – aber sicherlich ohne daß es ihm bewußt war, – seine Brust hob und senkte sich schnell, er keuchte und beeilte sich zwischen zwei Atemzügen zu schreien: »Genau hinter der Ecke des alten Backsteinhauses dort!« wobei er selber in die Richtung seines ausgestreckten Fingers blickte und immer noch mit der gleichen Wut, Verzweiflung und Genugtuung weiterbrüllte: »Da! Er hat gerade geguckt und sich wieder versteckt, haste gesehen?«, und Georges: »Wo?«, und der Kerl, schon wieder in Bewegung, rannte zurück, drehte sich um und schrie wütend: »Herrje nochmal...: das Backsteinhaus dort!«, und Georges: »Sie sind doch alle aus Backsteinen«, und der Kerl: »Du Flasche!«, und Georges: »Er hat ja gar nicht geschossen«, und der Kerl (der sich jetzt rennend entfernte, mit ihnen zugewandtem Gesicht um zu antworten, so daß sein ganzer Körper wie ein Korkenzieher verdreht war, während sein Kopf in die seinem Lauf entgegengesetzte Richtung schaute und der Oberkörper – das heißt die Ebene seiner Brust – sich in der Achse der Laufbahn befand, und die Hüften (die Ebene der Hüften) sich schief zu ihr hielt, woraus folgt, daß er schräg lief, wieder fast so wie ein Krebs, daß er ungelenk seine Füße hinter sich herzuschleppen schien, während seine Beine sich in jedem Moment zu verwickeln drohten und die ausgestreckten Arme weiter gestikulierten) der Kerl brüllte also: »Trottel! Er schießt nicht von dort aus auf dich. Er wartet bis du nahebei bist und dann schießt er!«, und Georges: »Wo denn ...«, und der Kerl über seine Schulter hinweg: »Trottel!« und Georges brüllend: »Herrje wo ist denn die Front, wo ...«, und der Kerl, der diesmal stehenblieb, einen Moment verblüfft, wie angewurzelt, zu ihnen gewandt, mit ausgebreiteten Armen, schrie nun voller Wut: »Die Front? Du Flasche! Die Front?... Es gibt keine Front mehr, du Trottel, es gibt nichts mehr!«, die ausgebreiteten Arme trafen vor ihm wieder zusammen und breiteten sich, alles wegfegend, abermals aus: »Nichts mehr. Verstehst du? Nichts mehr!«, und Georges (sich nun die Lungen aus dem Leib schreiend da der andere ihm den Rücken gekehrt hatte weitergerannt war und nun beinahe die Freitreppe des Hauses aus dem er soeben gekommen war erreicht hatte und verschwinden wollte): »Was soll man denn bloß machen? Was kann man machen? Wo ist denn ...«, und der Kerl: »Macht es so wie ich!«, seine erhobenen Arme sanken hinab, wobei die beiden Handgelenke nach innen gedreht waren so daß seine auf sich selbst weisenden Finger die beiden Reiter aufzufordern schienen seinen Anzug zu mustern den seine Hände mit einer Geste von oben bis unten zeigten während er brüllte: »Haut ab von hier! Zieht euch Zivil an! Sucht euch Plünnen in irgendeinem Haus und macht euch dünn! Verdrückt euch!«, er hob noch einmal die Arme und senkte sie mit einer heftigen Bewegung als wollte er die beiden vertreiben, verjagen, verwünschen, dann verschwand er im Innern des Hauses, und nun wieder nichts anderes als Georges und Iglésia oben auf ihren Pferden, mitten auf der von der Sonne beschienenen ungleichmäßig von Häusern gesäumten Straße die völlig verlassen war abgesehen von den krepierten Tieren, den Toten, den hier und dort liegenden rätselhaften regungslosen Haufen, die allmählich begannen unter der Sonne zu verwesen, und Georges betrachtete die

Ecke des Backsteinhauses, dann das Haus in dem der Kerl gerade verschwunden war, dann wieder die geheimnisvolle Ecke des Hauses, dann hörte er hinter sich die Hufe von Pferden und drehte sich um, Iglésia war schon im Trab, das Handpferd trabte neben ihm, beide Pferde bogen in einen Seitenweg ein, zur Linken diesmal, und Georges trieb seinerseits sein Pferd in den Trab, holte Iglésia ein und sagte: »Wohin willst du?«, und Iglésia ohne ihn anzuschauen, schnaufend, mit mieser Miene, mürrisch: »Das tun was er sagt. Alte Plünnen suchen und mich verdrücken«, und Georges: »Dich verdrücken? Wo? Und dann?«, und Iglésia antwortete nicht, und einen Augenblick später waren die Pferde in einem leeren Stall angebunden und Iglésia stieß wild mit seinem Gewehrkolben an die Haustür bis Georges kurzerhand die Klinke drückte und die Tür sich von selbst öffnete, und dann Wände um sie herum, Halbdunkel, das heißt ein geschlossener begrenzter Raum (nicht daß sie in einer Woche nicht genug gelernt hätten um den Wert, die Stärke der Wände zu kennen und das Vertrauen das man ihnen schenken konnte, das heißt kaum mehr als einer Seifenblase – mit dem Unterschied daß von der Seifenblase wenn sie einmal geplatzt ist nur kaum sichtbare Tröpfchen übrigbleiben an Stelle eines unentwirrbaren, gräulichen, staubigen, mörderischen Haufens von Backsteinen und Balken: aber das war nicht so wichtig, das war es nicht, wichtig war, nicht mehr draußen zu sein, vier Wände um sich zu haben und ein Dach überm Kopf); und dies: vier Holzstäbe, uringelb gefärbte fabrikmäßig hergestellte Bambusimitationen, deren schräg abgeschnittene Enden die Ecken des Spiegels überragten dessen vier Seiten ein Gesicht umrahmten das er nie gesehen hatte, mager, mit abgespannten Zügen, rotumrandeten Augen und Wangen, die ein achttägiger Bart bedeckte, dann dachte er: »Das bin ich ja«, betrachtete dieses Gesicht eines Unbekannten eine ganze Weile, auf der Stelle erstarrt, nicht vor Staunen oder aus Interesse sondern einfach aus Müdigkeit, sozusagen auf sein eigenes Bild gestützt, dort stehend, steif in seinen steifen Kleidern (an die verächtliche, derbe Redensart denkend, die er eines Tages aufgeschnappt hatte: »Du stehst nur noch weil du gestärkte Hosen anhast«), seine Knarre die mit dem Kolben auf dem Boden stand am Lauf festhaltend, während der Arm ein wenig hinter ihm hing, ungefähr so als hielte er etwas das er hinter sich herzöge, zum Beispiel eine Leine deren Ende ein paar Schelme abgeschnitten hätten um den Hund zu befreien, oder wie ein Betrunkener eine leere Flasche hält während er sich mit der Stirn in der Hoffnung auf ein wenig Kühle an eine Scheibe lehnt, wobei er hörte wie Iglésia hinter ihm den Schrank öffnete und durchwühlte und dabei Frauen- und Männerkleider durcheinander auf den Fußboden warf, und dann verschwand sein Gesicht und der Spiegel mit ihm, das Rechteck das er nun vor Augen hatte war das der Tür die einen schmächtigen Kerl mit einem gelben Kadaverkopf einrahmte, der eine beinahe erbsengroße Sackgeschwulst an der rechten Wange nahe am Mundwinkel hatte.

Später sollte er sich genauer daran erinnern: an die gelbe Haut und die Sackgeschwulst die er immerzu anstarrte, und dann die Zahnstümpfe, auch gelb, kreuz und quer im Mund, in dem sie sichtbar wurden als er sich öffnete, da das kadaverartige Wesen sagte: »He da!...«, dann die Hand vorstreckte und in aller Ruhe den Lauf des auf seinen Bauch gerichteten Karabiners beiseiteschob, während Georges die hagere Hand anschaute und sah wie das Korn seines Karabiners unter dem Schub einen Halbkreis beschrieb, das heißt daß er in dem Moment hinabblickte, da er in seinen Armen den von der Waffe auf seinen Körper übertragenen Druck spürte und dann erst ebenso überrascht, ebenso baß erstaunt das Gewehr bemerkte, wie er kurz vorher sein unbekanntes Gesicht im Spiegel entdeckt hatte, wobei er vergeblich versuchte, sich daran zu erinnern, wie er kehrtgemacht, das Gewehrschloß gespannt und die Waffe gerichtet hatte, während seine Muskeln sich nun zusammenzogen bei dem Versuch sich dem Schub zu widersetzen und den Lauf von neuem auf den Mann zu richten, und er dann plötzlich aufhörte zu kämpfen, den Karabiner zurückzog, sich halb herumdrehte, nach dem Stuhl spähte von dem er wußte daß er ihn kurz zuvor gesehen hatte und sich setzte, wobei der Karabiner nun wieder, an sein Beinleder gepreßt, mit dem Kolben auf dem Boden stand und die rechte Hand wieder den Lauf festhielt, nicht ganz am Ende sondern so wie ein sitzender Greis einen Spazierstock hält, so daß der Karabiner als Stütze für den Arm diente, während der Unterarm und die linke Hand flach auf dem linken Schenkel lagen, genau wie bei einem alten Mann, und er hatte nicht einmal Lust zu lachen als er dachte: »Wenn ich bedenke daß der mein erster Toter gewesen wäre. Wenn ich bedenke daß ich mit dem ersten Schuß den ich in diesem Krieg abgegeben hätte beinahe jemanden abgeknallt hätte der ...«, dann zu müde um zu enden, um es zu Ende denken zu können, hörte er wie in einem Traum den Kadaver und den Jockei die sich nun stritten, wobei der Mann vor dem offenen Schrank, angesichts des Durcheinanders der auf den Boden geworfenen Kleider schrie: »Wer hat euch überhaupt erlaubt hereinzukommen, wer hat euch ...«, und dann die stille, singende, sanfte Stimme, die weder verärgert noch aggressiv war und keinerlei Ungeduld verriet sondern nur von der unerschöpflichen ausdauernden Fähigkeit des Staunens zeugte die Iglésia zu haben schien: »Es ist Krieg Papa Liest du keine Zeitungen?«, der Mann (der Kadaver) schien nicht zuzuhören, hob nun die Kleider auf und musterte ein Stück nach dem andern wie es ein Trödler getan hätte um einen globalen Preis zu bestimmen, um sie abzuschätzen, bevor er sie nacheinander aufs Bett warf, die beiden weiter beschimpfte und Plünderer nannte bis er (Georges und wahrscheinlich auch der Kadaver, denn dieser hörte plötzlich auf zu wettern und verharrte regungslos, halb gebückt, mit einem Frauenkleid – oder jedenfalls etwas Weichem Unförmigem Schlaffem in der Hand, das im Gegensatz zu den Männersachen nur auf einem Frauenleib, selbst auf einem schlaffen, unförmigen, einen Sinn annehmen, nach irgend etwas aussehen konnte) das Geräusch hörte, das doppelte, kurze Knacken eines vor- und zurückgeschobenen Gewehrverschlusses, da Iglésia nun seinen eigenen Karabiner auf die Brust des Mannes gerichtet hielt und immer noch mit der gleichen jammernden und beinahe wimmernden, eher verlegenen als erregten, eher resignierten als drohenden Stimme sagte: »Und wenn ich dich abknallte? Würdest du dann die Gendarmen rufen? Ich könnte dich abknallen wie man eine Fliege zerquetscht ohne Scherereien zu haben Ich brauche nur auf den Abzug zu drücken damit es eine Leiche mehr gibt Und bei allen anderen die schon drüben auf der Straße faulen wird es gar nicht auffallen ob da einer mehr oder weniger liegt«, der Mann vermied nun jede Bewegung, hatte immer noch das schlaffe Stück Stoff in den Händen und sagte: »Was denn Junge Was soll das Laß das Wir werden uns doch nicht«, und Georges, der immer noch in der Haltung eines Greises der ein Sonnenbad auf einer Anstaltsbank nimmt auf seinem Stuhl saß, dachte: »Er ist imstande es zu tun« aber er rührte sich immer noch nicht, fand nicht einmal die Kraft den Mund zu öffnen, nur gerade genug, um bekümmert zu denken »Das wird wieder einen schrecklichen Knall geben«, wobei er sich schon darauf gefaßt machte, sich in Erwartung des Schusses, des Krachens steif hielt und dann die klagende Stimme Iglésias hörte: »Hör schon auf zu weinen Wir haben dir nichts kaputtgemacht Alles was wir suchen sind alte Plünnen um uns dünn zu machen.«

Dann waren sie (alle drei: der hagere Mann, Iglésia und Georges – sie beide nun wie Bauernknechte gekleidet, das heißt etwas gehemmt, etwas unbehaglich, als ob sie sich – nachdem sie ihre schweren Stoff- und Lederpanzer abgelegt hatten – beinahe nackt, schwerelos in der leichten Luft fühlten) wieder draußen, in dieser Art Unermeßlichkeit, in diesem Vakuum, dieser weichen Leere schwebend, allseitig umgeben von dem Lärm oder vielmehr dem sozusagen ruhigen Rumoren der Schlacht, und auf einmal tauchten drei Flugzeuge auf, grau, ziemlich niedrig, nicht sehr schnell, wie Fische, parallel und waagerecht fliegend, mit leichten Höhenunterschieden die sie unmerklich in Bezug auf die anderen schwanken, steigen und sinken ließen, wie im Strom schwimmende Fische, sie beschossen die Straße drüben (Iglésia, Georges und der Kadaver standen, regungslos, doch ohne sich verbergen zu wollen im Hohlweg, wo die Hecke ihnen fast bis zur Mitte der Brust reichte, und schauten zu, wobei Georges dachte: »Da sind doch nur Tote Es ist idiotisch Sie schießen auf Man kann sie ja schließlich nicht zweimal töten wollen«), wobei die Maschinengewehre ein leises, lächerliches, nicht überzeugendes, ziemlich langsames Nähmaschinengeräusch machten, das nicht einmal so laut wie das Geräusch eines Zweitaktmotors war, etwa so: tap ... tap ... tap ... tap ... verloren, versunken, ertrunken in der weiten, regungslosen Landschaft (von da aus, wo sie waren, sah man keinerlei Bewegung auf der Straße) unter dem weiten regungslosen Himmel, dann wurde alles wieder ruhig: die Häuser, die Obstgärten, die Hecken, die von der Sonne beschienenen Wiesen, die Wälder, die im Süden den Horizont begrenzten, das friedliche Geräusch der Kanone, etwas weiter links, das von der warmen, ruhigen Luft herangetragen wurde, nicht sehr laut, auch nicht sehr grimmig, einfach da, geduldig, wie das Geräusch von Arbeitern, die irgendwo ohne sich zu beeilen ein Haus abreißen und nicht mehr.

Und etwas später wieder Wände um sie herum, etwas Geschlossenes jedenfalls, und Georges setzte sich brav hin, wobei sein Mund, seine Zunge, seine Lippen zu sagen versuchten: »Ich möchte gerne etwas essen wenn Sie etwas zu essen hätten ich . . .«, ohne daß es gelang, so daß er mit ohnmächtiger Verzweiflung sah, wie der Mann mit dem Kadavergesicht zu der Frau sprach, die neben ihrem Tisch stand, wie diese dann wegging und wiederkam, ein Glas vor ihn hinstellte (einen kurzen umgekehrten über dem dünnen Fuß ausgeweiteten Kegel) und mit etwas Durchsichtigem Farblosem wie Wasser füllte das er jedoch als er es bitter und brennend in seinem Mund schmeckte am liebsten wieder ausgespukt hätte. Er spie es jedoch nicht aus sondern schluckte es hinunter, wie er brav auch den – ebenfalls farblosen durchsichtigen bitteren und brennenden – Inhalt des zweiten Glases das sie füllte hinunterschluckte, wobei er wieder versuchte (oder vielmehr zu versuchen versuchte) zu sagen daß er gerne ein bißchen essen möchte aber sich darauf beschränkte mit der gleichen stummen Verzweiflung festzustellen daß dies (um Essen zu bitten) etwas war das weit über seine Kräfte ging, und sich also damit begnügte zu hören (zu versuchen zu hören), was sie sagten und die mit farbloser brennender Flüssigkeit gefüllten kleinen Kegel zu leeren, wobei er sich fragte ob die Fliegen wohl schon begonnen hätten um ihn herumzusummen wie um das tote Pferd, dann an die Flugzeuge dachte und sich wieder sagte: »Sie haben ihn doch nicht zweimal töten können Also?« bis er begriff daß er besoffen war und sagte: »Ich war nicht mehr ganz dabei. Ich meine: Ich wußte nicht mehr so recht wo ich war noch wann es war noch was geschah ob ich an ihn dachte (der in der Sonne zu faulen begann wobei ich mich fragte wann er wirklich zu stinken beginnen würde der immer noch seinen Säbel im schwarzen Gesumme der Fliegen schwang) oder an Wack der mich mit dem Kopf nach unten am Böschungshang liegend idiotisch mit weit offenem Mund anstarrte und auf dem die Fliegen es sich jetzt sicherlich auch schon wohl sein ließen und wahrscheinlich schon beim Hauptgericht angelangt waren da er seit dem Morgen tot war als der andere idiotische Haudegen uns kopfüber in diesen Hinterhalt geführt hatte, wobei er dachte Idioten Idioten Idioten und dachte daß eigentlich die Idotie oder Intelligenz nicht viel mit alledem zu tun hätten ich meine mit uns ich meine mit dem was wir zu sein glauben und was uns reden handeln hassen lieben läßt da wenn es einmal weg ist unser Körper unser Gesicht weiter das ausdrücken was wir uns als das Eigentümliche unseres Geistes vorstellten, so daß vielleicht diese Dinge ich meine die Intelligenz die Idiotie oder Verliebtheit oder Tapferkeit oder Feigheit oder Mordlust die Eigenschaften die Leidenschaften außerhalb von uns existieren sich, ohne uns um unsere Meinung zu fragen, in diesem groben Gerippe einnisten das sie beherrschen denn sogar die Idiotie war offenbar etwas zu Feines zu Subtiles und sozusagen zu Intelligentes um Wack gehören zu können, vielleicht hatte er also nur existiert, um der idiotische Wack zu sein jedenfalls brauchte er sich jetzt keine Sorgen mehr darum zu machen, armer Wack armer Wicht armer Kerl ich erinnerte mich an den Tag an den regnerischen Nachmittag an dem wir uns daran ergötzt hatten ihn fuchsteufelswild zu machen indem wir uns, mit dem kranken Pferd in unserer Mitte, zum Zeitvertreib stritten, es war nicht wie jetzt Sonne beinahe Hitze und ich stelle mir vor daß wenn sie damals tot gewesen wären sie aufgelöst zerspült worden wären und nicht wie Aas verwesen würden, es regnete unaufhörlich und nun dachte ich daß wir so etwas wie Jungfrauen waren, wie junge Hunde trotz der Flüche der Grobheiten die wir brüllten, Jungfrauen weil der Krieg der Tod ich meine all das . . .« (Georges' Arm beschrieb einen Halbkreis, wobei die Hand sich von seiner Brust entfernte und über ihnen auf das Gewimmel im Innern der Baracke zeigte, und auf die geteerte Holzwand einer anderen ähnlichen Baracke jenseits der schmutzigen Scheiben, und dahinter – sie konnten sie nicht sehen aber sie wußten daß sie da waren – die monotone Wiederholung der gleichen Baracken, die etwa alle zehn Meter auf der nackten Ebene aufgestellt, aneinandergereiht waren, alle gleich, parallel nebeneinander, beiderseits von dem was eine Straße sein sollte, Straßen die sich rechtwinklig schnitten, ein regelmäßiges Gitter bildend, die Baracken alle gleich ausgerichtet, niedrig, dunkel, länglich, und der ekelhafte muffige Geruch von faulen Kartoffeln und Latrinen der dauernd in der Luft hing und wahrscheinlich – wie Georges vermutete – über dem weiten Quadrat von dem er sich wie Abschaum beharrlich und abscheulich erhob so etwas wie einen hermetischen Deckel bildete, so daß sie – wie er sagte – in doppelter Weise Gefangene waren: einmal durch den Stacheldraht der auf rohe, nicht entrindete, rötliche Tannenpfähle gespannt war, und ein zweites Mal durch ihren eigenen Gestank (oder ihre Verworfenheit: die der besiegten Armeen, der geschlagenen Krieger), und beide (Georges und Blum) saßen mit baumelnden Beinen auf dem Rand ihrer Pritschen und versuchten sich vorzustellen daß sie keinen Hunger hätten was noch ziemlich leicht war, da ein Mensch sich fast alles einzureden vermag, vorausgesetzt, daß es ihm in den Kram paßt: wogegen es viel schwieriger und sogar unmöglich ist, davon auch die Ratte zu überzeugen die unermüdlich in ihrem Bauch nagte (so daß es, wie Blum sagte, schien als habe man im Krieg die Wahl zwischen zwei Lösungen: sich tot von den Würmern oder lebendig von einer verhungernden Ratte auffressen zu lassen), und die Tiefen ihrer Taschen in der Hoffnung auskratzten, darin ein paar vergessene Tabakreste zu entdecken, wobei sie den unsäglichen Mischmasch von Brotkrümeln, Dreck und Flusen, der sich in den Nähten ansammelte, hervorbrachten, so daß man sich fragen konnte, ob man es rauchen oder essen sollte, das heißt sich darüber stritt (Georges und Blum) ob die Ratte geruhte das zu schlucken, und endlich zu einem negativen Schluß kam und dann beschloß zu versuchen es zu rauchen; und um sie herum das unablässige Rumoren, das verworrene, schmutzige Geschwätz – Quatschen, Feilschen, Zanken, Wetten, Zotenreißen, Prahlen, Klagen – sozusagen wie das Atmen (es hörte nie auf, selbst nachts nicht, wenn es nur gedämpfter klang, so als könnte man auch unterm Schlaf diese Art von fortwährendem Unbehagen, von fruchtloser, vergeblicher Erregung in Käfige eingesperrter Tiere beobachten) das die Baracke erfüllte, und da war auch noch Musik, ein Orchester, eine singende Säge, rhythmisches Scheppern, im Takt gekratzte Saiten auf Instrumenten, die aus leeren Kanistern, Brettchen und Drahtstückchen zusammengebastelt waren (und sogar echte Banjos, echte Gitarren, die mitgebracht und Gott weiß wie gerettet worden waren), Musik, die sich sporadisch über den Höllenlärm erhob (dann wieder überschwemmt, erstickt wurde, zerschmolz, unter den anderen Geräuschen verschwand – oder vielleicht vergaß man sie, war sie einem nur nicht mehr bewußt?), die gleiche Melodie, die gleichen Takte immer wieder heruntergeleiert, der gleiche Kehrreim, der erklang, sich wiederholte, monoton, jämmerlich, mit dem sinnlosen Text, und der hüpfenden, heiteren sehnsüchtigen Kadenz:

Granpèr! Granpèr!
Vouzou blié vo! tre ! che ! val !

und sofort danach, zwei Töne höher:

Granpèr ! Granpèr !

wie eine flehentliche groteske Invokation, ein ironischer, grotesker Vorwurf, oder eine Mahnung, oder Warnung, oder man wußte nicht was, wahrscheinlich nichts, außer den sinnlosen Worten, den leichten, sorglosen, hüpfenden Noten, in unermüdlicher Wiederholung, da auch die Zeit sozusagen unbeweglich geworden war, zu einer Art Morast, zu stagnierendem Schlamm, wie eingesperrt unter der Last des Deckels aus erstickendem Gestank, den Ausdünstungen von tausend und aber tausend Männern, die in ihrer eigenen Erniedrigung verkamen, ausgeschlossen aus der Welt der Lebenden und doch noch nicht in der Welt der Toten: zwischen zwei Welten sozusagen, wie ironische Stigmata ihre lächerlichen Uniformreste mit sich herumschleppend, in denen sie wie ein Volk von Gespenstern aussahen, wie verpfändete Seelen, das heißt wie Vergessene, oder Verstoßene, oder Abgewiesene, oder vom Tod vom Leben gleichzeitig Ausgekotzte, als ob weder der eine noch das andere sie hätte haben wollen, so daß sie sich nun nicht in der Zeit zu bewegen schienen sondern in einer Art von gräulichem Formol ohne Dimensionen, in einer Art Nichts, einer ungewissen Dauer die sporadisch von der sehnsüchtigen, albernen und beharrlichen Wiederholung des gleichen Kehrreims, der gleichen sinnlosen, hüpfenden, melancholischen Worte durchlöchert wurde:

Granpèr ! Granpèr !
Vouzou blié vo ! tre ! che ! val !
Granpèr ! Granpèr !

und Georges und Blum klemmten sich schließlich ein dünnes, flaches, unförmig zusammengedrehtes Papier zwischen die

Lippen, das mehr Flusen und anderes Zeug enthielt als Tabak, und flacher und dünner als ein Zahnstocher war, und inhalierten den scharfen, ekelhaften Rauch, und Georges:) »... diese ganze Schweinerei hatte in uns noch nicht das zerschlagen zerbrochen was so etwas wie das Hymen der jungen Leute ist hatte noch nicht die Wunde geöffnet und etwas zerrissen was wir nie mehr wiederfinden werden die Virginität die reinen frischen Begierden beim Lauern auf das flüchtig gesehene Mädchen weißt du noch wir lauerten hoben immer wieder den Blick zu dem Fenster der Netzgardine deren Bewegung wir zu sehen glaubten ich sagte Da! hast du sie gesehen sie hat gerade geguckt sich gezeigt und sich wieder versteckt, und du Wo? und ich Mein Gott am Fenster, und du Wo? und ich Dort drüben natürlich das Backsteinhaus, und du Ich sehe nichts, und ich Der Pfau bewegt sich noch, da war ein in den Netzvorhang eingewebter Pfau mit einem langen mit Augen bedeckten Schwanz und wir schauten uns vor lauter Lauern die Augen aus dem Kopf wobei wir nicht aufhörten Wack aufzuziehen und versuchten uns die verborgenen wallenden Leidenschaften vorzustellen sie zu erraten: wir waren nicht im Herbstschlamm wir waren nirgends tausend Jahre oder zweitausend Jahre früher oder später mitten im Irrsinn im Mord unter den Atriden, auf unseren müden Pferden durch die Zeit die regennaße Nacht reitend um zu ihr zu gelangen sie zu entdecken sie zu finden lauwarm halbnackt und milchig in jenem Stall im Lichte der Laterne: ich erinnere mich daß sie sie zuerst an ihrem ausgestreckten Arm hochhielt dann während wir abzusatteln begannen wahrscheinlich müde werdend sie nach und nach sinken ließ, so daß sich die Schatten auf ihrem Gesicht allmählich drehten, und schließlich verflüchtigte sie sich verschwand als ob sie uns dort nur erwartet hätte um uns sofort wieder entzogen zu werden uns in unseren steifen triefenden

Verkleidungen durchnäßter Soldaten die an dem grauen schwummrigen Morgen die Schreie die Stimmen die unbegreifliche Wut hörten, die in blauen Alltagskleidern unter Regenschirmen in ihren gleichförmigen mit runden roten Flicken beklebten schwarzen Gummistiefeln herumpatschenden Tragöden, den Hinkenden, den *disgraciado* der das Jagdgewehr hielt von dem ich immer geglaubt hatte er habe sich damit getötet, ein Unfall bei dem der Schuß ganz von selbst losgegangen sei ihn mit Blut befleckend das von seiner Schläfe hinabgeronnen sei (eine Zeit in der die Gewehre von selbst losgehen einem ohne daß man weiß warum mitten ins Gesicht spucken) aber vielleicht wollte er nichts anderes als auch seinen Schuß abfeuern wie alle anderen und Wack sagte Ihr glaubt besonders schlau zu sein Ich bin nur ein Bauer ich bin kein Jud ich aber, und ich Oh du armes Schwein du armes Schwein du armes Schwein, und er: Nur weil ich vom Land bin glaubt so ein Jud aus der Stadt, und ich: Oh du armes Schwein mein Gott du armes Schwein, und Wack: Du kannst mich nicht bange machen weißt du, und ich Oh mein Gott, und später waren wir bis zu der Kneipe am Dorfplatz gegangen das heißt an dem Rechteck aus schwarzem von Pferden und Rindvieh zerstampftem Schlamm rund um die Tränke, das als Dorfplatz galt, wir setzten uns und sie füllte noch einmal die Gläser vor uns und ich sagte Nein nein nicht für mich danke, weil sich alles in meinem Kopf drehte ich erinnere mich daran daß es ein großer mit Fliesen ausgelegter Raum mit niedriger Decke war mit blau gestrichenen von Salpeter angefressenen Wänden es standen wohl zehn Tische darin ein elektrisches Klavier ein Schanktisch und an den Wänden das unausbleibliche vergilbte mit Fliegendreck bedeckte Gesetz zur Unterdrückung der Trunkenheit in der Öffentlichkeit Apéritif- und Bierreklamen auf denen junge Frauen mit roten Lippen in affektierter oder gezierter

Haltung dargestellt waren oder riesige Brauereien aus der Vogelschau mit rauchenden Schornsteinen und ihren Dächern die ebenfalls knallrot waren und noch zwei farbige Drucke von denen einer Marquisen in pastellfarbenen Roben in einem nur angedeuteten Park zeigte und der andere eine Versammlung von Leuten in Empire-Kostümen in einem grün-goldenen Salon die Männer über die Schultern der Frauen gebeugt auf die Rückenlehnen ihrer Stühle gestützt den Damen wahrscheinlich galante Dinge ins Ohr flüsternd und auch einer jener Zeitungshalter aus verrostetem Draht und auf dem Schanktisch eine Vase mit gewelltem und stellenweise abgesplittertem Hals, aber wir waren nicht gekommen um zu trinken da war dieses Mädchen der Trubel da waren die Schreie der Tumult rund um dieses flüchtig nur einen kurzen Augenblick gesehene Fleisch und Blut die unbegreifliche geahnte vermutete Geschichte die wütende obskure Entfesselung der Gewalt inmitten der Gewalt, der Hinkende und der andere beide in den gleichen mit Patentflicken reparierten Stiefeln die einander voll von einer Wildheit und Maßlosigkeit gegenübertraten die wahrscheinlich für sie ebenso seltsam und unbegreiflich war wie für uns, da das was ihnen zugestoßen war über ihre Kräfte ging und sie zwang sich gegenseitig herauszufordern und koste es ihr Leben das heißt daß der eine bereit war (oder vielmehr verzehrt vom Verlangen oder vielmehr vom Bedürfnis oder vielmehr von der Notwendigkeit darauf brannte) ein Verbrechen zu begehen und der andere auch bereit war das Opfer zu sein und zwar trotz seiner Feigheit der sichtlichen Furcht die ihn sich hinter dem Rücken eines anderen verstecken ließ, und de Reixach als Schiedsrichter oder vielmehr bemüht sie zu besänftigen, mit seiner gelangweilten geduldigen geistesabwesenden undurchschaubaren Miene in ihrer Mitte, er für den die Leidenschaft oder vielmehr das Leiden nicht die Gestalt eines Gleichartigen eines Ebenbürtigen hatte sondern die eines Jockeis mit Kasperlegesicht gegen den wir ihn nie auch nur seine Stimme hatten erheben hören und von dem er sich begleiten ließ wie von seinem Schatten ebenso wie die alten ich weiß nicht wer Assyrer nicht wahr? auf deren Scheiterhaufen man die Huri das Pferd und den Lieblingssklaven schlachtete damit es ihnen an nichts mangele und sie in der anderen Welt bedient würden wo Iglésia und er wahrscheinlich ihre schweigsamen wortkargen Bemerkungen über das einzige Thema die einzige Sache die sie im Grunde beide interessierte weiter ausgetauscht hätten nämlich die Angemessenheit einer Ration Hafer oder die Wärmebehandlung einer Sehne, und so hatte er also einen Teil des Programms gut erledigt nämlich das Pferd zusammen mit sich unter sich töten zu lassen aber Pustekuchen für den zweiten Teil, da der mit dem er rechnete um bis an das Ende der Zeiten über Schwellungen Pferdefesseln oder die besten Hufeisen zu diskutieren im letzten Moment umgekehrt war ihn verlassen ihn den Fliegen überlassen hatte unter der blendenden Maisonne in der einen Augenblick lang der Stahl des gezückten Säbels geblitzt hatte, und sie füllte mir noch einmal den kleinen Kegel der als Glas diente bis an den Rand mit wie nennen sie es noch mit Genever ich glaube dort oben sagen sie g'nièvr', wobei sie sich offensichtlich bemühte das volle Maß einzuschenken das heißt, daß, wie es sich gehörte, etwas überfloß, da die flüssige Oberfläche sich im Glas aufwölbte infolge der Kapillarität oder wie nennt man dieses Phänomen eine leichte Erhabenheit wie eine Linse über dem Rand des zitternden Glases bildete während ich es behutsam an meine Lippen hob wobei meine Hand zitterte das silbrige Licht glitzerte zitterte und die farblose Flüssigkeit an meinen Fingern hinabrann und brannte als sie durch meine Kehle floß ...«

Und Blum: »Was erzählst du nur: Das erste Mal daß ich einen Kerl erlebe der zwei Wochen braucht um wieder nüchtern zu werden ...«

Und Georges hörte schlagartig auf zu sprechen, schaute ihn mit einer Art ratlosen Ungläubigkeit an, und beide ließen es dabei bewenden, mitten in dem unaufhörlichen Lärm den sie gar nicht mehr hörten (ebensowenig wie die Küstenbewohner auf die Dauer das Geräusch des Meeres hören), und Blum sagte: »Es war kein Genever, damals nicht«, da ihre kümmerlichen Glimmstengel nun aufgeraucht waren, das heißt auf einen Zentimeter eines leeren flachgedrückten Papierröhrchens reduziert waren, noch weiß oder vielmehr grau an der Stelle wo ihre Lippen das Papier zusammengepreßt hatten, dann allmählich gelb werdend, dann braun, dann ausgezackt, zerfetzt und schwarz, und obgleich Georges wußte daß es nichts mehr hergab versuchte er es automatisch, indem er zwei- oder dreimal daran sog ohne daß es etwas anderes als ein ekelhaftes Ventilklappengeräusch ergab, und schließlich gab er es auf und nahm die unförmige winzige Kippe von seinen Lippen, aber noch nicht um sie wegzuwerfen, da er sie weiter perplex betrachtete und sich die Chancen ausrechnete noch ein oder zwei Züge für den Preis eines kostbaren Streichholzes aus ihr herauszukriegen, und er sagte: »Wie? Was?«, und Blum: »Das war kein Genever sondern Grog: ich fühlte mich mies und du hattest dies als Vorwand benützt um in die Dorfkneipe zu gehen ... Das heißt es war dir ziemlich piepe ob ich mich wohl fühlte oder nicht, oder vielmehr ich vermute daß du es für eine famose Gelegenheit hieltest zu versuchen dem Wirt die Würmer aus der Nase zu ziehen unter dem Vorwand ein Zimmer für deinen armen Kameraden zu suchen dem es so mies gehe daß man ihn nicht in einer zugigen Scheune schlafen lassen könne, wo doch alles was dich interessierte der Klatsch über das Mädchen und den Hinkenden war, und was deinen armen Kameraden betraf so ...« (sie verließen die Kneipe in der Abenddämmerung und bei jedem Wort kamen Atemwölkchen aus ihrem Mund, die nun fast unsichtbar waren, ausgenommen im Gegenlicht wenn sie durch den Lichtschein eines Fensters schritten, und dann sahen sie gelblich aus) und Blum sagte: »Wenn ich recht verstanden habe, hat der hinkende Meisterschütze Liebeskummer?«, Georges schwieg nun, die Hände in den Taschen, nur darauf bedacht nicht in den unsichtbaren Schlamm zu gleiten, und Blum: »Dieser Beigeordnete mit seinem Regenschirm und seinen geflickten Gummistiefeln! Der Romeo des Dorfes! Wer hätte das gedacht? Er und die Schale Milch ...«, und Georges: »Du wirfst alles durcheinander: nicht mit ihr: mit seiner Schwester«, und Blum: »Seine Schw ...«, und er unterdrückte einen Fluch, klammerte sich gerade noch an Georges' Schulter, und beide taumelten einen Moment wie zwei Trunkene, setzten sich dann wieder in Bewegung in der eiskalten triefenden Dunkelheit, die in dem Maße immer dunkler wurde wie sie sich von dem Platz entfernten, von den wenigen beleuchteten Türen und Fenstern, bis sie sich gar nicht mehr sehen konnten, bis nur noch ihre beiden Stimmen wahrzunehmen waren, die abwechselnd in der Finsternis mit der gespielten Sorglosigkeit, der gespielten Heiterkeit, dem gespielten Zynismus junger Leute antworteten:

ich versteh' das nicht

dann bist du eben noch dümmer als Wack Ich wette daß er es längst kapiert hat

dümmer als Wack na gut Aber wiederhol' das nochmal Er (ich meine den Beigeordneten den Kerl der heute morgen bewaffnet mit seinem Regenschirm mit seinem Schiß und in der Deckung eines Offiziers kam um den anderen der ein Gewehr hatte zu reizen und herauszufordern) schlief mit seiner eigenen Schwester die mit dem Hinkenden verheiratet ist ist es das?

ja

nicht zu glauben diese Leute vom Lande was?

ja

ihre Schwestern und die Ziegen wie? Es scheint daß sie es wenn sie keine Schwester haben mit der Ziege treiben Das behauptet man jedenfalls Vielleicht erkennen sie keinen Unterschied

der Kerl in der Kneipe schien auch kaum einen Unterschied zwischen seiner Frau und seinem Hund zu machen

vielleicht ist sie ein in eine Frau verwandelter Hund

vielleicht

können einander behexen Geheimnisse die in Vergessenheit geraten schade War aber bequem

dann hat er seine Ziege in ein Mädchen verwandelt oder seine Schwester in eine Ziege und Vulkanus ich meine der Hinkende heiratete die geile Geiß und der Ziegenbock von Bruder besprang sie in dessen Haus ist es das?

das hat er gesagt

es war also Ziegenmilch?

was?

die heute morgen im Stall war die sich hinter dem mythologischen Pfau verbirgt die deren Anblick dich in das blödsinnige poetische kostspielige Delirium versetzte da du ja dem besoffenen Kneipenwirt zwei Runden zahlen mußtest um ...

mein Gott du bist wirklich dümmer als Wack man hat dir schon zehnmal gesagt daß es die Frau seines Bruders war

(sie konnten den Regen nicht sehen, nur hören, nur erraten wie er flüsternd, leise, geduldig, heimlich auf sie, um sie herum, unter sie tropfte, so als ob die unsichtbaren Bäume, das unsichtbare Tal, die unsichtbaren Hügel, die ganze unsichtbare Welt sich allmählich auflöste, zerbröckelte, zu Wasser würde, zu Nichts, zu einer eiskalten, flüssigen Finsternis, und die beiden gespielt sicheren, gespielt sarkastischen Stimmen wurden lauter, überschlugen sich, als versuchten sie sich selbst an die Stimmen zu klammern, als hofften sie kraft der Stimmen diese Art Zauberei zu beschwören, diese Verflüssigung, diesen Zusammenbruch, dieses blinde geduldige endlose Desaster, und die Stimmen schrien nun wie die zweier prahlerischer Bürschchen die versuchen einander Mut zu machen:)

Scheiße Was für ein Bruder? Verfluchter Scheißdreck Was ist das für eine Geschichte Sie sind also alle Brüder und Schwestern Ich meine Brüder und Ziegen Ich meine Ziegenböcke und Ziegen Also ein Ziegenbock und seine Ziege und der hinkende Teufel der die Ziege geheiratet hat die sich mit ihrem Ziegenbock von Bruder paarte der

aber er hat genug davon gehabt Er hat sie weggejagt Oder vielmehr verstoßen

versto ... Wie sagtest du

verstoßen

nicht möglich Also wie auf dem Theater Wie

ja

na gut Also er (der Vulkanus) hat sie wahrscheinlich überrascht und beide in einem Netz gefangen und

nein der Kerl hat gesagt sie sei trächtig

träch ...

er hat gesagt trächtig Wie eine Kuh Soll ich dir eine Zeichnung machen

ich hatte ja gesagt daß es sich um eine geile Geiß handelte Brauchte sie denn keine Böckchen um sie auf dem Markt zu verkaufen?

wahrscheinlich zog er es vor kleine Hinkende zu verkaufen

wahrscheinlich Darum bewacht der andere sie mit einem Gewehr

darum könnte das Gewehr Lust haben ganz von selbst loszugehen herrje wie dunkel es ist

wir sind bald da Drüben ist Licht

(die anderen, die sie noch immer rund um das sterbende Pferd herumsitzen sahen, und die von einer auf dem Stallboden stehenden Laterne beleuchtet wurden, drehten sich um als Georges und Blum hereinkamen und ihre Stimmen verstummten, während sie einen Moment die Ankommenden anschauten, und Georges merkte nun daß sie das Pferd beinahe vergessen hatten, daß sie nur noch bei ihm wachten wie die alten Frauen auf dem Lande Totenwache halten, im Halbkreis auf Handkarren oder Eimern sitzend, einander mit ihren eintönigen, jammernden, plumpen Stimmen immer die gleichen Geschichten erzählend, von Ernten, die des schlechten Wetters wegen nicht eingefahren werden konnten, von Getreide- oder Rübenpreisen, von Rezepten, um Kühe zum Kalben zu bringen, oder von herkulischen Leistungen, die nach der Zahl der getragenen Strohballen oder Getreidesäcken oder der gepflügten Äcker berechnet wurden, während sich der Kopf des auf der Seite liegenden Pferdes in dem den Boden streifenden Laternenlicht zu verlängern schien, apokalyptische, erschreckende Züge annahm, die geringelten Flanken sich schnell hoben und senkten und dabei die Stille mit Atem füllten, während das samtige, riesige Auge immer noch den Kreis der Soldaten widerspiegelte jedoch so als ignorierte es sie nun, als betrachtete es durch sie hindurch etwas das sie nicht sehen konnten, sie, deren verkleinerte Silhouetten sich auf der feuchten Haut des Augapfels abzeichneten wie auf der Oberfläche jener goldkäferfarbigen Kugeln, die in einer entstellenden, schwindelerregenden Perspektive in sich die Gesamtheit der sichtbaren Welt einzufangen einzusaugen zu verschlingen scheinen, als ob das Pferd schon aufgehört hätte dazusein, als ob es aufgegeben hätte, auf das Schauspiel dieser Welt verzichtet hätte, um seinen Blick umzukehren, ihn auf eine innere, besänftigendere Vision als die dauernde Unruhe des Lebens zu konzentrieren, auf eine Realität die wirklicher als die Wirklichkeit wäre, und Blum fragte dann, was es Wirklicheres gebe als die Gewißheit zu krepieren? (er war nun wortlos durch den Kreis der anderen gegangen, war sofort die Heubodenleiter hinaufgestiegen und tappte jetzt murrend im Heu herum um seine Decken auszubreiten) und Georges sagte: »Die Gewißheit, daß man fressen muß. Wartest du nicht bis es Verpflegung gibt?«, und Blum brummelte wieder zwischen seinen Zähnen: »Stell dir vor, daß mir eigentlich verdammt mies ist. Und du hast das ganz schön ausgenutzt, um dem Kneipenwirt die Würmer aus der Nase zu ziehen. Das alles für ein Bauernmädchen, das du nur fünf Minuten im Laternenschein gesehen hast. Daran könntest du dich wenigstens erinnern, oder nicht?« und Georges: »Wenn du sterben mußt, warte dann noch ein wenig. Damit es sich lohnt. Damit sie dir wenigstens noch einen Orden verleihen können«, und Blum: »Was ist besser: vor Kälte sterben oder mit einem Orden sterben?«, und Georges: »Laß mich mal überlegen. Aus Liebe sterben?«, und Blum: »Das gibt es nicht. Nur in Büchern. Du hast zu viele Bücher gelesen«, und wieder in der Dunkelheit, im Finstern, ihre beiden einander antwortenden Stimmen:)

Glaubst du daß das Pferd auch zu viele Bücher gelesen hat

Warum

Weil es weiß daß es sterben muß

Es weiß nichts gar nichts

Doch Es ist der Instinkt

Wieviele Dinge weißt du instinktiv

Mindestens eins: daß du mir auf die Nerven gehst

Gut Was ist deiner Meinung nach mehr wert die Haut eines Pferdes oder die Haut eines Soldaten

Du weißt doch wie es bei der Börse zugeht Es ist eine Frage der Umstände

Es gibt immerhin Anzeichen

Ich habe den Eindruck daß ein Kilo Pferd im Augenblick mehr wert ist als ein Kilo Soldat

Das dachte ich mir auch

Der Krieg lehrt einen am besten so zu denken wie die Bauern: sie denken in Gewichten.

Richtig Ein Kilo Blei wiegt schwerer als ein Kilo Federn das weiß jeder

Ich glaubte du seist krank

Stimmt ja auch Laß mich in Frieden Ich will schlafen

dann tauchte er (Georges) die Leiter hinabsteigend nach und nach, zuerst mit den Füßen, wieder in den gelblichen Schein der Laterne, der ruckweise an den Beinen, an der Brust hinaufglitt und in dem er schließlich stand, ein wenig blinzelnd, ihre Blicke auf sich spürend (sie waren jetzt nur noch zwei: Iglésia und Wack), und nach einer Weile sagte Iglésia: »Was ist los mit ihm Ist er krank?« ihre beiden zu ihm aufblickenden Köpfe, ihre fragenden, trübsinnigen Augen, die beiden Gesichter in der theatralischen Beleuchtung der auf der Erde stehenden Laterne, die einen an Vogelscheuchen denken ließen, Iglésias fast wie eine Hummerzange (Nase, Kinn, papierene Haut) wenn eine Hummerzange Augen hätte und mit der Miene unheilbarer andauernder Betrübnis, die erst recht unheilbar war, weil er wahrscheinlich nie gewußt hatte, was Betrübtheit oder Heiterkeit eigentlich ist, und Wack mit seinem langen, dummen Gesicht, seinem in der Haltung eines hockenden Affen erstarrten Rumpf, seinen enormen runzeligen Händen mit inkrustiertem Dreck, wie rissiges Holz, wie Rinde, wie verschlissenes Werkzeug, das regungslos zwischen seinen Knien hing, und Georges zuckte die Achseln, und Wack sagte schließlich mit seiner idiotischen Stimme: »Dieser verdammte Krieg!...« ohne daß man merken konnte, ob er an den kranken Blum dachte oder an verkommene Ernten, oder an den hinkenden, sein Gewehr schwingenden Verhöhnten, oder an das Pferd, oder an das Mädchen ohne Mann, oder vielleicht nur an sie drei da, in der Nacht, rund um die Laterne, um das sterbende Tier mit dem schrecklich starren Blick das von einer erschreckenden Geduld erfüllt war, und dessen Hals noch länger geworden zu sein schien, der an den Muskeln, den Sehnen zerrte, als ob das Gewicht seines riesigen Kopfes es aus der Streu in jenen finsteren Bereich riß, wo die toten Pferde unermüdlich galoppieren, die unermeßliche schwarze Herde alter, in einen blinden Angriff getriebener Mähren, die, ihre Schädel mit den leeren Höhlen vorstreckend, sich gegenseitig in einem Gedonner aneinanderklappernder Knochen und Hufe zu überholen trachten: eine gespenstische Kavalkade verbluteter verstorbener Rosse geritten von ihren ebenfalls verbluteten verstorbenen Reitern mit den abgemagerten in ihren zu weiten Stiefeln schwankenden Schienbeinen, mit den rostigen unnützen Sporen, und die eine Spur von bleichenden Skeletten hinter sich ließ, die Iglésia nun zu betrachten schien, der wieder in sein ewiges Schweigen versunken war, wobei sein großes Fischauge ganz von jenem entgeisterten, geduldigen und gekränkten Ausdruck erfüllt war, offensichtlich dem einzigen, über den er verfügte, oder jedenfalls der einzige, den das Leben ihn gelehrt hatte, wahrscheinlich zu der Zeit, da er in der Provinz von einem Rennen zum andern reiste und für den einen oder anderen tückische Pferde oder alte Klepper bei Ausscheidungsrennen auf Bahnen ritt, die in den meisten Fällen einfache Weiden waren mit symbolisch angedeuteten Tribünen aus halb verfaultem Holz, und manchmal gar keine Tribüne, nur ein Erdwall oder aber der Hang eines Hügels, auf den man hinaufkletterte, und nur drei oder vier Holzbaracken beinahe wie Badekabinen mit einem herausgesägten Schalterloch, um die Wettscheine ausgeben zu können, und ein Trupp Gendarmen mit dem Auftrag, die Viehhändler und Metzger mit ihren Taschen voller Geldscheinbündel und die Bauern, die das Publikum bildeten, daran zu hindern, die besiegten Jockeis zu lynchen, und meistens im Regen rennend, durchnäßt vom Pferd steigend, bis zu den Augen mit Dreck bespritzt und ganz zufrieden wenn er nur mit beschmutzter aber sonst unbeschädigter Hose davonkam die er am Abend selber im Waschbecken eines Hotelzimmers wusch, wenn er es nicht in der Tränke eines Pferdestalls tat, wo man ihm wohlwollend eine leere Box mit einem Ballen Stroh zum Schlafen überlassen hatte (so daß er sich das Hotel sparen konnte) – oder manchmal nur die Haferkiste –, und wenn er nicht ein Handgelenk oder einen Knöchel verstaucht hatte, und nur die Flüche der Wettlustigen und nicht ihre Schläge einzustecken brauchte, sich in einer der Kabinen aus verfaultem Holz wieder anziehend oder, wenn es keine Kabinen gab, in einem einfachen Pferdetransportwagen, eine alte Bandage um das Handgelenk rollend, die fast ebenso schwarz wie eine Fabrikmauer und fast ebenso elastisch war, wobei ein Streifen Blut aus seinem Mundwinkel rann, ohne daß er besonders darauf achtete, nicht mehr als er auf die Faust geachtet hatte (die er vielleicht nicht einmal gespürt hatte), die Faust, der es gelungen war, über die oder zwischen den Schultern der Gendarmen hindurchzustoßen, ohne daß er (Iglésia) oder sie (die Gendarmen) und wahrscheinlich noch weniger der Kerl, dem die Faust gehörte, sich über die Gründe oder vielmehr die Triftigkeit der Gründe Gedanken gemacht hatten, die der Angreifer gehabt haben mochte, da der einzige wirkliche und immer gültige Grund die Tatsache war, daß Iglésia ein verlierendes Pferd geritten hatte und nichts anderes:

»Weil, so sagte er, alles übrige ihnen völlig schnuppe war...« (auch er saß auf dem Pritschenrand, mit baumelnden Beinen, gesenktem Kopf, ganz in eine jener rätselhaften, peinlich genauen Beschäftigungen vertieft, die für seine Hände anscheinend ebenso notwendig waren wie Nahrung für einen Magen, und die er notfalls, wenn er, wie jetzt, nicht irgendeinen Zügel zu wachsen oder einen Steigbügel zu putzen hatte, erfand (wobei Georges sich nicht daran erinnern konnte, ihn jemals unbeschäftigt gesehen zu haben, das heißt, ohne daß er ein Geschirrteil oder einen Stiefel oder irgend so etwas wienerte), und nun war es ein Faden, und eine Nadel, und ein Knopf, den er gewissenhaft wieder an seine Jacke nähte, inmitten dieser verkommenen, verschlampten Herde, wo sich wohl kaum einer darum scherte, ob irgendwo ein Knopf fehlte oder eine Naht aufgerissen war, und er sagte, immer noch über seine Arbeit gebeugt:) »... Weil man bei Rennen unter den Wettenden noch nie einen gefunden hat der sich damit abfindet daß seine Moneten einfach futsch sind, weil er kein Schwein hatte oder weil er auf einen alten Klepper gesetzt hatte, sondern alle glauben immer man habe ihnen das Geld auf ganz gewiefte Weise aus der Tasche gelockt...« (Georges merkte in dem Moment daß er immer noch die gleiche anderthalb Zentimeter lange Kippe anstierte, oder vielmehr das gelb gewordene verschrumpelte Papier, und er schüttelte den Kopf, wie jemand der gerade geschlafen hat, im gleichen Moment, in dem sich seine Ohren auf einmal wieder (als hätte er plötzlich die darauf gepreßten Hände zurückgezogen) mit dem zähen zeternden Stimmengewirr der Baracke füllten, und er warf wohl oder übel endlich weg was beim besten Willen nicht mehr die Illusion einer Kippe erwecken konnte und sagte: »Ein Glück für dich, daß auch sie Lust hatte Pferde rennen zu lassen. Sonst wäre es sicher eines schönen Tages einem der Metzgergesellen gelungen, so hart zuzuschlagen, wie er es wollte, nicht?« Da wandte Iglésia ihm sein Gesicht zu, doch ohne den Kopf zu heben, ihn nur musternd, mit verdrehtem Hals und schielendem Blick und der immer gleichen ratlosen, bestürzten, gekränkten Miene (weder argwöhnisch noch feindselig: nur ratlos, sauertöpfisch), hörte dann auf ihn anzustarren, sog die Luft durch die Nase ein, prüfte den wiederangenähten Knopf, zog daran, klopfte mehrmals mit der flachen Hand auf seine Jacke während er sie zusammenfaltete, und sagte: »Tjaa. Wahrscheinlich. Noch mehr Glück, wenn sie sich damit begnügt hätte, sie nur rennen zu sehen...«, dann, nachdem er die Jacke, vierfach gefaltet, sie sorgfältig aufgerollt, als Kopfkissen hingelegt, einen Schuh nach dem anderen ausgezogen, sie an den Rand seiner Pritsche gestellt, auf seinem Hintern eine schwungvolle Wendung vollführt und sich ausgestreckt hatte, sagte er, den Militärmantel über sich ziehend: »Wenn die Hornochsen wenigstens mit ihrer Dudelei aufhörten, könnte man vielleicht ein wenig pennen!«, drehte sich auf die Seite, zog die Knie an und schloß die Augen und sein geflecktes, gelbes Gesicht war nun völlig ausdruckslos und leer als wäre es aus Pappmaché, aus einem fühllosen, toten Material, wahrscheinlich kraft seiner Fähigkeit, nicht mehr als wirklich unerläßlich war zu denken (und auch nicht mehr zu sagen), und wenn er beschlossen hatte zu schlafen (da er wahrscheinlich dachte, daß man mit einem leeren Bauch und nach Erledigung der kleinen Instandhaltungsarbeiten – Knöpfe annähen, Flicken, Putzen – nichts besseres tun könnte als schlafen) dachte er an gar nichts mehr; sein Rabaukengesicht sah nun also ganz neutral, geistesabwesend aus, wie eine jener Totenmasken der Azteken oder Inkas, regungslos, undurchdringlich und leer auf die Oberfläche der Zeit gelegt, das heißt auf diese Art Formol, dieses Grauingrau ohne Dimensionen, in dem sie schliefen, erwachten, sich herumschleppten, wieder einschliefen und wieder erwachten, ohne daß sich von einem Tag zum anderen irgendetwas veränderte, woran sie gemerkt hätten, daß es ein anderer Tag war, und nicht mehr Gestern, oder noch derselbe Tag, so daß Georges und Blum nicht Tag für Tag sondern sozusagen Ort für Ort (wie die Oberfläche eines von Lack und Dreck verdunkelten Gemäldes, das ein Restaurator Fleck für Fleck neu entdeckt – indem er hier und da auf kleinen Stücken verschiedene Arten von Reinigungsmitteln anwendet und ausprobiert) nach und nach, Fetzen für Fetzen, oder besser gesagt Onomatopöie für Onomatopöie, die nacheinander mit List und Tücke hervorgelockt wurden (wobei die Taktik darin bestand, ihn irgendwie zum Sprechen zu bringen, das heißt, alle möglichen Hintergedanken oder Vermutungen zu formulieren, bis er sich dazu entschloß, ein verdrießliches, negatives oder resigniertes Knurren von sich zu geben) die ganze Geschichte rekonstruierten, von dem Tage an, da er, mit einem blauen Auge und einer aufgeplatzten Lippe, im Schutz einer der Behelfsgarderoben dabei war, sich wieder anzuziehen, als der von de Reixach engagierte Trainer ihm ein paar Ritte angeboten hatte (denn er war anscheinend kein schlechter Jockei: wahrscheinlich hatte er nur bis dahin Pech gehabt, was der Trainer wußte) bis zu dem Tag, an dem er merkte, daß er seinen Arbeitgeber abgelöst hatte, und das alles, weil eine Frau oder vielmehr eine Göre eines schönen Morgens beschlossen hatte, ebenfalls einen Rennstall zu besitzen, eine Idee, die ihr wahrscheinlich bei der Lektüre einer jener Illustrierten, eines jener Magazine gekommen war, in denen die Frauen auf glasiertem Papier wie seltene Vögel, wie langbeinige Stelzenläufer aussehen, nicht als Frauen hergerichtet sondern einfach zugrunde gerichtet, die vom Mann vorgenommene Verwandlung oder Herabwürdigung zu einem bloßen Stück Seide: eine vieleckige, ausgezackte Silhouette, bestückt mit langen Nägeln, hohen Absätzen, mit spitzen Gesten und im übrigen eben mit jenem Stelzenläufer-, Straußenmagen versehen, der ihr nicht nur ermöglicht, die misogynen, boshaften Erfindungen eines Modeschöpfers zu verdauen sondern sie sich zu eigen zu machen und sie darüber hinaus, sozusagen in die entgegengesetzte Richtung, umzusetzen: zu etwas, das nicht mehr spitzfindig, flach und glasiert, sondern eine Assimilation von Seide, Leder und Schmuck mit der zarten, flaumigen Haut ist, so daß das Leder, die kalte Seide, die harten Schmuckstücke selber etwas Warmes, Zartes, Lebendiges zu werden scheinen ... – weil sie also irgendwo gelesen hatte, daß die wirklich vornehmen Leute es sich schuldig seien, einen Rennstall zu besitzen, denn sie hatte allem Anschein nach vorher in ihrem ganzen Leben noch kein Pferd gesehen, und Iglésia erzählte, sie habe sich außerdem eines Tages in den Kopf gesetzt, selber reiten zu lernen: de Reixach hatte eigens für sie ein Halbblut gekauft, und Iglésia sah sie zusammen fünf oder sechs Wochen lang kommen, sie in einem (oder vielmehr in mehreren – jedesmal in einem anderen) Reitdreß der, wie er sagte, wahrscheinlich für sich allein genausoviel wert war wie das Tier auf dem sie sich geradezuhalten versuchte, und er, der ihr Vater hätte sein können, bemüht, ihr mit der gleichen undurchdringlichen geduldigen und neutralen Miene zu erklären daß ein Pferd nicht genau dasselbe wie ein Sportkabriolett (oder ein Hausdiener) sei und sich nicht genauso lenken lasse (und nicht so gehorche); aber es dauerte nicht lange (wahrscheinlich, sagte Iglésia, weil es noch keinem Tier Spaß gemacht hat den Rücken eines anderen Tiers zu besteigen, ebensowenig wie es einem Tier gefällt ein anderes Tier auf seinem Rücken zu fühlen, außer unterm Zirkuszelt, denn nachdem es sie ein- oder zweimal abgeworfen hatte, ließ sie es dabei bewenden), nicht länger übrigens als ihre Begeisterung für den italienischen Wagen, und das Halbblut blieb von da an im Stall, so daß nur ein Pferd mehr zu pflegen und zu bewegen war, und wenn sie später wieder in Reithosen und Reitstiefeln auftauchte die ebenso teuer wie das Pferd waren das zu besteigen sie ihr ermöglichen sollten, so geschah es wahrscheinlich nur wegen des Vergnügens sich darin zu zeigen, da das Halbblut fertig gesattelt ein oder zwei Stunden wartete (so lange dauerte es durchschnittlich noch nach dem Anruf und Auftrag das Pferd bereitzuhalten) bevor sie ankam, sich dann ein Weilchen in den Ställen herumtrieb und wieder wegfuhr (meistens nicht in dem Sportwagen der ihr schon nicht mehr viel Spaß machte, sondern in jener Art von Leichenauto, das so groß wie ein Salon war, vom Chauffeur gefahren wurde und auf dessen hinterer Bank sie beinahe das Aussehen und die Größe einer Hostie hatte (das heißt von etwas Unwirklichem, etwas Zergehendem, das nur von der Zunge, dem Mund, dem Gaumen gekostet, kennengelernt und einverleibt werden kann) inmitten einer jener riesigen, reichen Monstranzen) nachdem sie zwei oder drei Stückchen Zucker verteilt und verlangt hatte, mit der Stoppuhr aus massivem Gold, mit der sie zum Glück nicht richtig umgehen konnte, in der Hand, das Pferd galoppieren zu sehen, das am folgenden Sonntag rennen sollte.

Und Iglésia erzählte er habe sie als er sie zum erstenmal sah von weitem für ein Kind gehalten für ein Mädchen das de Reixach am Sonntag aus dem Pensionat geholt und aus väterlicher Schwäche wie eine Frau angezogen habe (was das anfangs gespürte undefinierbare Unbehagen erklärt hätte, sagte er auf seine Weise, wie beim Anblick von etwas unbestimmt, undefinierbar Monstruösem, Peinlichem, wie verkleidete Kinder, die mit auf sie zugeschnittenen Erwachsenenkleidern ausstaffiert sind und ruchlosen, sinnverwirrenden Parodien großer Leute gleichen und gleichzeitig gegen die Kindheit und die conditio humana freveln), und er sagte, das sei es gewesen, was ihn zuerst am meisten beeindruckt habe: dieses kindliche, unschuldige, frische, sozusagen vorjungfräuliche Aussehen, so daß er einen Moment gebraucht habe um zu merken, um sich klar darüber zu werden – während ihn eine andere Art von Betroffenheit überkam und er etwas in sich aufsteigen fühlte, das wütend, entrüstet und scheu zugleich war – daß sie nicht nur eine Frau sondern die fraulichste Frau war, die er je gesehen hatte, nicht einmal in der Phantasie: »Nicht einmal im Kintopp, sagte er. Verdammich!« (er sprach von ihr nicht so wie ein Mann von einer Frau spricht die er gehabt, erfüllt, stöhnend und hingerissen in seine Arme geschlossen hat, sondern wie von einer Art fremdem Wesen, das nicht so sehr ihm, Iglésia, fremd war (das heißt, die er zwar hingeworfen, umgelegt, unter sich gehabt hatte die ihm aber doch, wegen ihres Standes, ihres Geldes, ihrer sozialen Stellung überlegen war) als dem ganzen Menschengeschlecht (die anderen Frauen einbegriffen), er brauchte also, wenn er über sie sprach, ungefähr die gleichen Worte, den gleichen Ton, als handelte es sich um einen jener Gegenstände, zu denen er wahrscheinlich auch Filmstars (denen jede Wirklichkeit, außer einer märchenhaften, fehlt), Pferde und sogar jene Dinge (Berge, Schiffe, Flugzeuge) zählte, denen der Mensch, der durch sie die Wirkungen der von ihm bekämpften Naturkräfte wahrnimmt, menschliche Reaktionen (Zorn, Bösartigkeit, Tücke) beimißt: Wesen (Pferde,

Leinwandgöttinnen, Autos) mit einer zwitterhaften, doppeldeutigen Natur, nicht ganz Mensch und nicht ganz Ding, die zugleich Ehrfurcht und Mißachtung erwecken, weil sich in ihnen (wirkliche oder mutmaßliche) disparate – menschliche und unmenschliche – Komponenten treffen und vereinen, was wahrscheinlich der Grund dafür war, daß er von ihr sprach wie Pferdehändler von ihren Tieren oder Bergsteiger vom Gebirge, gleichzeitig grob und ehrerbietig, derb und zartfühlend, da seine Stimme, wenn er sie erwähnte, eine Art leicht entrüstetes Staunen ausdrückte, das jedoch leicht bewundernd und mißbilligend zugleich war, genau wie damals am Ende des Tagesmarschs als er gekommen war um Blums Pferd zu untersuchen ohne daß er auf dessen Rücken die Blasen entdecken konnte welche bei der verheerenden Weise in der Blum sein Pferd sattelte und ritt normalerweise hätten da sein müssen, seine großen, runden, ungläubigen, nachdenklichen, etwas verblüfften Augen starrten ins Leere während er sprach, schauten vor sich hin, und sahen wahrscheinlich mit der gleichen ungläubigen Verwunderung, der gleichen machtlosen Mißbilligung, mit der er den Pferderücken betrachtet hatte, ohne darauf die wunden Stellen, die dort hätten sein müssen, zu entdecken, die Frau, die er erwähnte oder vielmehr deren Bild, das er im Gedächtnis bewahrte, er sich entreißen ließ, was seine Zurückhaltung, die den Leuten aus dem Volke eigen ist, zusammen mit dem Respekt (keinem knechtischen, da es ihm gar nicht in den Sinn gekommen war umzukehren und an der Stelle an der de Reixach gefallen war nach ihm zu schauen, sondern einem bloß schüchternen) vor seinen Herrschaften, ihm verboten hätten, wenn er nicht offensichtlich von Corinnes unmenschlichem oder nicht mehr menschlichem Charakter überzeugt gewesen wäre, als er sagte:) »Und ich mußte mich an sie heranmachen. Verdammich! Aber da habe ich kapiert, warum es ihm völlig piepe war, was die Leute von ihm denken oder sagen mochten, und daß er wie ihr Vater aussah und Corinne sich damit amüsieren ließ die Pferde zugrundezurichten nur weil es ihr Spaß machte auf den Knopf der Stoppuhr zu drücken und ihren Popo in den Reithosen oder Jodhpurs zu zeigen die er nur mit Geld bezahlen konnte wo er sie ihr wahrscheinlich gern aus Gold hätte machen lassen wenn es eine Möglichkeit gegeben hätte Reithosen aus...« Und Blum: »Tjaa, und ich nehme an, wenn er einen Schneider gefunden hätte der es ihm in ein Safe hätte einsperren können, mit einem Vorhängeschloß, einem Sicherheitsschloß, das man nur durch das Einstellen einer ihm allein bekannten Zahl hätte öffnen können, wo doch der erste beste, die erste beste Zahl, der erste beste Schlüssel die Sache ebensogut ge...«, und Georges: »Oh, halt die Klappe, es langt!«, und zu Iglésia: »Es war also nach der Geschichte mit der jungen Stute, ich wette, daß sie sich danach entschlossen hat, daß sie danach...«, und Iglésia: »Nein, vorher. Sie... Das heißt wir... Das heißt ich glaube daß er deshalb soviel Wert darauf legte es beim Rennen zu reiten. Weil ich glaube daß er etwas ahnte. Wir hatten es nur einmal getan und niemand hatte uns sehen können, aber ich glaube daß er Lunte gerochen hatte. Oder vielleicht sogar daß sie es so eingerichtet hatte daß er es halb erriet, auf die Gefahr hin daß er mich davonjagte, denn in dem Moment hätte es ihr glaube ich nicht viel ausgemacht. Oder vielleicht hatte sie nicht umhin gekonnt, ein Wort, eine Bemerkung verlauten zu lassen. Und da hat er es reiten wollen...« Und ohne Überleitung begann er ihnen etwas von der Fuchsstute zu erzählen, mit den gleichen Worten die er gebraucht hatte um über die Frau zu sprechen, denn er sagte: »Dieser Knallkopp (und obgleich er de Reixach damit meinte lag nichts Beleidigendes darin, im Gegenteil: es war wie eine Art Beförderung bei der ihm die Ehre zuteil wurde in den Rang eines Jockeis erhoben zu werden, das heißt, die ihm die Qualitäten eines Jockeis zuerkannte so daß Iglésia vergessen konnte daß es sich um seinen Chef handelte, indem er für ihn nicht ein herabwürdigendes sondern ein vertrauliches Wort gebrauchte, das nur eine ganz leichte aber liebevolle Nuance des Tadels enthielt, ein Wort das er für einen anderen seines Schlags, das heißt, für einen seinesgleichen gebraucht hätte, er sagte also – mit der jammernden und beinahe wimmernden, ja fast kindlichen Kopfstimme, die im Gegensatz zu seiner harten, verzerrten Rabaukenvisage, ihrer messerscharfen Nase und ihrer vergilbten blatternarbigen Lederhaut stand:) Dieser Knallkopp, ich hatte ihm doch oft genug gesagt daß man ihr nicht Gewalt antun darf, ihr nichts weismachen darf, sie nur laufen zu lassen braucht und sie so gut wie möglich vergessen machen muß daß man auf ihrem Rücken sitzt, daß sie dann nämlich ganz von selbst liefe. Ich sagte zu ihm: Es ist nicht meine Sache Sie reiten zu lehren, aber Sie halten sie zu kurz. Ein Hindernisrennen ist kein Reitturnier: im Haufen nimmt sie die Hindernisse ganz von selbst, die sie allein unter Umständen gar nicht überspringen würde. Sie brauchen sie also nicht so knapp zu halten. Bei den anderen ist es nicht so wichtig, aber diese junge Stute kann das nicht vertragen. Sie war jedoch beim Trainieren störrisch gewesen, darum ...«

Und diesmal konnte Georges sie sehen, genauso als ob er selber dabeigewesen wäre: alle drei (zu der Zeit war es schon lange her daß der Trainer – der ehemalige Adjutant – weggegangen war, ohne daß man aus den wenigen Worten, die er aus Iglésia hatte herausbekommen können, entnehmen konnte ob er, der Trainer, es gewesen war der es abgelehnt hatte sich weiter um die Pferde zu kümmern weil er immer wieder zusehen mußte wie Corinne sie schund, oder ob sie, Corinne, es war, die dafür gesorgt hatte, daß er entlassen wurde, denn nach seinem Weggehen hatte Iglésia selbst das Trainieren übernommen und sie hatte, nach dem was er erzählte, aufgehört sie hin und her galoppieren zu lassen nur weil es ihr Spaß machte auf den Knopf der Stoppuhr zu drücken), er sah sie also alle drei in oder vielmehr vor der Box wo der kleine Stallbursche mit dem Wasserkopf, den Puppengliedern, dem vorzeitig verwelkten Gesicht (aufgedunsen, mit Säcken unter den Augen, mit einem Blick, der selber etwas Schmutziges, Eitriges war, das heißt der mit vierzehn Jahren die Erfahrungen eines Mannes von sechzig enthielt, oder der beinahe so schlimm, wenn nicht noch schlimmer war) sich bemühte die junge Stute stillzuhalten während Iglésia ihr hockend die Gamaschen anlegte, sie und de Reixach ihm stehend dabei zuschauten und sie beinahe ohne die Lippen zu öffnen und ohne Iglésia aus den Augen zu lassen mit einer kaum wahrnehmbaren, wütenden Stimme sagte: »Du hast noch immer die irrsinnige Absicht sie zu reiten?« und de Reixach: »Ja«, der Schweiß (nicht Angst oder Furcht: nur die erstickende, drückende Atmosphäre des schwülen, gewitterschweren Juninachmittags, die auch die Fuchsstute auf der Stelle tänzeln ließ) perlte in feinen glänzenden Tröpfchen auf seiner Stirn, auch er antwortete ohne den Kopf herumzudrehen, ohne die Stimme zu erheben, nicht gleichgültig oder herausfordernd, nicht einmal stur, er sagte nur, ja, überwachte Iglésias Gesten unter ihm und sagte ohne Überleitung, aber diesmal mit lauter Stimme: »Schnür' sie nicht zu fest«, und sie stampfte jähzornig mit dem Fuß auf und wiederholte: »Was soll das? Wozu soll das dienen?« und er: »Zu nichts, ich habe nur Lust mal zu ...«, und sie: »Hör mal: Laß ihn sie reiten, er ...«, und er: »Warum?«, und sie: »Was soll das nur?«, und er: »Warum?«, und sie: »Darum. Weil es sein Beruf ist, er ist doch der Jockei, oder etwa nicht?

Dafür bezahlst du ihn doch, oder?«, und er: »Es ist keine Frage des Geldes«, und dann: »Wenn du sie nun noch ein wenig abkühltest? Sie ...«, und Iglésia sich erhebend: »Es wird ganz von selbst gehen, Monsieur. Tun Sie nur was ich Ihnen gesagt habe, und es wird ganz von selbst gehen. Sie ist bei diesem Wetter etwas nervös, aber es wird schon klappen«, und sie sprach nun mit Iglésia, aber sozusagen mehr mit den Augen als mit dem Mund, mit hartem, wütendem Blick, der an den Blick Iglésias geheftet oder besser wie ein Nagel in ihn hineingeschlagen war, während sich darunter ihre Lippen bewegten, ohne daß weder er noch sie etwas zu verstehen brauchte, auf das hörte, was sie sagten: »Glauben Sie nicht, daß es bei dem heraufziehenden Gewitter ... daß es jedenfalls besser wäre, wenn Sie ...« und de Reixach: »Da: drück' ihr den Schwamm auf ... Da, ja, so, ja, es reicht, da ...«, und sie: »Oooohh! ...«, und Iglésia: »Machen Sie sich keine Sorge: es wird ganz von selbst gehen. Man muß sie nur gewähren lassen und sie wird ganz von selbst rennen, sie will nur nicht, daß man ...«, und da riß sie plötzlich ihre Tasche auf (eine brüske, unvorhersehbare Geste, mit der blitzartigen Geschwindigkeit tierischer Bewegungen, wobei die Ausführung, wie es scheint, nicht der Absicht oder, wenn man so sagen darf, dem Gedanken folgt, sondern ihm vorausgeht, da sie wie wild darin herumkramte und die Hand sofort wieder zum Vorschein kam, so daß die beiden Männer kaum Zeit hatten das Glänzen – Blitzen – eines diamantenen Armbands und das kurze Klicken des wieder einrastenden Verschlusses wahrzunehmen, und die Hand mit den zerbrechlichen Porzellanfingern und den polierten Fingernägeln hielt nun oder vielmehr rieb nun einen zerknitterten Packen loser Geldscheine unter Iglésias Nase und die wütende Stimme sagte: »Da. Wetten Sie für mich. Für uns. Halb und halb. Gehen Sie selbst hin. Nach Ihrem Gutdünken.

Sie brauchen mir die Wettscheine nicht zu zeigen. Sie brauchen sie nicht einmal zu nehmen, wenn Sie glauben, daß es nicht der Mühe wert ist, daß er es nicht fertigbringt sie zu...«, und de Reixach: »Na! Was ist das für...«, und sie: »Sie brauchen mir die Wettscheine nicht zu zeigen, Iglésia, ich...«, und de Reixach (etwas blaß nun, mit vorspringenden Unterkiefermuskeln, die unter der Haut hin- und herglitten, und jetzt freiweg von den Schläfen tropfendem Schweiß) sagte, immer noch ohne die Stimme zu erheben – immer noch unpersönlich, ruhig, aber in diesem Moment vielleicht trockener, knapper: »Na. Sowas. Lassen Sie das«, sie plötzlich siezend, oder sich vielleicht zugleich an Iglésia wendend, oder vielleicht an den Stallburschen, an den krötenköpfigen Lehrling, der damit beschäftigt war, den Schwamm auf dem Kopf der Stute auszupressen, denn er ging auf ihn zu, nahm ihm den Schwamm aus den Händen, wrang ihn aus und fuhr mit dem kaum noch feuchten Schwamm, ohne sich umzudrehen, mehrmals über den Pferdehals und sprach leise zu dem Stallburschen – dem scheußlichen Knirps –, der antwortete: »Ja Monsieur – Nein Monsieur – Ja Monsieur...« während hinter ihnen Iglésia und Corinne einander noch immer gegenüberstanden, wobei Corinne sehr hastig sprach mit einer Stimme, die sie nun zu beherrschen, zu drosseln versuchte und die nichtsdestoweniger immer noch einen halben Ton zu laut war, ohne daß man genau heraushören konnte, ob es Zorn, Besorgnis oder was sonst immer war, als ob es nur die Durchsichtigkeit der kirschroten Kapuze wäre, die ihr Gesicht, ihren Hals und den oberen Teil ihrer Arme rötete, die bis zu den Achselhöhlen (wo sich zwischen Schultern und Brüsten die beiden auseinanderstrebenden feinen Falten ungestümen, festen, prallen Fleisches zeigten) durch eines jener auffallenden Kleider entblößt waren, die weniger aggressiv als sozusagen angegriffen aussehen, da ihre Zartheit, ihre Unbeständigkeit, ihre knappen Maße den Eindruck erwecken, daß man schon die Hälfte davon abgerissen hat und daß das Wenige das noch bleibt nur noch an einem Faden hängt, ein Kleid, das unanständiger als ein Nachthemd war (oder das vielmehr bei jeder anderen Frau unanständig gewirkt hätte, bei ihr jedoch etwas jenseits der Unanständigkeit war, das heißt etwas das jeden Begriff von Anständigkeit oder Unanständigkeit sinnlos machte, ausschaltete), Corinne sagte also: »Halb und halb, Iglésia. Auf das Stutenfüllen. Sieg. Sie haben die Wahl: darauf setzen, ihn überreden daß er Sie die Stute reiten läßt und ungefähr das Sechsfache Ihres Monatsgehalts dabei gewinnen. Oder wenn Sie glauben, daß er mit ihr siegen kann, das Gleiche. Oder wenn Sie glauben, daß er nicht mit ihr siegen kann, das Geld behalten. Sie brauchen mir die Wettscheine nicht zu zeigen. Werden Sie ihm jetzt immer noch sagen daß es ganz von selbst geht?«, und Iglésia: »Ich habe keine Zeit zum Wetten, ich habe zu tun, ich muß mich um ...«, und sie: »Sie brauchen nicht mehr als zwei Minuten um bis zu den Schaltern zu gehen und wieder zurückzukommen. Sie haben Zeit genug«, und in dem Moment erzählte Iglésia daß es so etwas wie das Gegenteil von dem gewesen sei was er an jenem Tage empfunden habe als er sie zum erstenmal an de Reixachs Seite gehen sah, nämlich daß er den Eindruck gehabt habe nicht ein Kind oder eine junge Frau oder eine alte Frau vor sich zu haben, sondern eine Frau ohne Alter, wie eine Summe aller Frauen, alter oder junger, etwas das ebenso gut fünfzehn, dreißig oder sechzig Jahre wie Tausende von Jahren alt sein konnte, eine Wut auslassend oder aber bewegt von einer Wut, einem Groll, einer Feindseligkeit, einer Arglist, die nicht aus einer gewissen Erfahrung oder Anhäufung von Zeit resultierten, sondern etwas anderes waren, und er dachte (er erzählte später daß er es gedacht habe): »Du alte Hure! Du altes Luder!«, und er blickte zu ihr hinauf wo er nur das Engelsgesicht entdeckte, die transparente Aureole blonden Haars, das junge ungestüme, unbefleckte, unbefleckbare Fleisch und Blut, und er schlug die Augen schnell wieder nieder, betrachtete den Packen Geldscheine in seiner Hand, wobei er sich ausrechnete ob es ungefähr so viele Scheine waren wie er in zwei Monaten verdiente, und wieviel Monatsgehälter es ergeben würde wenn er so setzte wie er hätte setzen sollen, und er sah Corinne von neuem an und dachte: »Was will sie bloß Ob sie es selber weiß Das hat doch alles keinen Sinn«, und schließlich schlug er endgültig die Augen nieder und sagte: »Ja, Madame«, und Corinne: »Ja was?«, und de Reixach ihnen immer noch den Rücken kehrend, nun auf seinen Fersen hockend und die Gamaschenschnallen überprüfend, rief: »Iglésia!«, und sie: »Ja was?«, und de Reixach wieder ohne sich umzudrehen: »Hör mal: wir haben andere Dinge zu tun als...«, und sie stampfte mit dem Fuß: »Sie lassen ihn also reiten? Sind Sie denn... Sie...«, und Iglésia: »Machen Sie sich keine Sorgen, Madame. Das geht von selbst, glauben Sie mir. Sie werden es sehen«, und sie: »Was bedeutet, daß Sie trotzdem darauf setzen oder das Geld für sich behalten?«, und bevor er den Mund geöffnet hatte um zu antworten: »Ich will es gar nicht wissen. Tun Sie was Sie wollen. Helfen Sie ihm nur dabei sich lächerlich zu machen. Schließlich werden Sie ja auch dafür bezahlt...« Dann sie und Iglésia nebeneinander auf der Tribüne stehend, Iglésia (er hatte beim ersten Rennen ein Pferd geritten) mit einem ausgefransten Jackett über seiner glänzenden Jockeijacke, jetzt mit schweißtriefendem Gesicht und ein wenig außer Atem da er gerannt war um sie wieder zu erreichen, – nachdem er die ganze Bahn entlang neben der jungen Stute hergetrippelt war, den Eimer voll Wasser schleppend (den er von dem Stallburschen hätte schleppen lassen können, den er ihm jedoch abgenommen oder vielmehr aus den Händen gerissen hatte), also, unter dem Gewicht des Eimers beinahe zusammenbrechend, auf seinen kurzen, krummen Jockeibeinen, mit zu de Reixach erhobenem Kopf, ihm von Zeit zu Zeit den Schwamm reichend den er in den Eimer tauchte, auspreßte, sich wieder vollsaugen ließ, ohne deshalb auch nur einen Moment das Trippeln oder Sprechen zu vergessen, den Redefluß – Empfehlungen, Ratschläge, Rügen? – zu unterbrechen, die vielen Worte die leidenschaftlich aus seinem keuchenden Mund kamen, während de Reixach sich damit begnügte von Zeit zu Zeit zu nicken, wobei er sich bemühte das Stutenfüllen das hinten ausscherte sich schräg, diagonal voranbewegte und unablässig tänzelte, geradeaus reiten zu lassen, indem er (de Reixach) den heraufgereichten Schwamm in eine Hand nahm, ihn auf dem Kopf des Stutenfüllens zwischen beiden Ohren auspreßte und ihn Iglésia wieder zuwarf, der ihn im Flug auffing. Dann waren sie an den Schranken, er warf zum letzten Mal den Schwamm hinter sich, ohne sich umzusehen, und das fuchsrote Füllen entspannte sich wie eine Feder, galoppierte los, mit aller Kraft am Zügel reißend, den Hals leicht zur Seite gedreht, eine Schulter vorgeschoben, mit dem langen Schwanz wild die Luft peitschend, aufspringend als ob es ein Gummiball wäre, und de Reixach eins mit seinem Pferd, beinahe aufrecht in seinen Steigbügeln stehend, den Oberkörper kaum vornübergeneigt, während der rosarote Fleck der Jockeijacke schnell kleiner wurde, von Sprung zu Sprung, lautlos, und Iglésia wie angewurzelt an der weißen Schranke stand und zuschaute wie sie sich entfernten, immer kleiner wurden, im Galoppsprung sich kaum erhebend die kleine Hecke vor der Kurve nahmen, wonach er nur noch die schwarze Kappe und die Jockeijacke sah die nicht mehr kleiner wurden die nun – weich steigend und fallend – über der Randhecke nach rechts glitten und hinter dem Wäldchen verschwanden: und er ließ den Eimer mit dem Schwamm stehen, machte kehrt und rannte so schnell seine Beine ihn trugen (das heißt wie ein Jockei rennen kann das heißt fast so wie ein Pferd dessen Glieder man auf halber Höhe gestutzt hätte) auf die Tribüne zu, Leute anrempelnd, mit erhobenem Kopf Corinne suchend, zu weit laufend, sie endlich entdeckend, wieder kehrtmachend, die Treppe hinaufstürzend und sobald er bei ihr war plötzlich regungslos verharrend, zum Wäldchen gewandt, den riesigen Feldstecher (den de Reixach gewöhnlich benützte) schon gerichtet, so als hätte er ihn – obgleich er ungefähr dreißig Zentimeter lang war – wie ein Zauberer in seiner hohlen Hand oder in seinem Ärmel bereitgehalten: man hätte meinen können er sei aus dem Nichts zum Vorschein gekommen hervorgezogen worden und nicht aus dem Etui, weil es nicht möglich war, daß er die Zeit gehabt hatte es zu öffnen, und ihn dann in so kurzer Zeit herauszunehmen, nämlich zwischen dem Moment in dem er atemlos bei Corinne aufgetaucht war und dem nächsten, als er ihn mit beiden Händen festhaltend über der Adlernase (oder Kasperlenase) an seine Augen preßte, daß es aussah als wäre er ein natürlicher Bestandteil seiner Person, eine Art funktionelles Organ (wie die kleinen schwarzen vor die Augen der Uhrmacher geklemmten Sehrohre), hervorstechend, anomal entwickelt, plötzlich erschienen, aufgefahren – riesig, glänzend mit schwarzem, narbigem Leder bedeckt wie jene hervorspringenden Augen, die man karbunkelartig und facettiert vor den Köpfen von Fliegen oder gewissen Insekten auf Mikrofotografien sehen kann.

Und dann starrer als eine Statue. Und auch Corinne starrer als eine Statue, auch gierig danach spähend was hinterm Wäldchen geschah, wobei sie ohne die Zähne voneinanderzunehmen oder den Kopf herumzudrehen oder die Stimme zu erheben in dem gleichen Ton wie kurz vorher bei ihrem Wortwechsel mit de Reixach sagte: »Verfluchte Lakaienseele«. Und er der sozusagen ganz in seinen riesigen Feldstecher gekrochen war und sie wahrscheinlich gar nicht hörte oder wenn er merkte daß sie zu ihm sprach sich jedenfalls nicht die geringste Mühe gab, ihr zuzuhören, um sie zu verstehen, er sagte: »Ja, das war ein guter Aufgalopp, jawohl, so ist es richtig, das ist es, man muß sie... Ja: sie ist, sie wird...«, und um sie herum das ruhige Rumoren der Leute, der letzten wieder an die Schranken drängenden oder die Tribünen wie eine schwarze langsame Flut erstürmenden Wetter, von denen die meisten noch liefen, aber schon nicht mehr vor sich blickten, da alle Köpfe zum Wäldchen gewandt waren, sowohl die der Laufenden als auch die Köpfe derer die schon auf den Tribünen Platz gefunden hatten oder auf hier und dort zum Sattelplatz geschleppten Stühlen standen: die bemalten Porzellanköpfe der von Fotografen umringten Mannequins, die runzeligen pergamentgelben Köpfe alter Obersten unter ihren grauen Melonen, die der Millionäre mit Roßtäuschermanieren, Händler von wer weiß was oder Branntweinbrenner, oder Geldschacherer vom Vater auf den Sohn, Wucherer, Besitzer von Pferden, Frauen, Bergwerken, ganzen Wohnblöcken, Elendsquartieren, Villen mit Schwimmbecken, Schlössern, Jachten, mageren Negern oder Indern, großen oder kleinen Geldautomaten (von den sechsstöckigen aus Quadersteinen, Beton und Stahl bis zu den kitschigen aus bemaltem Blech mit bonbonfarbenen Blinklichtern): eine Spezies oder Klasse oder Rasse deren Väter oder Großväter oder Urgroßväter oder Ururgroßväter eines Tages Gelegenheit gefunden hatten durch Anwendung von Gewalt, List oder Druck auf mehr oder weniger legale Weise (und wahrscheinlich eher mehr als wenig, wenn man bedenkt daß das Recht, das Gesetz immer nur die Sanktionierung, die Heiligung eines Kräfteverhältnisses sind) Vermögen anzuhäufen die sie nun ausgaben, was sie jedoch, gewissermaßen als Folge, als ein mit der Gewalt und List zusammenhängender Fluch dazu verdammte, um sich herum nur jene Fauna zu sehen die ebenfalls durch Gewalt oder List solche Vermögen zu erwerben (oder von ihnen zu profitieren) sucht (oder die einfach nur vermögend werden will) und bei denen die Arrivierten das Kunststück vollbringen mit ihnen in Berührung zu sein (die gleiche Luft zu atmen, den gleichen staubigen Kies zu treten, als wären sie in dem gleichen Salon versammelt) ohne von ihrer Anwesenheit Notiz zu nehmen, und vielleicht ohne sie überhaupt zu sehen: diese Köpfe von Wettenden mit verdächtigen Beschäftigungen, verdächtigen Hemdkragen, verdächtigen Blicken, mit Habichtsaugen, mit den harten, unerbittlichen, verbitterten, verwitterten, von Leidenschaft verzehrten Gesichtern: die nordafrikanischen Handlanger die ungefähr den Gegenwert eines halben Tages Arbeit nur für das Liebhabervorrecht ausgaben, das Pferd von nahem zu sehen auf das sie ihren Wochenlohn gesetzt hatten, die Zuhälter, die Schieber, die Tipverkäufer auf dem Rasen, die Lehrlinge, die Autobuschauffeure, die Kommissare, die alten Baronessen, und auch die, welche nur wegen des schönen Wetters gekommen waren, und die, welche auf jeden Fall gekommen und auch im Matsch herumgestampft wären und in der Zugluft gezittert hätten selbst bei strömendem Regen, nun alle dicht gedrängt auf den Tribünen mit den Zuckerbäckerskulpturen die am Himmel schweben zusammen mit den Schlagsahnewolken, regungslos, wie Schaumgebäck, das heißt oben aufgebläht, pausbäckig und unten flach als lägen sie auf einer unsichtbaren Glasplatte, schnurgerade ausgerichtet in aufeinanderfolgenden Reihen die die Perspektive in der

Ferne einander näherte (wie die Baumstämme längs einer Straße), um ganz hinten zum dunstigen Horizont hin über Baumwipfeln und schlanken Fabrikschornsteinen eine regungslos schwebende Decke zu bilden, bis man bei genauerer Betrachtung bemerkte, daß sie als ein Ganzes, unmerklich, wie ein treibender Archipel, dahinzogen, über Häuser, unglaublich grüne Rasenflächen und das Wäldchen rechts, hinter dem die Pferde endlich wieder zum Vorschein kamen und nun im Schritt zum Startplatz ritten: nicht mehr eins, drei oder zehn sondern, mit den buntscheckigen und vermischten Flecken der Jockeijacken, den wallenden Schwänzen, dem stolzen Stelzen der Tiere deren Beine so dünn wie Reiser aussahen, eine Erscheinung, eine mittelalterliche Gruppe, die da in der Ferne schillerte (und nicht nur dort, am Ende der Kurve, sondern als käme sie sozusagen aus der Tiefe der Zeiten über funkelnde Schlachtfelder heran, wo im Laufe eines glänzenden Nachmittags, eines Angriffs mit blanken Waffen, eines Galopps Königreiche und die Gunst von Prinzessinnen verloren oder gewonnen wurden); dann sah Iglésia ihn, wie er später erzählte, herausgezogen, durch das Fernglas aus dem bunten Farbengemisch herausgelöst, auf der jungen Stute, die wie aus heller Bronze gegossen aussah, und ausstaffiert mit der schwarzen Kappe und der hellrosa ins Malvenfarbene spielenden Jockeijacke, die sie ihnen beiden (Iglésia und de Reixach) sozusagen auferlegt hatte, als eine Art wollüstiges und laszives Symbol (wie die Farben eines Ordens oder vielmehr die Insignien der sozusagen seminalen und turgeszierenden Funktionen), wobei er zwischen beiden (zwischen Kappe und Jacke) das völlig ausdruckslose und, wie es schien, ganz regungs- und gedankenlose, nicht einmal konzentrierte oder aufmerksame Gesicht erkennen konnte, das einfach unbeweglich war (Iglésia dachte, sagte später: »Herrje hätte er mich doch reiten lassen. Wenn er nicht mehr als das aufzuweisen hatte, verdammich! Was erhoffte er? Daß sie danach nur noch mit ihm schlafen würde, daß sie darauf verzichten würde sich von dem ersten besten bürsten zu lassen nur weil sie ihn auf ihrem Rücken gesehen hätte? Aber wenn ich es nicht gewesen wäre, wäre es nicht anders gewesen. Weil sie rossig war. Und das schwüle Wetter machte es nicht besser. Denn bevor es losging war sie schon triefnaß! . . .«), und so, als wäre er nur wenige Meter davon entfernt, auch den Stutenhals sehen konnte, der dort wo der Zügel rieb mit grauem Schaum bedeckt war, und auch die Gruppe, den hieratischen mittelalterlichen Zug, der sich immer noch auf die Steinmauer zubewegte, nun die Kreuzung der Acht überquert hatte, so daß die Pferde, wieder bis zum Bauch durch die Randhecken verdeckt, halb verschwanden und es aussah, als seien sie in halber Höhe abgeschnitten und als glitte nur der obere Teil ihrer Körper über das grüne Weizenfeld wie Enten über die regungslose Fläche eines Pfuhls ich konnte sie sehen wie sie nacheinander nach rechts einschwenkten und in den Hohlweg ritten er an der Spitze der Kolonne als wäre es der Vierzehnte Juli gewesen einer dann zwei dann drei dann der erste Haufen ganz geschlossen dann der zweite die Pferde folgten einander ruhig im Schritt man hätte meinen können Reifrockpferde mit denen die Kinder früher spielten als ob sie wie gewisse Wassertiere auf dem Bauch schwimmend von unsichtbaren mit Schwimmhäuten versehenen Füßen voranbewegt langsam hintereinanderherglitten mit ihren gleichförmigen gekrümmten Schachfigurenhälsen ihren gleichförmigen abgezehrten Reitern deren gleichförmig gekrümmte Rücken sich hin und her wiegten, die Hälfte wahrscheinlich schlafend obgleich seit einer ganzen Weile schon Tag war der Himmel ganz rosa von der Dämmerung das Land noch ganz weich auch noch halb im Schlaf, es war da etwas wie eine flüchtige Feuchte es mußte Tau sein an Grashälmchen hängende Kristalltröpfchen die in der Sonne verdunsten würden ich konnte ihn leicht erkennen dort drüben an der Spitze an seiner Art sich kerzengerade im Sattel zu halten im Gegensatz zu den anderen weich gewordenen Silhouetten als ob es für ihn keine Müdigkeit gäbe, beinahe die Hälfte der Schwadron war schon eingebogen als sie zur Kreuzung zurückwichen sozusagen wie eine Quetschkommode, wie unter dem Druck eines sie zurückdrängenden unsichtbaren Kolbens, wobei die letzten noch weiter voranritten während die Spitze der Kolonne sich sozusagen zurückzuziehen schien da das Geräusch erst hinterherkam so daß eine Weile verging (vielleicht ein Bruchteil einer Sekunde aber anscheinend mehr) während der in völliger Stille nur folgendes geschah: die Reifrockpferdchen und ihre Reiter kunterbunt aufeinander zurückgeworfen genauso wie Schachfiguren die nacheinander umfallen das Geräusch das mit leichter Verzögerung dem Bild folgte ebenfalls genauso wie das hohle Schallen von Elfenbeinfiguren die trommelnd nacheinander auf das Schachbrett fallen etwa so: tack-tack-tack-tack-tack die hastigen Feuerstöße die sich überlagerten sich anhäuften, wie man hätte sagen mögen, dann über uns die unsichtbar gezupften Gitarrensaiten beim Weben der unsichtbaren Kette aus zerfetzter seidiger tödlicher Luft darum hörte ich auch nicht den geschrienen Befehl sondern sah nur die einer nach dem andern vornüberkippenden Oberkörper vor mir und die sich nacheinander über die Kruppen schwingenden rechten Beine wie blätternde Seiten eines umgekehrten Buchs und wieder auf den Füßen blickte ich suchend nach Wack um ihm den Zügel reichen zu können während meine Rechte sich hinter meinem Rücken mit dem verflixten Karabinerhaken abquälte dann brach es über uns herein von hinten die donnernden Hufe galoppierender wild gewordener durchgegangener Pferde mit geweiteten Pupillen angelegten Ohren leeren Steigbügeln und die Luft peitschenden Zügeln sich windend wie Schlangen klickend und klirrend und zwei oder drei blutüberströmt und eins noch mit seinem Reiter der schrie Es sind auch welche hinter uns sie haben uns vorbeiziehen lassen und dann haben sie, der Rest seiner Worte wurde mit ihm fortgetragen der über dem Pferdehals hing mit weit offenem Mund wie ein Loch und nun schlug ich mich nicht mehr mit dem Karabinerhaken herum sondern mit dem Zossen der jetzt scheute mit hochgestrecktem Kopf und steifem Hals gleich einem Mast mit ganz verdrehten Pupillen als versuchte er hinter seine Ohren zu blicken unaufhaltsam zurückweichend nicht ruckweise sondern sozusagen systematisch Bein für Bein und ich zog und zerrte an seinem Zaumzeug daß es ihm beinahe den Kiefer herunterriß und wiederholte Ruhig Ruhig als ob es mich in dem Tumult hören könnte verkürzte allmählich die Zügel bis ich mit einer Hand seinen Hals klopfen konnte wobei ich wiederholte Ruhig Ruhig hola ... bis er stehenblieb auf der Stelle aber verkrampft gespannt am ganzen Leibe bebend mit gespreizten stocksteifen Beinen und wahrscheinlich hatte man den anderen Befehl geschrien während ich mit ihm beschäftigt war denn ich merkte (nicht daß ich es sah, ich war zu sehr damit beschäftigt ihn zu überwachen, sondern ich fühlte, ahnte) in diesem Durcheinander diesem Tumult daß sie alle im Begriff waren wieder aufzusitzen so daß ich mich ihm näherte (der immer noch so starr so gespannt dastand als wäre er aus Holz), so sanft wie möglich, aus Furcht davor daß er aufmucken sich aufbäumen oder im gestreckten Galopp davonrasen könnte gerade in dem Moment da ich den Fuß im Steigbügel hätte aber er rührte sich immer noch nicht begnügte sich damit auf der Stelle zu beben unablässig wie ein Motor im Leerlauf und er ließ mich den Fuß in den Steigbügel stecken ohne zu mukken, als ich aber den Sattelknopf und die Hinterpausche packte um mich hinaufzuschwingen rutschte der Sattel an die Flanke, auch auf diesen Schlag war ich gefaßt seit drei Tagen versuchte ich schon einen zu finden mit dem ich den Sattelgurt hätte tauschen können der zu lang für ihn war nachdem ich Edgar hatte aufgeben müssen aber zum Teufel mit diesen Bauern man hätte meinen mögen der Vorschlag einen Sattelgurt mit ihnen zu tauschen sei schon ein Versuch sie zu übertölpeln und auch Blums war zu lang es war wirklich der beste Moment in dem mir so etwas passieren konnte gerade jetzt wo es schoß und von allen Seiten zugleich kam aber ich hatte nicht einmal Zeit zu fluchen weder genug Luft noch genug Zeit um einen Fluch zu formulieren gerade genug um daran zu denken während ich versuchte ihm den verflixten Sattel wieder auf den Rücken zu schieben inmitten all der anderen die nun im gestreckten Galopp rechts und links an mir vorbeipreschten und da merkte ich daß meine Hände zitterten aber ich konnte sie nicht daran hindern ebensowenig wie der Gaul nicht verhindern konnte daß er am ganzen Leibe bebte und schließlich gab ich es auf begann neben ihm herzurennen wobei ich ihn am Zügel hielt und er in einen kurzen Galopp fiel mit dem Sattel nun beinahe unterm Bauch inmitten von gerittenen oder reiterlosen Pferden die uns überholten wobei das tödliche Netz der Gitarrensaiten wie eine Decke über uns gespannt war aber erst als ich zwei oder drei fallen sah begriff ich daß ich mich im toten Winkel der Böschung befand während die zu Pferde weit über sie hinausragten so daß sie wie Schießbudenfiguren über den Haufen geschossen wurden dann sah ich Wack (die Dinge trugen sich paradoxerweise in einer Art Stille Leere zu das heißt daß der Lärm der Schüsse und Explosionen – sie mußten nun auch mit Minenwerfern oder kleinen Panzerkanonen schießen – nachdem er einmal hingenommen registriert und sozusagen vergessen worden war sich gewissermaßen neutralisierte man hörte absolut nichts keine Schreie keine einzige Stimme wahrscheinlich weil niemand Zeit zum Schreien hatte so daß es mich an meine 1500 m Läufe erinnerte: nur das pfeifende Geräusch des Atems sogar die Flüche wurden wenn es zu einer Rempelei kam im Keim erstickt als ob die Lungen alle verfügbare Luft an sich rissen um sie wieder im Körper zu verteilen und sie nur für nützliche Dinge zu verwenden: schauen entscheiden laufen, so daß sich die Dinge ungefähr so abspielten wie ein Film ohne Tonstreifen), ich sah Wack der mich gerade überholt hatte über den Pferdehals gebeugt das Gesicht mir zugewandt auch er mit offenem Mund wahrscheinlich weil er versuchte mir etwas zuzurufen ohne daß er genug Luft hatte um es verständlich zu machen und plötzlich aus seinem Sattel gehoben als ob ein Haken eine unsichtbare Hand ihn an seinem Mantelkragen gepackt und langsam hochgehoben hätte das heißt beinahe unbeweglich im Vergleich mit seinem Pferd (das heißt ungefähr mit der gleichen Geschwindigkeit vorbeifliegend) das weitergaloppierte und ich rannte immer noch wenn auch etwas weniger schnell so daß Wack sein Pferd und ich eine Gruppe von Dingen bildeten zwischen denen die Abstände sich nur allmählich veränderten wobei er sich jetzt genau über dem Pferd befand von dem er gerade hochgehoben emporgerissen worden war sich langsam in die Lüfte hob mit immer noch bogenförmig gekrümmten Beinen als ritte er noch irgendeinen unsichtbaren Pegasus der ihn hintenausschlagend nach vorn gekippt hätte so daß er ganz langsam und sozusagen auf der Stelle eine Art halsbrecherischen doppelten Salto ausführte der ihn mir bald mit dem Kopf nach unten und immer noch für denselben stummen Schrei (oder Rat den er mir hatte geben wollen) geöffneten Mund zeigte dann in der Luft auf dem Rücken liegend wie jemand in einer Hängematte der seine Beine rechts und links herunterbaumeln läßt dann den Kopf wieder oben den Körper senkrecht während die Beine ihre wie beim Ritt gekrümmte Haltung aufzugeben begannen um sich einander zu nähern und parallel herabzuhängen dann auf dem Bauch mit vorgestreckten Armen und geöffneten Händen als wollte er etwas schnappen ergreifen irgend etwas das noch weit weg war wie ein Zirkusakrobat in dem Moment da er mit nichts mehr verbunden von jeder Schwerkraft befreit zwischen zwei Trapezen schwebt dann schließlich wieder mit dem Kopf nach unten gespreizten Beinen und gekreuzten Armen als wollte er mir den Weg verwehren aber nun unbeweglich an den Böschungshang geklatscht und sich nicht mehr rührend mich mit einem Gesicht anschauend das von Überraschung und Dummheit strotzte ich dachte Armer Wack er hat immer wie ein Idiot ausgesehen aber nun mehr denn je er, dann dachte ich nicht mehr, etwas wie ein Berg oder ein Pferd stürzte auf mich warf mich zu Boden trampelte auf mir herum während ich die Zügel aus meinen Händen gleiten fühlte dann war alles finster während Millionen von galoppierenden Pferden weiter über meinen Körper stampften dann spürte ich nicht einmal mehr die Pferde nur noch so etwas wie den Geruch von Äther und die Finsternis und ein Dröhnen in den Ohren und als ich die Augen wieder öffnete lag ich auf dem Weg und kein Pferd mehr und nur noch Wack immer noch auf der Böschung mit dem Kopf nach unten mich anstarrend mit weit geöffneten Augen und seiner entgeisterten Miene aber ich hütete mich wohlweislich mich zu rühren und wartete auf den Moment da ich anfangen würde zu leiden denn ich hatte sagen hören daß die schweren Verwundungen zunächst eine Art Betäubung verursachen, aber als ich immer noch nichts spürte und nach einer Weile versuchte mich zu bewegen ohne daß etwas geschah, und es mir gelang mich auf alle Viere zu erheben den Kopf in der Verlängerung des Körpers das Gesicht zur Erde gewandt, konnte ich den Boden des beschotterten Wegs sehen dessen Steine wie Dreiecke oder unregelmäßige Vielecke aussahen leicht bläulich-weiße Steine in ihrer blaß ockergelben Erdbettung da war eine Art Grasteppich mitten auf dem Weg dann rechts und links dort wo gewöhnlich die Karren- und Wagenräder rollten zwei nackte Bahnen dann begann das Gras wieder an den Rändern und den Kopf hebend sah ich meinen Schatten noch sehr schwach und phantastisch verzerrt und ich dachte Die Sonne ist also aufgegangen, und in dem Moment bemerkte ich die Stille und sah daß etwas weiter als Wack einer auf dem Böschungshang saß: er hielt sich den Arm ein wenig oberhalb des Ellbogens während seine Hand ganz rot zwischen seinen gespreizten Beinen hing aber es war keiner von der Schwadron, als er sah daß ich ihn anschaute sagte er Wir sind im Eimer, ich antwortete nicht er kümmerte sich nicht mehr um mich und betrachtete wieder seine Hand, ganz in der Ferne gab es noch einige Feuerstöße ich betrachtete den Weg hinter uns, bei der Kreuzung sah ich auf der Erde braun-gelbliche Haufen die sich nicht rührten und Pferde und dicht bei uns ein auf der Flanke in einer Blutlache liegendes Pferd das schwach und krampfartig mit allen Vieren ausschlug dann setzte ich mich auf den Böschungshang neben den andern und dachte Es war doch gerade erst hell geworden, ich sagte Wie spät ist es, aber er antwortete nicht dann zischte eine Feuergarbe vorbei die diesmal aus nächster Nähe abgeschossen worden war ich warf mich in den Graben und hörte den andern noch sagen Wir sind im Eimer, aber ich drehte mich nicht um sondern robbte im Graben bis zu der Stelle wo die Böschung aufhörte und dann begann ich gebückt bis zu einer Baumgruppe zu laufen doch niemand schoß, man schoß auch nicht als ich von der Baumgruppe zu einer Hecke lief ich rutschte auf dem Bauch über die Hecke landete auf der anderen Seite mit den Händen zuerst und blieb liegen bis ich wieder zu Atem gekommen war es wurde nun gar nicht mehr geschossen ich hörte einen Vogel singen vor mir auf der Wiese erstreckten sich die Schatten der Bäume ich kroch auf allen Vieren perpendikulär zu den Baumschatten an der Hecke entlang bis zur Ecke der Wiese dann begann ich den Hügel jenseits der Wiese hinaufzuklettern immer noch auf allen Vieren dicht an der Hecke mein Schatten war nun wieder vor mir und als ich im Wald war und zwischen den Sonnenstreifen lief achtete ich darauf ihn vor mir zu behalten wobei ich in dem Maße wie die Zeit verstrich ausrechnete daß ich ihn zuerst vor mir und etwas rechts von mir haben müßte dann später rechts aber immer noch vor mir, es gab Kuckucke in dem Wald auch andere Vögel deren Namen ich nicht kannte aber vor allem Kuckucke oder vielleicht bemerkte ich sie nur weil ich ihren Namen kannte vielleicht auch wegen ihres eigentümlichen Rufs, der zerfetzte Sonnenschein drang durch das Laub und zeichnete meinen zerfetzten Schatten den ich vor mir herschob dann etwas rechts von mir, und ich lief lange ohne etwas anderes als Kuckucke und jene Vögel zu hören deren Namen ich nicht kannte, schließlich war ich es leid immer nur durch den Wald zu laufen und ich folgte einer Schneise aber mein Schatten war nun links von mir, nach einer Weile stieß ich auf eine andere Schneise die meine kreuzte ich bog nach links ein und mein Schatten war wieder rechts vor mir aber ich rechnete mir aus daß ich ihr noch länger würde folgen müssen als der ersten um die Abweichung wieder auszugleichen zu der die erste mich genötigt hatte und auf einmal hatte ich Hunger und ich erinnerte mich an den Wurstzipfel den ich in meiner Manteltasche mit mir herumtrug ich aß ihn ohne meinen Marsch zu unterbrechen ich aß auch die Pelle bis auf den mit Bindfaden umwickelten Stummel den ich wegwarf dann war der Wald zu Ende stieß sozusagen auf die Leere des Himmels öffnete sich auf einen Teich und als ich mich auf die Erde legte um zu trinken sprangen die kleinen Frösche ins Wasser und machten dabei nicht mehr Geräusch als dicke Regentropfen: nahe am Ufer an der Stelle wo sie hineingesprungen waren blieb im Wasser ein Wölkchen Staubs aufgewirbelten grauen Schlamms das sich zwischen den Schilfrohren wieder auflöste sie waren grün und kaum größer als der kleine Finger die Wasserfläche war ganz mit runden blaßgrünen Blättchen bedeckt etwa so groß wie Konfetti darum merkte ich erst nach einer ganzen Weile daß sie wieder auftauchten ich sah einen dann zwei dann drei die die hellgrüne Konfettischicht durchstießen und nur ein wenig von ihren Köpfen mit den beiden stecknadelkopfgroßen mich betrachtenden Äuglein herausragen ließen es war da eine leichte Strömung und ich sah wie einer von ihnen langsam abtrieb sich wegspülen ließ zwischen den Archipelen aus aneinanderklebenden gleichfarbigen Konfetti man hätte sagen mögen wie ein alle Viere von sich streckender Ertrunkener den Kopf halb aus dem Wasser und die feinen mit Schwimmhäuten versehenen Pfoten weit gespreizt dann bewegte er sich und ich sah ihn nicht mehr das heißt ich sah nicht einmal wie er sich bewegte, er war einfach nicht mehr da nur noch das Schlammwölkchen das er aufgewirbelt hatte, das Wasser war klebrig schmeckte klebrig nach Aal ich trank indem ich die Konfetti auseinanderschob und darauf achtete daß ich den Schlamm nicht ansog der bei der kleinsten Regung aufwirbelte mit dem Gesicht zwischen den Schilfrohren und den breiten wie Lanzenspitzen aussehenden Blättern dann blieb ich da sitzen am Rain hinter dem Dickicht lauschte den Kuckucken die einander antworteten inmitten der stummen Stämme in der frühlingsfrischen grünen Luft betrachtete die Straße die um den Teich herum und dann an den Bäumen entlangführte hin und wieder sprang ein Fisch aus dem Wasser und plumpste wieder hinein es gelang mir nicht einen davon zu sehen nur die konzentrischen Kreise die sich rings um die Stelle ausbreiteten wo er gelinst hatte auf einmal zogen Flugzeuge vorüber aber sehr hoch am Himmel ich sah einen reglosen silbrigen Punkt der für den Bruchteil einer Sekunde aufblitzend in einem blauen Loch zwischen den Ästen zu hängen schien und dann verschwand auch ihr Geräusch schien in der leichten Luft zu hängen und zu schwingen dann verklang es ganz allmählich und wieder vernahm ich das leise Rascheln der Blätter und wieder die Rufe eines Kuckucks und kurz darauf erschienen an der Biegung der Straße zwei Offiziere die ihre Pferde spazierenritten aber vielleicht wußte man hier nicht daß Krieg war sie ritten gemächlich im Schritt und plauderten miteinander, als ich sah daß sie in Khaki waren und nicht in Grün stand ich auf und dachte an die Augen die sie machen würden wenn sie mich sähen und wenn ich ihnen sagte daß sechs oder sieben Kilometer weiter Panzer auf der Straße spazierenführen wahrscheinlich hatte man vergessen sie zu warnen ich stellte mich deutlich sichtbar mitten auf die Straße in dem Frieden des Waldes wo ich immer noch die Kuckucke hören konnte und hin und wieder den schnellen unsichtbaren trägen Sprung eines Fisches aus dem unveränderlichen Wasserspiegel dann dachte ich Mein Gott mein Gott mein Gott mein Gott, ihn erkennend die Stimme erkennend die nun zu mir drang oder vielmehr mich überfiel von oben herab Abstand wahrend friedlich ziemlich munter beinahe heiter die sagte Na Sie haben sich also auch retten können? und zu dem kleinen Leutnant gewandt Sehen Sie daß nicht alle tot sind es gibt immerhin einige die sich retten konnten, dann wieder in meine Richtung Iglésia folgt uns mit zwei Handpferden Sie brauchen nur eins davon zu nehmen, ich konnte das Wasser rauschen hören das aus dem Teich über eine kleine Kaskade abfloß das Rascheln der von einer unmerklichen Brise bewegten Blätter, in Höhe meiner Augen sah ich die Knie unmerklich drücken das Pferd sich wieder in Marsch setzen an mir vorbeireiten die blitzblanken Stiefel die Flanken mit dem mahagonibraunen von getrocknetem Schweiß verklebten Fell die Kruppe den Schwanz dann wieder den friedlichen Teich auf dem die Brise die breiten wie Lanzenspitzen aussehenden Blätter wie Papier rascheln ließ, seine Stimme drang während er sich entfernte noch einmal zu mir (aber er sprach nicht mehr zu mir er hatte seine wohlanständige Unterhaltung mit dem kleinen Leutnant wieder aufgenommen und ich konnte ihn etwas verdrossen vornehm lässig sagen hören): ... üble Affäre. Offenbar benützen sie diese Panzerwagen als ..., dann war er zu weit weg ich hatte vergessen daß so etwas schlicht und einfach eine »Affäre« heißt wie man »eine Affäre haben« für »sich duellieren« sagt ein feiner Euphemismus eine diskretere elegantere Formulierung nun ja umso besser es war also noch nichts verloren da man immer noch in guter Gesellschaft war Sagen Sie Sagen Sie nicht, Beispiel Sagen Sie nicht »die Schwadron hat sich in einem Hinterhalt niedermetzeln lassen«, sondern »Wir hatten eine heiße Affäre am Ortseingang von« dann Iglésias Stimme und sein Kasperlegesicht das mich mit seinen runden Augen seiner matten ungeduldigen und mißbilligenden Miene anschaute und sagte Na willst du aufsitzen ja oder nein? Seitdem ich diese beiden Zossen mit mir schleppe habe ich nichts zu lachen das schwöre ich dir verdammich! ich schwang mich in den Sattel und folgte ihnen ich mußte traben um Iglésia einzuholen dann ließ ich das Pferd wieder im Schritt gehen ich konnte ihn nun von hinten sehen wie er mit dem kleinen Leutnant neben sich ruhig dahinritt wobei die Pferde mit jener furchterregenden Langsamkeit jener völligen Abwesenheit jedweder Hast vorrückten wie man sie nur bei Wesen und Dingen (Boxern, Schlangen, Flugzeugen) findet die fähig sind mit blitzartiger Schnelligkeit zuzuschlagen, zu handeln und sich fortzubewegen, der Himmel, die friedlichen wolligen Wolken schwebten weiter trieben ebenfalls in einer kaum wahrnehmbaren Geschwindigkeit in die entgegengesetzte Richtung (so daß zwischen den grazilen, mittelalterlichen, eleganten Silhouetten – die immer noch der Stelle zustrebten, wo sie vom Starter mit der Chambriere in der Hand erwartet wurden – und den Wolken einer jener ärgerlichen Langsamkeitswettkämpfe stattzufinden schien, eine Veranstaltung bei der eine Partei die andere in majestätischem Verhalten überbietet, ungeachtet der fieberhaften Ungeduld welche die Menge in Wallung brachte: die überzüchteten, empfindlichen, preziösen Vollblüter, die imstande waren, im Nu nicht nur etwas zu erreichen sondern sich in etwas zu verwandeln das nicht etwas mit einer ungeheuren Geschwindigkeit Lanziertes, sondern die Geschwindigkeit selber wäre, die langsamen Wolken, die sich wie jene scheinbar regungslos im Meer ruhenden stolzen Armaden mit einer phantastischen Geschwindigkeit gleichsam sprungweise fortzubewegen scheinen, so daß das Auge, das sich, ihrer scheinbaren Regungslosigkeit müde, von ihnen abwendet, sie einen Moment später, immer noch scheinbar regungslos, am anderen Ende des Horizonts wiederfindet, Wolken, die auf diese Weise sagenhafte Strecken zurücklegen, während unter ihnen, winzig und lächerlich, Städte, Hügel und Wälder dahinziehen, und unter denen, ohne daß sie, immer noch majestätisch, pausbäckig und unwägbar, sich je bewegt zu haben scheinen, noch andere Städte, andere Wälder, andere lächerliche Hügel dahinziehen würden, lange nachdem die Pferde und das Publikum die Tribünen und grünen Rasenflächen verlassen hätten, den mit Myriaden von Zetteln verlorener Wetten bedeckten befleckten Rennplatz, als wären es Myriaden winziger totgeborener Träume und Hoffnungen (Ende der Hochzeit, nicht der von Himmel und Erde sondern der von der Erde und den Menschen, die diese Erde befleckt mit dem bleibenden Bodensatz, dieser riesigen fötalen Pollution wütend zerrissener Papierfetzen zurücklassen), lange nachdem das letzte Pferd den letzten aus dem Rasen gestanzten Erdklumpen hinter sich katapultiert hätte und noch mehr hofiert, von noch mehr Fürsorge, Vorkehrungen und Rücksicht auf seine Nerven umhegt als ein Filmstar, wieder weggezogen und das Echo der letzten zornigen Schreie wieder auf die stillen den Reinigungskolonnen überlassenen Tribünen gefallen wäre, die nur noch das leise prosaische Rascheln fegender Besen erfüllen würde), und Corinne die nun nicht mehr nach dem schielte was am Ende der Biegung vor sich ging, stampfte wieder wütend mit dem Fuß und sagte: »Konnten Sie nicht mal einen Moment aufhören durch das Ding zu starren, nein? Hören Sie? Da ist jetzt nichts zu sehen. Sie ziehen zum Start. Sie ... Hören Sie mich, ja oder nein?«, und er nahm widerwillig den Feldstecher vom Gesicht, wandte ihr seine großen Fischaugen zu, mit ihren blinzelnden Lidern, trüben Pupillen, die, da es ihn anstrengte, sie auf eine geringere Entfernung einzustellen, etwas verschwommen aussahen, und sagte mit seiner dünnen, furchtsamen, wimmernden Stimme: »Sie ... Sie hätten das nicht tun sollen. Er ...«, seine Stimme sprach es nicht aus, starb, erstickt, überschwemmt (über dem wilden schrillen Geklingel der Glocke) von der Art langem Seufzer der von der erlösten berauschten lüsternen Menge aufstieg (es war eigentlich kein Orgasmus, sondern gewissermaßen ein Präorgasmus, etwa wie in dem Moment, da der Mann in die Frau eindringt), während man in weiter Ferne nun einen länglichen bunten Fleck sehen konnte der sich sehr schnell auf dem Grün zu ebener Erde voranbewegte, da die Pferde unvermittelt von ihrer lässigen Beinahe-Unbeweglichkeit in Bewegung übergegangen waren, wobei der Haufe schnell in waagerechter Richtung dahinschoß, ohne Stockungen, als wäre er auf Eisendrähte oder Rollen montiert, wie bei jenen Kinderspielen, bei denen alle Pferde ein einziges aus einem Stück Pappe oder buntem Blech ausgeschnittenes Ganzes bilden, das man schnell an dem zu diesem Zweck in einer perspektivisch gemalten und lackierten Landschaft ausgesparten Spalt entlanggleiten läßt, wobei die Oberkörper der Jockeis gleichförmig nach vorn geneigt und die Pferde bis zum Bauch hinter den Randhecken versteckt waren: dann kamen sie beim Einbiegen auf die gerade Bahn ganz zum Vorschein und einen Augenblick konnte man die Beine der Tiere schnell hin und herschwingen sehen wie sich spreizende und zusammenklappende Zirkelschenkel, aber immer in dem gleichen regelmäßigen abstrakten mechanischen Rhythmus eines von Federn bewegten Spielzeugs; dann wieder sah man hinter dem Wäldchen gleich einer Handvoll Konfetti nur die von Stämmen und Ästen schraffierten seidenen Jockeijacken vorbeigleiten, die – vielleicht aufgrund ihres Stoffs, kraft ihrer auffallenden Farben – das ganze flimmernde Licht des hellen Nachmittags auf sich zu versammeln zu konzentrieren schienen, wobei der winzige rosa Fleck (unter dem sich doch eine Mannesbrust, ein Leib, gespannte Muskeln, wild pulsierendes Blut, strapazierte überanstrengte Organe befanden) an vierter Stelle war:

»Weil er immerhin reiten konnte. Alles was recht ist: er

verstand etwas davon. Weil er beim Start verdammt gut weggekommen war«, erzählte Iglésia später; jetzt hockten sie alle drei (Georges, Blum und er: die beiden jungen Burschen und der Italiener (oder Spanier) mit der lohbraunen Haut, der allein beinahe soviel Jahre auf dem Buckel hatte wie die beiden ersten zusammen, und wahrscheinlich auch so etwas wie das Zehnfache ihrer Erfahrung, was ungefähr dreißig Mal die von Georges sein mußte weil trotz der Tatsache daß er und Blum fast gleichaltrig waren Blum eine Kenntnis (ein Verständnis hatte Georges gesagt, aber es war nicht nur das: noch mehr: die intime, atavistische, ins Stadium der Reflexe übergegangene Erfahrung der Dummheit und Bösartigkeit der Menschen) der Dinge geerbt hatte die wohl dreimal alles Wissen aufwog das ein junger Mann aus guter Familie sich beim Studium der französischen, lateinischen und griechischen Klassiker aneignen konnte, die zehn Tage Kampf oder vielmehr Rückzug oder vielmehr Hetzjagd bei der er – der junge Mann aus guter Familie – aus dem Stegreif, völlig improvisiert die Rolle des Wilds gespielt hatte), alle drei also die was Alter und Herkunft betraf so verschieden von einander waren und sozusagen aus allen vier Himmelsgegenden stammten (»Es fehlt uns nur der Neger, sagte Georges. Wie heißt es noch? Sem, Ham, Japheth, aber wir brauchten einen vierten; wir hätten ihn einladen sollen: jedenfalls war es schwieriger dieses Mehl ausfindig zu machen und es herzuschaffen als sich von einer Armbanduhr zu trennen!«) alle drei hockten sie in dem Winkel des noch nicht fertigen Lagers, hinter Stapeln von Backsteinen und Iglésia war dabei auf einem Feuer etwas zu backen das sie gestohlen eingetauscht hatten (diesmal ein Teil des Inhalts von einem Sack Mehl den Georges für seine Uhr – die seine beiden alten Tanten Marie und Eugénie ihm zum bestandenen Vorabitur geschenkt hatten – ausgerechnet von einem Schwarzen bekommen hatte – von einem Senegalneger der Kolonialtruppe – der es Gott weiß wo geklaut hatte (ebenso wie Gott weiß wo geklaut und Gott weiß warum – für welchen Zweck? wahrscheinlich ganz zufällig, wegen des abergläubischen Vergnügens zu klauen, zu besitzen und zu bewahren – alles ins Lager gebracht worden war, was man dort nur zum Verkaufen, Kaufen oder Tauschen auftreiben konnte, das heißt alles, was man sich nur denken konnte, die ganze Warenkollektion – und sogar noch mehr – eines großen Kaufhauses einschließlich der Abteilungen Frivolitäten, Antiquitäten und Lebensmittel: nicht nur Dinge – wie der Sack Mehl – die nützlich oder eßbar waren, sondern auch unnütze, sogar sperrige, sogar ganz unpassende Dinge wie Frauenstrümpfe oder Schlüpfer, Philosophiebücher, unechter Schmuck, Reiseführer, obszöne Fotos, Sonnenschirme, Tennisschläger, Abhandlungen über die Landwirtschaft, Lautsprecher, Blumenzwiebeln, Akkordeons, Vogelbauer – manchmal mit dem Vogel darin –, bronzene Eiffeltürme, Wanduhren, Kondome, ohne überhaupt die Tausende von Armbanduhren, Stoppuhren, Brieftaschen aus Boxcalf, Krokodil oder ganz gewöhnlichem Leder zu erwähnen, die die gängige Münze dieses Universums waren, Krimskrams, Andenken, erbeutete Dinge, die von Horden erschöpfter, ausgehungerter Männer mühsam kilometerweit mitgeschleppt worden waren, die versteckt, beim Filzen gerettet und trotz Verboten und Drohungen aufbewahrt wurden und unausbleiblich für verstohlene, heimliche, fieberhafte, harte Geschäfte wieder auftauchten, zum Vorschein gebracht wurden, und zwar in den meisten Fällen weniger um etwas zu erwerben als um etwas Verkäufliches oder Käufliches zu haben), was in Anbetracht des Wertes der Armbanduhr den Fladen (denn das war es was Iglésia buk indem er auf ein Stück rostigen Blechs den Teig goß, den er aus Wasser, Mehl und ein bißchen von jener Kohlemargarine angerührt hatte, die den Gefangenen in dünnen Scheiben zugeteilt wurde), was also die Portion Fladen so kostspielig machte, daß kein Pächter eines Luxusrestaurants je für eine Portion Kaviar einen so hohen Preis zu verlangen gewagt hätte, – die drei waren also da (der eine in der Hocke während die beiden anderen aufpaßten), wie drei hungrige Landstreicher auf dem Ödland an irgendeinem Stadtrand, ohne noch etwas Soldatisches an sich zu haben (oder vielmehr mit den lächerlichen Lumpen bekleidet, die das Los besiegter Krieger sind, nicht einmal mit ihren eigenen sondern, als habe der zum Scherzen aufgelegte Sieger sich noch auf ihre Kosten amüsieren, sie noch tiefer in ihre Lage Geschlagener, Gescheiterter, Abgewiesener hineinstoßen wollen (aber wahrscheinlich war es nicht einmal das: nur die logische Folge von Befehlen, von vielleicht ursprünglich vernünftigen, im Stadium der Ausführung jedoch wahnsinnigen Anordnungen, wie jedesmal wenn ein genügend starres ausführendes Organ wie die Armee, oder ein promptes wie eine Revolution, ohne die Retuschen und Milderungen, die entweder eine ungetreue Anwendung oder die Zeit bewirken, den exakten Widerschein des nackten Gedankens auf den Menschen zurückfallen läßt), alle drei also, statt mit ihren Kavalleriemänteln die man ihnen entzogen hatte, mit dafür in Tausch genommenen Mänteln tschechischer oder polnischer Soldaten bekleidet (vielleicht toter Soldaten, oder vielleicht waren die Mäntel Kriegsbeute die als unberührte Stapel in den Armeebekleidungslagern von Warschau oder Prag beschlagnahmt worden waren), und die natürlich nicht paßten, der von Georges hatte Ärmel, die ihm gerade bis über die Ellbogen reichten und Iglésia, mehr Vogelscheuche, mehr Kasperle denn je, schwamm (da sein leichtes Jockeiskelett darin verschwand) in einem riesigen Militärmantel aus dem nur die Karnevalsnase und die Fingerspitzen hervorlugten:) drei Gespenster, drei groteske, unwirkliche Schemen mit ihren hageren Gesichtern, ihren vor Hunger brennenden Augen, ihren kahlen Schädeln, ihren lächerlichen Kleidern, über ein kümmerliches heimliches Feuer gebeugt in dem gespenstischen Dekor den die auf sandiger Ebene nebeneinander stehenden Baracken bildeten, und hier und da am Horizont Kieferngruppen und eine rötliche regungslose Sonne und andere umherirrende blutleere Silhouetten, die sich näherten, gehässig (verschämt) mit neidischen hungrigen fiebrigen Wolfsaugen um sie herumstrichen (auch sie gleichartig mit diesen galle-, diesen moderfarbenen Lumpen bekleidet wie mit einer Art Schimmel, als ob sie eine Art Fäulnis bedeckte, sie verzehrte, sie schon im Stehen angriffe, zuerst ihre Kleider durchdränge und sie dann hinterlistig überwältigte: wie die Farbe des Krieges selbst, der Erde selbst, die sich ihrer nach und nach bemächtigte, ihre Gesichter erdfahl, ihre Lumpen erdfahl, und auch ihre Augen erdfahl, von jener schmutzigen eintönigen Farbe, die sie schon dem Ton, dem Schlamm, dem Staub anzugleichen schien, aus dem sie hervorgegangen waren und dem sie sich irrend, verschämt, stumpfsinnig und traurig, jeden Tag etwas mehr, wieder näherten) und nicht einmal Wölfe, nämlich hungrig und hager und knurrend und drohend, vielmehr von jener Schwäche angekränkelt, welche die Wölfe nicht kennen sondern nur die Menschen, nämlich von der Vernunft, das heißt daß sie, im Gegensatz zu dem was geschehen wäre, wenn sie echte Wölfe gewesen wären, durch das Bewußtsein dessen am Angreifen gehindert wurden was Wölfe zum Angriff ermuntert hätte (ihre Zahl), im voraus durch die Berechnung entmutigt was die wenigen dünnen Fladen nach denen sie schmachteten ergeben hätten wenn sie unter Tausend verteilt worden wären, die also dablieben, sich damit begnügten herumzuschleichen, mit mordlustigen Augen, – und auf einmal kam ein Backstein geflogen, prallte an Iglésias Schulter und stieß das Blech um, und der halbgare Teig tropfte ins Feuer, und Georges schleuderte den Backstein den auch er griffbereit gehalten hatte in die Richtung des Kerls der Reißaus nahm (und wahrscheinlich war es gar keine Angriffs- oder Mordlust gewesen, sondern Verzweiflung und die unausstehliche Ratte nagenden Hungers, die in seinem Bauch saß, und die Geste also – der Backsteinwurf – unkontrolliert, unkontrollierbar, und sofort danach die jämmerliche Flucht, nicht vor der Vergeltung, nicht aus Angst, sondern vor seiner eigenen Scham, vor seinem eigenen Versagen), Iglésia rettete den Teig so gut er konnte, schob das Blech wieder zurecht und legte den Fladen wieder zum Backen darauf, in dem Fladen waren nun kohlschwarze Ascheteilchen die sie anschließend herauszukratzen versuchten, aber es blieben noch welche drin, und als sie ihn aßen, knirschte es zwischen ihren Zähnen und schmeckte undefinierbar so daß sie spucken mußten, aber sie aßen trotzdem alles auf, bis auf den letzten Krümel, wobei sie wie Affen auf ihren Fersen hockten, sich die Finger verbrannten, um die Fladen von der Pfanne zu lösen – oder vielmehr von dem rostigen rissigen Stück Blech das als Pfanne diente –, und Iglésia (er war nun in Schwung, redete unaufhörlich, langsam, aber ununterbrochen, geduldig, und, wie es schien, für sich selbst, nicht für sie, wobei seine großen Augen, erfüllt von Staunen, Bewunderung und Ernst zugleich, ins Leere vor sich hinstarrten) sagte zwischen zwei Bissen: »Und mit den zwei oder drei Halunken die bei diesem Rennen mitritten und ihn entdeckt hatten kann es nicht leicht gewesen sein, das sag ich dir, weil einer der als Gentleman bei einem Rennen mit Jockeis zusammen reitet darauf gefaßt sein muß daß sie ihm nichts schenken. Aber er war beim Start verdammt gut weggekommen: er lag nun an vierter Stelle, und alles was er vorerst zu tun hatte war sie an vierter Stelle zu halten, und er mußte alle Hände voll zu tun haben, das sag' ich dir, denn dieses Tier konnte verflixt hart ziehen, dieses Luder . . .«

Sie erschienen nun hinter dem letzten Baum, immer noch in der gleichen Reihenfolge, der Fleck, die rosa Pastille immer noch an vierter Stelle, während sie den letzten Teil der Biegung zurücklegten, dann verwandelte sich der Haufe allmählich in eine undeutliche Masse (die letzten schienen die ersten einzuholen) die ganz am Anfang der geraden Strecke nur noch eine einzige Welle, ein Gewoge von auf der Stelle steigenden und sinkenden Köpfen war, wobei die zu einem Packen verschmolzenen Pferde einen Moment nicht vom Fleck zu kommen schienen (da nur die Jockeikappen stiegen und sanken) bis das erste Pferd blitzschnell die Hecke nicht übersprang sondern durchsprengte, da es plötzlich da war, mit vorgestreckten, steifen Vorderbeinen, beide nebeneinander oder vielmehr eins ein wenig vor dem anderen und beide Hufe nicht ganz in gleicher Höhe, während das Pferd bis zur Hälfte seines Leibes zwischen den die Schranke überragenden braunen Reisern steckte und scheinbar wie im Gleichgewicht auf dem Bauch ruhte, für den Bruchteil einer Sekunde regungslos, wie man hätte meinen können, bis es nach vorn kippte indes ein zweites, dann ein drittes, dann mehrere zugleich, alle nacheinander wie im Gleichgewicht, in jener Schaukelpferdposition erstarrt erschienen, verharrten, vornüberkippten und bei der Berührung des Bodens wieder in Bewegung gerieten, der Haufe galoppierte nun, erneut zusammengeschweißt, auf die Tribünen zu, größer werdend, das nächste Hindernis nehmend, dann war es soweit: eine Art gedämpfter Donner, das dumpfe Dröhnen des Bodens unter den Hufen, die weit zurückfliegenden Rasenklumpen, die im Rennwind flatternden knitterigen seidenen Jacken und die Rümpfe der über die Hälse gebeugten Jockeis, nicht regungslos wie sie auf der gegenüberliegenden Bahn aussahen, sondern im Rhythmus der Galoppsprünge leicht von vorn nach hinten schwingend, mit ihren gleichförmig aufgesperrten nach Luft schnappenden Mündern, ihrem gleichförmigen Aussehen aus dem Wasser gezogener Fische, halb erstickt, an den Tribünen vorbeischießend, umgeben oder vielmehr umhüllt von jenem Mantel gespannter schwindelerregender Stille die sie gleichsam isolierte (die wenigen Rufe die aus der Menge aufstiegen schienen – und zwar nicht in den Ohren der Jockeis sondern in denen der Zuschauer – von weither zu kommen und überflüssig, unnütz, unpassend und so leise wie unartikuliertes Gelispel kleiner Kinder zu sein), sie gleichsam begleitete und lange nach ihrem Vorbeischnellen noch eine Art Stille hinter sich herschleppte in der das Hämmern der Hufe abnahm, verklang und nur noch hin und wieder von dem kurzen, klatschenden Geräusch (wie dem eines knackenden Zweigs) eines Reitpeitschenschlags, von kaum hörbarem Knallen unterbrochen wurde, das sich ebenfalls verhallend entfernte, während das letzte Pferd die lebende Hecke oben auf der leichten Steigung wie ein Hase übersprang wobei das Bild seiner ausschlagenden Hinterhand einen Moment immobilisiert auf der Netzhaut haftete, und endlich verschwand, so daß Jockeis und Tiere nun unsichtbar waren, da sie den Hang jenseits der Hecke hinabritten, als ob alles gar nicht existiert hätte, als ob die blitzartige Erscheinung dieses Dutzends Tiere und ihrer Reiter plötzlich verschwunden wäre und hinter sich gleich dem Rauch in dem Kobolde und Zauberer aufgehen nur eine Art rötlichen Schwaden zurückgelassen hätte, eine unmittelbar vor der Hecke, an der Stelle wo die Pferde abgesprungen waren, stagnierende schwebende Staubwolke, die sich aufhellte, sich auflöste, langsam im Licht des späten Nachmittags versank, und Iglésia wandte Corinne die zugleich schreckliche und erbärmliche Karnevalsmaske zu, die jedoch im Moment von einer Art kindischen Aufregung, einer Art kindlichen Begeisterung zeugte und sagte: »Haben Sie gesehen? Er... Ich hatte ja gesagt daß sie... daß es von selbst ginge, daß er sie nur laufen zu lassen...«, Corinne sah ihn ohne zu antworten an, immer noch mit jener Art Wut, jener schweigenden eisigen Raserei, so daß Iglésia stammelnd stotternd hervorstieß: »Er wird, sie wird... Sie...«, und schließlich schwieg, während Corinne ihn noch einen Moment von oben bis unten ansah, immer noch ohne etwas zu sagen, mit der gleichen unversöhnlichen Verachtung, bis sie plötzlich die Achseln zuckte, wobei sich ihre beiden Brüste unter dem dünnen Stoff des Kleides zitternd bewegten und all ihr junges pralles freches Fleisch und Blut etwas Unerbittliches, Brutales und doch Kindliches ausströmte, nämlich das absolute Fehlen eines moralischen Sinnes oder irgendeiner Barmherzigkeit, was man nur bei Kindern findet, die treuherzige dem Wesen der Kindheit innewohnende Grausamkeit (das hochmütige, ungestüme und unaufhaltsame Wallen des Lebens), und sie kalt sagte: »Wenn er sie ebensogut zum Sieg reiten kann wie Sie, frage ich mich, wofür Sie bezahlt werden?«, wobei beide sich scharf ansahen (sie in ihrem symbolischen Kleid das drei Viertel von ihr nackt ließ und er in der alten fleckigen Joppe die fast ebenso gut zu der hervorlugenden glänzenden seidenen Jockeijacke paßte wie das kränkliche blatternarbige Gesicht das aus ihr herausragte, die (bestürzte, entgeisterte) Miene fast so als hätte sie ihn mit ihrer Faust, oder ihrer Tasche oder dem Feldstecher in den Magen gestoßen) während des Bruchteils einer Sekunde vielleicht, und nicht endlos lange, wie er glaubte und später erzählte, als er auch erzählte daß das was sie wieder weckte, was sie beide ihrer gegenseitigen Behexung, diesem wütenden und stummen Auge in Auge entriß nicht ein Schrei war – oder tausend Schreie –, oder ein Ausruf – oder tausende –, sondern etwas wie ein Murmeln, ein Seufzen, ein Rauschen, etwas Ungewöhnliches, das sozusagen von der Oberfläche der Menge zu ihnen aufstieg, und als sie hinschauten, sahen sie den rosa Fleck nicht mehr an dritter sondern ungefähr an siebenter Stelle, da der Haufe der den Hügel gerade hinter sich gelassen hatte nicht mehr zusammengeschweißt war sondern sich nun über zwanzig Meter erstreckte und in die Diagonale einschwenkte, und Corinne sagte: »Ich hatte es ja gesagt. Ich wußte es. Der Idiot. Dieser saublöde Idiot. Und Sie . . .«, aber Iglésia hörte nicht mehr zu, er sah durch den Feldstecher das undurchdringliche schweißtriefende Gesicht de Reixachs das nur von kurzen Zuckungen bewegt wurde so oft der Arm mit der Reitpeitsche sich entspannte, und die Beine der jungen Stute griffen weiter aus, mit weiten Lendenstößen holte sie die Pferde, die sie überholt hatten, eines nach dem anderen wieder ein, so daß sie als sie den Fluß erreichten beinahe wieder an dritter Stelle war und da schien die Fuchsstute, dieser lange helle Bronzeguß, noch länger zu werden, sich nicht dem Boden zu entreißen sondern sozusagen der Schwerkraft, denn sie schien nicht wieder zu landen sondern einfach weiterzufliegen, ein wenig überm Boden, nun an zweiter Stelle, während sie die Kreuzung überquerten, wobei der helle Fleck sich waagerecht weiterschlängelte, de Reixach aufhörte zu peitschen und Corinne wiederholte: »Der Idiot, der Idiot, der Idiot . . .«, bis Iglésia ohne seinen Feldstecher abzusetzen unwirsch sagte: »Seien Sie doch still, mein Gott! Wollen Sie wohl endlich still sein, ja?«, und Corinne mit offenem Mund dumm dreinschaute, während das Feld sich nun zu ihrer Linken entfernte, im Goldstaub des Gegenlichts unterm unwandelbaren Archipel am Himmel schwebender oder vielleicht nur gemalter Wolken, und die Pferde nun deutlich in zwei Gruppen gespalten waren: zuerst vier, dann ein etwa fünfzehn Meter langer Zwischenraum, dann die zweite Gruppe bestehend aus einer ziemlich dicht zusammengedrängten Masse die wie eine Schleppe die Nachzügler hinter sich herzog, die immer weiter zurückblieben und deren Abstände voneinander immer größer wurden bis zum Letzten, ganz hinten, den der Jockei bei jedem Sprung peitschte, die Spitzengruppe schwenkte nun schräg nach rechts ein, verschwand wieder hinterm Wäldchen, wobei die buntscheckigen Jockeijacken zwischen den Bäumen erschienen und verschwanden wie kurz zuvor, aber nun in entgegengesetzter Richtung, nämlich von links nach rechts, indes die Leute auf der Rasenfläche sich von der Barriere, an der die Pferde vorbeigeritten waren, lösten (zuerst ein schwarzer Punkt, dann zwei, dann drei, dann ganze Gruppen) und dann ebenfalls rannten (die wie Fliegen, wie eine Handvoll Murmeln aussehenden Flecken), in die gleiche Richtung wie die Pferde, um sich längs der transversalen Bahn wieder anzusammeln, die rosa Jockeijacke erschien diesmal als erste, aber beinahe an der des folgenden Jockeis klebend, de Reixach ritt an der Außenseite, überholend, leicht nach links abgedrängt als die beiden Pferde beinahe nebeneinander in die Gerade preschten, so daß er sich nun allein etwa in der Mitte der Bahn befand, mit einem geringen Vorsprung vor dem zweiten Pferd, die beiden anderen etwa fünf Meter dahinter, alle vier dem Bullfinch zustrebend, nun weniger zügig als ruckartig galoppierend, so daß es zunächst den Anschein hatte als sei es nur Müdigkeit, die sich bei der Fuchsstute bemerkbar machte, da sie ihre Sprünge nur wenig verkürzte, aber Iglésia täuschte sich nicht und preßte den riesigen Feldstecher voller Verzweiflung noch fester an seine Augen, während sie nun nicht mehr gerade auf das Hindernis zugaloppierte sondern schräg nach rechts, und de Reixach sie mit aller Kraft am entgegengesetzen Zügel ziehend und mit der Reitpeitsche auf sie einschlagend wieder nach links lenken konnte, doch die junge Stute wurde noch langsamer, schien sozusagen unter ihm zusammenzuschrumpfen und nahm das ungeheure Hindernis (denn es gelang ihm ihr seinen Willen aufzuzwingen), nicht so, wie sie den Fluß übersprungen hatte, sondern praktisch abgebremst sich mit vier Füßen gleichzeitig abstoßend steil in die Luft steigend und so hart wieder auftreffend daß de Reixach beinahe überm Hals zusammensackte ihr jedoch gleichzeitig einen heftigen Schlag mit der Reitpeitsche versetzte, so daß sie wieder aufsprang, nun zwei Meter hinter den beiden anderen Pferden die ihr gefolgt waren bevor sie den Bullfinch erreicht hatte, Corinne und Iglésia konnten den mit der Reitpeitsche bewaffneten Arm unablässig auf sie einschlagen sehen, während es in ihren Ohren von den unwirschen Geräuschen der enttäuschten Menge brauste, und wieder sprangen die vier Pferde, nahmen die letzte Hecke, de Reixach nun dem dritten Pferd auf den Fersen, dann hatten sie nichts anderes mehr vor sich als den unermeßlichen üppigen grünen Teppich auf dem sie (Jockeis und Pferde) winzig und lächerlich wie fehl am Platze wirkten, sich wie wild bewegend, in falschem Galopp, langsam vor- und zurückwippend, ruckend, rührend, grotesk, die vier Pferde am Ende ihrer Kräfte, mit hohlem Kreuz, die vier Reiter mit Gesichtern wie von Fischen auf dem Trockenen, mit weit offenen nach Luft japsenden Mündern, nun halb erstickt, die Schreie der Menge die sie wie eine feste, dichte Masse umgaben, durch die voranzukommen sie vergebens versucht hätten (der Eindruck daß sie nicht vom Fleck kamen noch verstärkt durch die Wirkung des die Perspektive plattdrückenden Feldstechers) wie durch eine unsichtbare feindselige Schicht Leidenschaft so dicht wie Wasser – oder Leere –, dann verstummte erstarb der Schrei, und als Iglésia seinen Feldstecher sinken ließ, merkte er daß sie nicht mehr da war, entdeckte das aggressive rote Kleid schon weit unter sich am Fuße der Tribüne und stürzte mehrere Stufen auf einmal überspringend die Treppe hinunter, rannte hinter ihr her, erreichte sie, die ohne stehenzubleiben den Kopf herumdrehte (wobei Iglésia sehr schnell dachte: »Wohin geht sie nur, was hat sie vor?«), ihn anschaute, ungefähr so als wäre er eine Fliege oder Luft, und ihn dann nicht mehr anschaute, und er: »Er ist immerhin Zweiter geworden, er hat es immerhin geschafft, die beiden wieder abzuhängen ...«, und da sie nicht antwortete, ihn gar nicht zu hören schien während er auf seinen kurzen Beinen immer noch neben ihr hertrottete, sagte er: »Sie war am Ende sehr stark, haben Sie gesehen, sie ...«, und sie immer weitergehend: »Zweiter! Großartig. Bravo. Zweiter! Wo er doch mit zehn Längen hätte siegen müssen. Finden Sie daß es ...«, dann plötzlich innehaltend, sich ihm mit einer so brüsken, so unvermuteten Bewegung zuwendend daß er beinahe mit ihr zusammengestoßen wäre, nun schreiend (obgleich sie die Stimme nicht erhob, aber, so sagte er, es war viel schlimmer als wenn sie lauthals losgebrüllt hätte): »Haben Sie auf Platz oder Sieg gesetzt, sagen Sie es mir? Haben Sie überhaupt auf sie gesetzt?«, dann noch ehe er den Mund öffnen konnte, immer noch schreiend, in der kaum hörbaren Stimmlage die schlimmer als die schlimmsten Ausbrüche war: »Nein, ich will sie gar nicht sehen! Ich habe Ihnen gesagt, daß ich nicht einmal von Ihnen verlangen würde sie mir zu zeigen, daß Sie das Geld wenn Sie wollten für sich behalten könnten ... Als Trinkgeld, als ...«, und in dem Moment habe er mit einer Art Bestürzung gemerkt daß sie weinte, »Vielleicht nur aus Wut«, erzählte er später, »vielleicht nur aus Ärger, vielleicht aus einem anderen Grund. Kann man das je wissen bei den Weibsbildern? Jedenfalls weinte sie, sie konnte die Tränen nicht zurückhalten. Inmitten all der Leute...«, und er erzählte, daß sie sich dort gegenüberstanden, regungslos, inmitten der langsam zurückströmenden Menge, wobei sie immer wieder sagte Nein ich will es nicht nein hören Sie nein ich will nicht ich will sie nicht sehen ich will nur daß Sie es mir sagen nur um Sie es sagen zu hören ich... dann sagte sie: »Mein Gott, Oh mein Gott, Sie haben es tatsächlich getan, Sie... Sie haben...«, betroffen die Handvoll Wettscheine betrachtend die er ohne Hast aus seiner Tasche holte und ihr reichte, wobei sie sich davor hütete sie zu nehmen, als ob es Feuer oder etwas Ähnliches wäre und Iglésia einen Moment so stehenblieb, mit ausgestrecktem Arm, und dann, immer noch ohne Hast, sie unverwandt anschauend, seinen Arm zurücknahm, seine beiden Hände zusammenführte und seelenruhig das Bündel Wettscheine zerriß und sie dann nicht wütend auf die Erde warf, sondern sie einfach zwischen sie fallen ließ, zwischen die alten rissig gewordenen Stiefel, die, wie es schien, von allem Wichsen dünn wie Zigarettenpapier geworden waren, und die zarten, aprikosenfarbenen Füße mit den blutroten Nägeln und den unglaublichen Schuhen die wie ein Witz aussahen, als habe irgendein verrückter Modeschöpfer gewettet, daß es ihm gelänge, einer Frau (das heißt immerhin einem menschlichen Wesen, einem Sohlengänger) auf etwas (denn man konnte wirklich nicht sagen in etwas) Halt zu verleihen und sie auf etwas gehen zu lassen das so wenig zum Gehen gemacht war wie die Fußstützen von Akrobaten: eine Herausforderung nicht nur der Kräfte des Gleichgewichts, des Menschenverstands, sondern auch der einfachsten ökonomischen Gesetze, eine Ware deren Wert im umgekehrten Verhältnis zu dem verarbeiteten Material stand, als sei es die Regel bei diesem Spiel gewesen, eine Mindestmenge Leder zu einem Höchstpreis zu verkaufen, und...

Und Blum: »Weil du sagen willst, daß du auf Sieg gesetzt hattest? Du lieber Himmel! Daß du all dieses Geld rückhaltlos auf den Sieg eines Mannes gesetzt hattest der . . .«

Und Iglésia stets mit der gleichen sanften, bedächtigen, eigensinnigen Stimme: »Nicht auf ihn. Auf sie. Auf die Fuchsstute . . . Und außerdem ritt er gar nicht so schlecht. Er war nur zu nervös, und sie hat es gespürt. Die Zossen sind merkwürdige Viecher. Sie raten was los ist. Wenn er nicht so nervös gewesen wäre hätte er gesiegt ohne daß er es nötig gehabt hätte seinen Stock auch nur einmal zu benützen.«

Und Blum: »Und darum hat sie danach nur noch dich haben wollen? Dunnerlittchen. Du siehst doch gar nicht so aus wie ein jugendlicher Liebhaber!« Und Iglésia der nicht darauf antwortete, nun sorgfältig die letzte Glut austrat und mit Erde bedeckte, wirkte mehr denn je (in seiner burlesken Aufmachung, dem viel zu weiten erdfarbenen, gallefarbenen Mantel aus dem seine winzigen Hände und sein galliges, erdiges Adlergesicht hervorkamen) wie irgendeine Kasperlefigur, und er sagte: »Wenn die Saufritzen merken daß wir hier bruzzeln gibt es wieder Stunk . . . Und morgen beim Ausmarsch müssen wir versuchen bei den ersten zu sein und schnell zupacken wenn wir am Geräteschuppen anhalten, weil die ersten sich immer alle Schüppen schnappen und wenn man dann drankommt sind nur noch Hacken da und man muß sich den ganzen Tag abrackern aber mit einer Schüppe sieht man wie ein Schwerarbeiter aus und braucht doch nur so zu tun als bewegte man sie ohne überhaupt etwas draufzuhaben man braucht sie nur auf und ab zu bewegen wenn man dagegen immer wieder eine Spitzhacke stemmen muß anstatt . . .«

Und Blum: »Und dann . . .« (aber diesmal war Iglésia nicht mehr da: den ganzen Sommer verbrachten sie mit einer Spitzhacke (oder wenn sie Glück hatten, mit einer Schüppe) in der

Hand bei Erdarbeiten, dann, zu Beginn des Herbstes, wurden sie auf einen Bauernhof geschickt um dort Kartoffeln und Rüben auszubuddeln, dann versuchte Georges auszureißen, wurde wieder erwischt (zufällig, nicht von Soldaten oder Gendarmen, die man hinter ihm hergeschickt hätte, sondern – es war ein Sonntagmorgen – in einem Wald in dem er geschlafen hatte, von friedlichen Jägern), und wieder ins Lager zurückgebracht und in eine Zelle gesperrt, und sie blieben beide dort, während der Wintermonate damit beschäftigt Kohlewaggons zu entladen, mit breiten Gabeln in den Händen, sich aufrichtend wenn die Wache sich entfernte, armselige, groteske Silhouetten, mit ihren über die Ohren geklappten Feldmützen, den hochgeschlagenen Mantelkragen, die Rücken zum Regen- oder Schneewind gekehrt und in ihre Finger hauchend wobei sie versuchten sich auf indirektem Wege (nämlich kraft ihrer Imagination, das heißt indem sie alles zusammensuchten und zusammensetzten was sie in ihrem Gedächtnis an Gesehenem, Gehörtem oder Gelesenem finden konnten, um dort – inmitten der nassen, glänzenden Gleise, der schwarzen Waggons, der triefenden schwarzen Kiefern, in dem kalten, blassen sächsischen Wintertag – die leuchtenden, schillernden Bilder mittels der ephemeren, beschwörenden Magie der Sprache, mittels erfundener Worte hervorzuzaubern in der Hoffnung, das genießbar zu machen – wie die leicht gezuckerten Kügelchen in denen Kindern verborgene bittere Medikamente verabreicht werden – was ihre unsägliche Wirklichkeit war) in die eitle, geheimnisvolle, leidenschaftliche Welt zu versetzen, in der sie sich – da sie es körperlich nicht konnten – geistig bewegten: irgend etwas das vielleicht nicht wirklicher war als ein Traum, als über ihre Lippen kommende Worte: Töne, Geräusche, um die Kälte, die Gleise, den bleichen Himmel und die düsteren Kiefern zu bannen:) »Und dann hat er – ich meine de Reixach ... (und Georges: »Reschack«, und Blum: »Was? Ach ja ...«) ... auch diese Fuchsstute reiten, das heißt sie zähmen wollen, wahrscheinlich weil er immer wieder erlebte wie ein vulgärer Jockei mit ihr siegte, und dadurch auf den Gedanken gekommen war daß sie reiten auch sie zähmen sei, da er wahrscheinlich auch dachte daß sie ... (diesmal meine ich die menschliche Fuchsstute, die blonde Frau der er nicht hat beikommen können oder nicht beizukommen wußte und die nur Augen – und wahrscheinlich noch anderes als Augen – für diesen ...) Kurz: womöglich hatte er gedacht, daß er dabei, wenn man so sagen darf, zwei Fliegen mit einer Klappe schlagen würde, und daß wenn es ihm gelänge die eine zu reiten er die andere zähmen würde, oder vice versa, nämlich daß er wenn er eine zähmte die andere auch siegreich reiten würde, das heißt daß er sie auch bis zum Pfahl bringen würde, das heißt daß sein Pfahl sie siegreich dahin bringen würde wohin er sie wahrscheinlich nie hatte bringen können und ihr den Geschmack an oder die Lust auf einen anderen Pfahl austreiben würde (drücke ich mich klar genug aus?) oder wenn du willst die Lust an einem anderen Stecken, das heißt daß wenn es ihm gelänge sich seines Steckens ebenso gut zu bedienen wie dieser Jockei der ...«, und Georges: »Hör doch auf! Hör auf! Willst du etwa so weiterreden bis ...«, und Blum: »Schon gut, entschuldige bitte. Ich dachte es machte dir Spaß: du tust doch nichts anderes als immer dasselbe wiederkäuen, als vermuten, spinnen, Geschichten ersinnen und Märchen wo, ich wette, niemand je etwas anderes gesehen hat als eine vulgäre Bettaffäre zwischen einer Hure und zwei Narren, und wenn ich sage ...«, und Georges: »Eine Hure und zwei Narren, und wir hier sehen beinahe so aus wie Leichen, und sind beinahe genauso von allem entblößt wie Leichen, und vielleicht sind wir morgen wirklich Leichen wenn nur eine der Läuse die uns jucken Typhus mit sich herumschleppt oder wenn es einem General einfällt diesen Bahnhof bombardieren zu lassen, und was könnte ich denn, was können wir denn machen was könnte ich anderes machen als ...«, und Blum: »Schön, sehr schön, das hast du schön gesagt. Bravo. Reden wir also weiter. Also er – ich spreche immer noch von de Reixach – hat ...«, und Georges: »Reschack: x wie sch und ch wie ck. Mein Gott, wie lange weißt du das schon ...«, und Blum: »Gut, gut: de Reschack. Schön. Wenn du Wert darauf legst genauso unerträglich zu werden wie Iglésia ...«, und Georges: »Ich habe nicht ...«, und Blum: »Du trugst doch nicht seine Livree? Du warst doch nicht in seinem Dienst? Er hat dich doch nie dafür bezahlt die Leute zur Rede zu stellen die seinen Namen verschandelten? Es sei denn daß du dich auch verletzt, beleidigt fühlst? Daß du aus Ehrfurcht vor euren gemeinsamen Erzeugern, vor dem Andenken an den anderen Hahnrei der ...«, und Georges: »Hahnrei?«, und Blum: »... der sich theatralisch eine Revolverkugel durch ...«, und Georges »Nicht Revolver: Pistole. Man hatte den Revolver damals noch nicht erfunden. Aber Hahnrei? ...«, und Blum: »Gut: eine Pistolenkugel. Was dem Theatralischen, dem Pittoresken der Inszenierung übrigens keinen Abbruch tut: denn du hattest doch gesagt er habe für diese Gelegenheit eigens einen Maler kommen lassen? Damit er es für den Gebrauch seiner Nachkommenschaft verewige, und es vor allem deiner Frau Mutter als Gesprächsstoff diene wenn sie Besuch empf ...«, und Georges: »einen Maler? Welchen Maler? Ich habe dir doch gesagt daß das einzige Porträt das von ihm existiert zu einer Zeit entstanden ist als er noch lange nicht daran dachte sich ...«, und Blum: »Ich weiß. Und vervollkommnet, mit Blut befleckt wurde es erst viel später durch die Zeit, den Verfall, die Verwitterung, als ob die Kugel die seinen Kopf durchdrungen hatte und deren

Spur du während deiner ganzen Kindheit an den Wänden suchtest später das gemalte und ewig heitere Gesicht getroffen hätte, ich weiß: und dann war da auch die Gravüre...«, und Georges: »Aber...«, und Blum: »...die die Szene darstellte und die du genauso deutest wie deine Mutter nämlich im Sinne der Version die eurem Familienstolz am meisten schmeichelt, wahrscheinlich kraft jenes Gesetzes welches will daß die Geschichte...«, und Georges (es sei denn daß es immer noch Blum war der sich nun blödelnd selbst unterbrach, oder aber daß er (Georges) gar nicht unterm kalten sächsischen Regen mit einem kleinen kränklichen Juden im Gespräch war – oder mit dem Schatten eines kleinen Juden der bald nur noch eine Leiche sein würde – noch eine Leiche – eines kleinen Juden – sondern mit sich selbst sprach, das heißt mit seinem Double, ganz allein im grauen Regen, zwischen den Schienen, den Kohlewaggons, oder vielleicht Jahre später, immer noch allein (obgleich er nun neben einem warmen Frauenleib lag, immer noch unter vier Augen mit seinem Double, oder mit Blum, oder mit niemandem): »Da haben wir's: Geschichte. Ich dachte schon eine Weile daß es kommen müßte. Ich wartete auf dieses Wort. Es kommt selten vor daß es nicht früher oder später auftaucht. Wie die Vorsehung in der Predigt eines Dominikanerpaters. Wie die Unbefleckte Empfängnis: eine funkelnde erhebende seit jeher einfachen Herzen und Freigeistern vorbehaltene Vision, das gute Gewissen des Denunzianten und des Philosophen, die unverwüstliche Fabel – oder Farce – dank der der Henker eine Barmherzige-Schwester-Berufung in sich zu spüren glaubt und das Opfer die fröhliche, spitzbübische, pfadfinderhafte Freude der ersten Christen; Folterer und Märtyrer miteinander versöhnt, gemeinsam einer weinerlichen Wollust frönend die man den *vacuum-cleaner* oder vielmehr den Müllschlucker der Intelligenz nennen könnte der pausenlos den riesigen Haufen Unrat erhöht, diese öffentliche Schuttabladestelle, wo deutlich sichtbar neben den Eichenlaubkäppis und Handschellen der Polizei die Hausröcke Pfeifen und Pantoffeln unserer Denker zu finden sind, auf dessen Gipfel jedoch der *gorillus sapiens* nichtsdestoweniger eines Tages eine Höhe zu erreichen hofft die seiner Seele verbietet ihm zu folgen, so daß er endlich in den Genuß eines garantiert unvergänglichen Glücks kommen wird, dank der Massenproduktion von Eisschränken, Automobilen und Radios. Aber rede nur weiter: schließlich ist es nicht verboten sich vorzustellen daß die Luft die den mit gutem gärendem deutschen Bier gefüllten Därmen dieses Wachtpostens entweicht in dem allgemeinen Konzert ein Mozart-Menuett ertönen läßt . . .«, und Blum (oder Georges): »Bist du fertig?«, und Georges (oder Blum): »Ich könnte weiterreden«, und Blum (oder Georges): »Also rede weiter«, und Georges (oder Blum): »Aber ich muß auch meinen Beitrag leisten, mich beteiligen, den Haufen erhöhen, ein paar von diesen Briketts hinzufügen . . .«, und Blum: »Gut. Also dieses Gesetz demzufolge die Geschichte . . .«, und Georges: »Au!«, und Blum: ». . . die Geschichte (oder wenn du willst: die Dummheit, der Mut, der Stolz, das Leid) nur einen widerrechtlich beschlagnahmten entkeimten und endlich genießbaren Rückstand hinterläßt, zur Verwendung in amtlich zugelassenen Schulbüchern und in Familien mit Stammbaum . . . Aber was weißt du in Wirklichkeit? Was außer dem Geschwätz einer Frau der es vielleicht mehr darum geht den Ruf eines Angehörigen zu retten als ein Wappen blankzuputzen – was gewöhnlich eine Domestiken wie Iglésia überlassene Arbeit ist – und einem mattgewordenen Namen neuen Glanz zu verleihen und was . . .«, und Georges »Oh! Glaubst du etwa dieser Berg Kohle würde sich von selbst in Marsch setzen wenn man nicht wenigstens so tut als täte man so als hülfe man ihm dabei damit das Bündel mozartischer Gedärme das da drüben beginnt uns schief anzusehen nicht auf die Idee kommt uns ...«, und Blum: »... so daß dieser pathetische und würdevolle Selbstmord sehr wohl etwas sein könnte das ... Ja: ich tu's ja schon, ich tu's ja schon!« (die schwächliche blödelnde Silhouette rührte sich, bemühte sich, bückte sich von kurzen Erschütterungen geschüttelt bis es ihr gelungen war die Gabel mit vier oder fünf feuchten Briketts zu beladen, dann beschrieb die Gabel einen schnellen Kreisbogen, die Briketts blieben einen Moment schwerelos, sich langsam um sich selbst drehend, in der Luft und fielen dann mit dumpfem Gepolter auf den Kastenboden des Lastwagens, dann stand die Gabel wieder senkrecht, mit den Zinken nach unten und Blum hatte oben auf dem Stiel beide Hände übereinandergelegt und sein Kinn darauf gestützt so daß sich als er wieder sprach nicht sein ruhender Unterkiefer sondern sein ganzer Kopf bei jedem Wort in einer Geste sentenziöser Zustimmung ein wenig hob und senkte:) »... Weil du behauptest daß diese halbnackt und nur flüchtig in der halboffenen Tür gesehene Frau, deren Brust und Gesicht durch eine Kerze von unten beleuchtet wird, so daß sie einer jener Mariannen aus Gips in den Schulklassen oder Bürgermeisterämtern gleicht auf denen sich Staub den kein Flederwisch jemals stört in grauen Schichten auf allen Vorsprüngen anhäuft und so das Relief oder vielmehr das Licht und sogar den Gesichtsausdruck umkehrt da sie nämlich, weil die oberen Hälften der Augäpfel schattiert und schwarz aussehen, ihren blinden Blick ewig zum Himmel zu richten scheinen, – du behauptest also diese Frau sei eine Dienstmagd die hinter dem Mann herbeigelaufen sei den du als den durch den Schuß wach gewordenen Diener oder Domestiken bezeichnest und der vielleicht nur der Liebhaber ist, – nicht der Dienstmagd denn das ist sie nicht sondern vielmehr der Frau, der

Gattin, das heißt eurer gemeinsamen Ururgroßmutter, wobei der Mann – der Liebhaber – übrigens vielleicht tatsächlich dem Gesinde angehörte wie du behauptest, wenn sie auf sexuellem Gebiet auch nur ein wenig jene plebejischen zu Pferden passenden Vorlieben teilte, ich meine die gleiche Veranlagung zum Reiten hatte, ich meine die gleiche Tendenz ihre Liebhaber in den Pferdeställen zu suchen...«, und Georges: »Aber...«, und Blum: »Hast du mir übrigens nicht erzählt, daß es als Gegenstück zu dem blutigen Porträt ein in der gleichen Epoche entstandenes Gemälde gibt das sie nicht in einem Jagdkostüm passend zu dem ihres Gatten zeigt, sondern strotzend (das Kleid, die Pose, die Art und Weise dreist den Maler zu mustern der ihre Züge abbildet und später jeden der sie forschend betrachtet) von einer Art Frechheit, Trotz, gezügeltem Ungestüm (umso mehr als sie in der Hand etwas viel Gefährlicheres als eine Waffe, als ein einfaches Jagdgewehr hatte: eine Maske, eines jener zugleich grotesken und erschreckenden, mit einer schwarzen Larve und einer enormen Nase versehenen venezianischen Karnevalsgesichter, die den Leuten das Aussehen monstruöser Vögel verlieh was durch die Umhänge noch verstärkt wurde deren Schöße um sie herumflatterten oder sie, wenn sie sich nicht bewegten, wie zusammengefaltete Flügel umhüllten), wobei aus der Öffnung ihres Mieders etwas Unfühlbares herauskam, eine Art Schaum, die Falten einer feinen komplizierten Spitze die hervorquoll als wäre sie der Duft ihrer Haut, ihrer etwas tiefer in der seidenen Dunkelheit verborgenen Brust, die den geheimnisvollen Hauch der Blüte ihres Leibes ausströmte, die sich...«, und plötzlich sagte er mit veränderter, verstimmter, zwei Töne höher hervorbrechender Stimme: »Also diese Deïaneira...«, und Georges: »Virginie«. Und Blum: »Schöner Name für eine Hure. Also diese virginale Virginie, keuchend und nackt, oder mehr als nackt, das heißt bekleidet – oder vielmehr entkleidet – mit einem jener Hemden die wahrscheinlich nur erfunden wurden um die gefangengehaltenen Hände darunter auf die flüssige Wärme des Leibes gleiten zu lassen, damit sie hinaufrutschen, bis zu den Brüsten hinansteigen und dabei faltig als seidiger Schaum über den Hüften aufwallen und das entblößen, darbieten – wie in den Vitrinen von Luxusgeschäften wo kostbare, feine und sagenhaft teure Dinge in einer Aufwallung von Satin ausgestellt sind – was ein verborgener, geheimer Mund ist –: eine Frau, nicht nur ausgestreckt sondern umgekehrt, umgestülpt im präzisen, mechanischen Sinn des Wortes, das heißt so als hätte ihr Körper eine halbe Umdrehung von jener althergebrachten Haltung aus gemacht in der sie niederhockt um ihre Bedürfnisse zu verrichten – da sie nur über eine Position verfügt um sie alle zu befriedigen, nämlich diese: angezogene Beine, an die Weichen gepreßte Oberschenkel wobei die Knie bis an die schattigen Achselhöhlen reichen – aber nun als ob der Boden umgekippt wäre und sie, so wie sie war, auf den Rücken geworfen hätte, so daß sie nun nicht der Erde sondern dem Himmel wie in Erwartung einer jener sagenhaften Befruchtungen oder irgendeines klingenden Sterntalerregens ihre beiden Hinterbacken zeigte, diese Perlmutter, dies Vlies, diese ewige Wunde die schon fließt bevor sie aufgebrochen ist und sich so schamlos darbietet daß sie auf einen Akt von solcher Präzision und solcher Blöße gefaßt zu sein scheint der wenn er auch nicht chirurgisch ist was beim Gedanken an etwas Durchstoßendes, Eindringendes sich knirschend in das feste Fleisch Senkendes naheliegt, so doch beinahe medizinisch insofern nämlich als er (der Akt an sich, der physische, seines leidenschaftlichen Aspekts entblößte, entledigte Akt) natürlich der Domäne der Physiologie angehört: daher die Fülle und Mannigfaltigkeit jenes zweideutigen Bildmaterials wo das Klistier den Vorwand für zahllose Variationen über das Thema der Einführung eines Objekts bietet das nicht nur hart ist sondern auch etwas auszugießen, mit Gewalt und so als wäre es seine eigene flüssige Verlängerung hinauszuspritzen vermag etwas das ein ungestüm hervorquellender milchiger Strahl ist, ein ...«

Und Georges: »Ach was! ...«

Und Blum: »Und während du damit beschäftigt warst träumerisch an den Wänden die Spur einer wenn nicht ruhmreichen so doch wenigstens ehrenvollen, romantischen Kugel zu suchen, hast du da nie folgendes gesehen: den von der nahe am Bett stehenden Kerze geworfenen buckligen komplizierten hüpfenden Schatten eines muskulösen Rückens auf dessen Lenden sich – gleich den Beinen eines am Mast klammernden Schiffbrüchigen – die milchigen Beine, die Füße mit den aprikosenfarbenen Fersen verknüpfen, anschwellend (der Schatten) zu einem monstruösen Berg, sich bis an die Decke erhebend und durch stürmische Stöße der Schlagwelle hin und herbewegt die unter sich diese Art Tier schüttelt das zwei Köpfe hat, vier Arme, vier Beine und zwei Rümpfe, Bauch an Bauch miteinander verbunden durch das bekannte Organ (oder wenn man will auch unbekannte Organ, denn scheint das Glied des Mannes nicht ins Innere seines eigenen Körpers zu dringen wie es in den Leib der Frau dringt, und sich bis in die Tiefe der Eingeweide durch ein gleichförmiges und symmetrisches Glied zu verlängern?), durch diesen Muskel, diese Ahle, diesen dunkelroten, leuchtenden, gewaltigen Stößer, der zwischen zwei buschigen falben Vliessen auftaucht und verschwindet, und er (de Reixach, oder vielmehr kurz Reixach), der plötzlich hereinkommt ...«

Und Georges: »Ach was!«

Und Blum: »... der unvermutet wieder heimkommt (denn

kannst du mir etwa sagen warum er heimgekommen ist wenn nicht ihretwegen? Weil mir scheint daß man sich selbst sehr wohl an irgendeinem x-beliebigen Ort ins Jenseits befördern kann, wie man Abfall hinterm ersten besten Busch ablädt, weil mich dünkt daß es in solchen Momenten nicht unbedingt notwendig ist über besonderen Komfort zu verfügen ...), der also seine geschlagenen Truppen, das Fußvolk, die Flüchtigen, die wahrscheinlich ebenfalls aus vollem Hals Verrat schrien, der Panik überlassen hatte, dieser Art moralischen Diarrhöe (ist dir aufgefallen daß man sie auch Durchmarsch nennt?) die nicht aufzuhalten, die unvernünftig ist – aber hat nicht alles was man von einem Soldaten verlangt, hat nicht die ganze Abrichtung die er über sich ergehen läßt gerade den Zweck ihn, wie in einen anderen Zustand versetzt, zu Handlungen zu bewegen die in der einen oder anderen Weise vernunftwidrig sind, so daß er fliehend sich wahrscheinlich nur der gleichen Kraft überläßt oder wenn du willst der gleichen Verzweiflung die ihn unter anderen Umständen zu einem Handeln getrieben hat oder treiben wird das seine Vernunft nur verurteilen kann, wie zum Beispiel sich brüllend auf ein ihn beschießendes Maschinengewehr zu stürzen: daher wahrscheinlich die Leichtigkeit mit der sich ein Heer in wenigen Augenblicken in eine davonlaufende wild gewordene Herde verwandelt... Und er ein doppelter Verräter, – zuerst ein Verräter an der Kaste aus der er hervorgegangen war und die er verleugnet, desavouiert hatte, wobei er sich selbst zerstörte, sich sozusagen ein erstes Mal umbrachte, um der schönen Augen (wenn man so sagen darf) einer weinerlichen schweizerischen Moral willen die er nie hätte kennenlernen können wenn sein Vermögen, sein Stand ihm nicht die Möglichkeit dazu gegeben hätte, nämlich die Muße und die Fähigkeit zu lesen, – dann Verräter an der Sache die er zu seiner eigenen gemacht hatte, aber diesmal aus Unfähigkeit, das heißt schuldig (er, der dem Geburtsadel angehörte und dessen Spezialität der Krieg – das heißt, in einem gewissen Sinne, die Selbstvergessenheit, das heißt eine gewisse Gleichgültigkeit oder Wurschtigkeit, das heißt, in einem gewissen Sinne, die innere Leere – war) eine Vermischung – oder Versöhnung – von Mut und Geist angestrebt, diesen unabänderlichen Antagonismus verkannt zu haben, bei dem jeder Handlung eine Überlegung gegenübersteht, so daß ihm jetzt nichts anderes übrigblieb als mitanzusehen oder vielmehr zu vermeiden mitanzusehen (indem er vermutlich so etwas wie eine entsetzliche Übelkeit hinunterwürgte) wie alles überall Reißaus nahm, das ganze Lumpenpack (was sonst, welches andere Wort, da sie nun zuviel davon wußten – oder nicht genug – um als Schuhflicker oder Bäcker weiterleben zu können, und andererseits nicht genug – oder zuviel – um imstande zu sein, sich wie Soldaten zu betragen), das er in seiner Phantasie oder in seinen Träumen schon in jenen höheren Zustand versetzt sah den man, wie er glaubte, durch die unverdauliche Lektüre von fünfundzwanzig Bänden erreichen konnte . . .«, und Georges: »Dreiundzwanzig«, und Blum: »Fünfundzwanzig von einem Buchhändler in Den Haag als Exportware gedruckte Schinken, in Kalbsleder gebunden und versehen mit dem Wappen . . . Du sagtest doch drei Enten ohne Köpfe? . . .«, und Georges: »Tauben, nicht Enten . . .«, und Blum: »Also drei symbolisch enthauptete Tauben . . .«, und Georges: »Ach was!«, und Blum: ». . . den heraldischen Zeichen die gewissermaßen das prophetische Wappenschild seiner Familie darstellten: weil er glatt vergessen hatte sich seiner Grütze zu bedienen, wenn er überhaupt jemals welche in seinem liebenswürdigen Vollblüterschädel gehabt hat . . .«, und Georges: »Tjaa. Leider ist da dieser Kohlenhaufen, dieser historische Kohlenhaufen . . .«, und

Blum plötzlich von einer wilden Arbeitswut gepackt, hüpfte in den schwarzen Pfützen herum, fuchtelte mit den Armen und sagte: »Gut, gut: tun auch wir etwas für die Geschichte, schreiben auch wir unsere tägliche kleine Seite Geschichte! Immerhin nehme ich an daß es neben dem Abschaufeln eines Kohlenbergs nichts Entehrenderes oder Stumpfsinnigeres gibt als gratis für den König von Preußen zu sterben, geben wir also dem brandenburgischen Mozart was ihm gebührt...«, schwang die Gabel mehrere Male hurtig hin und her und ließ die Briketts elegant durch die Luft segeln insgesamt dreieinhalb von denen zwei neben den Lastwagen fielen, machte dann außer Atem Pause und sagte: »Ich war ja noch nicht fertig! Ich habe dir noch nicht alles erzählt. Wo war ich stehengeblieben, ach ja, also: er kam unvermutet heim, er verließ seine in die Flucht geschlagenen Schuhflicker, gab seine Illusionen, seine idyllischen Träume auf, um bei dem Zuflucht zu suchen, was ihm noch blieb – wie er wenigstens glaubte – das heißt bei dem was er noch als eine Gewißheit betrachten konnte: vielleicht nicht das Herz (denn wahrscheinlich hatte er trotz allem schließlich etwas von seiner Naivität verloren) aber jedenfalls der Leib, der warme greifbare Körper dieser Agnès... (denn sagtest du nicht sie sei zwanzig Jahre jünger gewesen als er so daß...«, und Georges: »Ach was. Du wirfst alles durcheinander. Du verwechselst ihn mit...« und Blum: »... seinem Urenkel. Das stimmt. Aber ich meine daß man es sich nichtsdestoweniger vorstellen kann: damals verheiratete man dreizehnjährige Mädchen mit Greisen, und wenn sie auch auf diesen beiden Porträts beinahe gleichaltrig aussehen so liegt es wahrscheinlich nur daran daß die Kunst des Malers (das heißt seine Lebenskunst, das heißt seine Kunst zu schmeicheln) die Gattin ein wenig verjüngt hat. Nein, ich irre mich nicht, ich meine wirklich sie, ich meine daß er das, was von ihrer wirklichen Erfahrung in puncto Verlogenheit und Doppelzüngigkeit worin sie ihm wohl tausend Jahre voraus war, durchschien, abschwächte, milderte.) ... Also dieser philantropische, jakobinische, kriegerische Arnolphe der es endgültig aufgab das Menschengeschlecht zu vervollkommnen (was wahrscheinlich erklärt, daß sein ferner Nachfahre sich eingedenk dieser Erinnerung wohlweislich ausschließlich der Veredelung der Pferderasse widmete), legte mit verhängtem Zügel die zweihundert Kilometer zurück, die ihn von ihr trennten ...«, und Georges: »Dreihundert«, und Blum: »Dreihundert Kilometer, was in den Maßen der damaligen Zeit ungefähr achtzig Meilen waren, was, wenn man ein Pferd zuschanden ritt, mindestens vier Tagen entsprach (sagen wir lieber fünf), der dann also endlich am fünften Tage spät in der Nacht lendenlahm und mit Schlamm bedeckt ankam ...«, und Georges: »Nicht mit Schlamm: mit Staub. Es ist eine Gegend in der es fast nie regnet«, und Blum: »Herrgottsakra! Was gibt es denn da?«, und Georges: »Wind. Wenn das überhaupt der richtige Ausdruck dafür ist. Weil es dem Wind beinahe so ähnlich ist wie eine Kanone der Knallpropfenpistole. Aber was willst du eigentlich ...«, und Blum: »Alles staubig also, so als hätte er auf sich einen ungreifbaren, ihm anhaftenden Trümmerstaub mitgebracht, die pulverisierten Reste seiner enttäuschten Hoffnungen: vorzeitig weiß geworden durch die Asche des Scheiterhaufens da er wahrscheinlich, während vier Tagen und fünf Nächten, auf den Wegen der Niederlage, meditiert und alles was er angebetet hatte an sich hatte vorüberziehen lassen und verbrannt hatte und nun nichts anderes mehr anbetete als jene die er brennend gerne wiedersehen wollte, und dies: in der nächtlichen Stille, Geräusche, ein Stampfen von Hufen, denn sicherlich war er nicht allein, hatte auch er jemand bei sich, hatte auch er sich von einem treuen Diener begleiten lassen, wie der andere zum Striegeln der Pferde und Stiefelputzen den treuen Jockei oder vielmehr Hengst mit in den Krieg genommen hatte der die untreue Agnès gebürstet, oder vielmehr die Junge, wie man sagt, zum Blühen gebracht hatte . . .«, und Georges: »Herrgottsakra! . . .«, und Blum: »Sowas kann man sich doch vorstellen: das wirre Trappeln von Hufeisen auf dem Pflaster des Hofs, die erschöpften schnaubenden Pferde, die bläuliche Nacht – oder vielleicht die beginnende Dämmerung – die vom herbeigelaufenen Pförtner gehaltene Laterne die die prallen Muskeln der roten dampfenden Pferdebrüste hervorhebt, und die fliegenden Mäntel während sie absitzen, und er der dem Jockei die Zügel zuwirft, einen kurzen Befehl gibt, oder nicht einmal, keine Befehle, nicht einmal ein Geräusch von Stimmen, nur seine Schritte, das Klirren der Sporen, während er schnell der Freitreppe zustrebt, sie hinaufeilt; das alles hörte sie, plötzlich erwachend, noch im sanften Schlaf nach erschlaffter Sinnenlust aber schon nachdenklich – vielleicht nicht ihr Geist da sie noch halb schlief, noch schwankte, sondern etwas in ihr, das weder der Schlaf noch die Wollust abstumpfen konnte, und das nicht zu warten brauchte bis sie hellwach war um sich schnellstens und unausbleiblich in Betrieb zu setzen: der Instinkt, die Verschlagenheit, die man nicht gelernt zu haben braucht, so daß während der Kopf und sogar das Gehirn noch abwesend, im Schlaf waren, der Körper wie von der Tarantel gestochen auffuhr (das Laken wegstoßend, wobei die einen Moment sichtbaren sich strampelnd befreienden Beine kurz zwischen den flinken Schenkeln den Schatten, die Flamme – aber hattest du mir nicht etwas von üppigem blondem Haar erzählt? also: – diesen Honig, dies goldene Vlies sehen ließen, das schon wieder verschwunden war als sie sich setzte, herumschwenkte, wobei das aufgeschürzte Hemd nun den Fluß der aneinandergelegten parallelen Beine enthüllte, den perlmutterglänzenden Streifen, die rosigen Füße die tappend nach den Pantoffeln suchten) ohne daß er aufhörte (der Körper) dabei zu denken, zu kalkulieren, zu organisieren, zu kombinieren, und das alles blitzschnell, indes er das Geräusch der Stiefel verfolgte die in großen Sätzen die Treppe hinaufhasteten, den Flur durchschritten, dann ein Zimmer, und sich näherten (die Beine waren nun verschwunden, das Hemd hinabgesunken), und sie – die virginale Agnès – stand nun da, schob den Liebhaber – den Kutscher, den Stallknecht, den entgeisterten Grobian – an den Schultern auf das unausbleibliche und providentielle Geheimgemach oder Käfterchen der Schwänke und Dramen zu, das immer zur rechten Zeit da ist wie die geheimnisvollen als Scherzartikel bekannten Dosen mit Sprungdeckel die im nächsten Moment ebensowohl ein schallendes Gelächter wie einen Schauer des Entsetzens auslösen können da der Schwank nichts anderes als ein unausgereiftes Drama und das Drama eine Posse ohne Humor ist, derweil ihre Hände (immer noch der Körper, die Muskeln, nicht das Gehirn das sich gerade erst mühsam aus dem klebrigen Nebel des Schlafs befreit, so daß die Hände allein sehen) im Vorbeigehen die hier und da verstreuten männlichen Kleidungsstücke auflesen, die sie zusammengeknäuelt ebenfalls ins Käfterchen werfen, während das Geräusch der Stiefel verstummt ist, die sich nun (die Stiefel, oder vielmehr das Fehlen, das plötzliche beunruhigende Ausbleiben des Geräuschs) unmittelbar hinter der Tür befinden, während die Klinke herauf- und herunterbewegt und dann mit der Faust geklopft wird, und sie ruft: »Ich komme!«, das Käfterchen schließt, ihm den Rücken kehrt, auf die Tür zugeht, noch eine Weste entdeckt oder einen Männerschuh, ihn aufhebt, wieder zur Tür hin ruft: »Ich komme!« während sie zum Käfterchen zurückrennt, es öffnet, wild und ohne Rücksicht hineinpfeffert was sie gerade aufgehoben hat und die Türfüllung nun unter den rammenden Stößen der Schulter erzittert (die Tür die du unter dem wütenden Ansturm eines Mannes zersplittern hörtest – aber es war nicht der Diener!), dann sie, dastehend, kindlich, unschuldig, entwaffnend, sich die Augen reibend, lächelnd, ihm die Arme entgegenstreckend, ihm erklärend daß sie sich aus Angst vor Dieben einschließt während sie sich an ihn drängt, ihn umschlingt, ihn umhüllt, wobei das Hemd zufällig über ihre Schultern gleitet und ihre Brüste entblößt deren zarte wunde Spitzen sie an ihn drückt, an dem staubigen Waffenrock reibt den sie schon mit ihren fiebrigen Händen aufzuhaken beginnt, wobei sie Mund an Mund mit ihm spricht um zu verhindern daß er ihre unter den Küssen eines anderen angeschwollenen Lippen sieht, und er, der dasteht, in dieser Verwirrung des Geistes, in dieser Verworrenheit, dieser Verzweiflung: geschlagen, verwirrt, fassungslos, entrechtet und vielleicht schon entfremdet, und vielleicht schon halb zerstört... Ist es etwa nicht so?«, und Georges: »Nein!«, und Blum: »Nein? Was weißt du davon?«, und Georges: »Nein!«, und Blum: »Er, der die Fabel der beiden Tauben in der Wirklichkeit spielen wollte, nur daß er der Tauber war, das heißt, daß er, mit seinem gebrochenen Flügel und seinen Hirngespinsten zum Taubenschlag zurückgekehrt, merkte daß er sich hatte übertölpeln lassen, und nicht nur weil er die unheilvolle Idee gehabt hatte, als Gentlemanfarmer, in dem verbotenen Viertel zu huren, in den sumpfigen Suhlen des Geistes, sondern obendrein den Einfall, sein kleines Puttchen oder vielmehr sein kleines geliebtes Täubchen zurückzulassen, das die Zeit ausgenützt hatte um zu huren, und zwar auf die natürlichste Weise, das heißt wie es seit dem Anfang der Welt gemacht wird, wobei sie nicht blasse Träumereien als Partner hatte sondern einen Burschen mit einem kräftigen Kreuz, und als es ihm bewußt wurde war es zu spät; er sah sich wahrscheinlich da, ganz nackt – wahrscheinlich war es ihr gelungen ihn zu entkleiden indem sie diese Art Stumpfsinn, diese Lähmung ausnützte – mit dieser zwanzigjährigen girrenden sich an ihm reibenden Taube, und er (vielleicht bemerkte er in dem Moment das wollüstige Durcheinander des Betts, oder er vernahm ein Geräusch, oder es war der Instinkt) stieß sie von sich und ging mit festen Schritten – obgleich sie sich nun an ihn klammerte, ihn anflehte, leugnete, sich bemühte ihn zurückzuhalten, aber wahrscheinlich wären dazu mehrere nötig gewesen als sie allein, wahrscheinlich hätte er mehrere wie sie hinter sich herschleppen können, er, der schon seit vier Tagen den schweren, verwesenden, stinkenden Kadaver seiner Enttäuschungen mit sich herumschleppte – bis zum Käfterchen, öffnete die Tür und bekam dann mitten in die Birne den aus nächster Nähe abgefeuerten Pistolenschuß, so daß das barmherzige Schicksal ihm wenigstens eins ersparte, nämlich zu erfahren was da in dem Käfterchen steckte, diese zweite und tiefste Ungnade zu erleben, da der Scherzartikel, die Dose mit Sprungdeckel, zur rechten Zeit funktionierte und der Knallfrosch seine Schuldigkeit tat, nämlich dieser peinlichen unerträglichen Spannung ein Ende bereitete indem er die glückliche Lösung herbeiführte, die heilsame Abhilfe durch eine, wenn man so sagen darf, Enthirnung schaffte ...«

Und Georges: »Nein!«

Und Blum: »Nein? Nein? Nein? Woher weißt du das eigentlich? Woher weißt du, daß sie ihn nicht dort hinlegten, ihm nicht die noch rauchende Pistole in die Hand drückten, während der wenigen Minuten über die sie verfügten bevor die anderen Domestiken herbeigelaufen kamen, ohne daß sie sich die Mühe gab (die Eile, die Überstürzung, jede Sekunde zählte, und sie, nun hellwach, handelte wohlüberlegt und unterstützt von dem unfehlbaren Instinkt der einer Frau gestattet mit einem einzigen Blick zu sehen ob alles für die Ankunft der Gäste bereit ist wobei sie geistesgegenwärtig genug war um den Stallknecht auf den Flur zu stellen und ihm zu befehlen, gegen die schon geborstene Türfüllung anzurennen sobald er das Kommen der anderen hören würde), ohne daß sie sich also die Mühe gab (wozu sie übrigens keine Zeit hatte) zu versuchen ihm die staubige Uniform wieder anzuziehen die sie ihm kurz vorher ausgezogen hatte weil sie hoffte . . .«

Und Georges: »Nein.«

Und Blum: »Hast du nicht selbst gesagt sie hätten ihn splitternackt gefunden? Wie ist es sonst zu erklären? Es sei denn daß es die Auswirkung seiner naturalistischen Überzeugungen war? Daß es die Folge der erschütternden Lektüre gewisser Genfer Schriften war? War er nicht auch – ich meine den melomanen, überströmenden schweizerischen Philosophen dessen gesammelte Werke er auswendig gelernt hatte – war der nicht auch ein wenig exhibitionistisch? War er es nicht der seinen Hintern mit Vorliebe jungen Mädch . . .« und Georges: »Hör auf! Herrgottsakra, hör auf, hör auf! Wie du einem auf die Nerven gehen kannst! Hör doch mal auf, damit wir . . .«, dann versagte seine Stimme (oder vielleicht versagte sein Gehör) während er nun, ohne sie zu erkennen, das heißt ohne sie als Blums Gesicht zu identifizieren, nur die Maske des Elends, des Leids, der äußersten Entblößung betrachtete, die Maske mit den abgezehrten Zügen, das abgespannte ausgehungerte Gesicht das wie ein tragisches Dementi der munteren blödelnden Stimme wirkte, wobei er wieder einmal das Gefühl hatte, es selbst erlebt zu haben: diese langsame einsame Agonie, die Nachtstunden, die Stille (vielleicht in dem alten schlafenden Herrenhaus nur das dumpfe Echo eines im Stall stampfenden Pferds, und vielleicht auch der schwarze, seidige Wind, der sich unruhig herumirrend bei sporadischen Böen im Hof verfing), und Reixach, der dastand, im Dekor einer galanten Gravüre, sich die Kleider auszog, sie sich vom Leibe riß, sie wegwarf, sie verwarf, dieses ehrgeizige auffällige Kostüm das nun wahrscheinlich für ihn zum Symbol von etwas geworden war an das er geglaubt hatte und dessen Sinn er jetzt nicht mehr sah (der blaue Reitrock mit hohem Kragen und goldbestickten Revers, der Zweispitz mit den Straußenfedern: elender grotesker nun am Boden liegender Plunder, schäbiges Grabmal von dem was (nicht die Macht noch die Ehren noch der Ruhm sondern die idyllischen schattigen Landschaften, das idyllische rührselige Reich der Vernunft und Tugend) seine Lektüren ihm verheißen hatten); und etwas in seinem Innern das sich vollends zersetzte, geschüttelt von einer Art entsetzlichen Diarrhöe die ihn brutal seines Inhalts, wie seines eigenen Bluts, entleerte, und das nicht etwas Seelisches war, wie Blum sagte, sondern sozusagen etwas Geistiges, nämlich nicht nur keine Frage, keinen Zweifel mehr sondern überhaupt nichts Fragliches, nichts Zweifelhaftes mehr, und er (Georges) sagte laut: »Aber auch der General hat sich umgebracht: nicht nur er, der auf jener Straße einen ehrbaren getarnten Selbstmord suchte und fand, sondern auch der andere in seiner Villa, seinem Garten mit den geharkten Kiesalleen ... Erinnerst du dich noch an die Besichtigung, an den Appell, an das aufgeweichte Feld, an den Wintermorgen in den Ardennen, und er – es war das einzige Mal daß wir ihn sahen – mit seinem kleinen Jockeikopf, wie ein kleiner, zusammengeschrumpfter, runzeliger Bratapfel, mit seinen kurzen Jockeibeinen in den glänzenden winzigen Stiefeln die gelassen in den Matsch hineinpatschten als er unsere Front abschritt ohne uns anzuschauen: kleiner Greis oder vielmehr kleiner Fötus den man just, wunderbar erhalten, unverwüstlich, hüpfend, hurtig und zackig, aus seinem Alkoholgefäß genommen hätte, damit er in aller Eile an den angetretenen Schwadronen vorbeiginge, dabei die Gruppe von Offizieren mit ihren Rangabzeichen und Handschuhen, das Stichblatt des Degens im Armknick, hinter sich herziehend, die auf der schwammigen Weide hinter ihm herhastend außer Atem kamen während er ohne sich umzudrehen weiterraste und sich wahrscheinlich mit dem Veterinär – dem einzigen mit dem er sich in ein Gespräch eingelassen hätte – über das Befinden der Pferde und über die verflixte Fleischsohlengeschwulst unterhielt, welche die Tiere dem Boden – oder Klima – dieses Landes verdankten); und der als er dann erfuhr, das heißt sich darüber klar wurde, es endlich begriff daß seine Kavalleriebrigade nicht mehr existierte, und zwar nicht aufgerieben, vernichtet worden war wie es den Gesetzen des Krieges – oder wenigstens dem was er für solche Gesetze hielt – entsprochen hätte: regelrecht, kunstgerecht, wie zum Beispiel beim Sturm auf eine uneinnehmbare Stellung, oder aber durch Artilleriefeuer, oder sogar – das hätte er vielleicht allenfalls auch noch hingenommen – von einem feindlichen Angriff überschwemmt: sondern die sozusagen aufgesogen, weggespült, aufgelöst, verschluckt, von der Generalstabskarte gewischt worden war ohne daß er wußte wo oder wie oder wann: nur die Meldefahrer die einer nach dem anderen wiederkamen ohne an der Stelle – dem Dorf, dem Wäldchen, dem Hügel, der Brücke – wo sich eine Schwadron oder eine Kampfgruppe befinden sollte das geringste von ihr gesehen zu haben was überdies allem Anschein nach nicht das Ergebnis einer Panik, einer Flucht, eines wilden Davonlaufens war – eines Mißgeschicks das er vielleicht auch noch hingenommen, jedenfalls als etwas anerkannt hätte das zu den unheilvollen aber immerhin normalen Möglichkeiten gehörte, zu dem »Schon-mal-dagewesenen«, den unausbleiblichen Zufällen jeder Schlacht denen man mit ebenfalls bekannten Mitteln abhelfen kann wie zum Beispiel durch Sperren der Feldgendarmerie an den Kreuzungen und ein paar summarische Erschießungen –, es war also kein wildes Davonlaufen gewesen, da der Befehl den der Meldefahrer bei sich hatte und übergeben sollte stets ein Rückzugsbefehl war und der Ort an dem sich die Einheit für die er bestimmt war befinden sollte selbst eine Rückzugsstellung war die jedoch anscheinend nie jemand erreicht hatte, so daß die Meldefahrer sich weiter vorwagten, das heißt in Richtung auf die vorherige Rückzugsstellung, ohne weder rechts noch links am Weg je etwas anderes als die unentwirrbare, monotone, rätselhafte Spur der Katastrophe zu sehen, das heißt nicht einmal mehr ausgebrannte Lastwagen oder Karren, oder Männer, oder Kinder, oder Soldaten, oder Frauen, oder tote Pferde, sondern nur Trümmer, so etwas wie einen riesigen sich über Kilometer erstreckenden öffentlichen Schuttabladeplatz, von dem nicht der traditionelle, heroische Beinhausgeruch ausging, der Geruch verwesender Leichen, sondern nur ein Müllgeruch, der einfach stank so wie ein Haufen von alten Konservenbüchsen, Gemüseabfällen und verbrannten Lappen stinken kann, und nicht erschütternder oder tragischer als ein Müllhaufen, und vielleicht nur noch für Schrott- oder Lumpenhändler zum Ausschlachten zu gebrauchen, und nicht mehr, bis sie (die Meldefahrer) immer weiter vordringend an einer Straßenbiegung eine Feuergarbe abkriegten so daß noch ein Toter mehr im Straßengraben lag, indes das umgekippte Motorrad weiter ins Leere knatterte oder zu brennen begann, so daß noch eine verkohlte schwarze Leiche mehr auf einem jener Fahrgestelle aus verbogenem verrostetem Eisen weiterraste (hast du gemerkt wie schnell das alles geht, diese Art Beschleunigung des Zeitablaufs, diese außergewöhnliche Geschwindigkeit mit der der Krieg Phänomene – Rost, Verschmutzungen, Trümmer, die

Korrosion von Körpern – erzeugt, die in normalen Zeiten Monate oder Jahre brauchen um zutagezutreten?) ähnlich wie ein paar makabre Karikaturen von Motorradfahrern die immerzu über ihre Lenkstangen gebeugt ungeheuer schnell weiterrasen und so verwesen (wobei sie unter sich im grünen Gras einen dreckigen pechbraunen Fleck – Öl, Schmiere, verschmortes Fleisch – ausbreiten der aus einer klebrigen dunklen Flüssigkeit besteht), ungeheuer schnell –, da die Meldefahrer also einer nach dem andern ohne etwas gefunden zu haben zurückkamen, und dann nicht einmal mehr zurückkamen, war seine Brigade weg, wie verflüchtigt, von der Bildfläche verschwunden, ausradiert, ausgewischt ohne etwas zu hinterlassen es sei denn ein paar stumpfsinnige, herumirrende, in den Wäldern verborgene oder betrunkene Typen, und schließlich blieb mir gerade noch ein Minimum an Bewußtsein, als ich vor dem kleinen Kegel Genever saß den ich nun nicht einmal mehr zu leeren vermochte während ich auf der Bank unter meinem eigenen Gewicht zerschmettert mit dem eigensinnigen Bewußtsein Betrunkener versuchte mich zu erheben und zu gehen, da ich mir klar darüber wurde daß sie (Iglésia und der alte Kerl bei dem wir zuerst eingebrochen waren, den wir dann beinahe umgebracht hätten und der sich schließlich erboten hatte uns nach Einbruch der Nacht durch die Linien zu bringen) alle genauso besoffen waren wie ich, wobei ich ohne mich entmutigen zu lassen von neuem begann den Oberkörper nach vorn zu beugen damit sein Gewicht mich mitrisse, mir hülfe von dieser Bank aufzustehen auf der ich wie festgenagelt war, während meine Hände sich gleichzeitig bemühten den Tisch zurückzuschieben und mir im selben Moment klar wurde daß diese verschiedenen Bewegungen im Stadium der Anwandlungen blieben und daß ich immer noch völlig regungslos dasaß, da nämlich eine Art gespenstisches durchsichtiges Double meiner selbst ohne die geringste Wirkung unablässig die gleichen Gesten wiederholte: Vorbeugen der Brust gleichzeitige Anstrengung der Oberschenkel und Strekkung der Arme, bis es merkte daß nichts erfolgte und sich dann wieder zurücklehnte und von neuem mit meinem immer noch sitzenden Körper verschmolz den es noch einmal mitzureißen versuchte jedoch abermals ohne Erfolg so daß ich mich bemühte in meinem Kopf Ordnung zu schaffen da ich dachte daß ich nach erfolgreicher Bestimmung und Einstufung meiner Wahrnehmungen auch imstande sein würde meine Bewegungen mit Erfolg zu ordnen und zu steuern und dann nacheinander:

zunächst die Tür die ich als erstes erreichen und dann durchschreiten mußte, die Tür, die ich in dem Spiegel über der Theke sah einem jener rechteckigen Spiegel wie man sie beim Frisör sehen kann oder vielmehr in denen man sich beim Frisör sehen kann mit oben abgerundeten Ecken bei denen der Rahmen am Rande der Spiegelfläche nach einem geringen Zwischenraum mit einem schmalen flachen Streifen beginnt auf den dann eine Perlenreihe folgt und der dann anschwillt nicht weiß lackiert wie in den Frisörsalons sondern kastanienbraun gebeizt, feine fadenförmige Reliefs wie Wurmnudeln zieren das Schnitzwerk wie Astragali Asterisken ausgehend von palmettenartigen Zentralmotiven mitten auf jeder Seite und da der Spiegel geneigt war waren die Senkrechten die sich darin spiegelten ebenfalls geneigt, angefangen ganz vorne unten mit der Reihe von Flaschen die auf der Etagere unmittelbar unterm Spiegel nebeneinander standen dann der grobe nicht gewachste Holzfußboden der in einem Winkel von ungefähr zwanzig Grad anzusteigen schien, grau im Schatten, gelb in dem sonnigen Rechteck das sich von der Schwelle der zur Straße offenen Tür schräg ins Innere erstreckte, die beiden senkrechten

Türpfosten ebenfalls geneigt als ob die Wand vornüberkippte die Türschwelle aus einer Steinplatte dann das Trottoir dann die langen rechteckigen Steine die das Trottoir säumten dann die ersten Pflasterreihen der Straße der ich den Rücken kehrte

und wegen der Trunkenheit war es wahrscheinlich unmöglich sich visuell einer anderen Sache bewußt zu werden als dieser: dieses Spiegels und dessen was sich darin spiegelte woran mein Blick sich klammerte sozusagen wie ein Trunkener sich an einen Laternenpfahl klammert als an den einzigen festen Punkt in einem undeutlichen unsichtbaren farblosen Universum aus dem nur Stimmen zu mir drangen wahrscheinlich die der Frau (der Wirtin) und der zwei oder drei unbestimmten Typen die dort waren, und auf einmal sagte einer von ihnen Die Front ist zusammengebrochen, aber ich hörte nur Der Hund ist zusammengebrochen und konnte den zusammengebrochenen krepierten Hund sogar im selben Moment den Fluß hinabtreiben sehen mit weiß-rosa aufgeblähtem Bauch und an der Haut klebendem Haar wie eine schon stinkende Ratte

dann das Sonnenrechteck auf dem Fußboden das verschwand dann wieder erschien dann wieder verschwand aber nicht ganz: diesmal konnte ich dank des Spiegels im Türrahmen den unteren Rand des Rocks der Frau ihre beiden Waden und die in Pantoffeln stehenden Füße sehen das Ganze geneigt als ob sie in ihrer ganzen Länge hintenüberfiele

ihre Stimme drang nun von draußen wieder ins Innere der Kneipe über ihre Schulter hinweg da sie wahrscheinlich mit halb herumgedrehtem Kopf sprach so daß ich sie wenn der Spiegel hoch genug gewesen wäre im Profil gesehen hätte; auf diese Weise konnte sie im Auge behalten was sie gerade gesehen hatte und gleichzeitig drinnen verstanden werden als sie sagte Da kommen ja Soldaten und es gelang mir diesmal mich zu erheben wobei ich mich am Tisch festhielt und eines der kegelförmigen Gläser umkippen über den Tisch rollen hörte wo es wahrscheinlich einen Kreis um seinen Fuß beschrieb bis es den Tischrand erreichte und herunterfiel da ich es in dem Moment zersplittern hörte als ich hinter der Frau angekommen war und über ihre Schulter blickend den grauen Wagen verschwinden sah mit seiner sonderbaren Karosserie wie eine Art Sarg nur aus schrägen Seiten und vier Rücken und vier runde Helme und ich Oh je das sind ja . . . Oh je sehen Sie denn nicht . . .

und sie Von Uniformen verstehe ich soviel wie gar nichts

und ich Oh je

und sie Ich bin schon heute morgen, als ich Milch holte, einem von ihnen begegnet, er sprach französisch es war sicher ein Offizier denn er saß in einem Beiwagen und studierte eine Karte, er fragte mich nach dem Weg ich sagte zu ihm Ja Sie sind richtig Erst nachher fiel mir auf daß er sehr merkwürdig aussah

dann durchquerte ich wieder die Kneipe, rüttelte Iglésia der mit auf dem Tisch gespreizten Ellbogen und mit der Wange auf dem Arm schlief und rief Wach auf mein Gott wach doch auf wir müssen weg von hier mein Gott komm wir hauen ab

die Frau die immer noch auf der Schwelle stand sagte einen Moment später Nanu da kommen noch mehr

diesmal war ich sofort hinter ihr und schaute nach der Seite nach der sie schaute das heißt nicht in die Richtung in der das Auto verschwunden war sondern in die entgegengesetzte so daß die beiden heranrollenden Radfahrer das Auto zu verfolgen schienen aber sie trugen Khaki

eine Sekunde lang glaubte ich Soldaten beider Armeen zu sehen die einander verfolgten indem sie rund um den Wohnblock kreisten wie in der Oper oder in Lustfilmen rennende

Leute bei parodistischen burlesken Verfolgungen der Liebhaber der Gatte mit einem Revolver in der Hand das Hotelzimmermädchen die Ehebrecherin der Kammerdiener der Konditorlehrling die Polizisten dann wieder der Liebhaber in Unterhosen mit Sockenhaltern der mit kerzengeradem Oberkörper angelegten Ellbogen und hoch angezogenen Knien Reißaus nimmt der Gatte mit dem Revolver die Frau im Schlüpfer in schwarzen Seidenstrümpfen Korselett und so weiter in der Sonne alles drehte sich ich übersah den Bordstein und wäre beinahe kopfüber und längelang hingeknallt aber ich machte noch ein paar große Schritte mit fast waagerechtem Oberkörper an der äußersten Grenze des Gleichgewichts über meinem Schatten schwebend und fing mich dann an seiner Lenkstange

das Gesicht des anderen unterm Helm, fett rot unrasiert und schweißtriefend wütend seine wütenden angsterfüllten Augen sein wütender Mund der schrie Was soll das Was soll Hau ab Laß mich los, dann sah ich den kleinen Lastwagen einen notdürftig getarnten hastig mit gelber kastanienbrauner und grüner Farbe bekleckste Lieferwagen der sich in der Kurve zur Seite neigte und sich dann wieder aufrichtete ich winkte mit beiden Armen mitten auf der Straße stehend

ich sah an seinen Kragenspiegeln daß er Pionier war er mußte dem Reservestamm angehören mit Wege- oder Brükkenbau beauftragt sein er sah wie ein Beamter aus und trug eine Nickelbrille, er kam sobald er ausgestiegen war auf mich zu aufgeregt überreizt schon schreiend nicht auf mich hörend und ebenfalls wiederholend Was wollen Sie Was wollen Sie eigentlich, ich versuchte es ihm zu erklären aber er war viel zu aufgeregt überreizt warf unablässig kurze Blicke über seine Schulter in die Richtung aus der sie kamen hielt seinen Revolver zuerst auf mich gerichtet vergaß ihn dann bewegte ihn gestikulierend hin und her und hielt mich dabei an einem

Knopf meiner Jacke fest, der Jacke des Arbeitsanzugs den der Mann mir gegeben hatte und er schrie Was ist das für eine Aufmachung, wieder versuchte ich es ihm zu erklären aber er hörte nicht blickte immer wieder aufgeregt zurück um die Straßenbiegung zu beobachten, ich nahm mein Soldbuch und meine Erkennungsmarke heraus die ich bei mir behalten hatte aber er blickte doch nur über seine Schulter zurück dann sagte ich Da, auf die Stelle zeigend wo das kleine graue Auto verschwunden war, und er Was? und ich Sie sind gerade vorbeigefahren vor fünf Minuten Vier in einem kleinen Auto, und er schrie Und wenn ich Sie erschießen ließe? ich versuchte von neuem es ihm zu erklären aber er ließ mich los kehrte rückwärts zum Lieferwagen zurück, wobei er immer wieder hastig in die Richtung schaute aus der sie kamen (ich blickte auch dahin beinahe darauf gefaßt dort den kleinen grauen sargförmigen Wagen wiederauftauchen zu sehen der während all der Zeit sicher bald die Runde um den Wohnblock beendet haben mußte) dann stieg er wieder ein mit dem Rücken zuerst setzte sich packte die heruntergelassene Scheibe klappte den Wagenschlag zu und hielt nun den Revolverlauf auf mich gerichtet sein hageres graues schwitzendes Gesicht mit den kurzsichtigen Augen hinter den Brillengläsern beugte sich heraus und blickte wieder nach hinten der Lieferwagen fuhr los

ich lief hinterher: es waren etwa zehn die da unterm Verdeck auf den beiden Seitenbänken saßen, ich klammerte mich an die hintere Klappe rannte versuchte hinaufzuspringen aber sie stießen mich zurück auch sie sahen betrunken aus es gelang mir ein Bein über die Klappe zu schwingen einer von ihnen versuchte mir einen Schlag mit dem Gewehrkolben zu versetzen aber er war wahrscheinlich zu blau die eiserne Kolbenplatte schlug neben meine Hand da ließ ich alles los und hatte gerade noch Zeit einen von ihnen zu sehen der mit zurückgeworfenem Kopf gierig aus einer Flasche trank dann ein Auge zukniff mich anpeilte und mit der Flasche nach mir warf aber sie waren schon zu weit weg und die Flasche fiel mindestens einen Meter vor mir auf den Boden und zersplitterte es war noch Wein drin gewesen so daß sich ein dunkler vielarmiger Fleck auf dem Pflaster bildete wo verstreute grünschwarze Glassplitter glänzten dann hörte ich einen Schuß aber nicht einmal das Vorbeizischen der Kugel, da sie so blau waren und in ihrem kleinen Lastwagen immer hin- und hergeschleudert wurden war es kein Wunder, dann verschwand der Wagen

es war ihm gelungen wachzuwerden und er stand nun an der Tür der Kneipe vor der Frau seine großen kugeligen Augen schauten mich ärgerlich an, ich schrie Wir müssen abhauen Wir müssen unsere Plünnen wieder ausziehen Er wollte mich erschießen lassen einer von den Burschen hat mit seiner Knarre auf mich geschossen

aber er rührte sich nicht schaute mich immer noch mit derselben mißbilligenden vorwurfsvollen mürrischen Miene an dann hob er den Arm in Richtung der Kneipe hinter ihm und sagte Er hat versprochen uns heute abend eine Ente zu braten

und ich Eine Ente?

und er Er macht uns etwas zu Essen Er hat gesagt daß

dann hörte ich nicht mehr auf ihn, ich ging querfeldein stieg wieder den Hügel hinauf die Sonne brannte so ausdauernd so eindringlich wie an nicht endenden Spätnachmittagen endloser langer Frühlingstage wenn sie zu lange scheint nicht aufhört immer noch hoch am Himmel zu stehen, als ob sie gerade in dem Moment da sie untergehen wollte zum Stillstand gebracht von irgendeinem Josua angehalten worden wäre sie mußte vergessen haben unterzugehen es mußten mindestens zwei oder drei Tage vergangen sein seitdem sie aufgegangen war wobei sie zunächst den Himmel den Flieder ganz sachte rosenrot gefärbt hatte die blumenfingrige Eos aber ich hatte den Moment nicht bemerkt in dem sie aufgetaucht war nur meinen langgestreckten durchsichtigen Vierfüßlerschatten auf dem Weg wo nur noch jene regungslosen Haufen lagen wie alte Lappen und Wacks blödes umgekehrtes Gesicht das mich anstarrte nun schien sie die unbeweglich am weißen Himmel stand mir mitten in die Augen

als ich mich umdrehte sah ich daß er mir folgte; er hatte sich also endlich doch entschlossen, er war noch unten am Hügel hatte kaum die letzten Häuser hinter sich und stieg die Wiese hinan ein wenig taumelnd einmal stolperte fiel er stand aber wieder auf dann machte ich halt und erwartete ihn bei mir angekommen stolperte er noch einmal über seine eigenen Beine und fiel wieder hin blieb diesmal eine Weile auf allen Vieren und übergab sich stand dann sich mit dem Ärmel den Mund wischend wieder auf und setzte sich erneut in Marsch.

Vielleicht hatte der General sich in dem gleichen Moment umgebracht? Und doch hatte er einen Wagen, einen Fahrer und Benzin. Er brauchte nur seinen Helm aufzusetzen, seine Handschuhe anzuziehen und hinauszugehen, die Freitreppe jener Villa hinab (ich nehme an daß es eine Villa war: es ist gewöhnlich der Ort wo man den Gefechtsstand eines Brigadegenerals einrichtet, da die Schlösser seit altersher den Divisionsstäben und höheren Kommandos vorbehalten sind und die Bauernhöfe einfachen Obersten): eine Villa, wahrscheinlich mit einem blühenden Pflaumenbaum auf dem Rasen, einem weiß gestrichenen Tor, einem Kiesweg der in einem Bogen zwischen Aukubenhecken mit gefleckten Blättern zum Haus führt, und einem bürgerlichen Salon mit dem unvermeidlichen Strauß Stechpalmzweige oder präparierter gefärbter Federn – silberner oder herbstroter – auf der Kaminecke oder auf dem

Flügel, und der Vase die zurückgeschoben war um für die ausgebreiteten Karten Platz zu schaffen, und von der aus (der Villa) acht Tage lang Befehle und Weisungen ausgegangen waren beinahe ebenso nützliche wie jene die zur gleichen Zeit von den Strategen einer Provinzkneipe beim Kommentieren des täglichen Armeeberichts erteilt wurden: er brauchte also nur die Freitreppe hinabzuschreiten, sich ruhig in seinen mit Stander versehenen Wagen zu setzen und ohne anzuhalten immer geradeaus bis zum Hauptquartier seiner Division oder seines Armeekorps zu fahren und dort lange genug zu antichambrieren, um ein neues Kommando zu bekommen, wie alle anderen. Stattdessen hat er – als seine Offiziere schon im zweiten Wagen Platz genommen hatten, die Motoren schon liefen, die Motorräder der drei oder vier Meldefahrer laut knatterten und das Auto mit dem Stander mit offenem Schlag wartete – sich eine Kugel durch den Kopf geschossen. Und beim Motorenlärm hatte man es gar nicht gehört. Und vielleicht war es nicht einmal die Schande, das plötzliche Offenbarwerden seiner Unfähigkeit (vielleicht war er trotz allem gar nicht so dumm – wie soll man es wissen? – vielleicht darf man wirklich annehmen daß seine Befehle nicht stumpfsinnig sondern richtig und bestimmt, ja sogar genial waren – aber noch einmal: wie soll man es wissen da keiner je die Truppe erreichte?): noch etwas anderes wahrscheinlich: eine Art Leere, ein Loch. Ohne Boden. Absolut. Wo nichts mehr irgendeinen Sinn, eine Daseinsberechtigung hatte – warum hätte er sonst seine Kleider ausgezogen und nackt dagestanden, unempfindlich für die Kälte, wahrscheinlich erschreckend ruhig, erschreckend scharfsinnig, wobei er die Kleidungsstücke sorgfältig auf einen Stuhl legte (sie mit einer Art Ekel und unendlichen Vorkehrungen anfaßte, sie wie Abfälle oder Sprengstoffe behandelte) den Reitrock, die Reithose, und die Stiefel davorstellte, und das

Ganze mit dem Hut krönte, mit dieser extravaganten Kopfbedeckung die einem Feuerwerksbukett glich, so als kleideten sie von Kopf bis Fuß irgendeine imaginäre nicht existierende Person, die er mit dem gleichen harten, eisigen, furchterregenden Blick betrachtete wobei er immerzu bibberte, kaltblütig, dann zurücktrat um die Wirkung zu beurteilen, und schließlich womöglich den Stuhl mit einer ungeschickten Handbewegung umstieß, da dieser auf der Gravüre auf dem Boden lag und die Kleider . . .«

Und Blum: »Die Gravüre? Es gibt also doch eine! Du hattest mir gesagt daß . . .«

Und Georges: »Ach was. Es gibt keine. Wie kommst du nur darauf?« Ebensowenig wie es – jedenfalls hatte er nie so etwas gesehen – ein Bild gab das diese Schlacht, diese Niederlage, diese wilde Flucht darstellte, wahrscheinlich weil die besiegten Nationen die Erinnerungen an Katastrophen nicht gerne verewigen; von diesem Krieg gab es nur eine Malerei die den Rathaussaal zierte und die nur die siegreiche Phase des Feldzugs illustrierte: aber zu diesem Sieg war es erst ein Jahr später gekommen, und noch ungefähr hundert Jahre später war mit seiner Darstellung ein akademischer Maler beauftragt worden, der an die Spitze zerlumpter Soldaten die wie Filmstatisten aussahen eine allegorische Figur gestellt hatte, eine Frau in einem weißen Kleid das eine ihrer Brüste freiließ, mit einer phrygischen Mütze auf dem Kopf, einen Degen schwingend und mit weit offenem Mund im gelben Licht eines sonnigen Tages inmitten von Fahnen ruhmreichen bläulichen Rauchs, und umgeworfenen Schanzkörben und ganz vorne das verkrampfte blöde Gesicht eines perspektivisch dargestellten Toten, der auf dem Rücken, ein Bein halb angezogen, beide Arme wie zu einem Kreuz ausgebreitet mit dem Kopf nach unten lag und mit seinen Glotzaugen in dem zu einer ewigen Grimasse verzerrten Gesicht die aufeinanderfolgenden Generationen von Wählern anstarrte wie sie den Reden der aufeinanderfolgenden Generationen von Politikern lauschten denen dieser Sieg das Recht verliehen hatte auf dem mit der Trikolore drapierten Podium zu reden – so wie er die Wähler berechtigt hatte sie reden zu hören.

»Aber es hatte mit der Niederlage begonnen, sagte Georges, und die Spanier hatten ihnen in der Schlacht in der Reixach kommandierte die Jacke vollgehauen, so daß sie auf allen Straßen die von den Pyrenäen hinunterführten Rückzugsgefechte liefern mußten, wobei anzunehmen ist daß es sich um kümmerliche Wege handelte... Aber die Straßen oder Wege es ist immer das gleiche: sie sind gesäumt mit Toten, krepierten Pferden, ausgebrannten Wagen und zurückgelassenen Kanonen...« (Es war ein Sonntag diesmal und sie saßen beide, er und Blum, beim Versuch sich in der bleichen sächsischen Sonne zu wärmen, immer noch in ihre grotesken Mäntel polnischer oder tschechischer Soldaten gehüllt, mit den Rücken an der Bretterwand ihrer Baracke wobei sie abwechselnd an der gleichen hin- und hergereichten Zigarette zogen und beide den Rauch so lange wie möglich tief in ihren Lungen behielten und ihn um sich möglichst lange von ihm durchdringen zu lassen langsam durch die Nasenlöcher entweichen ließen, während sie gleichgültig auf ihren Körpern das Gewimmel des Ungeziefers fühlten mit dem sie bedeckt waren, Dutzende winziger gräulicher Läuse von denen sie eines Tages mit Schrekken die erste entdeckten und die folgenden anschließend verzweifelt jagten und die zu knacken sie schließlich aufgegeben hatten, da sie sie nun mit einem Gefühl fortdauernden Ekels, fortdauernder Ohnmacht und fortdauernden Verkommens über ihre Haut laufen ließen, derweil die Stimmausbrüche der sich streitenden Mitgefangenen aus Oran durch das offene

Fenster zu ihnen drangen, und Georges zog ein letztes Mal soviel er konnte aus dem letzten halben Zentimeter Kippe die ihm die Fingerkuppen versengte und warf sie weg oder vielmehr schnippte sie (da nun nicht mehr genug übrig war um sie anzufassen) mit dem Zeigefinger von seinen Lippen und stand auf, vertrat sich die Beine, mit dem Rücken zur Sonne, legte seine gekrümmten Arme auf die Fensterbank und das Kinn auf seine Unterarme und betrachtete sie die um den speckigen Tisch herum saßen, mit den speckigen Karten in ihren Händen, mit ihren unempfindlichen harten Gesichtern gespannter unversöhnlicher Spieler die von der kalten ausdauernden aufmerksamen Leidenschaft gepackt waren die sie in einer Art Käfig isolierte in dessen Innern sie sich gehalten hätten, geschützt in der gewalttätigen harten Welt (wie ein Schwimmer vor dem Regen geschützt ist) unter dieser Glocke, in einer individuellen Aura des Risikos und der Gewalt die sie in ähnlicher Weise verbreiteten wie die Sepien ihre Tinte verspritzen: der Chef des Spiels, sozusagen der Croupier dieser Spielhölle in der gewonnen und verloren wurde in der von einem Augenblick zum andern Vermögen elender Lagermark von einer Hand in die andere wechselten (und für jene die keine Mark mehr hatten kostbarer Tabak, und für jene die keinen Tabak mehr hatten Brotrationen, die des nächsten Tages, und manchmal die des übernächsten Tages – und so gab es einen aus Bône (einen Italiener) der spielte und vier Tagesrationen verlor, und vom nächsten Tag an lieferte er prompt jeden Abend beim Bankier sein Stück Graubrot und seine Kohlemargarine ab, und kein Wort zwischen ihnen, nur stumme Zustimmung, eine unmerkliche Kopfbewegung dessen der das Brot nahm, es zu seiner eigenen Ration legte als sähe er den anderen gar nicht, und am dritten Tag brach der Italiener ohnmächtig zusammen, und als er wieder sehen und verstehen konnte nahm der Bankier – immer noch ohne ihn anzuschauen – die gerade verteilte Brot- und Margarineration hielt sie ihm hin und sagte: »Willst du sie?«, und der Italiener: »Nein«, und, immer noch ohne einen Blick, steckte der andere Brot und Margarine wieder in seinen Brotbeutel, und am nächsten Tag lieferte er (der Verlierer) die Rationen abermals ab (es war das vierte und letzte Mal, und im Laufe des Tages, bei der Arbeit, war er noch einmal in Ohnmacht gefallen), und der andere schaute ihn ebensowenig an wie die vorangegangenen Male, nahm die Ration und steckte sie ohne ein Wort zu sagen in seinen Brotbeutel, und einer von ihnen der die Szene miterlebte sagte so etwas wie »Schweinehund«, und er (der Bankier) rührte sich nicht, aß weiter, mit kaltem, totem Blick, der einen Moment auf dem Gesicht dessen der gerade gesprochen hatte ruhte, ausdruckslos, eiskalt, und sich dann abwandte, mit immer noch kauenden Kiefern, während zwei oder drei Mann dem taumelnden Italiener halfen seine Pritsche zu erreichen), der Chef des Spiels also, der Croupier – oder Bankier – ein Malteser (oder Valencianer, oder Sizilianer: eine Mischung, einer jener Bastarde, eines jener synthetischen Geschöpfe der Häfen, der verrufenen Viertel und der Inseln dieses Meeres, dieses alten mare, dieses Maars, dieser antiken Matrix, dieses Ursprungsbeckens allen Handels, allen Geistes und aller List) mit einem Raubvogelkopf, kleinen erloschenen Reptilienaugen, einem mageren, hageren, finsteren Gesicht ohne Ausdruck und ohne Alter und natürlich wie die anderen mit irgendwelchen militärischen Klamotten bekleidet bei dem man sich jedoch fragte was er hier zu suchen hatte (das heißt in diesem Krieg, das heißt in einer Armee, das heißt warum man ihn angemustert, eingezogen hatte, diese Type mit einer Visage (und wahrscheinlich auch einem Strafregister) wie dieser (oder diesem) und der offensichtlich zu nichts anderem imstande war als bei der ersten Gelegenheit den Verwaltungsoffizier oder -unteroffizier des Bataillons oder Regiments von hinten zu erschießen und mit der Kasse durchzubrennen – es sei denn daß er naturalisiert zu den Fahnen gerufen, mit einer Uniform bekleidet und als Ausrüstung statt eines Gewehrs – was immerhin gewissenlos gewesen wäre – ein Soldbuch bekommen hätte und zwar in der alleinigen und einzigen Voraussicht dieser Eventualität – da alles gebraucht wird um eine Armee aufzustellen –, dieser zukünftig zu spielenden Rolle eines Spielhöllendirektors in einer Gefangenenbaracke); und ihm gegenüber ein friedlicher, majestätischer, fetter Jude (nicht feist: nur fett, erhaben, und wahrscheinlich der einzige Gefangene des ganzen Lagers – wie nur? denn während der ersten beiden Monate hatte er wie alle anderen nicht das kleinste Paket empfangen – der solange er da war kein Quentchen Fett verloren hatte), der eine Art Zuhälter in Algier gewesen war und bei dem die lächerliche kriegerische Aufmachung, der lächerliche gelbe Soldatenmantel und die unförmige Feldmütze wie ein goldener Umhang und eine goldene Tiara aussahen, und der immer auf einem Thron zu sitzen schien, königlich, biblisch und unerschütterlich umgeben von einem Hofstaat kleiner blutleerer Gaffer die sich darum stritten, ihm die Zigaretten anzünden zu dürfen und die er nicht einmal zu sehen schien, obgleich er imstande war sein kaum berührtes Kochgeschirr zu nehmen – Georges hatte es gesehen – und es dem Allermagersten unter ihnen zu reichen wobei er nur sagte: »Da! Ich hab' keinen Hunger!«, das Abwehren des anderen unterbrach und »Iß!« sagte, in dem Ton in dem man einen Befehl gibt, ein Kommando erteilt, und mehr nicht, er drehte sich eine Zigarette, steckte sie an – oder ließ sie sich von einem der larvenhaften Wesen anstecken – und blieb still, ernst und plump da sitzen, vielleicht nur etwas blaß, langsam den Rauch einsaugend während um ihn herum die anderen hastig die ekelhafte Suppe mit dem säuerlichen Nachgeschmack löffelten die er sich nicht einmal vom Munde abzusparen schien, er der, ebensowenig wie er magerer geworden, auch nie von jemandem bei der geringsten Arbeit gesehen worden war, der die Schüppe die man ihm in die Hände drückte bis zum Arbeitsplatz hinter sich herschleifte und dort angekommen vor sich aufpflanzte und die acht Stunden mit verschränkten Armen darauf gestützt verbrachte, wobei er rauchte (denn ebenso wie es schien daß er aufgrund eines restlichen königlichen Vorrechts Essen entbehren konnte, hatte er wahrscheinlich auch kraft des gleichen Vorrechts immer etwas zu rauchen) oder nicht einmal geringschätzig den Gefangenen zuschaute, die sich um ihn herum betätigten, und zwar ohne daß ihm je vom Posten oder Vorarbeiter Vorwürfe gemacht wurden, und am Jom Kippur ließ er, der nie in seinem Leben einen Fuß in eine Synagoge gesetzt hatte, der nie den Sabbat geheiligt hatte und wahrscheinlich gar nicht wußte was der Sabbat war, geschweige denn die Thora, und der nicht einmal lesen konnte (das wußte Georges, denn er – sei es daß er diese Schwäche vor einem der kleinen Strolche die um ihn herumlungerten nicht eingestehen wollte oder daß er in dieser Sache lieber bei Fremden Zuflucht nahm – er bat ausgerechnet Blum oder ihn (Georges) die Briefe zu schreiben die er an seine Mutter diktierte (nicht seine Frauen: seine Mutter) und ihm die Antworten vorzulesen), am Versöhnungstage also ließ er sich mitten in einem Lande in dem man die Juden zu Hunderttausenden ermordete und verbrannte krank schreiben um nicht zu arbeiten, und er verbrachte den ganzen Tag nicht nur ohne das geringste zu tun, glattrasiert, ohne zu essen oder ein Streichholz anzurühren, sondern war außerdem noch stark genug um seine Artgenossen (die Angehörigen jenes Volkes in dem er früher König hätte sein können – und noch König war) zu veranlassen ihm nachzueifern; beide also, der Sizilianer und der geradewegs aus der Bibel gekommene König saßen einander gegenüber, und um sie herum (oder mitten zwischen ihnen, das heißt innerhalb dessen was von ihnen ausging, innerhalb dieses unsichtbaren Käfigs den sie entstehen ließen oder der vielmehr von selbst entstand sobald sie sich hinsetzten und die Karten hervorholten und auf dessen Gitterwänden eine unsichtbare Hand »Privat« geschrieben zu haben schien, wie auf die Türen reservierter Räume in Casinos und Clubs) die vertraute Reihe von Spielerköpfen: Knacker und Gimpel, Zuhälter, oder Ladenschwegel oder Frisörlehrlinge mit keckem Blick die sich dort rupfen ließen, mit fiebrigen, kaltblütigen Gesichtern, mit kaum bebenden Lippen und Händen die sich kaum rührten um jede Karte gerade so weit zu schieben daß die rechte Ecke sichtbar wurde, und nach jedem Stich dieses stille Stöhnen, dieses orgastische Seufzen nicht der Spieler mit ihren immer ausdruckslosen Gesichtern, sondern der Kiebitze, und während einer dieser Pausen wühlte Georges in seiner Tasche und zog schnell zählend sein geringes Vermögen hervor, seinen kleinen Schatz Papierfetzen (den Lohn eines Siegers der irgendwoanders mit gutem Gewissen kleine Kinder tötete und sich genötigt fühlte, nicht etwa aus Ironie oder gar zum Spaß sondern aufgrund eines Prinzips, eines Gesetzes, einer Art angeeigneten oder vielmehr erlernten oder vielmehr aufgepfropften unüberlegten und augenscheinlich unübertretbaren Moral, die durch die Anwendung eine Art geheiligten Charakter bekam (obgleich sie ein paar hundert Jahre vorher noch vollkommen unbekannt gewesen war): derzufolge nämlich jede Arbeit bezahlt werden mußte, wenn auch nur schlecht, aber bezahlt, – den Lohn also den ein Sieger der sie für nichts hätte schuften lassen können, was er übrigens tat, ihnen doch zahlen zu müssen glaubte, gewissermaßen als eine Art abergläubische wenngleich symbolische Huldigung die er einem Prinzip schuldete), nahm etwa zwei Drittel der Scheine, winkte einem der Kiebitze, der aufstand, die Papierlappen an sich nahm, sich dem Sizilianer näherte, mit ihm sprach, wieder zum Fenster kam und zwei Zigaretten brachte die Georges anzündete, der sich dann umdrehte und mit dem Rücken an der Bretterwand hinabrutschte bis sein Hintern die Fersen berührte und dann eine der beiden Zigaretten brennend Blum reichte und Blum sagte: »Bist du wahnsinnig?«, und Georges: »Halt die Klappe. Heut' ist immerhin Sonntag, oder?«, und der sich dann ganz auf den Boden setzte dabei einen endlosen Zug machte bis er den Rauch ganz unten in die Tiefe seiner Lungen dringen fühlte, den Qualm dann so langsam wie möglich wieder ausstieß und sagte:) »Er war also da, auf jener Straße, auf seinem jämmerlichen Rückmarsch, mit seinem Hut, seinem grotesken befiederten Zweispitz, mit seinem Umhang dessen Schoß er nach Art der alten Römer über seine Schulter geworfen hatte, mit seinen dreckigen oder vielmehr staubigen Stiefeln und in seine Gedanken oder wahrscheinlich eher in die nicht vorhandenen Gedanken versunken, unfähig zu denken, sich zu sammeln, zwei zusammenhängende Gedanken miteinander zu verbinden, Auge in Auge mit dem was er womöglich für den Zusammenbruch seiner Träume hielt, ohne zu ahnen, daß es wahrscheinlich das Gegenteil war – es war jedoch ein Glück für ihn daß er nicht lange genug lebte um sich dessen bewußt zu werden –, nämlich daß die Revolutionen in Katastrophen mehr und mehr erstarken um schließlich zu verderben, zu verkommen und in einer Apotheose militärischer Triumphe zusammenzubrechen ...«

Und Blum: »Du redest ja wie ein Buch! ...«

Und Georges blickte auf, schaute ihn einen Moment ratlos,

sprachlos an, zuckte schließlich die Achseln und sagte: »Du hast recht. Entschuldige. Eine Angewohnheit, eine erbliche Belastung. Mein Vater wollte durchaus daß ich das Lehrerseminar absolvierte. Mir sollte unter allen Umständen wenigstens etwas von der wunderbaren Kultur zugute kommen die Jahrhunderte des Denkens uns beschert haben. Er wollte mit aller Gewalt daß sein Kind in den Genuß der unvergleichlichen Vorrechte der westlichen Zivilisation käme. Als Sohn analphabetischer Bauern ist er so stolz darauf lesen gelernt zu haben daß er innerlich davon überzeugt ist es gebe kein Problem, vor allem nicht für die glückliche Entwicklung der Menschheit, das nicht durch die Lektüre guter Autoren zu lösen sei. Er hat es neulich sogar fertiggebracht (und ich versichere dir wenn du meine Mutter kenntest würde dir erst klar welche Leistung sowas darstellt, von welcher Willenskraft sie zeugt, welche Erregung und Erschütterung sie verrät) fünf Zeilen für sich zu reservieren und die langweiligen Lamentationen entsprechend zu verkürzen mit denen sie all die Briefe die wir empfangen dürfen, füllt, all die Briefe mit der zum Glück beschränkten Zahl von Zeilen, um diesem Konzert seine eigenen Lamentationen hinzuzufügen indem er mir seine Verzweiflung über die Nachricht von der Bombardierung Leipzigs und seiner wie es scheint unersetzlichen Bibliothek mitteilte ...« (er hielt inne, schwieg, konnte den Brief sehen ohne ihn aus seiner Brieftasche nehmen zu müssen – den einzigen den er von all den von Sabine geschriebenen Briefen aufbewahrt hatte bei denen sein Vater sich gewöhnlich damit begnügte unter das unausbleibliche »Mit herzlichen Grüßen und Küssen« das winzige Gekritzel zu setzen das nur Georges als »Papa« entziffern konnte –, und sah sie also wieder (noch winziger und, wegen des Platzmangels und des Bestrebens auf kleinstem Raum soviel wie möglich auszudrücken, noch dichter zusammengedrängt) die feine säuberliche Universitätsprofessorenschrift, den unbeholfenen Telegrammstil: »... deiner Mutter überlassen alles Neue zu berichten nur Gutes wie du siehst... sofern etwas gut sein kann heutzutage, wo wir dich dort wissen und unablässig an dich denken und an die Welt, in der der Mensch alles tut, um sich selbst zu zerstören, nicht nur im Fleisch seiner Kinder, sondern auch in dem Besten, was er schaffen, hinterlassen, überliefern konnte: die Geschichte wird später lehren, was die Menschheit neulich bei der Bombardierung der kostbarsten Bibliothek der Welt in wenigen Minuten verlor, das Erbe mehrerer Jahrhunderte, das alles ist unendlich traurig, dein alter Vater«, wobei er ihn vor sich sah wie er dickhäutig, massig, beinahe unförmig im Halbdunkel des Pavillons saß wo sie beide am letzten Abend vor seinem Einrücken weilten als von draußen das bald wütende bald gedämpfte Dröhnen des Traktors hereindrang mit dem der Pächter die große Wiese gemäht hatte, und der durchdringende grüne Duft des geschnittenen Grases in der lauen Abenddämmerung hing, der betäubende Sommerdunst, die dunkle Silhouette des Pächters hoch oben auf dem Traktor, sein an der Krempe schartiger zerfetzter wie eine schwarze Strahlenkrone aussehender Strohhut der sich doppelt in der Brille spiegelte, langsam über die gewölbte glänzende Oberfläche der Gläser vor dem dunklen traurigen Gesicht seines Vaters glitt, und sie beide einander gegenüber, ohne sich etwas sagen zu können, beide eingemauert in jener pathetischen Verständnislosigkeit, jener Unmöglichkeit sich einander zu eröffnen die zwischen ihnen entstanden war und die er (sein Vater) gerade noch einmal zu durchbrechen versucht hatte, und Georges hörte seinen eigenen Mund der immer weiter redete (wahrscheinlich nie aufgehört hatte), hörte seine Stimme zu sich dringen, die sagte:) »... worauf ich ihm gleich geantwortet habe daß wenn der Inhalt der Tausende von Schmökern dieser unersetzlichen Bibliothek eben nicht vermocht hätte Geschehnisse wie die Bombardierung die sie zerstört habe zu verhindern, ich nicht einsähe inwiefern die Vernichtung durch Phosphorbomben dieser Tausende von Schmökern und Papieren die offenbar völlig unnütz gewesen seien einen Verlust für die Menschheit bedeute. Es folgte die ausführliche Aufstellung der sicheren Werte, der sehr notwendigen Dinge die wir hier viel dringender brauchen als den ganzen Bestand der berühmten Leipziger Bibliothek, nämlich: Socken, Unterhosen, Wollzeug, Seife, Zigaretten, Wurst, Schokolade, Zucker, Konserven, Plätz ...«

Und Blum: »Es reicht. Schön. Es reicht. Gut. Kennen wir. Schön. Scheiß was auf die Leipziger Bibliothek. Gut. Meinetwegen. Aber um nochmal auf ihn zurückzukommen, auf das Porträt, den Ruhm und die Schande deiner Familie, er war nicht der erste General oder Missionar oder Kommissar oder was du willst der ...«

Und Georges: »Ja. Wahrscheinlich. Ich weiß wohl. Ja. Vielleicht war es nicht nur die Wirkung dieser Schlacht, einer bloßen Niederlage: nicht nur das was er dort sah, die Panik, die Feigheit, die Fahnenflüchtigen die ihre Waffen wegwarfen, wie immer Verrat schreiend und ihre Offiziere verfluchend um die Panik zu rechtfertigen, und die allmählich immer seltener werdenden, dann vereinzelten Schüsse, ohne Wirkung, ohne Überzeugung, der nach und nach erlahmende, von sich aus in der Schwüle des Spätnachmittags sterbende Kampf. Wir haben es ja selbst gesehen und erlebt: dieses Erlahmen, dieses allmähliche Zumstillstandkommen. Wie das Rad der Jahrmarktslotterie, das rasche Rattern der Metall- oder Fischbeinzunge an dem Kranz funkelnder Nägel, das sich zersetzt, da die Knalle, die ein ununterbrochenes Geknatter erzeugten sich trennen, zerfallen, immer seltener erschallen, diese letzten Stunden in denen der Kampf nur noch kraft der erreichten Geschwindigkeit weiterzugehen scheint, erlahmt, wieder losgeht, erlischt und wieder zu sinnlosen und zusammenhanglosen Ansätzen entbrennt um abermals zusammenzubrechen indes man die Vögel wieder singen hört und einem plötzlich bewußt wird daß sie nie aufgehört haben zu singen, ebensowenig wie der Wind aufgehört hat die Zweige der Bäume zu wiegen oder die Wolken aufgehört haben am Himmel weiterzuwandern, – ein paar Schüsse also noch, ungewöhnliche nun, sinnlose, hier und da im Abendfrieden, ein paar späte Geplänkel zwischen Nachhut und Verfolgern, und wahrscheinlich nicht den eigentlichen spanischen Truppen (das heißt den regulären, königlichen, nämlich höchst wahrscheinlich nicht aus Spaniern sondern aus Söldnern, irischen oder schweizerischen Landsknechten zusammengesetzt und von irgendeinem fürstlichen Knaben befehligt oder von irgendeinem alten General mit mumifiziertem Pharaonenkopf und pergamenthäutigen sommersprossigen Händen, einer wie der andere (der Knabe oder die alte Mumie) mit Gold bedeckt, mit Sternen, mit Orden aus Diamanten, wie Reliquienschreine, wie Madonnen, in ihren makellosen weißen Uniformen mit ihren über der Brust gekreuzten breiten himmelblauen Moiré-Bändern, ihren beringten Fingern, der fürstliche Knabe rittlings auf seinem Rotschimmel oben auf einem Hügel sich daran ergötzend durch ein Fernrohr mit dem er nicht umzugehen versteht in der Ebene die letzten sich zurückziehenden Truppen des Feindes zu suchen, während die alte pergamenthäutige Mumie in ihrer Equipage sitzt und sich in diesem Augenblick schon Gedanken über das Quartier, den Bauernhof, das Abendessen und das Bett macht – und vielleicht über das Mädchen, das seine Offiziere für ihn auftreiben werden), die vielmehr (die vereinzelten Schüsse) von den heimlichen, geheimnisvollen Verbündeten abgefeuert wurden die jede siegreiche Armee von selbst um sich herum, vor sich und hinter sich, entstehen zu lassen scheint, wahrscheinlich Bauern oder Schmuggler oder Straßenräuber der jeweiligen Gegend oder Umgebung, bewaffnet mit alten Plunderbüchsen und zusammengeflickten Pistolen, mit einer Kette aus Medaillen und Votivbildern um den Hals, und etwa mit dem Kopf, dem Maul und den Klauen des ehrenwerten Gentleman kalabrischer oder sizilianischer Abstammung der als Soldat verkleidet den Vorsitz am Pokertisch dort drüben führt und mit Zigaretten handelt, auf der Basis von zwei Stück für den Preis von ungefähr vier Tagen unserer Arbeit, und die (die Bauern und Schmuggler) ein altes schmutziges unter ihrem Hemd hervorgeholtes Kreuz küssen bevor sie aus nächster Nähe hinter einer Korkeiche oder in einem Dickicht versteckt die Ladung ihren alten Plunderbüchse auf einen Verwundeten oder Nachzügler mit einer Art heiligem Zorn, mit frommem, mörderischem Grimm abfeuern und im Moment des Abschusses etwa schreien: »Da, Schweinehund, friß das!«, und er (de Reixach) offenbar taub und blind (für Schüsse, für Vogelgesang, für den Sonnenuntergang), trübsinnig, geistesabwesend, sich ganz seinem Pferd überlassend, mit hängenden Zügeln, der schon einen anderen Zustand erreicht hatte oder sich in einem anderen Stadium befand, auf einer anderen Stufe des Wissens oder der Empfindlichkeit – oder Unempfindlichkeit – und auf einmal ein Kerl – ein barhäuptiger Soldat ohne Kragenspiegel und ohne Waffen – der plötzlich irgendwoher kam (von der Hausecke, von hinter der Hecke, aus dem Graben in dem er hockte) und neben ihm herzulaufen begann und schrie: »Nehmen Sie mich mit, Herr Rittmeister, nehmen Sie mich mit, lassen Sie mich mit Ihnen gehen!«, und er der ihn nicht einmal anschaute, oder vielleicht doch, aber so wie man einen

Stein anschaut, ein Ding, und sofort den Kopf abwandte, nur ein wenig lauter als im Unterhaltungston sagte: »Scheren Sie sich weg«, und der Soldat, der neben des Rittmeisters Stiefel weiterlief – oder vielmehr weitertrottete, und der es wahrscheinlich gar nicht nötig gehabt hätte er hätte nur längere Schritte zu machen brauchen um das gleiche Tempo zu halten wie das Pferd, aber wahrscheinlich entsprach das Laufen bei ihm spontan seinem Wunsch zu fliehen, zu entkommen –, der Soldat der keuchte und psalmodierte: »Nehmen Sie mich mit ich habe mein Regiment verloren nehmen Sie mich mit Herr Rittmeister ich habe kein Regiment mehr nehmen Sie mich mit lassen Sie mich mit Ihnen gehen . . .«, und er der nun nicht einmal mehr antwortete, der ihn wahrscheinlich nicht mehr hörte und nicht mehr sah, wieder woanders, eingemauert in der stolzen Stille in der er vielleicht als Gleicher unter Gleichen mit all den Baronen von toten Vorfahren sprach mit all den Reixachs die . . .«

Und Blum: »Was redest du nur . . .«

Und Georges: »Nein, hör zu: der Kerl hat also aufgehört zu laufen und kam auf uns zu, oder vielmehr er hörte einfach auf zu laufen wie ein kleiner Hund, mit erhobenem Kopf, beinahe in Höhe von de Reixachs Knie, stellte sich mitten auf die Straße, wartete bis wir bei ihm angekommen waren und sagte in dem Moment: »Laßt mich auf das Pferd«, und Iglésia der die Zügel dieses Handpferds hielt antwortete ihm ebensowenig wie de Reixach und schien ihn ebensowenig zu sehen, und da sagte ich: »Du siehst doch daß es keinen Sattel hat, du kannst dich nicht darauf halten wenn wir traben«, doch nun hatte er begonnen neben uns herzulaufen oder vielmehr von neuem zu trotten, da er sich ruckartig hüpfend vorwärtsbewegte wobei sein Kopf hin- und herbaumelte als würde er jedesmal beim nächsten Schritt zusammenbrechen, seine Augen schauten mich an und er wiederholte unablässig im gleichen eintönigen trübsinnigen flehenden Ton: »Laßt mich aufs Pferd laßt mich aufs Pferd he Kameraden laßt mich aufs Pferd«, und schließlich sagte ich: »Los, steig auf wenn du willst!«, und da er jeden Moment zusammenzubrechen drohte, hätte ich wahrhaftig nie geglaubt daß er es fertigbringen würde, aber ich hatte es kaum ausgesprochen, als er sich schon an das Geschirr klammerte um sich wie besessen, mit wütenden Klimmzügen hinaufzuschwingen, und schließlich gelang es ihm, war er oben, richtete er sich auf, und da drehte de Reixach sich um, als hätte er Augen in seinem Rücken, er der nun nicht einmal mehr zu sehen schien was er vor sich hatte, und schrie: »Was fällt Ihnen ein? Ich habe Ihnen gesagt, Sie sollten sich wegscheren! Wer hat Ihnen erlaubt dieses Pferd zu besteigen und mir zu folgen?« und der Kerl begann wieder zu greinen, begann wieder seine Litanei herunterzuleiern: »Lassen Sie mich mit Ihnen reiten Ich habe mein Regiment verloren und man wird mich erwischen lassen Sie mich . . .«, und er: »Sitzen Sie sofort ab und scheren Sie sich weg!«, dann sah ich den Kerl nicht mehr auf dem Pferd: noch schneller als er aufgesessen war hatte er sich nun auf die Erde gleiten lassen und mich umdrehend sah ich ihn wie er armselig, allein und ratlos am Rand der Straße stand und uns nachblickte, und nach einer Weile sagte Iglésia: »Er war ein Spion!«, und ich: »Wer?«, und Iglésia: »Der Kerl. Haste nicht gesehen? Er war ein Fritz«, und ich: »Ein Fritz? Du bist wohl verrückt? Wieso ein Fritz?«, und er zuckte die Achseln ohne mir zu antworten als wäre ich ein Idiot, und immer das rhythmische Klappern der Hufe, und der steife Rücken de Reixachs kerzengrade in seinem Sattel, kaum schwankend, und die Sonne und die Schicht aus Müdigkeit, Schlaf und Schweiß und Staub die mir sozusagen wie eine Maske vor dem Gesicht klebte, mich isolierte, und nach einer

Weile Iglésias Stimme die von jenseits des Films, von weither, von irgendwo im staubigen Sonnenschein, in der dicken Luft herüberdrang und sagte: »Er war ein Fritz das sag ich dir. Er sprach zu gut Französisch. Haste denn nicht seinen Kopf gesehen? Sein Haar? Fuchsig wie er war!«, und ich: »Fuchsig?«, und Iglésia: »Ach du Scheiße, bist du völlig verblödet oder was ist mit dir? Du bist nicht mal imstande . . .«

»Und in dem Moment ging die Maschinenpistole los«, sagte er (da vor ihr stehend, während sie ihn weiter mit dieser Art gelangweilter, geduldiger, höflicher Neugier musterte, und manchmal huschte etwas über ihre Augen (kein Schreck, sondern etwas wie ein heimlich und frech lauerndes Mißtrauen, wie das, was unfaßbar den gleichgültigen Blick der Katzen schärft) etwas Verstohlenes, Spitzes, Blitzendes, und, sobald es erloschen war, wieder das gleichmütige Gesicht, die regelmäßige, heitere, großartige, leere Maske, »Wie die Statuen, dachte er. Vielleicht ist sie nichts anderes, darf man nicht mehr von ihr erwarten als das, was man vom Marmor, vom Stein, von der Bronze erwartet: nur daß sie sich betrachten und berühren läßt, sie braucht sich nur betrachten und berühren zu lassen . . .«, aber er rührte sich nicht, da er dachte: »Sie weinte doch. Er hat doch gesagt, daß sie weinte . . .«), dann glaubte er sie beide zu sehen, sie und Iglésia, mitten im Getrampel der Menge, im unaufhörlichen Knirschen der mit Wettnieten bedeckten oder vielmehr befleckten Kiesfläche, und Iglésias winzige Affenhände beim Zerreißen der kleinen nun wertlosen Papierscheine, beide gerade, steif einander gegenüberstehend: er mit seinem lederfarbenen, entgeisterten, furchterregenden, traurigen Gesicht, seiner weißen Reithose, seinen Puppenstiefeln und dem glänzenden rosa seidenen Dreieck der Jockeijacke das zwischen seinen abgetragenen Joppenrevers hervorlugte, und sie nun nicht mehr etwas Erdachtes (wie Blum sagte

– oder vielmehr während der langen Monate des Krieges, der Gefangenschaft, der unfreiwilligen Enthaltsamkeit Erdichtetes, ausgehend von einer einzigen kurzen Erscheinung eines Tages beim Reitturnier, von den Klatschgeschichten Sabines oder von Fetzen von Sätzen (die selber Fetzen der Wirklichkeit waren), von vertraulichen Mitteilungen oder vielmehr geknurrten beinahe einsilbigen Bemerkungen die er mit viel Geduld und List Iglésia abgerungen hatte, oder von noch weniger ausgehend: von einer Gravüre die gar nicht existierte, von einem hundertfünfzig Jahre früher gemalten Portrait...), sondern so wie er sie jetzt sehen konnte, wirklich und wahrhaftig vor ihm, da er sie berühren konnte (sie berühren würde) und er dachte: »Ich werde es tun. Sie wird mich schlagen, mich hinauswerfen, aber ich werde es tun...«, und sie musterte ihn immer noch als ob sie ihn durch eine Glasplatte betrachtete, als ob sie sich jenseits einer durchsichtigen Wand befände, die jedoch ebenso hart, ebenso undurchdringlich wie Glas – wenn auch augenscheinlich genauso unsichtbar – wäre und hinter der sie, seit er da war, geschützt oder vielmehr unerreichbar geblieben wäre während sie es ihren Lippen (nur ihren Lippen nicht jenem Etwas – das heißt dem Scharfen, oder vielmehr Geschliffenen, Listigen und Blitzenden – und vielleicht sogar ihr selbst Unbekannten – das sie so pfeilschnell durchhuschte und ihren heiteren, gleichgültigen Blick blitzartig durchzuckte) überlassen hatte als ein zusätzliches Hindernis die Wälle nichtssagender Worte, nichtssagender Floskeln aufzuwerfen (indem sie sagten: »Sie waren also... ich meine: Sie gehörten also zu demselben Regiment, ich meine zu derselben Schwadron die...«, es nicht aussprechend (wie aus einer Art Verlegenheit, Verschämtheit – oder einfach aus Faulheit) nicht den Namen nennend (oder die beiden Namen) die in seinem Brief zu schreiben er sich nicht getraut hatte, wo er sich nur damit begnügt hatte die Nummer des Regiments und der Schwadron zu erwähnen, als hätte er die gleiche Verlegenheit, die gleiche Unfähigkeit gespürt), und auf einmal hörte er sie lachend sagen: »Ich glaube sogar daß wir irgendwie verwandt sind, sozusagen um ein paar Ecken miteinander verschwägert, nicht wahr? . . .«, so daß er sie sechs Jahre später und beinahe wortwörtlich wiederholen hörte was er (de Reixach) selber an einem frühen, eisigen Wintermorgen gesagt hatte während hinter ihm die fahlen rötlichen Flecken der Pferde hin- und herzogen die von der Tränke kamen wo das Eis zerschlagen werden mußte damit sie saufen konnten, und nun war es Sommer – nicht der erste sondern der zweite nachdem alles zu Ende gegangen war, das heißt sich wieder geschlossen hatte, vernarbt war, oder vielmehr (nicht vernarbt, denn es war schon keine Spur des Geschehenen mehr sichtbar) wiederhergestellt, zusammengeleimt worden war, und zwar so tadellos daß man nicht den geringsten Riß erkennen konnte, wie die Wasserfläche über einem Stein sich wieder schließt, wobei die gespiegelte Landschaft einen Moment zerschmettert wird, in eine Menge unzusammenhängender Splitter, sich überschneidender Scherben des Himmels und der Bäume zerbricht (das heißt nicht einmal Scherben des Himmels und der Bäume, sondern nur ein Gemisch blaugrüner und schwarzer Kleckse), sich neu bildet, indes alles Blau, alles Grün und alles Schwarz sich wieder verbindet, sozusagen gerinnt, wieder zueinander findet, sich noch ein wenig wie gefährliche Schlangen windet und sich nicht mehr regt, und dann nur noch die glasierte, trügerische, helle, geheimnisvolle Fläche auf der sich die ruhige Opulenz der Zweige, des Himmels, der friedlichen, langsamen Wolken ordnet, nun nur noch diese glatte, undurchdringliche Fläche und er (Georges) dachte: »Also kann er wahrscheinlich wieder von neuem beginnen daran zu glauben, sie aneinanderzureihen, sie elegant hintereinanderzustellen, nichtssagende, wohlklingende und hohle, zu eleganten nichtssagenden, wohlklingenden, wohlanständigen und überaus beruhigenden Sätzen, zu ebenso glatten, geschliffenen, glasierten und haltlosen wie die spiegelnde Wasserfläche die schämig bedeckt, versteckt...«

Aber Georges ging nun gar nicht mehr bis zum Pavillon, er begnügte sich damit ihm zu trotzen, ihn zu bespähen ohne ihn überhaupt zu sehen (denn er brauchte sie dafür nicht, er brauchte die Masse des Körpers sehen konnte der nun, mehr ohne daß sich das Bild auf seiner Netzhaut einzuprägen brauchte, die Masse des Körpers sehen konnte der nun, mehr und mehr von Fett aufgeschwemmt, gräßlich aussah, der mehr und mehr von seinem eigenen Gewicht überwältigt wurde, das Gesicht mit den mehr und mehr erschlafften Zügen als Folge von etwas das nicht nur das Fett war, etwas das nach und nach von ihm Besitz ergriff, in ihn drang, ihn einsperrte, ihn in einer Art stummen Einsamkeit, in einer stolzen und gewichtigen Traurigkeit einmauerte), wie er ihm bei seiner Rückkehr getrotzt hatte, als die Szene sich so abspielte: Georges erklärte er habe beschlossen sich um die Felder zu kümmern und wurde unterstützt (wenn er auch so tat als hörte er sie nicht obgleich er den Anschein erweckte gleichzeitig zu beiden zu sprechen, und doch ostentativ ihr allein zugewandt sprach und sich dabei ostentativ von seinem Vater abwandte, und sich doch an ihn wandte, und ostentativ keinen Wert auf sie oder das, was sie sagen mochte, legte), unterstützt also durch die geräuschvolle, obszöne und gebärmütterliche Zustimmung Sabines; und mehr nicht, das heißt kein Wort mehr, keine Bemerkung, kein Bedauern, der gewichtige Fleischberg blieb regungslos, still, die schwere pathetische Masse ausgedehnter abgenützter Organe in deren Innern oder vielmehr unter der etwas lag das wie ein Teil von Georges war, so daß er, trotz der völligen Regungslosigkeit, trotz des Fehlens jeglicher sichtbaren Reaktion bei ihm, sehr deutlich und lauter als das betäubende Geschwätz Sabines eine Art Krachen hörte, eine Art unmerkliches Geräusch irgendeines geheimen feinen gerade zerbrechenden Organs; und danach nichts mehr, nichts anderes mehr, es sei denn der Panzer des Schweigens wenn Georges sich in seinem dreckigen Arbeitskittel an den Tisch setzte, mit Händen die zwar nicht dreckig waren, in denen Dreck und Schmiere sich jedoch sozusagen inkrustiert hatten, an den Abenden jener langsamen leeren Tage während der er von früh bis spät den langsamen Furchen folgte den Traktor fuhr und bei jedem Hin und Her beobachtete wie sein zunächst langgestreckter Schatten allmählich seine Form veränderte während er langsam um ihn kreiste wie der Zeiger einer Uhr, kürzer, dicker, platter werdend, dann anwachsend, sich wieder verlängernd, übermäßig, schließlich riesig, je tiefer die Sonne sank umso größer auf der vergeßlichen, gleichgültigen Erde, der tückischen wieder harmlosen, vertrauten, trügerischen Welt, während zuweilen wirr die Bilder vorbeizogen, Blums hageres Gesicht, Iglésia, und wie sie Fladen buken, und die dunkle Reitersilhouette, die den Arm hob, den Degen schwang, langsam seitwärts zusammenbrach, verschwand, und sie, so wie er, oder vielmehr sie drei aber er hatte niemanden mehr mit dem er nun darüber hätte sprechen können, und Sabine hatte gesagt man habe ihr gesagt sie hätte sich so sonderbar benommen daß man – das heißt wahrscheinlich die Herren und Damen die dem Kreis angehörten oder die Sabine für würdig hielt der Schicht oder Kaste anzugehören der sie sich selbst zuordnete – sie nicht mehr einlade), so also wie sie (nämlich Blum – oder vielmehr ihre Phantasie, oder vielmehr ihre Körper, das heißt ihre Haut, ihre Organe, ihr Fleisch und Blut von Jünglingen denen man die Frauen entzogen hatte) sie verstofflicht hatten: stehend im sonnigen Gegenlicht eines Spätnachmittags, in dem Kleid dessen Rot der Farbe von Drops glich (aber vielleicht hatte er auch das erfunden, das heißt die Farbe, dieses säuerliche Rot, vielleicht nur weil sie etwas war woran nicht sein Geist dachte, sondern seine Lippen, sein Mund, vielleicht wegen ihres Namens, weil »Corinne« an »Koralle« erinnerte? . . .) und das sich vom Apfelgrün des Grases abhob auf dem Pferde galoppierten; und oft war ihm als sähe er sie in der Form einer jener auf Spielkarten gezeichneten Damen die er nun auch langsam in seine Hand gleiten ließ wobei er ein gleichgültiges Gesicht aufsetzte (und dachte: »Ich habe wenigstens etwas im Krieg gelernt. Ich habe ihn also nicht umsonst mitgemacht. Ich habe wenigstens pokern gelernt . . .« Denn er spielte nun, im Hinterstübchen einer nahe am Viehmarkt gelegenen Schenke (zu der er sich so begab wie er war, wie er am Tisch seines Vaters zu Abend gegessen hatte, das heißt im Arbeitskittel und mit seinen nicht sauber zu kriegenden mit einem Gemisch aus Erde und Schmiere imprägnierten Händen), fand er abends drei oder vier Leute mit den gleichen ausdruckslosen Gesichtern, mit den gleichen knappen sparsamen Gesten, und die hoch spielten, die (mit den gleichen Bewegungen die sie beim Spielen machten, genauso still, schnell und offenbar lustlos) Flaschen des teuersten Champagners leerten während zwei oder drei Mädchen mit denen sie alle der Reihe nach geschlafen hatten gähnend warteten und sich ihre Ringe auf den schäbigen Polsterbänken zeigten): nur ein einfaches Stückchen Karton also, eine der scharlachrot gekleideten, rätselhaften und symmetrisch verdoppelten Damen, als spiegelten sie sich, bekleidet mit einer von jenen halb roten halb grünen Roben mit schwerem, rituellem Schmuck, mit rituellen, symbolischen Attributen (Rose, Szepter, Hermelin): etwas das ebensowenig Dichte, ebensowenig Wirklichkeit und

Leben hatte wie ein auf weißes Papier gezeichnetes Gesicht, undurchdringlich, ausdruckslos und fatal, wie das Gesicht des Zufalls; dann erfuhr er – durch einen der Kartenspieler – daß sie sich wiederverheiratet hatte und in Toulouse wohnte, und nun war alles was ihn von ihr trennte die Scheibe hinter der sie ihn jetzt zu betrachten, mit ihm zu sprechen, Worte zu sagen schien, Sätze die er (und sie wahrscheinlich auch) nicht hörte, genauso als wäre er jenseits der Aquariumscheibe und betrachtete sie, wobei er immerzu dachte: »Ich werde es tun. Sie wird mich schlagen, nach jemandem rufen und mich hinauswerfen lassen, aber ich werde es tun ...«, und sie – das heißt ihr Leib – bewegte sich unmerklich, das heißt er atmete, das heißt er dehnte sich aus und zog sich zusammen, abwechselnd, als ob die Luft nicht durch den Mund, die Lungen in sie eindränge, sondern durch ihre ganze Haut, als ob sie aus einem schwammähnlichen Stoff bestünde, aber mit unsichtbaren Poren, sich ausdehnenden und sich zusammenziehenden, wie jene Blumen, jene Meeresgewächse die halb dem Pflanzen-, halb dem Tierreich angehören, jene Schwammkorallen, die leicht im durchsichtigen Wasser beben, atmen, und er hörte immer noch nicht zu, gab sich nicht einmal die Mühe so zu tun als ob er zuhörte, er schaute sie an, während sie wieder zu lachen versuchte, ihn hinter ihrem Lachen mit jener Art von Umsicht beobachtete, jenem Gemisch aus Neugier, aus Mißtrauen, und vielleicht aus Furcht, als ob er beinahe so etwas wie ein Phantom, ein Gespenst wäre, während er selbst sich in der Tiefe des meergrünen Spiegels hinter ihr sehen konnte, mit seinem sonnenverbrannten Gesicht, mit seiner Miene eines mageren, verhungerten Hundes, und er dachte: »Tjaa! So ungefähr muß ich aussehen! Als hätte ich Lust zu beißen ...«, und sie sagte immer noch was ihr gerade einfiel: Wie braun Sie sind Waren Sie am Meer? und er: Wie? und sie:

Sie sind ja so von der Sonne verbrannt, und er: Das Meer? Wesh ... Oh, nein, ich kümmere mich um die Felder wissen Sie Ich bin den ganzen Tag auf dem Trakt ..., dann erschien ihm seine eigene Hand, die in sein Blickfeld drang, das heißt als ob er sie ins Wasser getaucht hätte, und sie sich vorstrecken, sich von ihm entfernen sähe, mit einer Art Staunen, Bestürzung (als ob sie sich von ihm trennte, sich vom Arm löste, aufgrund der leichten Abweichung des die Oberfläche einer Flüssigkeit durchdringenden Blitzstrahls): die magere braune Hand mit den langen, feinen Fingern, aus der er in acht Jahren, trotz Forkenstielen, Schüppen, Hacken, Erde und Schmiere, keine Bauernhand zu machen vermocht hatte und die hoffnungslos schlank und gelenkig blieb, so daß Sabine verliebt und stolz sagte er habe eine Pianistenhand, er hätte musizieren sollen, er habe da bestimmt ein Talent vergeudet, verschwendet, eine einmalige Chance (aber er gab sich jetzt nicht einmal mehr die Mühe die Achseln zu zucken), er verscheuchte das Bild, Sabines Stimme, während er immer noch, wie fasziniert, seine eigene Hand betrachtete die ihm selbst nun sozusagen fremd geworden war, das heißt die ebenso wie die Bäume, der Himmel, das Blau und das Grün zu dieser fremden, funkelnden und unglaublichen Welt gehörte in der sie (Corinne) sich befand, unwirklich, unglaublich auch sie, trotz ihres betäubenden Parfums, ihrer Stimme, ihrer Brust, die nun immer schneller atmete, ihrer Brüste, die sich hoben und senkten wie Vogelkehlen, bebend, durch die schnell pulsierend Luft (oder Blut) strömt, während ihre Stimme eindringlicher und vielleicht einen halben Ton höher sagte: »Fein, ich habe mich gefreut Sie kennenzulernen Ich muß nun gehen Es dürfte schon spät sein Es muß ...«, aber sich doch nicht rührend, die Hand nun sehr weit von ihm (wie im Kino, wenn die Leute auf dem Balkon in der Nähe der Vorführkabine ihre Arme, ihre Hände bewegen und die fünf gespreizten Finger in den leuchtenden Strahl geraten, der ihre riesigen, beweglichen Schatten auf die Leinwand wirft wie um den unerreichbaren schimmernden Traum zu berühren, zu erfassen), ganz weit entfernt jetzt, so daß er als er sie berührte (den nackten Oberarm kurz unter der Schulter) zuerst das seltsame Gefühl hatte, sie nicht wirklich zu berühren, wie wenn man einen Vogel in die Hand nimmt: welche Überraschung, welche Verwunderung der Unterschied zwischen der augenscheinlichen Größe und dem wirklichen Gewicht dann hervorruft, die unglaubliche Leichtigkeit, die unglaubliche Weichheit, die tragische Empfindlichkeit der Federn, des Flaums, und sie sagte: Was soll denn ... Was wollen Sie ..., und wie es schien ebenso unfähig ihren Satz zu beenden wie sich zu rühren, nur immer schneller atmend, beinahe keuchend, wobei sie ihn weiter mit einem Ausdruck des Entsetzens, der Ohnmacht anstarrte, und zwischen seiner Handfläche und der seidigen Haut des Arms war noch etwas, nicht dicker als Zigarettenpapier, aber etwas das zwischen ihnen blieb, das heißt das Gefühl als ob der Tastsinn ein wenig zusammengeschrumpft wäre, wie wenn die vor Kälte erstarrten Finger sich auf einen Gegenstand legen und ihn wie es scheint erst durch eine Schicht hindurch fühlen, durch eine Art von unempfindlicher Hornhaut, und beide (Corinne und er) verharrten absolut regungslos und starrten einander an, dann schloß sich die Hand am Arm, packte zu, und nun konnte er seine Augen schließen, nur noch ihren Blumenduft genießend, ihr Atmen hörend, wobei die Luft sehr rasch zwischen ihren Lippen ein- und ausströmte, dann gab sie eine Art Seufzer von sich, ein Stöhnen, und sie sagte: Lassen Sie mich los Sie tun mir Lassen Sie mich doch los ..., bis ihm bewußt wurde daß seine Hand nun mit aller Kraft ihren Arm umschloß, aber er zog sie nicht zurück, entspannte nur ein wenig seine Muskeln, wobei er merkte daß er nun bebte, ununterbrochen, unmerklich, unberechenbar, und sie sagte: Ich bitte Sie Mein Mann kann heimkommen Ich bitte Sie Lassen Sie mich Hören Sie auf, aber sie rührte sich immer noch nicht, atmetete hörbar und wiederholte mit monotoner, automatischer, erschreckter Stimme: Ich bitte Sie Seien Sie vernünftig Ich bitte Sie Ich bitte Sie . . ., Georges begnügte sich nun damit seine Hand zu lassen wo sie war, weiter nichts, und auch er rührte sich nicht, als ob nun, nicht zwischen ihnen sondern um sie herum, sie einschließend, die Luft überall die trügerische Konsistenz des Glases hätte, unsichtbar und spröde, schrecklich zerbrechlich, und so verharrte er dort (Georges) ohne die geringste Bewegung, ohne daß er wagte sich zu rühren, bemüht seinen Atem zurückzuhalten, den rauschenden Aufruhr seines Blutes zu beruhigen, in der ganz und gar Glas gleichenden grünen durchsichtigen Maidämmerung, und in der Kehle eine Art Ekel, den er zu unterdrücken hinunterzuschlucken versuchte, während er zwischen einem betäubenden Luftandrang und dem nächsten dachte: Das kommt vom schnellen Laufen, und dachte: Aber vielleicht ist es all der Alkohol? und dachte daß auch er hätte versuchen sollen sich zu übergeben wie Iglésia soeben auf dem Feld, und dachte: Aber was kotzen? wobei er sich zu erinnern versuchte wann er das letzte Mal gegessen hatte ah ja das Stück Wurst heute morgen im Wald (aber war es am Morgen oder wann?), sein Magen war voll von Genever den er in seinem Innern wie einen unzulässigen Fremdkörper zu fühlen glaubte, wie eine fest gewordene oder vielmehr halbfest gewordene schwere Kugel, etwas wie Quecksilber, vorhin hätte er sich die Finger in den Hals stecken und sich übergeben sollen, das hätte ihn wenigstens erleichtert, als sie sich in dem Haus von neuem ihre Uniformen anzogen und er anschließend (wieder schwer, steif, erschöpft in seiner steifen, schweren

Schale aus Tuch und Leder) allein in dem Schlafzimmer war und sich immer noch fragte ob er sich übergeben sollte oder nicht und wo Iglésia wohl geblieben sein mochte, während er durch das Fenster unten auf der Straße schnell vorbeifahrende kleine Pionierlastwagen sah die auf dem Rückzug waren nicht größer als Spielzeug, ununterbrochen in überstürzter Flucht aufeinander folgend, dann war Iglésia wieder da ohne daß er hätte sagen können (ebensowenig wie nach seinem Verschwinden) wann und wie er zurückgekommen war, und Georges zuckte zusammen, drehte sich um und sah ihn mit dem gleichen matten, ungläubigen Blick an wie Iglésia ihn, und Iglésia: »Die armen Zossen müssen doch was zu fressen kriegen«, und er dachte: »Mein Gott. Er ist trotz allem noch imstande daran zu denken. Fast sturzbesoffen. Wie der andere heute morgen anhielt, um sie saufen zu lassen. Als ob ...«, dann hörte er auf zu denken, dachte nicht zu Ende, hörte auf, sich für ihn zu interessieren, und betrachtete nun ebenfalls was Iglésias kugelige, gelbe, entgeisterte und ebenfalls ungläubige Augen betrachteten, sie beide eine Weile regungslos, während unten, jenseits der Wiesenhänge, die kleinen Spielzeugautos immer weiter fuhren, eins hinter dem anderen her: dann stolperten sie beide hastig die Treppe hinunter, rannten über den verlassenen Hof des Bauernhauses und schlugen den Weg auf dem sie am Morgen gekommen waren in entgegengesetzter Richtung ein, – und alles was er nun sehen konnte (platt auf dem Bauch im Gras des Straßengrabens, keuchend und immer wieder vergeblich versuchend das schreckliche Fauchen in seiner Brust zu unterdrücken) war der schmale waagerechte Streifen auf den seine Welt jetzt beschränkt war, oben begrenzt durch den Rand seines Helms, unten durch das Kreuz und Quer der Grashalme des Straßengrabens dicht vor seinen Augen verschwommen, dann schärfer, dann keine Grashalme mehr:

ein grüner Fleck in der grünen Dämmerung, der immer schmaler wurde und an der Stelle aufhörte wo der beschotterte Weg in die Straße mündete, dann die Pflastersteine der Straße und die beiden schwarzen, sorgfältig gewichsten Knobelbecher des Wachtpostens mit den glänzenden Akkordeonfalten in Höhe der Knöchel, wobei die Achsen der Stiefel die Basis eines umgekehrten V bildeten in dessen Öffnung jenseits der Straße das tote Pferd zwischen den auf dem Pflaster hoppelnden Lastwagenrädern erschien und verschwand, immer noch da, an derselben Stelle wie am Morgen, aber wie es schien sozusagen in sich zusammengesackt, als ob es allmählich im Laufe des Tages geschmolzen wäre wie die Schneemänner die bei Tauwetter unmerklich in die Erde zu versinken scheinen, wie von unten her angegriffen, langsam zusammenschrumpfend und ihre Form verlierend, so daß am Ende nur noch die Hauptmassen und die Stützen – Besenstiele, Stöcke – die als Bewaffnung dienten übrigbleiben: hier der Bauch, jetzt riesig, aufgebläht, gespannt, und die Knochen, als ob die Mitte des Leibes eigennützig die ganze Substanz des riesigen Körpers in sich aufgesogen hätte, die Knochen mit ihren runden Köpfen die so gut sie konnten wie ein Zelt die bröckelnde Schlammkruste hielten die ihn umhüllte: aber nun keine Fliegen mehr, als ob auch sie es aufgegeben hätten, als ob nichts mehr da herauszuholen wäre, als ob es schon – aber das war nicht möglich, dachte Georges, nicht in einem Tag –, nicht mehr nur verfaultes und stinkendes sondern sogar verwandeltes Fleisch wäre, assimiliert von der tiefen Erde die in ihrem Schoß unter dem Haar aus Gräsern und Blättern die Gebeine von jeder verstorbenen Rosinante und von jedem verstorbenen Buzephalus verbergen (und von jedem verstorbenen Reiter, und von jedem verstorbenen Fiakerkutscher und von jedem verstorbenen Alexander) die wieder zu brüchigem Kalk geworden sind oder zu ... (aber er hatte sich getäuscht: es schoß plötzlich eine aus ihm hervor – diesmal aus einer Nüster – und obgleich er mehr als fünfzehn Meter davon entfernt war sah er sie (wahrscheinlich dank der durch die Trunkenheit verliehenen ekelerregenden, peinlich genauen Sehschärfe) genauso deutlich (haarig, blau-schwarz, glitzernd, und obgleich die unablässig im Höchsttempo vorbeipolternden Lastwagen seine Trommelfelle malträtierten hörte er die Fliege: ihr ungestümes, gieriges, wütendes Gebrumme) wie die Nagelköpfe in den hochkant auf der Straße liegenden vier Hufeisen des Pferdes die sich nun, in Bezug auf Georges, im Vordergrund befanden) ... die also wieder zu brüchigem Kalk geworden sind, zu Fossilien, was er wahrscheinlich aufgrund seiner langen Unbeweglichkeit selbst im Begriff war zu werden, indem er ohnmächtig miterlebte wie sich der Stoff aus dem er gemacht war langsam verwandelte angefangen bei seinem gekrümmten Arm den er allmählich absterben, unempfindlich werden fühlte, der nicht von Würmern aufgefressen wurde sondern von einem Gewimmel das langsam vordrang und das vielleicht das geheime Getümmel der Atome war die gerade permutierten um sich gemäß einer anderen Struktur, einer mineralischen oder kristallinischen, neu zu ordnen in dem kristallinischen Dämmerlicht von dem ihn immer noch die Dicke eines Blättchens Zigarettenpapier trennte, es sei denn daß es gar kein Blättchen Zigarettenpapier war sondern der Kontakt der Dämmerung selber mit seiner Haut denn so unvergleichlich zart, dachte er, sind Fleisch und Blut der Frauen daß man zögert zu glauben daß man sie wirklich berührt, der ganze Leib wie Federn, Gras, Blätter, durchsichtige Luft, ebenso zerbrechlich wie Kristall, wo er immer noch ihr leises Keuchen hören konnte, wenn es nicht sein eigener Atem war, wenn er nun nicht genauso tot war wie das Pferd und schon halb von der Erde verschlungen, zurückgenommen, wo sein Leib sich mit dem feuchten Lehm vermengte, seine Gebeine sich mit den Steinen vermischten, denn vielleicht war es eine reine Frage der Regungslosigkeit und man würde dann einfach wieder zu ein wenig Kreide, Sand und Schlamm werden, wobei er dachte daß es genau das war was er ihm hätte sagen sollen und ihn sehen konnte wie er wahrscheinlich zur gleichen Zeit im Halbdunkel des dämmerigen Pavillons saß wo die Welt durch die bunten Fensterscheiben wie ein Ganzes erschien, wie aus ein und demselben Material, grün, hellviolett oder blau, endlich versöhnt, es sei denn daß es drüben einer jener Maiabende wäre, die zu heiß sind um im Pavillon bleiben zu können, in dem Falle würden sie – sie und er – wieder unter dem großen Kastanienbaum sitzen wo sie Tee getrunken hätten, dem Kastanienbaum der in dieser Jahreszeit blühte, seine zahlreichen Blütentrauben wie sanft schimmernde Kerzen in der Dämmerung, der bläulich dunkelnde Schatten der nun auf sie fiel und sie wie mit einer dichten eintönigen Farbschicht bedeckte, er und seine ewigen Papiere, ausgebreitet vor ihm auf dem Tisch, neben dem Tablett das er beiseitegeschoben hatte, mit einer Untertasse beschwert um zu verhindern daß der Atem des Abends sie verwehte, denn wahrscheinlich konnte er jetzt kaum noch die feine Schrift erkennen die sie bedeckte, wahrscheinlich begnügte er sich jetzt damit oder versuchte wenigstens sich damit zu begnügen sie dazuwissen, diese Buchstaben, diese Zeichen, so wie ein Blinder in seiner Nacht weiß – erkennt – daß es schützende Wände gibt, den Stuhl, das Bett, obschon er sie notfalls berühren kann, um sich ihres wirklichen Vorhandenseins zu vergewissern, – wo doch der Tag, oder das Licht (dachte Georges, immer noch im Graben liegend, aufmerksam, steif, nun völlig unempfindlich und von Krämpfen gelähmt und ebenso regungslos wie die tote Mähre, das Gesicht mitten im dichten Gras, an der haarigen Erde, sein ganzer Körper platt, als bemühte er sich zwischen den Lippen des Grabens zu verschwinden, zu zerschmelzen, ganz durch diesen engen Spalt zu gleiten, hineinzuschleichen um wieder in die friedliche ursprüngliche Materie (Matrix) zurückzukehren, an die Abende denkend an denen sie draußen aßen und Julien um diese Zeit die Petroleumlampe brachte und sein Vater, während des Tischdeckens, sich wieder an die Arbeit machte, eingeschlossen – er und die Bögen mit dem Durchgestrichenen und den Eselsohren die sozusagen ein Teil seiner selbst geworden waren, ein zusätzliches Organ das ebenso unzertrennlich von ihm war wie sein Gehirn oder sein Herz, oder sein lästiges altes Fleisch – in dieser Art schützendem Kokon, dieser Art Ei, dieser öligen, gelblichen, geschlossenen Kugel die der Schein der Lampe in der Nacht des Parks und dem Summen der Mücken abgrenzte), wo also das Licht keine andere Gewißheit liefern würde als das enttäuschende Wiedersichtbarwerden von Kritzeleien ohne eine andere wirkliche Existenz als die welche ihnen von einem Geist zugeschrieben wurde (der auch keine wirkliche Existenz hat) um von ihm ausgedachte Dinge darzustellen die vielleicht auch inexistent waren, und in dem Fall war es immer noch besser sich ihr hennenhaftes Gegacker, ihre aneinanderklappernden Ketten, ihren ewigen sinnlosen Wortschwall anzuhören die wenigstens den Vorzug hatten zu existieren, und wenn auch nur durch das Geräusch und die Bewegung, vorausgesetzt daß man Geräusch und Bewegung nicht auch für nichtige und illusorische Formen des Gegenteils der Existenz hält: das hätte man wissen müssen, das hätte er das Pferd fragen können müssen, und vielleicht war es ein Problem das Georges hätte lösen können wenn er weniger betrunken oder weniger müde gewesen wäre, und vielleicht würde die Frage sich übrigens von einem Moment zum anderen von selber lösen und zwar durch die bloße Wirkung eines Gewehrschusses, das heißt durch die Tatsache daß die natürliche Trägheit der Materie für einen Moment unterbrochen würde (eine Verbrennung, eine Ausdehnung, ein mit Gewalt im Innern eines Rohrs vorangetriebenes Geschoß), und ihn für immer in einen einfachen Haufen Pferdematerie verwandelte die sich nur durch ihre Form von der dieser Mähre unterscheiden würde, denn dem Wachtposten der nun hin und her ging von einer Seite des Weges zur anderen und parallel zum Straßenrand brauchte es nur einzufallen sich etwa zehn Meter perpendikulär zum Straßenrand auf dem Weg voranzuwagen, und natürlich könnte er (Georges) immer noch versuchen zuerst zu schießen was ihm, vorausgesetzt daß es ihm gelänge es schnell genug zu tun und anschließend schnell genug über den Zaun zu springen, noch die Zeit ließe ein letztes Mal die nichtige und illusorische Form des Lebens zu genießen welche die Bewegung ist (gerade um seinerseits noch etwa zehn oder fünfzehn Meter zu laufen) bevor er wüßte was die Fliegen noch nicht wissen, was auch sie eines Tages wissen werden, was jeder schließlich am Ende wissen würde aber was nie jemand, weder ein Pferd noch eine Fliege noch ein Mensch denen erzählt hatte die es noch nicht wußten, und dann wäre er für immer tot, und wenn der Wachtposten der Schnellere wäre hätte er nicht einmal Zeit aufzustehen, so daß er an diesem selben Platz liegen würde, mit dem einzigen Unterschied daß er sich nicht mehr in genau derselben Lage befände weil er versucht hätte anzulegen und zu zielen, und das war alles, denn letzten Endes bliebe es immer der friedliche lauwarme Maienabend mit seinem grünen Grasgeruch und der leichten bläulichen Feuchte die auf Obstbäume und Gärten zu sinken begann: es würden nur ein oder zwei Schüsse gefallen sein wie man sie im September nach der Eröffnung der Jagd abends hören kann, wenn ein Bauer oder ein Bursch ein Gewehr genommen und beschlossen hat aufs Geratewohl eine kleine Runde dort zu machen wo er unlängst den Hasen aufgejagt hatte und diesmal war der Hase zur Stelle und er hat ihn erlegt, mit dem Unterschied daß er hier von niemandem bei den Ohren gepackt und fortgetragen würde sondern dort liegen bliebe, an derselben Stelle, ein für allemal regungslos dann, und wahrscheinlich wie Wack mit dem erstaunten stumpfsinnigen Gesichtsausdruck von Toten, den Mund blöde offen, auch die Augen offen die ohne ihn zu sehen den schmalen Streifen Universum betrachten würden der sich vor ihm erstreckte, diese gleiche Mauer aus dunkelroten Backsteinen (die gedrungenen kurzen dicken Backsteine aus körnigem Material, die hellsten mit dunklen Flecken auf rostrotem Grund, die dunkelsten wie getrocknetes Blut, in bräunlichem Purpur der stellenweise ins Dunkelviolett beinahe Blau spielte, als ob das Material aus dem sie gemacht waren eisenhaltige Schlacke enthielte, als ob das Feuer in dem sie gebrannt worden waren sozusagen etwas zusammengeballt hätte was blutig, mineralisch und grell, wie Fleisch auf der Hackbank eines Metzgers war (die gleichen Nuancen von Orange bis Violett), als ob es das Herz selber, das harte purpurne Fleisch dieser Erde wäre mit der er sozusagen Bauch an Bauch zusammenklebte), die etwas helleren Fugen aus grauem Mörtel, in dem er inkrustierte Sandkörner sehen konnte, ein Unkraut in zartem Grün das unregelmäßig unten am Fuß der Mauer wucherte (als wollte es die Verbindungslinie verbergen, das Scharnier, den Winkelgrat gebildet von Mauer und Erdboden), und, ein wenig davor, die dicken Stengel deren Spitzen oder deren Blüten (oder Knospen: vielleicht Stockrosen oder junge Sonnenblumen?) der Helmrand ihn hinderte zu sehen: ungefähr daumendick, längs gestreift oder vielmehr gerieft, wobei die Riefen etwas heller, beinahe weiß und mit weichem Flaum bedeckt waren, nicht geneigt sondern perpendikulär zum Stengel sprießend, die ersten Blätter unten waren schon verwelkt, verdörrt, hingen schlapp, wie angeknabberte Salatblätter, mit gelb gewordenen Rändern, aber die darüber waren noch fest, noch frisch mit ihren hellen verzweigten Gerippen wie ein symmetrisches Netz von Äderchen, von Flüssen und Nebenflüssen, die Substanz der Blätter selbst markig und samtweich, etwas (sich von den rauhen, mineralischen und blutigen Backsteinen Abhebendes) das unglaublich zart, unkörperlich war; die beinahe regungslosen Grashalme wurden nur manchmal von einer schwachen Brise bewegt, die kräftigen Stengel der hohen Pflanzen waren absolut regungslos, die breiten Blätter bebten dann und wann weich in der lauen Luft, während von der Straße immer noch der ungeheure Lärm herüberdröhnte: nicht die Kanonen (man hörte sie nun nur noch von ferne, sporadisch, in den friedlichen reinen Abend schießen, wie die letzten, nicht mehr überzeugenden, verspäteten, normalen Zukkungen der Schlacht – wie die Gesten, die Scheinarbeit, die vorgetäuschte Aktivität von Angestellten oder Arbeitern die in Wirklichkeit nur noch faul auf den nahe bevorstehenden Schluß der Arbeitszeit warten), sondern der Krieg selbst der mit einem Getöse vorwärtsrollte das mit übertrieben verstärkten Bahnhofsgeräuschen zu vergleichen war, mit den Echos aneinanderprallender Stahlpuffer, gerüttelten Eisens, ungewöhnlich, metallisch und katastrophal; dann, weiter links, genau am Winkelgrat wie aus einem Spalt zwischen Erde und Mauer heraussprudelnd eine jener wilden Pflanzen: ein Büschel oder vielmehr ein Kranz von Blättern wie eine Krone (wie wieder fallende Wasserstrahlen), ausgezackte, gezahnte, stachelige Blätter (wie altertümliche Waffen, wie Hakenspieße), dunkelgrün, raspelartig, dann, daneben, wieder ein Stengel

– dieser leicht nach rechts geneigt – von den gleichen hohen Pflanzen, dann, an der Mauer durch einen Eisenstift befestigt (wahrscheinlich war da noch ein anderer weiter oben, aber den konnte er auch nicht sehen) der Pfosten oder vielmehr die Latte an der eine Hühnerstalltür hing: der völlig verrostete in der Backsteinmauer einzementierte Stift wobei der Zement um die dicke Eisenzunge herum eine rahmige Krause bildete an der man noch die Abdrücke der Maurerkelle sehen konnte die dort beim Glätten des Mörtels Spuren hinterlassen hatte die sich an einem erhabenen Saum abzeichneten (eine leichte klümprige Anschwellung der gepreßten Masse), die Latte – der Türpfosten und übrigens auch ihr Rahmen – vom Regen entfärbt, gräulich, und sozusagen blätterig wie Zigarrenasche, der Rahmen selbst halb aus den Fugen, da einer der beiden Holzzapfen die die untere Ecke zusammenhielten beinahe aus seinem Lager herausgerutscht war weil das Ganze Spiel bekommen hatte, das untere Querholz bildete also mit dem senkrechten Pfosten einen nicht rechten sondern etwas stumpfen Winkel so daß es beim Öffnen der Tür über den Boden schaben mußte, das Gras das in dichten Büscheln den Fuß des an der Mauer befestigten Pfostens umwucherte verlor von da aus an Höhe bis es nur noch ein flacher Rasen mit am Boden liegenden plattgetretenen Hälmchen war, dann hörte es auf und die nackte Erde war von konzentrischen Bögen geritzt die den Unebenheiten des unteren Querholzes entsprachen das beim Drehen um den Pfosten über den Boden rutschte, das verzinkte Drahtgitter war keineswegs in besserem Zustand, obgleich es anscheinend vor nicht allzu langer Zeit ersetzt worden war (jedenfalls noch nicht so alt wie das Holz des Hühnerstalls) denn es war noch nicht verrostet (die kleinen hufeisenförmigen Nägel mit denen es am Türrahmen befestigt war dagegen wohl), aber es war eingedrückt, nicht straff gespannt (das Drahtgitter), es hatte eine Delle, eine tiefe Tasche (vielleicht die Folge der zur Schließung der Tür nötigen Fußtritte) die sich unten gebildet hatte, und die sechseckigen Maschen gedehnt oder besser unregelmäßig verzogen hatte, das Gras gedieh wieder am Fuße des zweiten Holzpfostens an den der Rahmen stieß, wieder in dichten Büscheln, und am ganzen dort wieder beginnenden Drahtgitter entlang weiterwuchernd, Georges' Blickfeld war dort begrenzt, das heißt nicht scharf begrenzt, sondern durch eine Art von Randsäumen rechts und links von unserem Blick und in deren Bereich die Dinge weniger gesehen als in Form von Flecken, von undeutlichen Schemen wahrgenommen werden, er (Georges) war zu erschöpft oder zu betrunken um auch nur den Kopf herumzudrehen: er sah keine Hühner hinterm Drahtgitter, oder vielleicht schliefen sie schon da es ja heißt sie gingen mit der Sonne schlafen, und als er Iglésia flüstern hörte konnte er es zuerst nicht fassen und wiederholte: Was? Iglésia berührte nun sein Bein und sagte:... die Hühner. Ich wette daß sie kommen um sie zu holen. Ist doch dunkel genug, oder?... Sie begannen also rückwärts zu kriechen, den Kopf unverwandt geradeaus gerichtet, wobei ihr Blickfeld sich in dem Maße wie sie sich entfernten vergrößerte, nach und nach erschien das ganze Haus, dunkelrot und gedrungen und links von ihm der Hühnerstall und über der Stelle wo sie kurz vorher gelegen hatten ein Fenster mit einem Milchtopf dessen blaue Glasur kaum noch zu erkennen war und der auf dem Sims stand, aber das Fenster war, obgleich es offen war, leer, tot, schwarz, und die beiden anderen des ersten Stocks waren ebenfalls leer und schwarz, leblos, und sie krochen im Graben immer weiter zurück, als sie schließlich die Biegung erreichten, richteten sie sich auf, sprangen voran, schwangen sich über den Zaun, fielen auf der anderen Seite herunter und verharrten dort wieder, regungslos, zusammengekauert, hörten sich wieder überstürzt atmen und als sie eine Weile nichts anderes wahrnahmen, durchquerten sie tiefgebückt das Gärtchen, schwangen sich über einen zweiten Zaun und verweilten dann (es war ein Obstgarten) wieder zusammengekauert einer hinter dem anderen, an der Hecke, und wieder ihr hastiges Atmen, ihr tobendes Blut, aber sie rührten sich noch nicht, die Dunkelheit wurde allmählich immer dichter, und hinter seinem Rücken flüsterte wieder Iglésias heisere, grimmige, von einer Art kindlichen Entrüstung erfüllte Stimme (und man brauchte sich nicht umzudrehen, um seine großen Fischaugen zu sehen die auch von der gleichen Bestürzung zeugten und grämlich, gekränkt aussahen): »Pionierlastwagen! Denkste!...«, Georges antwortete nicht, drehte sich nicht einmal um und das entrüstete, vorwurfsvolle, jämmerliche Geflüster erhob sich von neuem: »Scheiße. Um ein Haar wären wir ihm in die Arme gelaufen. Wo hattest du nur deine Augen?«, Georges antwortete immer noch nicht, begann längs der Hecke zurückzukriechen ohne die Ecke des dunklen Backsteinhauses drüben zwischen den finsteren Apfelbaumzweigen auch nur einen Moment aus den Augen zu lassen: aber nun fuhren keine Lastwagen mehr vorbei und alles was er sehen konnte war der helle Fleck, den der an der Hecke nicht weit vom Pferd hängende rosa Fetzen bildete, das Pferd sah er nicht, und auch den Wachtposten nicht, nur den im Halbdunkel schwach leuchtenden rosa Fleck, dann auch den Fetzen nicht mehr weil sie eine weitere Hecke überwunden hatten, immer rückwärts, den Kopf immer zur Straße gewandt, mit dem Rükken an die Hecke stoßend, mit der Hand hinter sich tastend, ein Bein hebend, einen Moment rittlings auf der Hecke, mit über sie gebeugtem Rumpf, dann auf der anderen Seite hinunterfallend ohne daß sie auch nur einen Moment den Blick von der Hausecke gewandt hätten, wobei Kopf und Körper sozusagen von verschiedenen Problemen beansprucht wurden, da jeder für sich arbeitete oder, wenn man will, da sie sich die Aufgaben teilten, denn ihre Glieder führten spontan, aus eigenem Antrieb und unter eigener Kontrolle die Reihe von Bewegungen aus, denen ihre Hirne keine Aufmerksamkeit zu schenken schienen, es war jetzt fast stockfinstere Nacht, die schmetternde Kakophonie erschrockenen Gegackers und das Rauschen der von den Flügeln geschlagenen Luft erhob sich plötzlich aus dem Hühnerstall, der lächerliche, herzzerreißende Protest erfüllte einen Moment die Dämmerung, dissonant und entsetzt und wütend wie ein parodistischer Nachklang der Schlacht: mit Flüchen, linkisch durch die Luft greifenden Armen und Händen inmitten von hilflos herumflatternden undeutlichen roten sich sträubenden Ballen die anprallten, sich heiser krähten, bis sich der ungleiche Kampf allmählich beruhigte, mit einem letzten schrecklichen, abgewürgten, kläglichen Schrei endete, dann nichts mehr, nur wahrscheinlich in dem leeren Hühnerstall das langsame lautlose Fallen verstreuter Federn die wiegend hinabsegelten, und Iglésias Stimme sagte: »Eine schöne Scheiße«, und einen Moment später sagte er noch: »Verdammich, da ist mindestens eine ganze Division an unserer Nase vorbeigefahren, ich hätte nie gedacht, daß es so viele davon gäbe! Ich hätte nie gedacht daß sie so schnell vorankommen würden. Wenn die den Krieg von Sitzbänken aus führen, was haben wir dann bloß dabei zu suchen, wir mit unseren Zossen. Verdammt nochmal! Wie wir daneben aussahen . . .«

Die Wollust ist die innige Umarmung eines Totenleibes durch zwei lebende Wesen. Die »Leiche« ist in diesem Falle die für eine Weile ermordete und dem Tastsinn gleichwesentlich gemachte Zeit.

MALCOLM DE CHAZAL

Er sprach und schimfte noch, doch ich ließ sein Feuerzeug fallen: wir tappten nun im Dunkeln herum, stolperten auf der Holztreppe, der Alte war natürlich nicht heimgekehrt und also keine Ente, das war vorauszusehen, wahrscheinlich schlief er seinen Geneverrausch aus, es war noch ein schwacher Schimmer im Zimmer wie man ihn oft nach der Dämmerung dahinsiechen sieht man konnte das Holz des Betts leuchten sehen ich prallte gegen einen Stuhl und stieß ihn um was einen schrecklichen Lärm im leeren Haus machte wir standen eine Weile still und lauschten als ob man es von der Straße aus hätte hören können dann tappte ich wieder im Dunkeln um ihn aufzuheben legte mein Gewehr ab setzte mich sah daß er sich so wie er war aufs Bett geworfen hatte und sagte Schweinerei! Du könntest wenigstens deine Sporen abschnallen, dann nichts mehr, da ich mich an nichts mehr erinnere nehme ich an daß ich dort sofort eingeschlafen bin vielleicht sogar bevor ich zu Ende gesprochen hatte, vielleicht war ich gar nicht bis Sporen gekommen sondern hatte es nur gedacht da das Nichts das Dunkel der Schlaf sich über mich stülpten wie eine Glocke und mich so bedeckten wie ich da auf dem Stuhl vornübergebeugt saß indes meine Hand tappend versuchte die Riemen meiner Sporen zu lösen und ich dachte wie wir nur darauf gekommen waren sie wieder anzuschnallen da wir die Pferde doch im Stall gelassen hatten wozu nur, die Spornrädchen waren durch Blutklümpchen blockiert weil sie am Sonntag so oft in seine Flanken gestoßen worden waren als wir die fünfzehn

Kilometer fast ununterbrochen im Galopp zurückgelegt hatten um wieder über die Brücke zu kommen bevor sie in die Luft ginge, einmal erzählte er uns daß einer der alten Säcke in gestreifter Röhrenhose mit grauem Robbenschnurrbart und der Rosette im Knopfloch ihn dafür bezahlt habe daß er ihn reite (Ihn reiten? sagte ich, Ja ihn reiten warum nicht Wie ein Pferd Brauchst du eine Zeichnung? – wobei er mich mit seinen großen erstaunten Augen anschaute als wäre ich ein Idiot oder beinahe einer), Iglésia legte ihm als Trense eine Schnur in den Mund, und mit der Reitpeitsche in der Hand mit der Jockeijacke bekleidet und gestiefelt mußte er sich auch noch die Sporen anschnallen, der alte Sack nackt auf allen Vieren auf dem Teppich seines Zimmers, er mußte ihn peitschen, ihm die Schnur durchs Maul reißen und ihm den Bauch mit seinen Sporen ritzen, und das erzählte er mit der gleichen ewig grämlichen und natürlich empörten Stimme so daß man nicht wissen konnte ob er wirklich entrüstet war: er mochte die Sache höchstens etwas unbegreiflich finden aber gar nicht so unfaßbar, widerlich zwar, aber doch nicht so sehr, da er an die Überspanntheiten der Reichen gewöhnt war und ihnen gegenüber jene nachdenkliche eher bestürzte als empörte und ein klein wenig verächtliche Nachsicht der Armen, Huren, Kuppler und Lakaien übte; der Schlaf überfiel mich als hätte man plötzlich eine Decke über meinen Kopf geworfen, die mich gefangenhielt, auf einmal war alles um mich herum stockfinster, vielleicht war ich tot vielleicht hatte der Posten zuerst und schneller geschossen, vielleicht lag ich immer noch im duftenden Gras des Grabens in jener Erdfurche ihren schwarzen würzigen Humusdunst atmend riechend ihre Rose leckend die doch nicht rosa war alles pechschwarz in der buschigen Finsternis die mir das Gesicht leckte aber meine Hände meine Zunge konnten sie jedenfalls berühren sie erkennen mich ihrer versichern, meine blinden bestärkten Hände berührten sie überall rannten über sie über ihren Rücken ihren Bauch rauschend wie Seide dann auf das buschige Dickicht stoßend das wie etwas Fremdes schmarotzerisch auf ihrer glatten Blöße wucherte, ich hörte nicht auf sie zu durchstreifen unter sie kriechend in der Nacht ihren unermeßlichen dunklen Leib erforschend entdeckend, wie unter einer nährenden Ziege, unter einer geilen Geiß (er sagte sie machten es mit ihren Ziegen wie mit ihren Frauen oder ihren Schwestern), das Parfüm ihrer bronzebraunen Brüste einsaugend, endlich den heißen Busch erreichend schleckend mich berauschend im seidigen Schoß ihrer Schenkel kauernd ich konnte ihre beiden Backen schwach über mir leuchten bläulich in der Nacht schimmern sehen indes ich ohne Ende trank den Stamm aus mir hervordrängen fühlte diesen sprießenden Baum dessen Wurzelwerk sich in meinem Leib meinen Lenden verzweigte mich wie rankendes Efeu umklammerte meinen ganzen Rücken hinanglitt meinen Nacken wie eine Hand umspannte, mir war als würde ich in dem Maße kleiner wie er heranwuchs sich von mir nährend wie er ich wurde oder vielmehr ich er wurde und von meinem Körper blieb nichts mehr als ein runzeliger winziger Fötus der zwischen den Lippen des Grabens lag als könnte ich darin zerschmelzen darin verschwinden darin versinken wie die Äffchen unterm Bauch ihrer Mutter an ihren Leib geklammert an ihre zahlreichen Brüste mich in der lohen Feuchte verkriechend und ich sagte Kein Licht, ich schnappte ihren Arm im Flug sie schmeckte nach salziger Meeresfrucht ich wollte nichts anderes kennenlernen, nichts anderes wissen, nichts als sie weiterküssen, ihre

und sie: Eigentlich liebst du mich gar nicht

und ich: Oh Gott

und sie: Mich nicht Ich bin es nicht die du

und ich: Oh Gott fünf Jahre lang seit fünf Jahren

und sie: Aber nicht mich Ich weiß es Nicht mich Liebst du mich weil ich bin wie ich bin Hättest du mich auch geliebt ohne daß Ich meine wenn

und ich: Oh nein hör mal Was macht das schon Laß mich dich Was macht das schon Was soll das heißen Laß mich Ich will dich

feuchte Form aus der sie hervorkamen mit der ich gelernt hatte sie zu prägen indem ich den Lehm mit dem Daumen hineinpreßte all die Soldaten Infanteristen Kavalleristen und Kürassiere die aus der Büchse der Pandora sprangen (eine schwer bewaffnete gestiefelte und behelmte Brut) und sich über die Erde ausbreiteten die Gens d'armes an einer wie Silber glänzenden um ihren Hals gelegten Kette trugen sie einen halbmondförmigen metallenen Brustschild und auf den Schultern Silberraupen sie hatten etwas von Leichenbestattern an sich etwas Lebensgefährliches; ich erinnere mich an die Wiese auf der sie uns zusammengetrieben oder vielmehr zusammengepfercht oder vielmehr eingelegt hatten: wir lagen da in aufeinanderfolgenden Reihen wobei die Köpfe die Füße berührten wie in einem Karton nebeneinandergelegte Bleisoldaten, aber bei unserer Ankunft war sie noch unberührt unbefleckt da warf ich mich auf den Boden sterbend vor Hunger und dachte Die Pferde fressen es warum nicht auch ich ich versuchte mir einzubilden mir einzureden ich sei ein Pferd, ich lag tot auf dem Boden des Grabens von Ameisen verschlungen und mein ganzer Körper verwandelte sich langsam infolge einer Myriade winziger Mutationen in eine unempfindliche Materie und es würde nun das Gras sein das sich von mir ernährte mein Leib der die Erde düngte und es würde sich also nicht viel geändert haben außer daß ich einfach auf der anderen Seite ihrer Oberfläche wäre so wie man zur anderen Seite des Spiegels gelangt wo (auf dieser anderen Seite) die Dinge sich vielleicht symmetrisch weiterentwickeln das heißt daß mein Fleisch oben immer weiterwüchse gleichgültig und grün wie angeblich die Haare auf den Schädeln der Toten weiterwachsen mit dem bloßen Unterschied daß ich die Radieschen von unten sehen von der Wurzel her fressen würde da wo sie pißt wobei unsere schweißperlenden Leiber den herben würzigen Geruch von Wurzeln von Alraunen ausdünsteten, ich hatte gelesen daß die Gestrandeten die Einsiedler sich von Wurzeln von Eicheln ernähren und auf einmal nahm sie sie zuerst zwischen ihre Lippen dann ganz in ihren Mund wie ein gieriges Kind es war so als tränken wir einander unseren Durst gegenseitig stillend uns gegenseitig verschluckend uns aneinander weidend ausgehungert wie wir waren, in der Hoffnung meinen Hunger zu befriedigen ein wenig zu beruhigen versuchte ich es zu kauen, wobei ich dachte Es schmeckt wie Salat, der grüne herbe Saft ätzte meine Zähne ein schlanker Halm schnitt wie eine Klinge brennend in meine Zunge, später lehrte mich einer von ihnen die Pflanzen zu erkennen die eßbar waren zum Beispiel Rhabarber: sie hatten den Instinkt von Nomaden von Primitiven sofort wiedergefunden und brachten es fertig ein Feuer zu machen und darauf einen Hund zu braten den sie wer weiß wo gestohlen hatten wahrscheinlich einem jener Stümper einem jener Offiziere oder Unteroffiziere die sich in den Büros oder Generalstäben herumgedrückt hatten und die man in ihren eleganten tadellosen Uniformen auch bei uns antreffen konnte und die sich wahrscheinlich vollkommen sicher wähnten bis sie eines schönen Morgens von einem aufgetrieben wurden der die Tür mit einem Fußtritt öffnete und sie spöttisch mit dem Maschinenpistolenlauf einlud mit überm Kopf erhobenen Händen auf dem Hof anzutreten verdutzt und nicht verstehend was mit ihnen geschah, man sagte sie hätten auf diese Weise ganze geschniegelte und gebügelte Stäbe ausgehoben, wir versagten uns nicht sie zu verhöhnen aber jene hatten es für zweckmäßiger gehalten ihren Hund zu klauen und ihn in die Pfanne zu hauen und ihn unter sich zu verteilen und rußschwarz oder olivgrün dazusitzen, rätselhaft verächtlich mit ihren blendend weißen Wolfszähnen ihren gutturalen rauhen Namen Arhmed ben Abdahalla oder Buhabda oder Abderhaman ihrem barschen gutturalen rauhen Sprechen ihren glatten unbehaarten Körpern wie die junger Mädchen, und es gab auch wilden Löwenzahn aber sie schleppten immer mehr Gefangene heran ganze Herden Erschöpfter Zerlumpter einige mit Zivilmützen und losgeknöpften Mantelschößen die ihnen an die Waden schlugen und bald war die ganze Wiese zerstampft und verschmutzt ganz mit Reihen ausgestreckter Kopf an Fuß liegender Körper bedeckt und beim Morgengrauen war auch das Gras grau benetzt mit Tautropfen die ich trank ich trank sie dort ganz aus ließ sie ganz in mich einfließen wie die Apfelsinen die ich als Kind – obgleich man es mir verboten hatte weil es angeblich unappetitlich unschicklich nicht anzuhören sei – am liebsten anbohrte und preßte, ich preßte ich trank ihren Leib die Bälle ihrer Brüste die wie Wasser unter meinen Fingern zerflossen ein kristallklarer zitternder rosa Tropfen an einem Halm der sich neigte unter der leichten dem Sonnenaufgang vorangehenden bebenden Brise der in seiner Durchsichtigkeit den von der Morgenröte getönten Himmel spiegelte einfing ich erinnere mich an die unerhört schönen Morgenfrühen während dieser ganzen Periode nie war der Frühling nie war der Himmel so rein gewaschen so durchsichtig gewesen, wenn die kalten Nächte zu Ende gingen drängten wir uns aneinander in der Hoffnung ein wenig Wärme zu retten ineinandergeschachtelt mit angezogenen Beinen ich dachte daran daß er sie so gehalten hatte meine Schenkel unter ihren der wilde seidige Busch an meinem Bauch die Milch ihrer Brüste in den Schalen meiner Hände in deren Mitte ihre teerosigen aber feucht glänzenden Spitzen (wenn ich meinen Mund zurückzog leuchtete sie rosa, wie entzündet, wie entflammt, eine klümperige zerquetschte Masse, ein glitzernder Faden verband sie noch mit meinen Lippen, ich erinnere mich daß ich eine ganz Winzige auf einem Grashalm sah die eine leuchtende metallische Spur wie von Silber hinter sich ließ und so klein war daß sie ihn kaum beugte unter ihrem Gewicht mit ihrem winzigen spiraligen Gehäuse bei dem jeder Wulst von feinen braunen Linien gestreift war und ihr Hals auch aus einem klümprigen und zugleich empfindlichen und knorpeligen Gewebe das sich reckte sich streckte ihre Fühler streckten sich und schrumpften wenn ich sie berührte zusammen da sie sich strecken und zusammenziehen konnte, sie die nie gesäugt gestillt hatte nie von anderen als von rauhen Männerlippen getrunken worden war: in der Mitte war ahnte man so etwas wie einen winzigen waagerechten Spalt mit verklebten Rändern dem Milch entfließen könnte dem die Milch des Vergessens unsichtbar entquoll) sich streckten sich wie zwei Makel wie die Köpfe eingeschlagener Nägel in meine Handflächen drückten und ich dachte Sie haben alle Knochen gezählt da ich wie mir schien mein ganzes Skelett klappern hören konnte, lauernd auf den kalten Tagesanbruch, von ununterbrochenem Bibbern durchschüttelt warteten wir auf den Moment in dem es hell genug wäre um sich erheben zu dürfen dann stakte ich vorsichtig über die Knäuel von Körpern (man hätte meinen mögen es seien Leichen) bis zur Zentralallee auf der die Wachtposten mit den Metallketten wie Hunde auf und abliefen: wenn ich dann stand, zitterte ich noch eine Weile, fröstelte und versuchte mich zu erinnern was für eine Zeremonie es ist bei der sie alle auf dem Boden ausgestreckt in Reihen auf den kalten Fliesen der Kathedrale hintereinanderliegen und die Köpfe die Füße berühren, die Ordination glaube ich oder die Einkleidung bei den jungen Mädchen den Jungfrauen die in ihrer ganzen Länge beiderseits des Mittelschiffs ausgestreckt liegen wo der alte Bischof in Wolken von Weihrauch wie eine vertrocknete mit Gold und Spitzen bedeckte Mumie vorbeischreitet und seine beringte Hand mit dem amarantfarbenen Handschuh leicht hin und herschwenkt und mit schwacher kaum hörbarer Stimme die lateinischen Worte singt die bedeuten sie seien tot für diese Welt und es heißt daß man dann einen Schleier über sie breitet, das gleichmäßig graue Morgengrauen breitete sich über die Wiese und in der Niederung schwebte ein wenig Nebel überm Bach aber sie erlaubten uns erst aufzustehen wenn der Tag wirklich angebrochen war und bis dahin blieben wir fröstelnd an all unseren Gliedern zitternd eng verschachtelt verschlungen liegen ich rollte auf sie zermalmte sie mit meinem Gewicht aber ich zitterte zu stark bei der fieberhaften tastenden Suche nach ihrem Leib dem Eingang der Öffnung ihres Leibes mitten im Gewirr diese leichte buschige Feuchte mein ungeschickter Finger versuchte sie zu trennen blindlings aber zu hastig zu stark zitternd da führte sie ihn selber ein indem sie eine ihrer beiden Hände zwischen unsere beiden Leiber schob und die Lippen mit dem V aus Mittel- und Zeigefinger auseinanderhielt während ihr anderer Arm meinen Nacken loslassend an ihr selbst hinabzugleiten schien wie ein Tier wie ein schwankender sich längs Ledas Hüfte hinabschlängelnder Schwanenhals (oder welcher Vogel sonst als Symbol der Schamlosen der Hoffärtigen ja der Pfau auf dem zurückgefallenen Netzvorhang sein mit Augen besäter Schwanz der sich geheimnisvoll wiegte und schwankte) und sich endlich um ihre Backe herum unter sie schob und mich erreichte mit verdrehtem Gelenk ihre hohle Hand flach auf mich legte wie um mich abzuwehren doch sie hemmte kaum mein Ungestüm, dann nahm sie ihn führte ihn ein steckte ihn hinein verschlang ihn sehr laut atmend und zog ihre beiden Arme zurück, der rechte umschlang meinen Hals der linke preßte meine Lenden dort wo sich ihre Füße verschränkten, ihr Atem wurde immer schneller und stockte sooft ich wieder hinabfiel auf sie prallte sie mit meinem Gewicht zermalmte und, mich wieder zurückziehend von ihr abprallend schnellte sie wieder an mich, und auf einmal glitt er heraus aber sie steckte ihn sehr rasch wieder hinein diesmal mit einer Hand ohne meinen Hals loszulassen, nun keuchte sie seufzte sie nicht sehr laut aber ununterbrochen mit einer veränderten ganz anderen Stimme die ich nicht kannte als ob es eine andere eine Unbekannte wäre die kindlich hilflos seufzend durch sie hindurch etwas Erschrecktes Klägliches Verstörtes ausdrückte und ich sagte Liebe ich dich? Ich prallte auf sie der Schrei prallte auf ihre zugeschnürte Kehle es gelang ihr dennoch zu sagen:

Nein

Ich sagte wieder Du glaubst nicht daß ich dich liebe, und prallte wieder auf sie meine Lenden mein Leib prallten wieder an sie trafen sie wieder in ihrer tiefsten Tiefe ihre Kehle zog sich einen Moment zusammen sie war unfähig zu sprechen aber schließlich gelang es ihr ein zweites Mal zu sagen:

Nein

und ich: Du glaubst nicht daß ich dich liebe Du glaubst wirklich nicht daß ich dich liebe Liebe ich dich denn jetzt Liebe ich dich sag? jedesmal stärker aufprallend ihre keine Zeit keine Kraft für die Antwort lassend indes ihre Kehle ihr Hals nur noch unartikulierte Laute durchließen und ihr wild auf dem Kissen zwischen dem dunklen Fleck ihres Haars nach rechts und links rollender Kopf Nein Nein Nein Nein machte; sie hatten einen Verrückten im Schweinestall des als Wachthaus dienenden Bauernhofs oberhalb der Wiese eingesperrt, einen der bei einem Bombenangriff verrückt geworden war, manchmal begann er zu schreien endlos zwecklos wie es schien friedlich nicht tobend und trommelnd oder an die Tür schlagend er schrie nur und manchmal nachts wurde ich wach hörte es und sagte Was ist das, und er Der Verrückte, wie immer mißmutig mürrisch rollte sich dann wieder zusammen und versuchte seinen Kopf unter den Mantel zu stecken, ich konnte sie sehen, ihre schwarzen Schatten sehen die schweigend die Zentralallee auf und abschritten in ihre schweren Militärmäntel gemummt mit ihren metallenen Hundeketten die manchmal im Mondschein aufblinkten, mit über die Schulter gehängtem Gewehr, ebenfalls wie Fiakerkutscher die Arme schlagend um sich zu wärmen seine wütende Stimme drang durch den Mantel gedämpft zu mir und sagte An ihrer Stelle würde ich ihm mit dem Kolben einmal feste in die Fresse schlagen dann würde er vielleicht aufhören uns in den Ohren zu liegen der kriegt es fertig die ganze Nacht ununterbrochen zu zetern, endlos und zwecklos in die Dunkelheit zu brüllen, zu brüllen, dann plötzlich hörte sie auf entflochten lagen wir da wie zwei Tote und versuchten vergeblich wieder zu Atem zu kommen als ob auch das Herz uns mit der Luft durch den Mund verlassen wollte, Tote, sie und ich, betäubt durch das Toben unseres Bluts das durch unsere Glieder brauste rauschend zurückströmte sich durch das komplizierte Gezweig unserer Schlagadern stürzte wie bei einer Springflut wenn alle Flüsse in entgegengesetzter Richtung fließen wieder zu ihren Quellen zurückkehren, als ob wir eine Weile ganz leer gewesen wären als ob unser ganzes Leben sich wie ein tosender Wasserfall auf unsere Leiber aus unseren Leibern ergossen hätte sich vertilgend sich uns entreißend uns mir meiner Einsamkeit sich befreiend herausspringend ausströmend endlos sprudelnd uns überschwemmend einer den anderen endlos als ob es kein Ende gäbe als ob es nie mehr ein Ende geben würde (aber das stimmte nicht: nur einen Moment, trunken denkend es sei für immer so, aber in Wirklichkeit nur einen Moment wie wenn man träumt und glaubt es geschähen eine Menge Dinge und der Zeiger wenn man die Augen wieder öffnet kaum von der Stelle gerückt ist) dann strömte es zurück sich nun in die entgegen gesetzte Richtung ergießend so als wäre es an eine Wand geprallt, an eine Art unüberwindliches Hindernis das nur ein kleiner Teil von uns zu passieren vermocht hätte durch Täuschung gewissermaßen indem es nämlich zugleich das was sich seinem Entweichen seiner Befreiung widersetzte und uns selbst täuschte, etwas Wütendes Verletztes das dann in unserer verletzten Einsamkeit brüllt, von neuem eingesperrt, wütend an die Wände an die engen unüberschreitbaren Grenzen stoßend, tobend, dann beruhigte es sich allmählich, und nach einer Weile machte sie Licht, ich schloß schnell die Augen alles war kastanienbraun, dann braunrot ich hielt sie geschlossen ich hörte das silbrig klingende Wasser fließen fortspülen auflösen ... (ich konnte es hören wie es silbrig eisig schwarz in der Nacht auf dem Scheunendach in den Rinnen rauschte man hätte meinen mögen daß die Natur die Bäume die ganze Erde sich in der Dunkelheit auflösten von der langsamen Sintflut ertränkt zerwaschen abgeschwemmt verflüssigt da beschloß ich selber auch hinzugehen wie die anderen zu dem Lahmen der uns für den Abend eingeladen hatte anstatt hinaufzusteigen mich ins kastanienbraune Heu zu legen oder zum Trinken wieder in die Schenke zu gehen; Wack hatte nicht aufgehört ihn zu beobachten, er hatte heute abend keine Stallwache und doch blieb er da: er sah mich wortlos vorbeigehen und in den schwarzen Regen hinaustreten aber es gelang mir ebensowenig wie am Tage etwas von ihr zu sehen, sie saßen schon als ich zu ihnen stieß, drei mit dem Lahmen um den Tisch, Iglésia und ein anderer diskutierten halblaut mit dem Knecht am Herd; nur sie war nicht da, auf der Schwelle stehend suchte ich sie, aber sie war nicht da und schließlich fragte ich ob es der Bauern- oder Soldatenrat sei, aber sie wandten mir nur ihre mißtrauischen mißbilligenden Blicke zu ich sagte sie sollten sich nicht stören lassen ich sagte ich hätte nie ein anderes Spiel als Sechsundzechzig kapiert und setzte mich neben den Herd: darauf stand eine dicke Emaillekaffeekanne und der Tisch an dem sie spielten war mit einem gelben Wachstuch bedeckt dessen rote Dessins Palmbäume Minarette Reiter mit Türkensäbeln und Frauen am Brunnen darstellten die schlanke Krüge füllten oder auf ihren Schultern trugen, jedesmal wenn einer der Vier eine Karte ausspielte hielt er sie zunächst ein oder zwei Sekunden in der Luft und knallte sie dann mit einer (triumphierenden, wütenden?) Geste auf den Tisch, wobei seine Faust laut aufprallte, dann sah ich sie: nicht sie, die weiße Vision, die Art milde laue am Morgen im Halbdunkel des Stalls flüchtig erblickte Erscheinung, sondern sozusagen ihr Gegenteil oder vielmehr eine Verleugnung oder vielmehr eine Verfälschung von ihr die Verfälschung der wahren Idee der Frau der Anmut der Wollust, ihre Strafe: eine schreckliche Alte mit dem Profil und Bärtchen eines Bocks und einem Kopf der unaufhörlich zitterte und sich mir zuwandte als ich mich neben sie auf die Bank hinterm Ofen setzte zwei blaßblaue beinahe weiße wie verflüssigte Augäpfel beobachteten mich bespähten mich eine Weile, ohne daß sie aufhörte zu kauen zu mümmeln, ihr grauweißes Bärtchen hob und senkte sich, dann beugte sie sich zu mir, näherte ihre gelbe ausgetrocknete Maske meinem Gesicht so daß sie es beinahe berührte (als ob ich hier in dieser Bauernküche irgendeiner Zauberei zum Opfer fiele – und es gab tatsächlich so etwas hier in diesem verlorenen von der Welt abgeschnittenen Land mit seinen tiefen Tälern aus denen nur ein leises Glockenklingen ertönte seinen schwammigen Weiden seinen waldigen vom Herbst gefärbten rostroten Hängen; das war es: als ob das ganze Land in einer Art Betäubung daliegend unter einem Bann befangen in dem lautlos fallenden Regen ertrinkend verrostete brandig würde zerfressen nach und nach verwesend im Geruch von Humus und angehäuften welken Blättern die sich aufschichteten und allmählich verfaulten, und ich der Reiter der gestiefelte Eroberer war gekommen um in der Tiefe der Nacht in der Tiefe der Zeit die lilienweiße Prinzessin zu verführen zu entführen von der ich seit Jahren geträumt hatte und in dem Moment da ich sie zu erreichen, sie zu umarmen zu umschließen zu umschlingen glaubte, saß ich neben einer schauderhaften goyesken Alten . . .) und sagte: Ich habe ihn genau wiedererkannt. Tjaa. Mit seinem Bart!

und einer von ihnen hörte auf mit dem Knecht zu sprechen, schaute mich an, zwinkerte über den Herd hinweg und sagte Haste dir was angelacht

und ich Darum bin ich ja gekommen

und er Nur war sie vielleicht nicht ganz so alt

und ich Ungefähr zweihundert Jahre jünger. Aber das macht nichts. Was haben Sie gesehen, Großmutter?

sie beugte sich noch etwas weiter vor warf einen schnellen Blick zu dem Lahmen, zu den Spielern hinüber die immer noch damit beschäftigt waren ihre Karten laut auf den Tisch zu knallen: Jesus sagte sie. Jesus. Christus. Aber er ist schlau.

über den Herd sah ich ihn an er zwinkerte mir wieder zu Das will ich meinen sagte ich Er ist der Schlauste von allen Wo ist er?

Auf dem Weg

Ja? Wie sah er denn aus?

Er hatte einen Bart sagte sie Und einen Stock

Ich habe ihn auch gesehen sagte ich

Er hat immer seinen Stock bei sich Er wollte mich schlagen

Gottverdammtes Weibsbild, schrie der Lahme sich umdrehend Hörst du denn nie mit deinem dummen Gequatsche auf Kannst du nicht gefälligst schlafen gehen wie

Scheiße sagte die Alte. Die drei am Tisch sitzenden Soldaten brachen in schallendes Gelächter aus, während einer Weile hielt die Alte sich kusch, beobachtete den Lahmen und wartete darauf daß er seine Karten wieder aufhöbe zusammengekauert auf ihrer Bank hockend mit einem boshaften gehässigen Glanz in ihren kleinen hellrosa umrandeten farblosen Augen, Hahnrei! sagte sie, (immer mit zusammengebissenen Zähnen brummelnd und wieder mümmelnd:) Sie sind gemein Ich bin ganz allein, und wieder rief sie Hahnrei! und noch einmal Hahnrei! aber sie hatten wieder zu spielen begonnen, sie warf mir einen triumphierenden Blick zu und beugte sich abermals zu mir, Hat ihn verjagt mit seinem Gewehr, sagte sie, Hat sein Gewehr genommen aber er ist doch ein Hahnrei. Über den Ofen hinweg sah ich ihn wieder an und er zwinkerte mir wieder zu

Es nützt nichts daß er sie in ihrem Schlafzimmer einsperrt sagte sie kurz lachend Sie beugte sich noch tiefer stieß mich mit dem Ellbogen ihre gelblich triefenden kleinen Totenaugen lachten lautlos Es gibt ja nicht nur einen Schlüssel sagte sie

Was

Es gibt nicht nur einen Schlüssel

Was erzählst du da noch, schrie der Lahme Geh doch zu Bett! Sie sprang auf hüpfte schnell zur Seite und hockte sich still wieder am anderen Ende der Bank nieder ohne daß sie aufhörte mir mit fratzenhaftem Gesicht Zeichen zu machen die Augen unverwandt auf mich gerichtet mit hochgezogenen Brauen indes ihr stummer Mund Worte formte die lautlos sagten Gemein, Gemein, und sie ihr häßliches Ziegengesicht verzerrte) ... dann bog das Bett sich wieder unter ihrem Gewicht ich hielt sie immer noch geschlossen und versuchte die grenzenlose Dunkelheit unter meinen Lidern zu behalten zu bewahren sie wurde abwechselnd kastanienbraun dann rötlich dann purpurn dann schwarzviolett verschwommene Äderungen weiche Flecken bildeten sich und zerfielen langsam gleitend so etwas wie bleiche Sonnen die aufleuchteten und erloschen haarige Sonnen ich wußte daß sie das Licht angelassen hatte und daß sie mich betrachtete mich mit der geschärften scharfsinnigen Aufmerksamkeit zu der sie zuweilen fähig sind erforschte ich vergrub meine Wangen meine Stirn in ihrer Achselhöhle und konnte nun bei jedem Atmen die Luft in sie die Hohle eindringen hören und dann wieder ausströmen ihr Herz schlug noch schnell wurde nach und nach langsamer, mit immer noch geschlossenen Augen ließ ich mich an ihr hinabgleiten an ihrer Seite entlang ihr Leib hob und senkte sich bebte wie eine weiche Vogelbrust (der ganze Pfau bebte mit dem Vorhang sein geschwungener Hals bog sich zu einem S darüber der kleine blaue Kopf den ein Federnfächer schmückte der Vorhang schwankte noch nachdem sie ihn wieder hatte fallen lassen bebte wie etwas Lebendiges wie das Leben das sich dahinter verbarg, ich hatte den Kopf den Bruchteil einer Sekunde zu spät erhoben hatte ich es gesehen hatte ich es nicht gesehen sondern nur geglaubt die Hälfte eines Gesichts die Hand zu sehen die sich flink zurückgezogen und ihn hatte fallen lassen nun wiegte sich nur noch der lange Vogelschwanz dann verharrte auch er regungslos, und auch am nächsten Tage gelang es uns nicht sie zu erblicken, das Pferd war in der Nacht eingegangen und wir begruben es morgens in einem Winkel des Obstgartens dessen Bäume mit ihren vom Regen schwarzlackierten fast nackten Ästen nun in die feuchte Luft tropften: wir hievten den Kadaver auf eine flache Karre und kippten ihn in die Grube und während die Schaufeln Erde ihn allmählich begruben betrachtete ich den knochigen grausigen Körper mehr Insekt mehr Fangheuschrecke denn je mit seinen gekrümmten Vorderbeinen seinem riesigen schmerzerfüllten schicksalsergebenen Kopf der nach und nach verschwand und unter dem langsamen dunklen Ansteigen der mit unseren Schaufeln auf ihn geworfenen Erde das bittere Grinsen seiner langen bloßen Zähne mitnahm als ob er uns von jenseits des Todes verhöhnte prophetisch aufgrund einer Kenntnis einer Erfahrung die wir nicht besaßen, des enttäuschenden Geheimnisses welches das Fehlen jeden Geheimnisses jeden Mysteriums ist, dann begann es wieder zu regnen und als der Abmarschbefehl kam fiel der Regen so dicht daß er zwischen dem anderen Hang des Tals und uns einen grauen beinahe undurchsichtigen Schleier bildete während wir in voller Ausrüstung bei den gesattelten Pferden in der Scheune saßen auf das Signal zum Sammeln warteten und im Torrahmen den Vorhang das silberne Fallgitter sahen das sich vom Dach ergoß und auf dem Boden eine schmale Furche parallel zur Schwelle und etwas weiter vorn (in der Senkrechten des Daches) ausspülte wo die Kieselsteine nackt gewaschen entblößt aussahen, die naßkalte Luft drang herein und wenn wir sprachen entwich unseren Mündern dichter bläulicher Brodem der Pfau auf dem Vorhang verharrte immer noch regungslos rätselhaft, im Gespräch blickten wir manchmal flüchtig zu ihm auf, Blums blasses Gesicht unter dem schwarzen Haar glich einer Aspirintablette in dem nur die beiden Flecken seiner schwarzen Augen fieberten er hatte seinen Helm in der Hand sein Kopf und sein dünner Hals ragten sonderbar nackt aus dem Kragen seines Mantels hervor aus dieser aus steifem Tuch Leder und Gurten bestehenden kriegerischen Ausrüstung in deren Innern der Schmächtige der Empfindliche sich wie in einem Panzer aufrechtzuhalten schien

wir werden nicht wegmarschieren sagte Wack Wir warten schon eine Stunde ich wette daß wir nicht wegmarschieren Sie werden uns den ganzen Tag so hier hocken lassen und um Mitternacht werden sie kommen und uns sagen wir sollten absatteln und uns hinlegen

fang nicht an zu weinen sagte Blum

ich weine nicht sagte Wack ich bilde mir nur nichts ein das ist alles ich

mein Gott sagte ich was würde ich nicht darum geben den Schlüssel zu bekommen

welchen Schlüssel sagte Wack

Der Pfau bewegte sich noch immer nicht

den Schlüssel zur Freiheit sagte Iglésia. Wir betrachteten immer noch jenseits des Regengitters das stille Haus die geschlossenen Fenster die geschlossene Tür die Fassade die einem undurchdringlichen Gesicht glich, dann und wann löste sich ein Blatt vom dicken Nußbaum und sank sanft auf den Boden beinahe schwarz schon zerfressen verfault

ich wette daß es der Beigeordnete ist sagte Blum

das stimmt nicht sagte Wack Sie hat ihn weggejagt Sie hat das Gewehr vom Haken genommen als er in ihr Zimmer kam

nanu? sagte Blum Weil er in ihr Zimmer kam?

ich weiß von nichts sagte Wack Warum fragst du sie nicht selber

er weiß von nichts sagte Iglésia Wovon redest du denn

von nichts sagte Wack

Wack hat sich mit ihrem Knecht angefreundet sagte Iglésia Mit dem Kerl der wie ein Bär aussieht unter Bären versteht man sich sagte Blum

leck mich am Arsch sagte Wack

komm schon sagte ich Reg dich nicht auf Du hast ihm geholfen seine Kartoffeln hereinzuschaffen und dafür hat er dir geholfen herauszukriegen was los war Erzähl' es uns mal

er hat mir jedenfalls nicht geholfen ein Pferd kaputtzureiten sagte Wack

es langt sagte Iglésia du hättest es ja nicht zu reiten brauchen

ich habe es auch nicht kaputtgeritten sagte Wack

halt die Schnauze sagte ich

laß ihn sagte Blum Wenn es ihm Spaß macht. Er wandte sich ihm zu: Es ist also der Beigeordnete?

warum fragst du sie nicht selber sagte Wack

er ist es also?

er ist ein alter Freund der Familie sagte ich Er ist der beste Freund der Familie Er mag sie alle sehr gern Er hat sie immer sehr gern gemocht

er hat sie doch mit Gewehrschüssen verjagt sagte Blum

es ist eine Jägerfamilie sagte ich

das erzählt der Bär sagte Blum nicht die Alte

diese alte Verrückte sagte Wack

vielleicht verwechselt sie es sagte ich Vielleicht glaubt sie es sei wieder der andere

welcher andere? sagte Blum

ich glaubte du wüßtest alles sagte Wack

war da noch ein anderer? sagte Iglésia

Das Regengitter floß unablässig, wie Silberfäden, wie parallele Metallstäbe die den Scheuneneingang versperrten, irgendwo lief eine Dachrinne über und rauschte wie ein ferner Wasserfall: Darum hat er sein Gewehr genommen sagte ich Um ihn zu hindern hineinzugehen wo reinzugehen sagte Wack

oh jemine sagte Blum Du kapierst wohl gar nichts? Ins Haus weil er auch ins Haus wollte

du hast doch gesagt daß er einen zweiten Schlüssel hat sagte Wack

aber am hellichten Tage so daß alle es sehen konnten mit vollem Recht unter dem Vorwand den Korporälen die Zimmer zu zeigen als Respektsperson auftretend kapierst du denn wirklich gar nichts?

er ist ein Mann den es nach innen drängt sagte Blum Er liebt es überall das Innere kennenzulernen

ich versteh' nichts von alledem was ihr da redet sagte Wack Ihr haltet euch für überschlau Ich sage euch daß ihr euch für

aber der andere wird wohl über seine Familie wachen sagte ich

wer

der Lahme es ist eine Ehrensache

tjaa sagte Blum Ich wußte nicht daß die Ehre in der Mitte einen Schlitz und rund herum Haare hat

Du Arschloch sagte Wack

das ist das Wort das ich suchte Ich hatte es auf der Zunge aber ich fand es nicht Diese Leute vom Lande na sowas sie sehen aus als könnten sie kein Wässerchen trüben und dann plötzlich

und die Stadtjuden sagte Wack wie sehen die denn aus?

oh sagte ich bist du bald still?

glaubst du ich hätte Angst vor dir sagte Wack

Ein Netzwerk verflochtener Rinnen floß über den gelben Sand des Weges der Rand der Böschung zerbröckelte nach und nach blätterte ab sackte bei winzigen aufeinanderfolgenden Erdrutschen zusammen die ein Weilchen einen der Arme des Geflechts verstopften und dann aufgeweicht aufgelöst mitgerissen verschwanden die ganze Welt brach zusammen mit dem unaufhörlichen Gemurmel einer Quelle von Tropfen die einander an den glänzenden Ästen entlang verfolgten einander einholten miteinander verschmolzen sich lösten und mit den letzten Blättern fielen mit den letzten Resten des Sommers der für immer vergangenen Tage die man nicht wiederfindet nie wiederfindet was hatte ich in ihr gesucht in ihr erhofft verfolgt bis an ihren Körper in ihren Körper Worte Töne genauso verrückt wie er mit seinen illusorischen Papierbögen voll mit schwarzem Gekritzel mit Sätzen die unsere Lippen aussprachen um uns selbst zu täuschen um ein Leben aus Tönen zu leben ohne mehr Wirklichkeit ohne mehr Konsistenz als dieser Vorhang auf dem wir glaubten den gestickten Pfau sich bewegen beben atmen zu sehen indem wir uns das vorstellten das erträumten was dahinter war obgleich wir wahrscheinlich nicht einmal das zweigeteilte Gesicht gesehen hatten oder die Hand die ihn hatte fallen lassen und nur leidenschaftlich darauf lauerten daß ein Luftzug ihn leicht bewegte), sie sagte Woran denkst du? ich sagte An dich, sie sagte wieder Nein Sag' mir woran du denkst, ich sagte An dich das weißt du doch, ich legte meine Hand auf sie genau in die Mitte es war wie Flaum weiche Vogelfedern ein Vogel in meiner Hand aber auch ein Busch ein englisches Sprichwort sie sagte Warum hältst du deine Augen geschlossen, ich öffnete sie das Licht brannte immer noch sie lag auf dem Rücken ein Bein leicht gespreizt das andere angezogen hoch wie ein Berg über mir der Fuß flach auf dem zerknitterten Laken und hinten etwas tiefer als der Knöchel bildete die dort etwas dickere Haut drei waagerechte Falten über der leicht orange getönten Ferse, meine Wange auf der Innenseite des anderen Schenkels welche in dieser Lage die Oberseite war ich konnte an der Stelle wo er in den Leib überging unter dem weichen Haar das dort begann den Vorsprung des Sehnenbands sehen das sich diagonal durch die Leistengegend zog, die schneeweiße Haut über dem Schenkel wurde von der Leistenfurche an leicht bisterbraun und die Lippen der Spalte wurden dunkler vor der Stelle wo die Schleimhaut begann als ob dort nicht ganz ausgelöscht noch etwas von unseren wilden primitiven finsteren Vorfahren übrigwäre fortdauerte die sich nackt ungestüm und hastig im Staub im Dickicht packten paarten wälzten: in dieser Lage stand sie kaum offen, man sah etwas Blaßviolettes wie einen Saum eine Naht leicht hervortreten das Bisterbraun wurde noch intensiver wurde fahlrot je weiter der Blick auf die Falten glitt man hätte meinen können ein Stoff eine drinnen von zwei Fingern zusammengekniffene leicht gefärbte Seide die oben eine Art Öse oder vielmehr eine Runzel ein Knopfloch aus Fleisch bildete, sie sagte Woran denkst du Antworte mir Wo bist du? wieder legte ich meine Hand darauf: Hier, und sie: Nein, und ich: Du glaubst ich sei nicht hier? Ich versuchte zu lachen, sie sagte Nein nicht bei mir Ich bin nur ein Soldatenmädchen sowas wie die Figuren die man mit Kreide an die Kasernenwände gezeichnet oder mit einem Nagel in den bröckeligen Gips geritzt sieht: ein zweigeteiltes Oval und Strahlen rund herum wie eine Sonne oder ein senkrechtes geschlossenes von Wimpern umgebenes Auge und nicht einmal ein Gesicht ..., ich sagte Oh hör bitte auf Kannst du denn nicht begreifen Kannst du dir nicht vorstellen daß ich fünf Jahre lang nur von dir geträumt habe, und sie: Eben, und ich: Eben? und sie, Ja Laß mich, sie versuchte sich zu befreien ich sagte Was hast du Was ist mit dir los? sie versuchte immer noch sich freizumachen und aufzustehen, sie weinte, sie sagte noch einmal Zeichnungen wie Soldaten sie machen, Soldatenspäße, ich hörte wie sie sich immer noch stritten am Abend und die Nacht hereinbrechen den Regen fallen sahen,

Blum sagte er würde gern etwas Heißes trinken und Wack sagte zu ihm er sei doch so überschlau warum er nicht zum Haus ginge und klopfte und sie darum bäte ein wenig Kaffee zu machen, und Blum sagte daß er Gewehre nicht liebe daß er zwar eins auf dem Rücken trage aber nie etwas dafür übrig gehabt habe Jäger zu sein und erst recht nicht Wild zu sein und daß der Lahme anscheinend darauf brenne sich seines Gewehrs zu bedienen und er sagte »Letzten Endes hat auch er das Recht seinen Schuß abzufeuern wenn alle überall mit ihren Flinten herumfuchteln Schließlich ist Krieg« aber jetzt hörte ich nur noch seine Stimme es war wieder finster und man konnte nichts mehr sehen und alles was wir von der Welt wahrzunehmen vermochten war die Kälte das Wasser das uns nun von allen Seiten durchdrang, das gleiche unaufhörliche vielfache allgegenwärtige Geriesel das mit dem apokalyptischen vielfachen Getrappel der Hufe auf der Straße zu verschmelzen einszuwerden schien, und wie wir so auf unseren unsichtbaren Pferden hin- und hergestoßen wurden hätten wir glauben können daß das alles (das Dorf die Scheune die milchig-milde Erscheinung die Schreie der Lahme der Beigeordnete die alte Verrückte dieses ganze düstere blinde tragische banale Imbroglio von Personen die schimpften fluchten einander drohten einander verwünschten in der Finsternis stolperten und tappten bis sie sich schließlich an einem Hindernis stießen an einer dort in der Dunkelheit versteckten Höllenmaschine (einer nicht einmal für sie, gar nicht speziell für sie bestimmten) die ihnen mitten ins Gesicht explodieren und ihnen gerade noch Zeit lassen würde zum letzten (und wahrscheinlich zum ersten) Mal etwas zu erblicken was dem Lichte glich) daß das alles nur in unserem Geist existierte: ein Traum eine Illusion während wir in Wirklichkeit womöglich nie aufgehört hatten zu reiten und immerzu durch diese rieselnde endlose Nacht ritten und einander antworteten ohne uns zu sehen ... Und vielleicht hatte sie trotz allem recht vielleicht sagte sie die Wahrheit vielleicht sprach ich immer noch mit ihm, tauschte ich immer noch mit einem kleinen nun seit Jahren toten Juden Prahlereien Scherze Obszönitäten Worte Töne aus nur um nicht einzuschlafen, um einander nichts schuldig zu bleiben, um einander Mut zu machen, und Blum sagte nun: Aber vielleicht war das Gewehr gar nicht geladen Vielleicht wußte er gar nicht damit umzugehen Die Leute lieben es nun mal aus allem eine Tragödie ein Drama einen Roman zu machen

und ich: Vielleicht war es doch geladen Das kommt manchmal vor Man liest es jeden Morgen in den Zeitungen

Dann muß ich morgen eine Zeitung kaufen Es wird wenigstens etwas Interessantes zu lesen geben

Ich glaubte dieser Krieg interessierte dich Ich dachte sogar du seist ganz besonders daran interessiert

Nicht um vier Uhr morgens auf einer alten Mähre noch dazu im Regen

Du glaubst es sei vier Uhr morgens Du glaubst es würde schließlich doch wieder Tag?

Ist das da etwa nicht die Dämmerung Was soll die hellere Stelle dort drüben rechts anderes sein

Wo? Wo siehst du etwas in dieser pechschwarzen Nacht

Dann und wann sieht man einen hellen Fleck

Es ist vielleicht Wasser Vielleicht ist es die Maas

Oder der Rhein

Oder die Elbe

Nein nicht die Elbe wir wüßten es

Gut also was?

Irgendein Fluß als ob das wichtig wäre

Wie spät mag es sein

Als ob das wichtig wäre

Wir sind mindestens schon drei Tage in diesem Waggon

Sagen wir also es ist die Elbe

Die beiden Stimmen ohne Gesichter antworteten einander abwechselnd im Dunkeln ohne mehr Wirklichkeit als ihr Klang, sagten Dinge die nicht wirklicher waren als eine Folge von Klängen und setzten doch ihr Gespräch fort: anfangs nur zwei potentielle Tote, dann so etwas wie zwei lebende Tote, dann einer von ihnen wirklich tot und der andere immer noch am Leben (allem Anschein nach am Leben, dachte Georges, und allem Anschein nach war das auch nicht viel besser), und beide (jener der tot war und jener der sich fragte ob es nicht besser wäre für immer tot zu sein da man das wenigstens nicht wüßte) gefangen, eingeschlossen in dem zugleich regungslosen und beweglichen Ding das unter seinem Gewicht langsam die Oberfläche der Erde glättete (und vielleicht war es das was Georges immerzu als ein Schieben, als ein unmerkliches Schaben wahrnahm, ungeheuerlich und unaufhörlich hinter dem knappen geduldigen Getrappel der Hufe: dies olympische kalte Vorangleiten, dieser langsame seit dem Anfang der Zeiten voranrutschende alles zerquetschende alles zermalmende Gletscher in dem er sie zu sehen glaubte, sich selbst und Blum, erstarrt erfroren, gestiefelt und gespornt auf ihren abgezehrten Mähren, unversehrt und tot in der Menge von Phantomen die sich ebenfalls aufrecht in ihren verschossenen bunten Uniformen alle mit der gleichen unmerklichen Geschwindigkeit voranbewegten wie eine steife Prozession von Puppen die bei jedem Ruck auf ihren Sockeln schwankten, alle gleichförmig in jene meergrüne Dichte gehüllt durch die hindurch er sie zu erraten zu erkennen versuchte, die sich unendlich oft in den grünen Tiefen der Spiegel wiederholten), und Blums rührende blödelnde Stimme sagte: »Was weißt du denn davon? Du weißt nichts. Du weißt nicht einmal ob das Gewehr geladen war. Du weißt nicht ob der Pistolenschuß nicht zufällig losgegangen ist. Wir wissen nicht welches Wetter an jenem Tag herrschte, ob Staub oder Schlamm ihn bedeckte, ihn der unverrichteter Dinge mit seinem Vorrat unverkaufter guter Meinungen heimkam, die nicht nur nicht verkauft sondern mit Flintenschüssen empfangen worden waren, und der seine Frau (das heißt deine Ururgroßmutter die nun nur noch aus einigen brüchigen Gebeinen in einem verschossenen seidenen Kleid besteht irgendwo in der Tiefe einer Gruft in einem Sarg der selber von Würmern zernagt ist so daß man nicht weiß ob der feine gelbliche Staub in den Falten des Tafts von den Knochen oder vom Holz herrührt, die jedoch damals ein junges Fleisch und Blut war, einen schattigen Leib, violette Brüste und von der Lust belebte Lippen und Wangen über den gelblichen Knochen hatte), der seine Frau also damit beschäftigt fand die naturalistischen rührseligen Prinzipien von denen die Spanier nichts wissen wollten in der Praxis zu erproben...«

Und Georges: »Aber nein, er...«

Und Blum: »Nein? Du hast doch selber zugegeben daß diesbezüglich in deiner Familie eine Art Zweifel herrschte: ein verlegenes, schamvolles Schweigen. Schließlich bin ich es nicht gewesen der von der galanten Gravüre gesprochen hat und von der mit der Schulter aufgestoßenen Tür, von der Verwirrung, den Schreien, dem Durcheinander, den Lichtern in der Nacht...«

Und Georges: »Aber...«

Und Blum: »Und hast du mir nicht erzählt, daß du ihn auf dem zweiten Porträt, auf der Miniatur, dem Medaillon das erst nach seinem Tod entstanden ist, sozusagen nicht wiedererkannt hattest, daß du mehrere Male den auf der Rückseite stehenden Namen und das Datum lesen mußtest um dich davon zu überzeugen, daß du...«

Und Georges: »Ja. Ja. Ja. Aber ...« (sie war etwas kräftiger geworden zwischen den beiden, das heißt daß sie eine Art wollüstige Wohlbeleibtheit zeigte, daß sie etwas aufgeblüht war, wie junge Mädchen nach ihrer Heirat, etwas in die Breite gegangen vielleicht, aber ihre ganze Person – in dem Kostüm das wie die Negation eines Kostüms war, das heißt ein simples Kleid, das heißt ein simples Hemd, halb durchsichtig, das sie halbnackt ließ, wobei ihre zarten dargebotenen Brüste von einem Band noch hervorgehoben wurden und beinahe ganz aus dem hauchdünnen blaßrosa Stoff sprangen – strömte etwas Schamloses, Saturiertes, Triumphierendes aus, zeigte jene ruhige Opulenz von Sinnen und Seele, die gleichermaßen befriedigt, gesättigt – ja sogar vollgepfropft waren – und jenes träge, scheinheilige, grausame Lächeln das man auf gewissen Frauenporträts aus jener Epoche sehen kann (aber vielleicht war es nur die Wirkung einer Mode, eines Stils, die Geschicklichkeit, die Kunstfertigkeit, die Anpassungsfähigkeit des Malers der daran gewöhnt war mit demselben Pinsel oder demselben wollüstigen Stift Hausmütter und lässig auf den Kissen türkischer Bäder hingegossene laszive Odalisken darzustellen?) von Frauen mit biegsamen Hälsen und Taubenbrüsten, und es war ganz bestimmt nicht mehr die gleiche Frau wie jene, die etwas spröde, etwas verschroben, affektiert, gepanzert und mit harten und kalten Juwelen verziert in der schweren Robe mit den Ärmelschlitzen posiert hatte, und Georges dachte: »Ja, als ob sie in der Zwischenzeit befreit worden wäre, als ob sein Tod sie ...«), und hörte wieder Blums Stimme (lauter, ironisch, ja sogar sarkastisch, aber ohne sich, wie es schien, an irgendjemanden wer es auch sein mochte zu richten, es sei denn vielleicht an den Boden seines Kochgeschirrs, mit dem er zu sprechen, zu plaudern, sich zärtlich liebevoll zu unterhalten schien, und Georges fragte sich bis zu welchem Grad ein Mann abmagern könne ohne dabei ganz zu verschwinden, vernichtet zu werden durch das was sozusagen das Gegenteil einer Explosion wäre: eine Aspiration der Haut, des ganzen Wesens, ins Innere, ein Eingesogenwerden, denn Blum war damals wahrhaftig erschreckend mager, mit seinen tiefliegenden Augen, seinem spitzen vorspringenden beinahe die Haut durchstoßenden Adamsapfel, seiner ironischen ebenfalls abgezehrt wirkenden Stimme die sagte:) »Hatte er nicht vielleicht außer seinen Genfer Ideen noch einen anderen Makel, irgendein unangenehmes Gebrechen das er mit sich herumschleppte? War er nicht auch lahm, klumpfüßig oder irgend so etwas: derlei Dinge gab es damals häufig bei adeligen Marquis, abtrünnigen Bischöfen oder Botschaftern. Schließlich hast du ihn nur gemalt, und zwar nur von der Brust aufwärts gesehen, mit seinem zweiläufigen Jagdgewehr auf der Schulter, wie der andere obeinige Dorf-Othello. Vielleicht lahmte er nur. Mehr nicht. Vielleicht hatte er deshalb einen Komplex, vielleicht war er...«, und Georges: »Vielleicht«, und Blum: »Oder vielleicht hatte er nur Schulden, vielleicht hatte der Schacherjude am Ort ihn mit einigen guten trockenen Wechseln fest in der Hand. Die adeligen Herren lebten wie du weißt vor allem auf Pump. Sie waren ganz von reinen großmütigen Gefühlen beseelt konnten jedoch kaum etwas anderes machen als Schulden, und ohne die Vorsehung die der jüdische Wucherer mit seinen krummen Fingern für sie darstellte hätten sie wahrscheinlich nicht viel zustandegebracht, außer vielleicht jene Art von Leistungen die man sich später stolz im Familienkreis erzählt, wegen der noblen Geste, um Eindruck zu schinden, wegen des Prestiges, der Tradition, damit hundertfünfzig Jahre später eines seiner Enkelkinder in den Krieg zöge und jenen mit sich nähme – eine Art Dienstboten oder der als so etwas diente – der seine Frau geritten, besprungen hatte, seine Frau, die nicht mehr und nicht weniger als eine Stute war, die beide einen ganzen Herbst, einen ganzen Winter und die Hälfte eines Frühlings nebeneinander lebten ohne ein Wort zu wechseln (nur ausnahmsweise wenn ein Pferd lahmte oder eine dienstliche Frage zu regeln war) bis sie sich schließlich beide, da einer stets treu dem anderen folgte, oder der eine erreicht hatte daß der andere ihm treu folgte, auf der Straße befanden, wo kein Krieg mehr herrschte, wie du sagtest, sondern Mord und Totschlag und wo einer der beiden den anderen mit einem Karabiner – oder Pistolenschuß hätte abknallen können ohne daß er jemals irgendjemandem hätte Rechenschaft darüber abzulegen brauchen, und selbst dort, sagtest du, redeten sie nicht miteinander (vielleicht ganz einfach deswegen nicht, weil weder der eine noch der andere das Bedürfnis hatte zu sprechen: wahrscheinlich steckt gar nicht mehr dahinter), beide Abstand wahrend wie es sowohl ihren Dienstgraden als auch ihren sozialen Stellungen entsprach, wie zwei Fremde, selbst in jenem Hinterhof einer Landschenke wo er euch ungefähr fünf Minuten bevor die Maschinenpistole ihn anrotzte, ein kühles Helles spendierte wie er nach einem gewonnenen Rennen am Jockeibüffet ein Glas bezahlt hätte, so daß durch die Löcher vielleicht kein Blut sondern Bier hervorspritzte, das hättest du vielleicht gesehen wenn du genau hingeschaut hättest, die Bier verspritzende Reiterstatue des Kommandeurs, in einen flämischen Bierbrunnen verwandelt auf dem Sockel seines ...«, aber nicht zu Ende sprechend da er nun ganz damit beschäftigt, ganz darin vertieft war die letzten Reste der ekelhaften sauren Suppe mit dem metallischen Beigeschmack unten aus seinem Kochgeschirr zu kratzen, und Georges schwieg, schaute ihn an, das heißt, jetzt, hinter dem gesenkten Schädel, die beiden Nackensehnen die wie zwei gespannte vorspringende Saiten aussahen, indes seine Stimme, sein gesenkter

Mund nun sozusagen in sein Kochgeschirr sprach und sagte: »Wie prima es wäre soviel Zeit zu verlieren zu haben, wie prima es sein muß soviel Zeit zur Verfügung zu haben daß der Selbstmord, das Drama, die Tragödie eine Art eleganter Zeitvertreib werden«, und er sagte: »Aber bei mir zu Hause gab es zuviel zu tun. Schade. Ich habe nie von solchen vornehmen pittoresken Episoden reden hören. Mir ist vollkommen klar, daß es ein Mangel in einer Familie ist, eine bedauerliche Geschmacksverirrung, nicht daß es nicht einen oder zwei oder vielleicht mehrere Blums gegeben hätte die Lust gehabt hätten es früher oder später zu tun, aber wahrscheinlich hatten sie keine Muße dazu, nicht die nötige Zeit, und dachten wahrscheinlich Ich werde es morgen tun und verschoben es von einem Tag auf den anderen weil sie am nächsten Morgen wieder um sechs aufstehen und sich sofort wieder daranmachen mußten zu nähen oder zu schneidern oder in ein schwarzes Sergetuch eingewickelte Stoffballen zu schleppen: nach dem Krieg mußt du mich mal besuchen, ich werde dir meine Straße zeigen, da ist zunächst ein Geschäft mit einem gelbes Holz imitierenden Anstrich an dem in vergoldeten Buchstaben auf schwarzem Glasgrund über den Schaufenstern steht: Tuche Stoffe Firma ZELNICK en gros und en détail, und im Innern nichts als Stoffrollen, aber nicht wie in den Geschäften wo ein eleganter parfümierter Verkäufer aus dem Warenregal eine dünne Holzplatte zieht auf der feines Tuch aufgerollt ist das er mit eleganten Gesten vor einem ausbreitet: Rollen die ungefähr so dick sind wie ein alter Holzstamm, und bei denen auf einer einzigen ungefähr soviel drauf ist um zehn Familien zu kleiden, und häßliche, dicke, dunkle Stoffe, und das Geschäft das selbst am hellichten Tage düster ist wird von sechs oder sieben Milchglaskugeln beleuchtet die an Bleiröhren hängen bei denen man sich damit begnügte elektrische

Leitungen durch den ehemaligen Gaskanal zu legen aber es sind seit fünfzig oder sechzig Jahren immer noch die gleichen Glaskugeln, und das nächste Geschäft hat dann einen rötlichen Anstrich und unterscheidet sich von dem vorigen außerdem noch durch einen Sockel aus einer grünen Marmorimitation mit hellgrüner Äderung, obgleich der Firmenname auf dem gleichen schwarzen Glashintergrund in den gleichen vergoldeten Buchstaben prangt, und diesmal ist es: Futter- Wollstoffe en gros Z. DAVID und Cie. Französische Tuche, und im Innern die gleichen riesigen Stämme mit den konzentrisch aufgerollten traurigen, strapazierfähigen häßlichen Stoffen, und der nächste Laden hat wieder den trüben, Holz imitierenden Anstrich, und diesmal ist es: Tuchwaren WOLF Futterstoffe, woran sich ein breites Hoftor anschließt über dem in einem länglichen Zierrahmen geschrieben steht: Handkarrenverleih Kohlen, des Brennholz- und Kohlenhändlers, der hinten im Hof wohnt, und über diesem Schild, in dem schmalen Halbkreis der den oberen Teil des Tors bildet befindet sich ein beinahe viereckiges Fenster das zu einem über dem Torweg gelegenen Zimmer gehören muß, bei dem ich mich immer gefragt habe wie jemand wohl darin stehen könnte und das doch bewohnt ist weil Tüllgardinen davor hängen und Grünpflanzen in den Töpfen an der eisernen Brüstung wachsen, im Anschluß daran ist die Mauer selbst braunrot gestrichen und auch der Laden hinter dem Hoftor, der in gotischen Lettern die Inschrift trägt: Feine Weine Alter Keller Liköre, dann wieder eine Fassade in gelber Holzimitation: Tuchwaren en gros und demigros SOLINSKI Herren- und Knabenkonfektion, und danach kommt die Straßenecke und gegenüber die Kneipe: Bar Zum Füsilier Tabak, in roter Schrift auf weißem Grund, die Fassade dunkelrot mit hellroten Füllungen, die Tür als abgestumpfte Ecke zwischen beiden Straßen und stets offen, außer bei großer

Kälte, so daß man dort immer zwei oder drei Leute an der Theke lehnen sehen kann (aber nicht Leute aus der Straße: Arbeiter, Kassierer, Vertreter die etwas repariert oder inspiziert haben) und die blitzblanken Kaffeemaschinen, und die Kellnerin hinter der Theke, einen blauen Briefkasten links von der Tür, und über dem Briefkasten senkrecht in gelben Lettern auf rotem Grund wieder das Wort Tabak, und auf der anderen Seite, das heißt rechts von der Tür, eine schmale, hohe, graue Fläche mit einem senkrecht gestreckten roten Rhombus auf dem noch einmal in gelb das Wort TABAK geschrieben steht, und darunter PAPIER, BRIEFMARKEN, dann darunter zwei Arten von mit dem Pinsel kalligraphierten Astragali, zwei doppelte Schleifen, dann noch weiter darunter TELEPHON, dann hinter der Kneipe ein Laden, oder vielmehr kein Laden, denn er hat eigentlich keine Fassade sondern nur ein großes Fenster und eine Tür, die Hauswand ist bis zum ersten Stock kastanienbraun gestrichen und darauf steht in weißen Lettern: WATTE-FABRIKATION, gekämmte Baumwolle und Schulterpolster aller Art, en demi-gros, Spezialitäten für Schneider, Kürschner, Mützenmacher, Blumenhändler, Futteralmacher, Sattler, Polierer, Juweliere, usw..., ich könnte fortfahren, dir das alles auswendig herzusagen, von hinten nach vorn, oder von der Mitte oder von irgendeinem Ende aus beginnend, ganz wie du willst, ich habe es zwanzig Jahre lang von unserem Fenster aus von morgens bis abends gesehen, das und die Leute in grauen Kitteln die wie Ameisen mit den riesigen Tuchrollen beladen vorbeizogen als verbrächten sie ihre Zeit damit sie endlos hin- und herzutragen von einem Laden zum anderen, von einem Warenlager zum anderen, und in allen Häusern brennen die Lichter von morgens sechs bis abends um elf oder bis Mitternacht ohne Unterbrechung, und sie erlöschen nur weil man noch kein Mittel erfunden hat um vierundzwanzig Stunden von vierundzwanzig Stunden an einer Nadel zu ziehen oder mit Scheren zu hantieren oder Stoffrollen zu tragen oder Schulterpolster herzustellen, und selbst wenn man annimmt eine Menge Blums hätten ich weiß nicht wie oft Lust gehabt sich umzubringen was übrigens wahrscheinlich ist, wie sollten sie überhaupt ich sage nicht die Zeit sondern nur den nötigen Platz gefunden haben um es zu tun, nicht einmal die . . .

»Was nicht verhindert daß sowas vorkommt, sagte ich. Man braucht nur die Zeitungen zu lesen. Es stehen alle Tage solche Dinge in den Zeitungen.« Er schaute mich an, der dünne feine Regen legte sich in winzigen Silbertröpfchen Quecksilbertröpfchen als ein metallgrauer Staub da auf das Tuch seiner Joppe wo die Schulter weiter als das Schutzdach vorragte, während die unharmonischen Echos zu ihnen drangen, die zusammenhanglosen Stimmausbrüche, Fragmente des Zorns der Leidenschaft, losgelöst von dem wie soll man sagen: dem fortdauernden, unerschöpflichen Bestand oder vielmehr Vorrat oder vielmehr Prinzip aller Gewalt und aller Leidenschaften die dumm müßig und ziellos an der Erdoberfläche herumzuirren scheinen wie die Winde die Wirbelstürme ohne einen anderen Zweck als die blinde nichtige Wut und die wild und wahllos erschüttern was ihnen in den Weg kommt; nun hatten wir vielleicht gelernt was das sterbende Pferd wußte sein längliches samtiges nachdenkliches sanftes und leeres Auge in dem ich doch das Spiegelbild unserer winzigen Silhouetten sehen konnte, das ebenfalls längliche rätselhafte und sanfte Auge des blutbefleckten Porträts das ich befragte: Theater Tragödien erfundene Romane, sagte er, sowas gefällt dir du spinnst es noch aus, und ich Nein, und er Und notfalls erfindest du, und ich Nein sowas kommt alle Tage vor, wir konnten die halbverrückte Alte geduldig unablässig im Innern des Hauses stöhnen hören trockenen Auges, in ihrem Stuhl vor- und zurückschaukelnd, während der Lahme mit seinem mit Schrot geladenen Gewehr das jeden Moment von allein losgehen konnte seine Runden machte humpelnd und watschelnd über die schwammigen Felder den aufgeweichten Obstgarten wo seine Fußspuren sich langsam wieder mit leise saugendem Geräusch füllten, und auch der General (gefolgt von seinem Generalstab der hinter ihm herwatschelnd außer Atem kam um Schritt halten zu können, energisch hurtig ebenso trocken und unempfindlich hätte man meinen mögen wie ein altes Stück Holz), der sich eine Kugel durch den Kopf schoß was wahrscheinlich nicht viel mehr Lärm gemacht hatte als ein knakkender fauler Ast, und der tot dalag mit seinem kleinen runzeligen Jockeikopf seinen blitzenden Jockeistiefelchen Habe ich das erfunden sagte ich Habe ich das erfunden? Ich stellte ihn mir vor humpelnd gequält von dem nagenden Schmerz wie ein unglücklicher Hund ein Tier jagend und gejagt von der unerträglichen Schande von der in der Frau seines Bruders erduldeten Beleidigung er den man nicht hatte haben wollen für den Krieg dem man kein Gewehr hatte anvertrauen wollen, Was soll das sagte er Legen Sie diese Waffe weg So geschehen nur Unglücke, aber er wollte nichts davon hören offensichtlich lag ihm viel an dem Jagdgerät an diesem Gewehr mit dem er sich hatte darstellen lassen an diesem Symbol oder sowas, lange hatte ich an einen Jagdunfall geglaubt ich dachte das sei der Grund dafür gewesen daß sie mir den Karabiner nicht kaufen wollte, weil sie ihre endlosen Geschichten von der Familie von den Ahnen immerfort wiederholte immerfort wiederkäute, so wie sie sich auch stets hartnäckig dagegen wehrte mich fechten zu lassen unter dem Vorwand daß ich weiß nicht welches Familienmitglied bei einem Gang von einem Florett ohne Schutzknopf durch den

Hals gestoßen umgekommen sei es sei denn daß sie auch das in einer Zeitung gelesen hatte in der Spalte in der über Verschiedenes Unfälle und Verbrechen berichtet wird in der Spalte mit gesellschaftlichen Ereignissen wie Geburten die durch das zarte Fleisch und Blut des eingemauerten versteckten Dornröschens verursachten entfesselten Leidenschaften, dahinter, der Pfauenschwanz schwankte noch schwach aber keine Leda zu sehen zu wem gehört denn der Pfau welcher Göttin gehört dieser eitle geckenhafte alberne Vogel der feierlich seine bunten Federn auf den Rasen der Schlösser und den Kissen der Conciergen ausbreitet? Ich stellte sie mir in der Form einer jener Göttinnen vor, ich konnte ihre Brüste berühren drükken betasten ihren seidigen Leib der kaum verhüllt kaum bedeckt war von jenem Hemd aus dem ihr Hals hervorkam wie Milch sagte ich hörst du sagte ich das einzige worauf sie einen bringen kann ist hinkriechen sich bücken als wäre sie eine Quelle und schlecken, Kleider die Hemden glichen, blaßviolett und ein grünes Band um ihre ... ja welch ein Unterschied zu dem anderen grausamen harten Porträt eine Art Diana damals sie hätte auf jenem Bild einen schlanken kurzhaarigen schnittigen Windhund bei sich haben müssen während später im Gegenteil eines jener Hündchen mit krausem Fell durch das man die Finger gleiten läßt das sich vor Wohlbehagen rekelt mit seiner nassen Zunge die Finger leckt sich vor Vergnügen seufzend zappelnd hin- und herwälzt wie ein Fisch im Wasser, wie die Zeichnungen an den Wänden hatte sie gesagt die beiden Hieroglyphen die beiden Prinzipien: feminin und maskulin, manchmal ist dieses nur noch ein Zeichen das einer zugeklappten Schere gleicht mit zwei Kreisen unten wie die Ringe durch die man den Daumen und Zeigefinger steckt und die Spitze nach oben gerichtet und die symbolischen Kreise unten auch symbolisch mit Strichen umgeben wie Strahlen die andere auch die Ovale mit ihrer Mittellinie zwei strahlende Sterne am Firmament der schwärzlichen mit einem spitzen Nagel bekritzelten Wände, überwältigt, aufgebend begnügte sie sich nun damit das kindliche Geräusch zu machen das ebenso gut ein Schluchzen eine Klage oder das Gegenteil sein konnte, manchmal wich ich ein wenig zurück zog ihn ganz zurück so daß ich ihn unter mir aus ihr herausgleitend sehen konnte glänzend unten schlank dann ausgebaucht wie eine Spindel ein Fisch (es heißt daß sie einander erkannten indem sie das Zeichen des Fisches in die Mauern der Städte und Katakomben ritzten) und am Ende dieser Art Kopf, Spitzbogen oder vielmehr so etwas wie eine Kappe mit dem Ritz oben dem zugleich stummen Mund und wütenden toten Auge mit dem rosaroten Rand wie bei den Augen von Tieren von Fischen die in den unterirdischen Flüssen in Höhlen wesen und vom Leben im Finstern erblindet sind, flehend und wütend Karpfenmund und Karpfenauge oder sowas apoplektisch außerhalb des Wassers flehend drängend in die feuchten geheimen Schlupfwinkel zurückzukehren, der dunkle Mund, man sagt Eichel wegen der Haut die sie halb bedeckt, es war damals wieder Herbst aber in einem Jahr hatten wir gelernt uns nicht nur dieser Uniform zu entledigen die nun nichts anderes mehr als ein lächerliches schändliches Stigma war sondern darüber hinaus sozusagen unserer Haut oder vielmehr unsere Haut hatte sich all dessen entledigt von dem wir ein Jahr früher noch geglaubt hatten, daß sie es enthielte, das heißt wir waren keine Soldaten keine Menschen mehr da wir nach und nach gelernt hatten so etwas wie Tiere zu sein da wir irgendwann und irgendwo aßen vorausgesetzt daß man es fertigbrachte es zu kauen und es hinunterzuschlucken, und es standen hohe Eichen am Waldrand längs des Bauplatzes die Eicheln fielen und bedeckten den Weg von dem die Araber sie auflasen, der Wachtposten machte zuerst ein Geschrei und jagte sie weg aber sie kamen wieder wie eigensinnige geduldige klebrige Fliegen und schließlich mußte er nachgeben zuckte er die Schultern und zog es vor sie zu ignorieren wobei er vor allem aufmerksam danach spähte ob sich auch nicht ein Offizier näherte, ich mischte mich unter sie zum Boden gebückt so tuend als suchte ich sie als steckte ich sie in meine Taschen ihn mit einem Auge beobachtend und plötzlich kehrte er mir den Rücken da war ich schon im Dickicht keuchend auf allen Vieren laufend wie ein Tier durch das Gehölz rennend mitten durch das Gebüsch mir die Hände aufreißend ohne es überhaupt zu fühlen immer auf allen Vieren laufend galoppierend ich war ein Hund mit hängender Zunge galoppierend keuchend beide wie Hunde ich konnte unter mir ihre hohlen Lenden sehen, röchelnd, mit halb ersticktem ihren Schrei unterdrückenden speichelnassen Mund im zerknitterten Kissen und über ihre Schulter hinweg sah ich ihre Wange wie die eines schlafenden Kindes ihren Kindermund mit den geschwollenen zerquetschten halboffenen Lippen durch die das Röcheln rörte während ich langsam vordrang eindrang versank mir schien wieder daß es kein Ende haben würde kein Ende haben könnte als ich die Hände auf ihre Hüften legend stützend zurückwich konnte ich ihn braunrot im Dunkel sehen und ihr Mund machte Aaah aaaaaaah als ich dann tief eindrang in dieses Moos diese rotvioletten Blütenblätter ich war ein Hund ich galoppierte auf allen Vieren durch das Dickicht genauso wie ein Tier wie nur ein Tier es tun konnte ungeachtet der Müdigkeit der aufgerissenen Hände ich war der Esel der griechischen Fabel steif wie ein in ihr weiches zartes Fleisch versenktes goldenes Eselsidol ein Eselsglied ich konnte es hin und hergleiten sehen glänzend gesalbt mit dem was ihr entströmte ich bückte mich schob meine Hand meinen sich schlängelnden Arm unter ihren Bauch erreichte das Nest das lockige Vlies das mein Finger entflocht bis ich ihn fand rosa naß wie die Zunge eines kleinen zappelnden vor Vergnügen japsenden Hundes unter der der aus mir hervorsprießende Stamm eingerammt war ihre erstickte Kehle stöhnte nun regelmäßig bei jedem Lendenschwung wie viele Männer wie viele Menschen waren so in sie eingedrungen aber ich war kein Mensch mehr sondern ein Tier mehr Hund als Mensch ein Tier wenn ich das erreichen Apulejus' Esel kennenlernen könnte pausenlos in sie hineinstoßend die nun zerschmolz offen wie eine Frucht ein Pfirsich war bis mein Mark zersprang die Knospe tief in ihr aufsprang und sie überschwemmte wieder und wieder überschwemmte ihre Weiße überschwemmte, sie sprudelnd überschwemmte, purpurn, und der dunkle Brunnen immerfort sprudelte, der Schrei endlos aus ihrem Mund sprudelte bis nichts mehr da war matt beide leblos auf die Seite gefallen waren wobei meine Arme sie noch umschlungen hielten sich auf ihrem Bauch kreuzten und ich ihre schweißbedeckten Lenden an mir fühlte und die gleichen dumpfen Stöße der gleiche Rammbock uns beide erschütterte wie ein in seinem Käfig hin- und hergehendes heftig anstoßendes hin- und hergehendes Tier dann begann ich allmählich wieder zu sehen, das Rechteck des offenen Fensters zu erkennen und den helleren Himmel und einen Stern dann einen zweiten und noch einen, hart wie Diamanten kalt unbeweglich während ich mühsam atmend versuchte eines meiner Beine die unter der Last unserer verschränkten Glieder eingeklemmt waren zu befreien wir waren wie ein einziges apokalyptisches Tier mit mehreren Köpfen zahlreichen Gliedern im Dunkeln liegend, ich sagte Wie spät mag es sein? und er Was macht das schon Was erwartest du Den Tag? Was kann das schon ändern Hast du solche Lust unsere schmutzigen Visagen zu sehen? ich versuchte zu atmen das auf mir lastende Gewicht abzuwälzen Luft zu bekommen dann fühlte ich kein Gewicht mehr, nur noch heimliche leise Bewegungen im Dunkel, Geknister, ich wurde ganz wach und sagte Was machst du? sie antwortete nicht, man konnte die Dinge gerade verschwommen erkennen aber nur schlecht, vielleicht sah sie in der Dunkelheit wie die Katzen ich sagte Mein Gott Was ist denn los Was machst du Antworte, und sie Nichts, und ich Du ..., ich wurde ganz wach setzte mich aufs Bett und machte Licht sie war schon angezogen und hatte einen ihrer Schuhe in der Hand: eine Sekunde sah ich sie ihr zartes zu schönes tragisches Gesicht mit zwei glänzenden Spuren auf den Wangen, in diesem Moment war etwas Verstörtes Verwirrtes dann Wütendes Hartes darin ihr harter Mund schrie Mach die Lampe aus Ich brauche kein Licht, und ich Aber was ist denn, und sie Licht aus sage ich Mach das Licht aus hörst du Licht aus, dann das Klirren der zersplitternden Nachttischlampe die mit dem Schuh den sie danach geworfen hatte auf den Boden polterte und eine Weile sah ich nichts mehr und sagte Was fällt dir denn ein, und sie Nichts, und ich hörte wieder die heimlichen leisen Geräusche im Dunkeln ich merkte daß sie ihren Schuh suchte und fragte mich wie sie es in dieser Dunkelheit fertigbrachte und sagte Was ist denn eigentlich los, und sie suchte immer noch ihren Schuh Es fährt ein Zug um acht, und ich Ein Zug? Was ist denn... Du sagtest mir doch dein Mann käme erst morgen zurück, und sie antwortete nicht kramte weiter im Dunkeln sie hatte ihren Schuh wohl inzwischen gefunden und schon angezogen, ich konnte sie hören erraten wo sie stand wie sie hin- und herlief, und ich Mein Gott! Ich stand auf aber sie schlug mich ich fiel zurück aufs Bett sie schlug mich wieder, und aus ihrem Gesicht das ganz in meiner Nähe war kam so etwas wie ein Gurgeln das sie hinunterzuschlucken versuchte ich glaube sie sagte Laß mich, und Du gemeiner Schuft, und ich Was? und sie Du gemeiner Schuft Du Schuft Konntest du mich nicht in Ruhe lassen Noch nie hat mich jemand so behandelt wie, und ich Behandelt? und sie Nichts Ich bin nichts für dich weniger als nichts weniger als, und ich Oh, und sie Ich die... Ich die..., und ich Komm, und sie Rühr mich nicht an, und ich Komm, und sie Rühr mich nicht... und ich Ich bring' dich zurück Du wirst nicht den Zug nehmen Ich bring' dich mit dem Wagen zurück Ich, und sie Laß mich Laß mich Laß mich, im Zimmer nebenan klopfte jemand an die Wand, ich stand auf suchte meine Kleider und sagte Mein Gott! und sagte Wo ist mein... aber sie schlug mich wieder blindlings im Dunkeln mit ewas Hartem, mit einer Tasche glaube ich, sie schlug mehrmals mit all ihrer Kraft einmal traf sie mich im Gesicht ich kostete gewissermaßen die Schläge, ihren seltsamen ätzenden Geschmack als ob das überm Backenknochen geplatzte Fleisch zusammen mit dem Schmerz so etwas wie einen grünen herben nicht unangenehmen Saft nach innen ergösse der sich verbreitete, und ich dachte an die Haut an den Geschmack der Pflaumen der reifen grüngelben platzenden Renekloden und ihren zuckersüßen Saft, ich ließ sie los fiel zurück aufs Bett betastete meinen Backenknochen und konnte sie von neuem rasch hin- und herlaufen hören, mit den flinken präzisen Bewegungen von Frauen beim Aufräumen, sie bückte sich hob irgend etwas auf ich wunderte mich wie sie es fertigbrachte aber wahrscheinlich konnte sie tatsächlich im Dunkeln sehen, dann hörte ich das Schloß ihres Köfferchens dann das Knallen der hohen Absätze die forsch durchs Zimmer schritten und einen Moment sah ich sie im Licht der Flurbirne jedoch nicht ihr Gesicht: ihr Haar, ihren Rücken der sich dunkel abhob, dann schloß sich die Tür wieder ich hörte wie ihre schnellen Schritte sich entfernten dann leiser wurden dann nichts mehr und nach einer Weile spürte ich die Frische der Morgenfrühe, zog das Laken über mich, dachte daß der Herbst nun nicht mehr fern sei, dachte an den ersten Tag vor drei Monaten als ich bei ihr gewesen war und meine Hand auf ihren Arm gelegt hatte, dachte daß sie letzten Endes vielleicht recht hatte und daß ich nicht auf diese Weise das heißt mit ihr oder vielmehr durch sie hindurch dahinkommen würde (aber wie konnte man es wissen?) vielleicht war das ebenso vergeblich, ebenso sinnlos, ebenso unwirklich wie gekritzelte Worte auf Papierbögen aneinanderzureihen und nach der Wirklichkeit in Worten zu suchen, vielleicht hatten sie beide recht, er der sagte ich würde erfinden etwas ausspinnen das sich auf nichts gründe und doch las man sowas allenthalben in den Zeitungen, so daß man glauben muß daß sie zwischen den Läden mit den Fassaden aus imitiertem gelben Holz und den schwarzgoldenen Schildern und der Kneipe mit dem Tabakverkauf, oder zwischen Mitternacht und sechs Uhr morgens, oder zwischen zwei Rollen Tuch manchmal genug Zeit und genug Platz fanden um sich mit diesen Dingen zu beschäftigen – aber wie kann man das wissen, wie kann man das wissen? Ich hätte auch jener sein müssen der hinter der Hecke versteckt lag und ihn ruhig auf sich zukommen sah, ihn seinem Tod auf dieser Straße entgegenreiten sah, paradierend wie Blum gesagt hatte, lässig töricht stolz und leer es für unter seiner Würde haltend sein Pferd in den Trab zu treiben oder vielleicht war ihm das gar nicht in den Sinn gekommen da er nicht einmal die hörte die ihm zuriefen er solle nicht weiterreiten der vielleicht überhaupt nicht an die gerittene Frau seines Bruders dachte oder vielmehr an die von seinem Waffenbruder gerittene Frau oder vielmehr von seinem Bruder in der Reiterei denn darin betrachtete er ihn als einen Gleichen, oder wenn man will umgekehrt da sie es war die ihre Schenkel spreizte die ritt, da sie beide die gleiche Huri geritten hatten (oder aber von ihr geritten worden waren) das gleiche keuchende schluckende Luder, ich ritt also in dem friedlichen strahlenden Nachmittag und fragte mich

wieviel Uhr könnte es sein?

davon ausgehend daß die Straße ungefähr von Westen nach Osten verlief und daß ich in diesem Moment seinen Reiterschatten verkürzt zu seiner Rechten und in einem Winkel von ungefähr vierzig Grad nach hinten gerichtet sah und daß wir nun schon in der zweiten Hälfte des Monats Mai waren wie ich annahm und daß die Sonne links vor uns (der Grund dafür daß wir halb blind waren und dazu noch diese Art Kies, Schmirgel unter unseren Lidern als Folge des fehlenden Schlafs so daß wir nur die schattigen schwarzen Seiten der Bäume, der Schieferdächer, der Scheunen, der wie Metall schimmernden Häuser und der Helme inmitten dieser dunklen schwarzgrünen Landschaft sehen konnten, die Felder hatten ohne versengt zu sein eine grüne Farbe die ins Gelbe spielte, auch der Asphalt der Straße vor uns schimmerte) daß die Sonne im Südwesten stand war es also ungefähr zwei Uhr nachmittags aber wie konnte man es wissen?

ich versuchte mir uns vier vorzustellen uns vier und unsere Schatten wie wir uns an der Erdoberfläche bewegten, winzig, in entgegengesetzter Richtung eine Strecke zurücklegend die beinahe parallel zu jener verlief der wir zehn Tage früher gefolgt waren als wir dem Feind entgegenritten die Achse der Schlacht hatte sich nämlich inzwischen leicht verschoben die gesamte Aufmarschordnung war infolgedessen etwa fünfzehn bis zwanzig Kilometer von Süden nach Norden gedrängt worden so daß die von jeder Einheit zurückgelegte Strecke schematisch durch eine jener mit Pfeilen versehenen Linien oder

Vektoren hätte dargestellt werden können welche die Bewegungen der verschiedenen in Kampfhandlungen verwickelten Truppenteile (Kavallerie, Infanterie, Füsiliere) verdeutlicht hätten auf deren Karte in großen Buchstaben die der Nachwelt überlieferten Namen eines einfachen Dorfs oder eines Weilers oder eines Bauernhofs oder einer Mühle oder eines Hügels oder einer Weide stehen, Ortsnamen wie

Vier Winde
Dorn
Krebs
Wolfsloch
Eselsgrund
Vogelstange
Teufelsbecken
Weißkarnickel
Arschkuß
Karmeliterkreuz
Läusehof
Narrenhof
Weißenhof
Kahlenwald
Königsforst
Langenbusch
Latschenbruch
Kumme
Torfmeer
Ried
Rosenmädchenwiese
Martinsfeld
Benediktskamp
Hasenheide

die Hügel sind auf der Karte durch kurze fächerartig angeordnete Striche dargestellt welche die Wellenlinie eines Kamms säumen, so daß das Schlachtfeld von sich schlängelnden Tausendfüßlern durchzogen zu werden scheint, alle Kampfeinheiten sind durch kleine Rechtecke dargestellt von denen entsprechende Pfeile ausgehen die sich in diesem Falle alle zurückbiegen so daß sie beinahe die Form von Angelhaken haben, das heißt der Pfeil zeigt in die entgegengesetzte Richtung des Strichs der sozusagen den Schaft bildet, der Scheitel des so beschriebenen Bogens deckt sich mit der Stelle wo es zum Kontakt mit den feindlichen Truppen gekommen war die ganze Schlacht die stattgefunden hatte konnte also auf der Generalstabskarte durch eine Reihe von parallel mit der Spitze nach Westen gezeichneten Angelhaken dargestellt werden, diese schematische Darstellung der Bewegungen der verschiedenen Einheiten berücksichtigte natürlich weder Unebenheiten des Geländes noch unvorhergesehene während des Kampfes aufgetauchte Hindernisse, die wirklich zurückgelegten Strecken hatten die Form von Zickzacklinien die sich manchmal überschnitten sich verfilzten und die man von vornherein mit einem kräftigen dicken Strich hätte zeichnen sollen der sich dann verjüngt hätte um (wie bei den Wadis die zuerst reißend sind dann allmählich – im Gegensatz zu anderen Flüssen deren Breite von der Quelle bis zur Mündung ständig zunimmt – verschwinden versiegen verdampfen vom Wüstensand gesoffen werden) in einer punktierten Linie zu enden deren immer weiter auseinandergesetzten Punkte schließlich verschwinden würden

aber wie soll man es nennen: nicht Krieg nicht die klassische Zerstörung oder Vernichtung einer der beiden Armeen sondern vielmehr das Verschwinden das Eingesogenwerden dessen was eine Woche früher noch Regimenter Batterien

Schwadronen Menschen gewesen waren durch das Urnichts oder das Urall, oder mehr noch: das Verschwinden sogar der Idee des Begriffs Regiment Batterie Schwadron Mensch, oder mehr noch: das Verschwinden jeder Idee jedes Begriffs so daß der General schließlich keinen Grund mehr fand der ihm ermöglicht hätte weiterzuleben nicht nur als General das heißt als Soldat sondern einfach als denkendes Wesen und sich also eine Kugel durch den Kopf jagte

gegen den Schlaf kämpfend

die vier Reiter ritten immer noch inmitten der von Hecken umgebenen Wiesen der Obstgärten der Inselgruppen roter Häuser – bald waren es nur einzelne bald standen sie zusammengerückt aneinander gedrängt am Wegesrand bis sie eine Straße bildeten, dann wieder weiter auseinander – der in der Landschaft verstreuten Wälder Flecken wie grüne zerfetzte mit dunklen dreieckigen Hörnern bedeckte Wolken

und noch Soldaten insofern als sie mit einer Uniform bekleidet und bewaffnet waren und zwar trugen sie alle vier die gleichen etwa einen Meter langen zwei Kilo schweren krummen Säbel mit einer leicht gebogenen sorgfältig geschärften Klinge in einer Metallscheide die selbst in einem Futteral aus kastanienbraunem Stoff steckte, Säbel und Scheide hingen an zwei Riemen den sogenannten Säbelknopfriemen und Säbelriemen an der linken Seite des Sattels zwischen Sattel und Hose so daß die Scheide unterm linken Schenkel des Reiters eine leichte Anschwellung bildete und der Kupfergriff des Säbels sich links vom Sattelknopf befand und notfalls leicht von der rechten Hand des Reiters ergriffen werden konnte, die beiden Offiziere waren außerdem jeder mit einem Revolver ausgerüstet und die beiden einfachen Kavalleristen mit kurzen Karabinern die quer über Schulter und Brust hingen und nicht mehr Soldaten insofern als sie von jeder regulären Einheit abgeschnitten waren und nicht wußten was sie machen sollten nicht nur weil der Rangälteste der vier (der Rittmeister) keinerlei Weisung erhalten hatte (außer vielleicht der einen sich auf eine bestimmte Stellung zurückzuziehen, wobei der Befehl wahrscheinlich schon einen oder zwei Tage alt war so daß man nicht wissen konnte ob diese Rückzugsstellung nicht schon vom Feind besetzt war (wie es die Verwundeten oder auf dem Wege getroffene Leute behaupteten) und ob demnach dieser Befehl noch als gültig angesehen werden konnte und ausgeführt werden mußte) sondern auch weil sich herausstellte daß er (der Rittmeister) gar nicht mehr geneigt war welche zu geben (Befehle) und nicht mehr vom Wunsch beseelt war sich Gehorsam zu verschaffen wie es sich kurz vorher gezeigt hatte als zwei Melder auf Fahrrädern die noch folgten erklärt hatten daß sie sich weigerten noch länger mitzufahren und er nicht einmal den Kopf herumgedreht hatte um sie anzuhören und weder den Mund aufgetan hatte um ihnen die Fahnenflucht zu verbieten noch sich angeschickt hatte seinen Revolver zu ziehen um ihnen damit zu drohen, aber wie soll man es wissen?

die fünf Pferde ritten mit sozusagen schlafwandlerischen Schritten einher vier Tarbes-Halbblüter als anglo-arabische Pferde bekannte Kreuzungsergebnisse von denen zwei Hengste waren das des Rittmeisters war ein Wallach das vierte (das von einem einfachen Kavalleristen gerittene) eine Stute, Alter: verschieden zwischen sechs und elf Jahre, Farben: das des Rittmeisters dunkelbraun das heißt beinahe schwarz mit einem Blümchen auf der Stirn, das des Leutnants war ein Goldfuchs, die von dem gemeinen Kavalleristen gerittene Stute war rotbraun mit einer Blesse und zwei gestiefelten Beinen (das rechte Vorder- und das rechte Hinterbein), das des Burschen hellbraun (Mahagoni) mit gestiefeltem linken Vorderbein, und das Handpferd (das zu einer Maschinengewehrbespannung gehört hatte und dessen Brustriemen, durch Säbelhiebe? abgeschnitten, über den Boden schleiften) war ein requiriertes Percheronpferd, rostrot oder vielmehr fuchsrot oder vielmehr dunkelrot, mit grauen Flecken, einem grau-gelblichen etwas welligen Schwanz und einer Blesse die bis zu den Nüstern und der hellrosa Oberlippe hinabreichte, die vorschriftsmäßig geschorenen Mähnen der fünf Pferde (ausgenommen die des Goldfuchses) sahen, sobald die Pferde den Kopf hoben, wie schwarze pelzige geringelte Raupen aus da die Haut auf dem Kamm oberhalb des Halses anschwoll und sich mehrfach faltete, die langen Schwänze fielen bis auf die Hacken, eines der fünf Tiere – das des Leutnants – »schmiedete«, das heißt der Griff seines linken hinteren Hufeisens hämmerte beim Traben gegen einen Stollen des rechten vorderen Hufeisens, das Pferd des Burschen lahmte ein wenig mit dem linken Hinterbein infolge einer Verletzung der Fleischsohle die wahrscheinlich durch einen der Steine der Gleisbettung verursacht worden war über die es zwei Tage vorher hatte galoppieren müssen als sich der Haufe aus einem anderen Hinterhalt herausgehauen hatte die Pferde hatten seit sechs Tagen nicht mehr abgesattelt oder abgeschirrt werden können und hatten deshalb wahrscheinlich unter den Sätteln große wunde Stellen die durch das Scheuern und die mangelnde Lüftung entstanden waren

aber wie kann man es wissen, wie kann man es wissen? die vier Reiter und die fünf schlafwandlerischen Pferde die sich nicht voranbewegten sondern die Füße nur auf der Stelle anhoben und wieder aufsetzten kamen praktisch nicht vom Fleck, die Karte die weite Oberfläche der Erde die Wiesen die Wälder bewegten sich langsam unter ihnen und um sie herum die Lage der Hecken Baumgruppen und Häuser zueinander änderte sich unmerklich, die vier Männer waren miteinander durch ein unsichtbares und komplexes Netz von Triebkräften von anziehenden und abstoßenden Kräften verbunden die sich durchkreuzten und vereinten und deren Resultanten sozusagen das Polygon des Zusammenhalts einer Gruppe bildeten, die infolge der unablässigen durch innere und äußere Umstände hervorgerufenen Veränderungen unaufhörlich ihre Form änderte

Der gemeine Kavallerist zum Beispiel der rechts hinter dem Leutnant ritt sah flüchtig (in einem Moment da dieser den Kopf herumdrehte um dem Rittmeister zu antworten) das Profil dessen Kontur auf ein anmaßendes oder dummes Wesen schließen ließ, so daß das Gefühl der Gleichgültigkeit das der gemeine Kavallerist kurz vorher in Bezug auf den Leutnant empfunden hatte oder zu empfinden glaubte sich ohne weiteres in ein beinahe feindseliges und verächtliches Gefühl verwandelte während er im gleichen Moment unter dem Helm den jugendlichen beinahe kindlichen dünnen ja sogar mageren und offensichtlich sogar schwächlichen Nacken sah und der hinabgleitende Blick noch den schmächtigen Rücken die Schultern und Schulterblätter wahrnahm so daß die frischgeborene Feindseligkeit durch eine gewisse Art von Mitleid aufgewogen wurde die beiden Triebkräfte das Mitleid und die Feindseligkeit sich neutralisierten und die Gleichgültigkeit sich wieder einstellte

die Beziehungen der beiden Offiziere zueinander waren wahrscheinlich ziemlich kühl obgleich sie von einer gewissen gegenseitigen Achtung und Dankbarkeit für eine Lebensart zeugten dank der sie ein harmloses belangloses bedeutungsloses Gespräch miteinander führen konnten das gerade in diesem Moment – angesichts des Todes – besonders wertvoll war in dem ein gemeinsames Bedachtsein auf Eleganz und gute Haltung sie nötigte harmlose belanglose bedeutungslose Worte miteinander zu wechseln

dem Rittmeister folgte mit ungefähr vier Meter Abstand der Bursche ohne daß der erste sich je umdrehte um mit dem zweiten zu sprechen den er, abgesehen von dem gebieterischen Drang elegant zu wirken, wahrscheinlich als Gesprächspartner dem Leutnant vorgezogen hätte (aber wie kann man das wissen?) wegen der älteren und engeren Bande die zwischen ihnen entstanden waren als Folge einer Laune (eines Bedürfnisses) des ersten die ihn dazu verleitet hatte ein junges Mädchen zu heiraten das ungefähr halb so alt war wie er und deren Laune ihn wiederum dazu verleitet hatte einen Rennstall zu gründen und einen Jockei in Dienst zu nehmen von dem die Laune der jungen Frau oder vielmehr eine Laune des Fleisches der jungen Frau... Es sei denn daß es eine Laune ihres Geistes war wenn man die rein physische Erscheinung des Jokeis in Betracht zieht die nichts besonders Verführerisches an sich hatte, es sei denn daß sie ohne ihren äußeren Aspekt mehr als seine guten Eigenschaften (wie sein Geschick beim Reiten der Rennpferde) in Betracht zu ziehen die seine wenig verführerische physische Erscheinung vergessen machen konnten in ihm nur etwas gesehen hatte (aber wie kann man es wissen da sie später – das heißt nach dem Kriege – bestritt mit ihm zu irgendeinem Zeitpunkt persönliche Beziehungen unterhalten zu haben und sogar nicht einmal danach fragte was aus ihm geworden war und gar nicht versuchte ihn wiederzusehen (und er auch nicht) so daß das einzig Wirkliche an alledem vielleicht nur vage Verleumdungen und üble Nachreden und die Prahlereien waren zu denen zwei gefangene phantasievolle Jünglinge die keine Frauen zu Gesicht bekamen ihn getrieben hatten oder vielmehr die sie ihm abgenötigt hatten) es sei denn also daß sie in ihm nur ein Instrument gesehen hatte (sozusagen ein phallisches oder priapeisches wie das wie heißt es noch das die japanischen Gattinnen an ihre Fersen binden und auf das sie sich in einer unbequemen der leicht akrobatischen erotischen Kunst der Orientalen eigenen Haltung setzten um sich damit zu durchstoßen und diesen stolzen unverwüstlichen Ersatz der Manneskraft in sich einführen und sich damit füllen) ein bequemes Instrument wegen seiner knechtischen Abhängigkeit und der Leichtigkeit mit der sie ihn erreichen konnte sooft es sie drängte elementare physische Bedürfnisse zu befriedigen oder vielleicht geistige – wie Trotz Vergeltung Rache und nicht nur im Hinblick auf den Mann der sie geheiratet (gekauft) hatte und behauptete sie zu besitzen sondern darüber hinaus auf eine soziale Klasse auf eine Erziehung Bräuche Prinzipien und Befangenheiten die sie haßte

die Beziehungen zwischen dem Rittmeister und dem ehemaligen Jockei waren überdies mit jener praktisch unmöglich abzulösenden Hypothek belastet wie sie bei zwei menschlichen Wesen ein enormer Unterschied zwischen ihren finanziellen Möglichkeiten und dann auch der Dienstgrade darstellt und der noch durch die Tatsache verstärkt wurde daß jeder von ihnen sich einer anderen Sprache bediente, was zwischen ihnen eine umso unüberwindlichere Schranke errichtete als sie außer in Bezug auf das technische sie leidenschaftlich erregende Problem das sie zusammengebracht hatte (nämlich die Pferde) nicht etwa verschiedene Worte für die gleichen Dinge gebrauchten sondern die gleichen Worte für verschiedene Dinge da der Rittmeister vielleicht wegen der Begabung die der ehemalige Jockei beim Reiten von Pferden und anderen Kreaturen bewies etwas eifersüchtig war und einen gewissen Groll gegen ihn hegte, und dieser ganz natürlich und ohne Hintergedanken fühlte (da er das Glück gehabt hatte in einem sozialen Milieu aufzuwachsen in dem mangels Zeit und Muße das schmarotzerische Nebenprodukt des Gehirns (das Denken) noch keine Möglichkeit gehabt hatte Verheerungen anzurichten, so daß die in der Hirnhöhle eingeschlossenen Organe die Fähigkeit bewahrt hatten dem Manne bei der Erfüllung seiner natürlichen Funktionen zu helfen), da er also jene Gefühle hatte die ein aus einer arbeitenden Klasse stammendes Individuum gegenüber einer Person haben kann von der es materiell und – später – hierarchisch abhängt, das heißt vor allem (welche Anwandlungen von Achtung Sympathie oder erstauntem Mitleid er später auch immer gehabt haben mochte) willfährige, bewundernde (wegen des Geldes und der Macht die jener besaß) und ebenso ehrerbietig wie absolut gleichgültige Gefühle, da der Rittmeister für ihn nur in dem Maße existierte wie er zahlte (für das Reiten und Vorbereiten seiner Pferde), und später befugt war ihm zu befehlen, so daß jede Art von Bindungen und Gefühlen genau in dem Moment zum Verschwinden verurteilt waren in dem der Rittmeister aus dem einen oder anderen Grunde (Verlust des Vermögens, Auflösung des Rennstalls, Wahl eines anderen Jockeis oder eines anderen Trainers) aufhörte ihn bezahlen oder (Versetzung. Verwundung, Tod) ihm befehlen zu wollen oder zu können

der gemeine Kavallerist und der ehemalige Jockei die beide (wenn auch aus verschiedenen Gründen) frei von jedem Streben nach Eleganz und Vornehmheit waren tauschten dann und wann Bemerkungen aus deren nebensächlicher Charakter und beinahe zusammenhanglose Knappheit einerseits auf das verschlossene und wenig mitteilsame Temperament des Jockeis und andererseits auf den Zustand äußerster Ermüdung in dem sich beide befanden zurückzuführen waren, so daß der

Kavallerist sich damit begnügte dem Rittmeister zu folgen (oder vielmehr sein Pferd dem Pferde des Rittmeisters folgen zu lassen) gegen den er jetzt nur eine Art von verblüffter ohnmächtiger Wut empfand

aber wie kann man es wissen, wie kann man es wissen? Also ungefähr zwei Uhr nachmittags, der Moment in dem die Vögel aufhören zu singen und die Blumen in der Sonne erschöpft und halb verwelkt die Köpfe hängen lassen, die Menschen im allgemeinen ihren Kaffee austrinken und die Verkäufer der Abendzeitungen ihre erste Ration Schlagzeilen feilbieten aber noch nicht das Sport-Echo oder den Turf-Express, da die Glocke gerade erst zum ersten Rennen läutet und die Pferde zum Start ruft und im Vorbeireiten sah ich an einer Backsteinmauer ein altes verwaschenes zerrissenes Plakat das ein Pferderennen in La Capelle ankündigte, oben im Norden liebt man die Wetten die Hahnenkämpfe die bunten Schwänze die blau und grün glänzenden flatternden Federn, Land der Wiesen der Wälder der friedlichen Teiche für die Sonntagsangler (doch wo waren die Angler die Badenden die sich bespritzenden Burschen in gestreiften Badehosen die Trinker in den Gartenwirtschaften mit Schaukeln für kleine Mädchen – wo waren sie nur, sie und ihre kurzen weißen Röckchen ihre ungelenken frischen nackten Beine...), Flamen, rote Gesichter und ochsenblutfarbene Häuser, die gelben Pernod-Plakate an den Backsteinfassaden, es wurde behauptet die Reklame für eine Zichorienmarke trage auf der Rückseite Informationen für den Feind, Pläne, Karten: vielleicht hätten wir am nächsten Tag entwischen können vielleicht wären wir nicht in Gefangenschaft geraten wenn wir eine Karte gehabt hätten, wenn wir nach Norden geritten wären anstatt – aber wir hätten es wissen müssen, wir hätten sie kennen müssen die Hohlwege die Schneisen im Wald die Gehölze (wobei wir uns wieder keuchend und verstohlen von Hecke zu Hecke geschlichen und vorm Überqueren der Wiesen der freien Flächen atemlos um uns herum gespäht hätten) den kugelförmigen Baum den Waldvorsprung Steinbruch die Ziegelei Schlucht Stacheldrahtzäune Böschungen Abhänge, den Boden die ganze Erde genau inventarisiert und beschrieben bis in ihre kleinsten Falten auf den Generalstabskarten festgehalten die Wälder sind durch ein Beet kreisförmiger von Punkten umgebener Zeichen dargestellt als ob sie gerade abgeholzt worden wären und die Schößlinge als ein pointillistisches Gestrüpp rund um die am Fuß abgesägten Stämme emporsprössen (man sollte sie in der fahlroten Tönung frisch gefällten Holzes färben) die Stämme und Schäfte rückten längs der Waldraine dichter aneinander wie zu einer undurchdringlichen geheimnisvollen Wand, wir konnten sehen wie sie sich wollig und dunkelgrün auf den Hügeln im Süden hinstreckte, wahrscheinlich haben wir uns deshalb auf sie zubewegt da wir dachten daß wenn wir sie erreichten aber zunächst mußten wir die Straße wieder überqueren es schien sich nichts auf ihr zu rühren doch wir näherten uns ihr in Deckung wir stürzten rennend auf die andere Seite und ein letztes Mal sah ich es ich konnte es gerade noch erkennen und dachte daß es nun wohl wirklich stinken müsse na schön es sollte auf der Stelle verfaulen alles infizieren alles verpesten, die ganze Erde die ganze Welt sollte sich die Nase zuhalten müssen aber es war niemand mehr da niemand außer einer Alten die mit einer Kanne Milch in der Hand an der Fabrikmauer entlangging und die erschrocken oder vielleicht nur erstaunt stehenblieb weil sie uns wie Diebe vorbeiwetzen sah

etwa wie die leere Bühne eines Theaters als ob eine Reinigungskolonne vorbeigezogen wäre Plünderer oder die Sieger die nichts hatten liegen lassen außer dem was für zu schwer zu sperrig befunden worden war um mitgeschleppt zu werden oder was wirklich unbrauchbar war nun war sogar der geplatzte Koffer nicht mehr da ich sah auch den Fetzen rosaroten Stoffs nicht mehr und auch keine Fliegen mehr aber sie waren sicherlich wieder bei der Arbeit das heißt bei Tisch brummend durch die Nüstern hinein- und herausfliegend und immer noch rennend bogen wir um die Mauerecke und ich sah es nicht mehr, schließlich war es ja nur ein totes Pferd ein Aas gerade noch gut für den Abdecker: wahrscheinlich würde auch er mit den Lumpen-, Schrott- und Müllsammlern vorbeikommen und die Requisiten wieder auflesen die vergessen worden waren nun nicht mehr gebraucht wurden da Schauspieler und Publikum gegangen waren, auch das Geräusch der Kanone entfernte sich, rechter Hand, im Westen, konnte man jetzt einen hohen Zwiebelturm über der Landschaft sehen aber wie wissen ob sie das Kaff besetzt hatten wie sollte man es wissen wir konnten ihre rätselhaften Namen auf den Wegweisern den mittelalterlichen bunten Meilensteinen lesen Liessis Hénin Hirson Fourmies all die ziegelroten Dörfer die Prozession schwarzer Insekten die an den Mauern entlangschlichen verschwanden man fragte sich wo in den Türnischen Ritzen in den engsten Schlupfwinkeln den schmalsten Spalten wo selbst Kakerlaken sich nicht hätten verstecken können die sich platt an den Boden schmiegend dünn machten sooft eine Granate heranrauschte explodierte schmutzige Staubwolke man wußte nicht recht warum in diesem Schutthaufen wo nichts mehr war außer der elenden Ameisenprozession und wir vier auf unseren lahmen Gäulen, aber sie hatten sicherlich einen ganzen Vorrat davon zu verpulvern, vielleicht hatten sie ihn in der Nacht abgeladen und schossen ihn nun auf gut Glück in die Gegend nur um sich die Mühe zu ersparen ihn wieder auf die Munitionswagen laden zu müssen, Frauen schützten die aus ihren Schößen hervorgegangenen Kinder preßten die Früchte ihrer Leiber an sich und trugen Ballen roter geplatzter Daunendecken deren Flaumfedern hervorflockten sie schleppten die Eingeweide die weißen Kaldaunen der Häuser nach draußen wo sie sich wie Binden abwickelten wie Luftschlangen wie Girlanden manchmal an Bäumen hängend wie heißt noch der Heilige dessen Martyrium ich auf einem Gemälde gesehen hatte auf dem die muskulösen Schinder die aus seinem Leib hervorkommenden fahlgelben blutigen Gedärme mit einer Winde aufwickelten, ich sah zum zweitenmal das gleiche Plakat sie mußten mindestens schon ein Jahr alt sein es waren Trabrennen, vor Wagen gespannte, nicht gerittene Pferde, ich ritt nicht mein eigenes Pferd sondern das eines Unbekannten eines Toten wahrscheinlich es war nicht so wichtig ich vermißte nur meine neue elektrische Lampe und den Schinken den ich immerhin gestern noch in einem Haus hatte finden können das jedoch von oben bis unten schon ausgeplündert worden war, undankbares Geschäft bei der Kavallerie zu sein einen Rückzug zu decken zuletzt vorbeizuziehen wenn die Landser und Artilleristen schon alles abgestaubt haben: alles was wir seit acht Tagen an Fressalien gefunden hatten war eingemachtes Obst das einzige Eßbare das sie verschmäht hatten, wir setzten die Kompottgläser an den Mund und schlürften schlangen den süßen schimmeligen Saft hinunter der links und rechts am Kinn hinabtroff, immer zu Pferde, wir warfen die noch dreiviertelvollen Gläser weg die am Straßenrand zersplitterten unmöglich sie mitzunehmen sie hätten alles bekleckert, ich vermißte auch mein Waschzeug ich hätte mich gerne gewaschen gebadet erfrischt geduscht die Toten waren alle widerlich schmutzig ihr Blut glich unanständigen Exkrementen als hätten sie alles unter sich gelassen aber wie soll man sich waschen im Krieg an der linken Satteltasche war mit

Riemen der vorschriftsmäßige Segeltucheimer angeschnallt faltig flachgedrückt wie ein Lampion er diente eigentlich zum Tränken der Pferde doch wir hatten ihn vor allem gebraucht um uns zu rasieren sooft ich an diese Eimer denke sehe ich sie voll Wasser wie mit einer fleckigen bläulichen rissigen Seifenschicht bedeckt und an den rauhen Wänden Trauben zusammenhängender Blasen, rechts hing eine Drahtschere, ich fragte mich was dieser idiotische Tote wohl in seinen zum Bersten vollen Satteltaschen transportieren mochte wahrscheinlich schmutzige Wäsche ein Hemd eine Unterhose vielleicht Briefe von einer Frau die ihn fragte Liebst du mich eigentlich, was wollte sie noch mehr da ich doch vier Jahre lang nur an sie gedacht hatte vielleicht auch Socken die sie ihm gestrickt hatte er mußte jedenfalls klein gewesen sein weil die Steigbügel für mich zu kurz angeschnallt waren und meine Knie heraufschoben gegen die Satteltaschen drückten während ich doch gewohnt war mit langen Steigbügelriemen zu reiten nicht so wie die Affen von Jockeis ich hatte zwar seitdem ich aufgesessen war die Absicht sie länger zu machen ich sagte mir immer wieder daß ich sie um ein Loch oder sogar zwei verlängern müßte aber es dauerte nun mindestens schon eine Stunde und ich tat es immer noch nicht da ich immer wieder dachte hoffte daß er sich doch einmal entschließen würde zu traben und dachte Oh Gott weg von hier entwischen im gestreckten Galopp raus aus dieser Mördergrube wo wir nichts anderes taten als vornehm wie Zielscheiben spazierenzureiten aber vielleicht verbot es ihm seine Würde seine Herkunft seine Kaste die Tradition es sei denn daß es lediglich seine Liebe zu den Pferden war weil er wahrscheinlich in einem wilden Galopp hatte reiten müssen um sich aus dem Hinterhalt zu retten und vielleicht dachte er nur daß sein Pferd Ruhe brauchte selbst wenn es ihn das Leben kostete so wie er kurz vorher dafür gesorgt hatte daß sie zu saufen bekamen: er ließ also sein Pferd weiter im Schritt gehen weil er von alters her gelernt hatte daß man ein Tier von dem man eine außergewöhnliche Leistung verlangt hat sich verschnaufen lassen muß das war der Grund dafür daß wir uns aristokratisch ritterlich in majestätischem Schneckentempo voranbewegten während er sich als ob nichts gewesen wäre weiter mit dem kleinen Leutnant unterhielt ihm wahrscheinlich von seinen Reitererfolgen erzählte und die Vorzüge der Gummitrense bei Rennen rühmte herrliches Ziel für die unzugänglichen Spanier die absolut dagegen waren die offenbar allergisch auf die rührseligen Moralpredigten über die allgemeine Brüderlichkeit die Göttin Vernunft und die Tugend reagierten und ihm versteckt hinter Korkeichen oder Oliven auflauerten ich fragte mich welchen Geruch welchen Atem der Tod damals wohl gehabt hatte ob er wie heute nicht nach Pulver und Ruhm wie in den Gedichten roch sondern nach dem widerlichen ekelhaften Schwaden von Schwefel und verbranntem Öl die schwarzen öligen Waffen knisterten rauchten wie auf dem Feuer vergessene Pfannen Gestank von ranzigem Fett von Schutt von Staub

wahrscheinlich wäre es ihm lieber gewesen es nicht selber tun zu müssen vielleicht hoffte er daß einer von ihnen es für ihn übernehmen und ihm die peinlichen Augenblicke ersparen würde aber vielleicht zweifelte er noch daran daß sie (das heißt die Vernunft das heißt die Tugend das heißt sein kleines Täubchen) ihm untreu geworden war vielleicht fand er erst bei seiner Ankunft etwas wie einen Beweis wie zum Beispiel den im Käfterchen versteckten Stallknecht, etwas das ihn überzeugte, das ihm unwiderlegbar bewies was er nicht glauben wollte oder was seine Ehre ihm vielleicht zu sehen verbot, selbst das was sich vor seinen Augen abspielte da auch Iglésia sagte sein Chef habe immer so getan als merkte er nichts als er erzählte wie er sie beide beinahe überrascht hatte da sie bebend vor Angst und ungestilltem Verlangen kaum Zeit gehabt hatte sich im Stall wieder zurechtzumachen und er sie nicht einmal anschaute sondern geradewegs auf das Stutenfüllen zuging sich bückte um seine Sprunggelenke zu betasten und nur sagte Glaubst du daß diese Salbe genügt Mir scheint daß die Sehne noch geschwollen ist Man sollte vielleicht doch noch ein paar heiße Umschläge machen, immer noch vortäuschend nichts zu sehen nachdenklich und leichtfertig zu Pferde als er seinem Tod entgegenritt dessen Finger schon auf ihn zeigte wahrscheinlich schon auf ihm lag während ich dem knochigen steifen hohlen Rücken auf dem Sattel folgte dem Fleck der in den Augen des lauernden Schützen zuerst nicht größer als eine Fliege eine winzige senkrechte Silhouette überm Korn der gerichteten Waffe war und in dem Maße größer wurde wie er sich dem regungslosen aufmerksamen Auge seines geduldigen Mörders näherte der, den Zeigefinger am Abzug, sozusagen die Rückseite von dem sah was ich sehen konnte oder ich die Rückseite und er die Vorderseite das heißt daß wir beide ich der ihm folgte und der andere der ihn heranreiten sah das ganze Rätsel mit unseren Blicken umschauten (der Mörder der wußte was ihm zustoßen würde und ich der wußte was ihm zugestoßen war, das heißt nachher und vorher, das heißt wie die beiden Hälften einer geteilten Apfelsine die genau zusammenpassen) in dessen Mitte er der Unwissende war oder der ebensowenig wissen wollte was geschehen war wie das was geschehen würde in dieser Art Nichts (es heißt ja daß sich im Zentrum eines Taifuns eine vollkommen ruhige Zone befindet) in dieser Unwissenheit, an diesem Nullpunkt: er hätte einen Spiegel mit mehreren Facetten gebraucht, dann hätte er sich selbst sehen können, seine größer werdende Silhouette bis der Schütze nach und nach die Offizierslitzen die Knöpfe seines Waffenrocks ja sogar seine Gesichtszüge erkannte, das Korn suchte nun die günstigste Stelle auf seiner Brust, der Lauf bewegte sich unmerklich, folgte ihm, mit dem Sonnenschein auf dem schwarzen Stahl durch die duftende frühlingsfrische Hagedornhecke. Aber habe ich es denn wirklich gesehen oder es nur zu sehen geglaubt oder es mir nur eingebildet oder es sogar geträumt, vielleicht schlief ich hatte ich nie zu schlafen aufgehört mit weit offenen Augen am hellichten Tag eingeschläfert von dem monotonen Hämmern der Hufe fünf stampfender Pferde ihre Schatten marschierten nicht genau im gleichen Schritt so daß es sich wie ein wechselndes sich selbst einholendes sich überlagerndes manchmal verschmelzendes Knattern anhörte als wenn nur noch ein Pferd dagewesen wäre, dann brach es wieder auseinander zerfiel wieder und begann wieder scheinbar hinter sich herstolpernd und so fort, der Krieg stagnierte sozusagen friedlich um uns herum, dann und wann landete eine Granate mit dumpfem monumentalem hohlem Knall in verlassenen Obstgärten es hallte wie eine vom Wind in einem leeren Haus hin- und hergeschlagene Tür, die ganze Landschaft unbewohnt leer unterm regungslosen Himmel, die Welt stand still erstarrt zerbröckelnd sich häutend zusammenbrechend allmählich zerfallend wie ein verlassenes, unbrauchbares, dem zusammenhanglosen, fahrlässigen, unpersönlichen, zerstörerischen Wirken der Zeit preisgegebenes Gebäude.

Claude Simon

»Ein europäischer Faulkner – eine eigene zweifellos große Leistung«
Deutsche Zeitung und Wirtschaftszeitung

Der Palast

Roman. Aus dem Französischen von Elmar Tophoven. 2. Aufl., 10. Tsd. 1985. 189 Seiten. Serie Piper 567

»Meine Sinne sind eine Erinnerung an Sachen«, sagt Claude Simon. »Ich bin immer bemüht, mich der Genauigkeit meiner Erinnerungen so eng wie möglich anzunähern ...« Fragmentarisch und dennoch untereinander in Bezug stehend, rufen die Bilder zur Rekonstruktion auf. Faktische Realität ist nur durch das subjektive Bewußtsein des Protagonisten gegeben – die objektive Dimension bezieht Simon aus der Sprache selbst. Aus fast mikroskopisch genauen Momentaufnahmen setzen sich die Tableaus zusammen. Wortkollagen, syntaktische Gefüge wechseln mit Passagen von eindringlicher Schlichtheit. In geschmeidiger und exuberanter Prosa werden die Themen Zeit, Vergänglichkeit und Tod auf subtile und überzeugende Weise präsent.

Der Wind

Roman. Aus dem Französischen von Eva Rechel-Mertens. 307 Seiten. Serie Piper 561

»Das Buch sprengt die Fesseln der Zeit, der starr logischen Folge und der plumpen Kausalität. Das Wirkliche wird wirklicher. Es nimmt Gestalt an in einer hochromantischen Prosa, einer Sprache voller Rhythmus und Bildgewalt. Es ist eine an Proust geschulte, virtuose Diktion, die der Syntax das Letzte abverlangt. Diese Sprache entscheidet den Ausgang des Experiments zugunsten des Experimentators. Mehr noch: sie verbürgt sich dafür, daß er ein Dichter ist.« *Süddeutsche Zeitung*